David Gunn est un Britannique élégant et discret qui a effectué des missions secrètes en Amérique centrale, au Moyen-Orient et en ex-Union soviétique, entre autres. Il ne reste jamais au même endroit très longtemps et dort avec un shotgun sous son oreiller.

Du même auteur, aux éditions Bragelonne :

Les Aux' :
1. *Le Faucheur*
2. *Offensif*
3. *Le Jour des damnés*

Chez Milady, en poche :

Les Aux' :
1. *Le Faucheur*
2. *Offensif*

David Gunn

Le Faucheur

Les Aux' – 1

Traduit de l'anglais (Grande-Bretagne) par Grégory Bouet

Bragelonne

Milady est un label des éditions Bragelonne

Cet ouvrage a été originellement publié en France par Bragelonne.

Titre original : *Death's Head*

1re édition : janvier 2009
2e édition : janvier 2012

ISBN : 978-2-8112-0717-5

Bragelonne – Milady
60-62, rue d'Hauteville – 75010 Paris

E-mail : info@milady.fr
Site Internet : www.milady.fr

Prologue

Indigo Jaxx, général des Faucheurs, essuie la sueur de son front, puis ajuste les manches de son uniforme noir aux galons argent. Il se déteste quand il est dans cet état, et sait déjà que quelqu'un va payer pour ce moment de faiblesse. Il est général chez les Faucheurs, après tout.

— Comprenez-vous ?

Relevant la tête, le général Jaxx soutient ce regard qui semble fouiller son âme.

— Parfaitement, répond-il. Je comprends.

— Trouvez-le.

Indigo Jaxx hoche la tête.

— Il n'est personne. Souvenez-vous-en, c'est important.

La voix avait déjà souligné ce point qui semblait lui tenir à cœur. Elle attendait sûrement une réponse.

— Personne n'est facile à trouver, si je peux m'exprimer ainsi…

— Mais vous y arriverez ?

— Affirmatif, monsieur.

D'autres fonctionnaires donnent un grand nombre de titres à Octo V. Grand Commandeur, Empereur victorieux, Œil de l'Humanité… Le général Jaxx l'appelle « monsieur ». Pour l'instant, Octo V ne s'est jamais froissé. En fait, Jaxx est certain qu'il apprécie.

— Et quand je l'aurai trouvé, monsieur ?

— Vous me le ramenez.

— Mort ou vif ?

Debout devant le général, l'enfant sourit, et un vent glacé souffle à travers l'esprit de l'officier, balayant les dernières traces de flegme. Comme à chaque audience.

Certains fonctionnaires se tuent, incapables de supporter la présence de l'empereur.

— Vivant, évidemment. Vous éprouverez sa loyauté, son endurance, sa capacité à obéir...

— Et s'il échoue aux tests, monsieur ?

— Vous aurez échoué.

— Je ne...

Trop tard.

Le général est seul. Dans un dernier éclair mental, Octo V lui fournit une série de coordonnées à seize chiffres. Quand le général les croise avec la banque de données de son propre esprit, il découvre que la planète en question n'est qu'un morceau de roche à la frontière extrême de la spirale galactique.

Il nc savait même pas qu'elle était habitée.

Première partie

Chapitre 1

La cage s'ouvre par-devant. Une double rangée de chaînes relie le battant au sommet. Au-dessus, des maillons encore plus gros verrouillent le tout avec un cadenas de la taille d'un poing.

Elle est placée contre un mur poussiéreux, afin que le soleil consume son occupant. De temps à autre, un soldat jette un coup d'œil en passant sur la place d'armes, mais la plupart évitent de regarder dans cette direction.

La malchance est contagieuse.

—Allez, sortez-le.

La voix du sergent Fitz est amusée, presque triomphante. Il désigne la cage à ses caporaux… comme s'il y avait un doute sur la teneur de son ordre.

Il lance la clé au plus baraqué.

Un jeune blond dans un uniforme bien repassé se tient derrière le sergent. Notre nouveau lieutenant, tout juste débarqué du transport de troupes, et à l'évidence terrifié par ce qui est sur le point de se produire.

Le petit récupère le fusil du gros, qui manque de lâcher la clé. De près, je remarque qu'il sue, et que ses doigts tremblent en approchant du verrou.

Tout le monde retient son souffle.

Il tire sur la chaîne, et fait un pas de côté, laissant la porte retomber dans un nuage de poussière. Je pourrais me faire désirer, mais à quoi bon ?

Je saute hors de la prison, ma main valide déjà tendue vers sa gorge.

L'homme recule, son instinct prenant le pas sur la réflexion.

Trop tard.

Je tiens son larynx entre le pouce et l'index replié comme une serre. Une seconde plus tard, sa trachée est broyée. Je lui casse le nez d'un coup de tête pour faire bonne mesure. Le caporal est déjà mort, il est simplement trop stupide pour le comprendre.

— Abattez-le…

Notre nouveau lieutenant.

Comme je m'y attendais, personne ne l'écoute. Est-ce qu'il pense vraiment que le sergent Fitz va me laisser m'en tirer à si bon compte ? Trop facile.

— Neutralisez-le, grogne le sergent.

L'autre caporal s'approche de moi en retournant son fusil pour s'en servir de massue. Je suis nu, j'ai passé quinze jours dans la cage, et Fitz a coupé la moitié des fils de mon bras cybernétique avant de m'enfermer. Je suis tellement assoiffé que je pourrais boire le sang de cet homme s'il s'approchait assez près…

Il croit qu'il peut m'avoir.

Je souris.

Et ça suffit à le faire hésiter.

Je m'accroupis, et balaie les jambes du caporal. Je roule sur lui, et frappe à la gorge au moment où son crâne heurte le sol. Mon coude remplace mes doigts. Il meurt en s'étouffant. Je suis déjà debout, souriant au sergent Fitz, alors que le lieutenant n'a pas dégainé son pistolet.

— Non, mon lieutenant… Laissez-le-moi.

La phrase frise l'ordre direct.

L'officier retire la main de son arme.

Le temps d'un glorieux instant, le sergent Fitz semble sur

le point de me défier en personne, malheureusement cela ressemble trop à un rêve pour être la réalité. Il me désigne à deux jeunes recrues, puis à deux autres.

Est-ce que je peux m'en cogner quatre ?

La question mérite à peine d'être posée. Ce sont des enfants qui jouent aux soldats. Leurs crânes rasés n'arrivent pas à faire oublier la douceur de leurs traits, et la peur dans leurs yeux.

Le sergent n'est pas assez malin, si ? me dis-je en regardant les bleus préparer leur attaque.

L'un d'eux a pissé dans son froc, et une tache s'étale comme une souillure sur son treillis couleur sable.

— Dépêchez-vous ! aboie le sergent.

Les gamins se regardent.

Ils avancent.

Je laisse la colère quitter mon corps. Tuer un sous-officier est une chose, et j'en sais assez sur ces deux caporaux pour cracher sur leurs cadavres. Tuer des enfants en est une autre, et je n'ai pas envie de commencer.

Le premier coup de fouet arrache la peau. Le cinquième déchire les muscles, et les os sont dénudés avant d'arriver à dix. Après quinze coups, des hommes meurent et personne n'a survécu au-delà de cinquante.

C'est un fait.

Dans la Légion, recevoir cinquante coups de fouet équivaut à une mise à mort, et un officier correct offre toujours au condamné la possibilité de se tuer avant l'exécution de la sentence. Mais le sergent Fitz n'est pas un officier correct. D'ailleurs, il n'est même pas officier. C'est un sous-off, ce sont les pires. Je le sais, j'en étais un.

— Pause de trois minutes.

Griller dans la cage n'est pas une mort agréable. Je viens déjà de prendre quinze aperçus d'une autre mort bien pire.

Je suis nu, attaché à un poteau, et la chair de mon dos se décolle comme du papier mouillé.

L'homme qui m'a condamné vient d'offrir une pause à mon tortionnaire pour qu'il aille se rafraîchir.

— Tu en veux? demande Fitz en me tendant une gourde.

— Bien sûr, mais je ne vais pas te donner la satisfaction de l'admettre.

— Dommage.

Je suis un costaud. L'effort physique m'a endurci, et la vie en première ligne m'a gardé en forme. Comme tous les soldats en poste au sud de Karbonne, je me suis épilé avec un tison. (Nous ne sommes pas des ferox, et nous ne voulons pas avoir le moindre point commun.)

Un crâne est accroché au sommet du poteau. C'est sûrement la dernière chose que je verrai. Il a des crocs, et d'étroites orbites – les ferox doivent se protéger de la lumière du désert, et peu sont aussi lumineux et arides que celui qui entoure Fort Libidad.

C'est le crâne d'un mâle adulte.

Si on ne le devine pas à la mâchoire énorme, la crête osseuse qui court jusqu'à l'occiput ne laisse plus de place au doute.

Une dizaine d'histoires courent au sujet de ce trophée. Apparemment, j'aurais tué son propriétaire à main nue, avant de rapporter comme preuve sa tête au fort. Conneries. Je dirais même plus : des conneries dangereuses. Personne ne se sort vivant d'un combat au corps à corps avec un ferox. J'ai trouvé ce crâne à une trentaine de kilomètres, distance jusqu'à laquelle j'avais poursuivi un déserteur sur les ordres de l'ancien lieutenant.

— Traque-le pendant une journée, avait-il dit. Après, reviens.

Nous savions tous deux ce que cela signifiait tacitement.

Si un homme n'est pas retrouvé au bout d'une journée, alors il est mort de toute façon, tué par la chute de température qui survient quelques heures avant l'aube sur cette planète.

Hors de vue, le tortionnaire ramasse son fouet. Je m'en rends compte en entendant le craquement qu'il émet quand le sang séché tombe en flocons rougeâtres.

— On remet ça, souffle le sergent Fitz.

Je me raidis, prêt à recevoir les quinze prochains coups.

Seize.

Dix-sept.

Dix-huit.

Je ne sais pas si je vais tenir encore longtemps. À ce moment, le crâne sourit. L'os se plie comme de la chair, les dents pourries se redressent, et les orbites fendues se plissent un peu plus comme pour me narguer.

Je vais mourir…

Cette pensée me frappe.

N'est-ce pas ?

Le ferox grimace un peu plus. Les mâchoires remontent d'une manière qui défie à la fois la logique et la physique.

— *Pas maintenant*, dit-il. *Et pas ici.*

Chapitre 2

Je me rends compte que nous sommes attaqués quand une explosion produit une onde de choc. La sentinelle du portail s'écroule, une lance en travers de la gorge. Un harpon plutôt, propulsé par un tendon fixé à un crochet. Le tendon en question a toutes les chances de provenir d'une jambe humaine – c'est le cas en général.

— Aux armes ! crie le lieutenant.

— Feu à volonté ! hurle le sergent Fitz, plus pragmatique.

Mon exécution est déjà oubliée.

Le crâne garde le silence, et se contente de grimacer.

Extraordinairement rapides et experts dans le maniement de l'arc, de la lame ou de la lance, les ferox combattent en silence, suivant une stratégie préétablie.

Dans le désert, où le moindre bruit porte à plusieurs kilomètres, et où une sentinelle dotée d'une bonne ouïe a plus de valeur que celle qui possède une bonne vue, la vitesse et le silence composent un cocktail mortel.

Une vague de ferox enfonce notre portail.

C'est une boucherie, il n'y a pas d'autre terme. La majorité du contingent est composée de nouvelles recrues qui savent à peine dans quel sens tenir leur fusil à impulsion.

J'observe l'un des gamins. Il n'est guère plus âgé que moi quand je me suis engagé. Il met un genou à terre et vise soigneusement. Il prend même le temps de respirer lentement et de calmer les battements de son cœur avant de tirer. Son premier tir devrait vaporiser un grand ferox mâle, et tuer celui de derrière… mais il a oublié d'abaisser le levier de chargement.

Le gosse appuie plusieurs fois sur la détente d'un air paniqué. Le cran de sûreté a été supprimé parce que les bleus oubliaient constamment de l'enlever, mais on ne peut rien faire pour une recrue tellement inexpérimentée qu'elle en oublie de charger son arme.

Il meurt avec une expression irritée. Il ne sait toujours pas pourquoi son fusil n'a pas fonctionné. Je le lui expliquerais bien, mais mon bâillon m'en empêche.

— Repliez-vous ! crie une voix.

Notre nouveau lieutenant.

Il a dix-sept ans, et il est tellement frais que presque personne ne s'est donné la peine de mémoriser son nom. À présent, c'est inutile.

Un ferox saute d'un toit, pour atterrir derrière lui. Le jeunot se retourne, et la bête sort une griffe, lui ouvrant un second sourire au niveau de la gorge.

Il meurt en silence.

— Riddle est mort ! hurle quelqu'un.

J'apprends le nom du lieutenant, après tout.

— Repli ! Repli !

Résistez, voudrais-je crier. *Tenez bon, et mourez comme des hommes !*

Les ferox se montrent cruels avec les soldats qui battent en retraite, nos chers officiers aussi d'ailleurs, et ils sont impitoyables. Les hommes meurent par dizaines autour de moi. Ils tentent de rejoindre un mur intérieur qui ne leur procurera qu'un bref répit avant le carnage final. L'atmosphère empeste la merde et la tripaille, l'odeur des ferox enragés et le sang humain giclant sur le sable chauffé à blanc.

Les mouches s'installent rapidement sur les carcasses mutilées.

Des œufs seront pondus, des larves vont éclore, et le désert reprendra ce qui n'aurait jamais dû être là en premier lieu. La 15e brigade de la Légion étrangère.

Un ferox s'écroule, la cuirasse à moitié carbonisée. Un jeune.

C'est le seul ennemi blessé pour l'instant.

J'ai l'impression qu'il se passe plusieurs heures avant que le dernier gosse crève. En réalité, quelques minutes à peine ont dû s'écouler, et les ferox ne sont pas des sadiques. Contrairement à ce qu'affirme la rumeur. Ils tuent rapidement et proprement. Ils forcent chaque soldat à s'agenouiller, lui tirent la tête en arrière, et l'égorgent.

Et au suivant…

Ceux qui nient l'intelligence de ces créatures sont des crétins.

Il y a sept ans, quand nous avons construit Fort Libidad, il ne serait pas venu à l'idée de ces bêtes de trancher la gorge d'un homme ou de l'éventrer. Une carapace protège ces points chez un ferox, et ils pensaient qu'il en allait de même pour nous.

Ils ont découvert la vérité semble-t-il, et j'en ai la démonstration : une centaine de cadavres d'adolescents au cou et à la panse ouverts.

Leur chef est énorme.

Il mesure deux mètres soixante-dix, sur un mètre vingt de large. Une multitude d'entailles et de craquelures parsèment sa cuirasse. L'âge a laissé des traînées grises sur son pelage, et un voile sur ses yeux.

Mais quand il s'approche de moi, les autres reculent pour le laisser passer.

Des griffes s'emparent de ma mâchoire et m'obligent à le regarder.

C'est la fin, me dis-je.

Mais les serres ne se referment pas.

À la place, un regard sombre se rive au mien, et il me tord un peu plus le cou pour mieux voir. Il lâche ma tête, puis tapote mon bras en métal. Le son l'intrigue. Il s'agit d'une prothèse rudimentaire tout en pistons, en soudures et en vérins qui ont dépassé depuis très longtemps leur date limite d'utilisation. C'est toujours mieux que l'ignoble moignon qui se cache en dessous.

— C'est votre œuvre, je grommelle.

Les yeux sombres m'observent.

— Enfin, pas la tienne, dis-je en levant la tête vers le trophée. La sienne.

Le ferox étudie le crâne, et son autre main effleure mon dos labouré. Il plonge un doigt dans mon sang, puis le porte à sa bouche.

Une seconde après, il crache, et crache encore.

J'aurais pu le prévenir.

« Pourri de l'intérieur », disait mon père.

Le vieux chef réfléchit pendant que sa tribu attend. Je me doute que ma mort est une priorité de l'ordre du jour. Je suis le dernier humain en vie dans Fort Libidad, le sang des morts gorgeant le sable de la place d'armes. La puanteur des entrailles répandues rivalise avec celle de mon bourreau.

J'attends, sans le quitter des yeux.

C'est mon unique serment.

Tout le monde fait des promesses sans les tenir. Quand on fait un serment, c'est différent. Enfin, là d'où je viens : un monde tellement arriéré et éloigné que notre chef bien-aimé a hésité avant de l'ajouter à la liste de ses conquêtes.

Mon serment est simple.

Quelle que soit sa forme, je veux regarder la mort dans les yeux. Je saurai me pardonner toutes les promesses non tenues, les dettes contractées, mais si je romps ce serment, Dieu ne me le pardonnera jamais.

Alors, nous nous affrontons du regard. Lui, un chef de tribu frisant les trois mètres, et moi, vingt-huit ans, sergent dégradé de la Légion étrangère, me tenant aussi droit que la douleur me le permet.

— *Quoi ?* demande-t-il.

Je hausse les sourcils sans m'en rendre compte.

Mon univers se résume soudain à une paire d'yeux noirs et une voix dans ma tête.

Ça doit être la douleur, me dis-je.

Comme je l'ai dit, quinze coups de fouet peuvent tuer.

Si je n'avais pas un pouvoir de guérison phénoménal, c'est mon cadavre qui aurait accueilli les ferox. La souffrance est tellement intolérable que j'ai du mal à me concentrer sur la question posée par la bête.

— *Quoi ?* répète-t-elle, plus fort cette fois.

Le bâillon des condamnés est assez fruste. En général, c'est la ceinture de la victime, suffisamment serrée pour l'empêcher de parler, mais assez lâche pour qu'il puisse gémir. L'exemple, il n'y a que ça de vrai.

— *Libère-moi*, je pense.

Après un moment d'hésitation, la bête coupe mon bâillon d'un seul coup de griffe. C'est un parfait exemple de précision, et ça explique encore mieux pourquoi des gamins à peine en âge de quitter leur foyer gisent dans la poussière derrière moi.

— Soldat, je souffle, pour répondre à la question de la créature pendant qu'elle est encore intéressée.

Le ferox secoue la tête.

— Humain, je rectifie.

Je retourne l'idée dans ma tête. Quand ses babines se retroussent, le chef me rappelle le trophée qui trône sur le poteau. Une fois de plus, je surprends le regard qu'il lance au crâne. J'ignore à quel point il peut lire dans mes pensées, mais il a l'air d'en capter suffisamment.

— *Pas humain*, répond-il.

Je hausse les épaules. Mauvaise idée.

Il remarque ma grimace, et son « sourire » s'élargit.

— Sale ordure, je crache.

Les griffes se referment lentement sur ma mâchoire. S'il continue, quelque chose va casser. Chez un homme plus fragile, ç'aurait déjà cédé.

— *Quoi ?* demande-t-il.

Attaché à un poteau, entouré par des cadavres, et la tête broyée par un monstre qui pose des questions existentielles, j'ai pas choisi la meilleure place. Les griffes s'enfoncent un peu plus, et je sens que mes os sont à la limite de la fracture.

Après tout, j'ai rien à perdre, me dis-je.

— Je ne comprends pas ta question.

Dans le doute, toujours se réfugier derrière la bêtise. Ça marche chaque fois.

La prise se relâche, et son regard se fait moins féroce. Le chef se tourne vers un jeune qui doit faire la moitié de sa taille. En dépit de la crête osseuse et des symboles tribaux qui ornent sa carapace, j'aurais pu le prendre pour une femelle.

Les deux bêtes se regardent.

Le chef recule en agitant la patte comme pour dire : *Il est à toi*.

Magnifique. Massacré par le nabot de la tribu.

Mais le jeune ferox ne frappe pas. Il m'agrippe le visage et me tord la tête dans tous les sens, comme pour tester l'articulation du cou. À un moment, la bête excède les limites de mes tendons, et je grimace. Elle recule, visiblement surprise…

— Mon cou ne tourne pas autant, espèce de crétin ! je proteste.

Le jeune ferox dévoile ses crocs, manifestement amusé.

— *Quoi ?*

— Humain.

L'amusement déserte ses traits, et une image apparaît dans mon esprit : un homme nu, attaché à un poteau, le sang coagulant comme une cape sur son dos et ses fesses. L'os brisé se ressoude déjà, et les déchirures de ses muscles se referment. Il s'est chié dessus, ce dont je ne me souviens pas, et il a l'air plus petit que ce à quoi je m'attendais, voire insignifiant au milieu de la demi-douzaine de ferox qui…

Deux pensées me tétanisent.

Primo : moins d'une dizaine de ces bêtes suffisent à détruire un fort. Secundo : c'est la première fois que je pense à ces créatures comme…

— *Qui ?* je crie dans ma tête.

Le jeune me regarde.

Il m'envoie de nouveau l'image du soldat attaché.

— Moi, dis-je.

Je me rappelle alors que les ferox n'ont aucun sens de l'individualité. Il semble que ces bestioles pensent à elles à la troisième personne. Dieu seul sait combien d'hommes ont eu l'occasion de découvrir cette information, et de la coucher par écrit avant d'être réduits en chair à pâté.

— Sven, je reprends. Je m'appelle Sven.

Le ferox a l'air de goûter ce mot dans sa tête. Il finit par opiner, et les autres l'imitent. Ils se retournent comme un seul, et se dirigent vers une portion effondrée du mur que je n'avais même pas remarquée.

— Revenez… Ne partez pas…

Quand mes plaintes échouent, je passe aux insultes, et traite ces molosses de tous les noms, en passant par « andouilles », « monstres » et « lopettes sans couilles ». Pas un ne se retourne sur le carnage ou moi. Ils ne forment qu'une file silencieuse qui se confond déjà avec le sable qui s'étend au-delà de la brèche.

— Tuez-moi ! finis-je par hurler.

La dernière bête se retourne, et mon cœur cesse de battre l'espace d'une seconde. Il repart, et l'avorton du groupe se hâte de rejoindre les autres.

Chapitre 3

Le ferox revient avant minuit.

Enfin, le plus petit. Il s'introduit dans le fort par le mur éventré, et glisse d'ombre en ombre sur la place d'armes, évoluant doucement entre les cadavres. Il m'ignore, et tente de décrocher le trophée au-dessus de ma tête.

— Je peux t'aider.

Ma phrase surprend la créature. À présent, je sais que les ferox entendent, à moins que ce soit la surprise de me découvrir toujours en vie. Il fait jouer ma tête sous la lune double, et plonge ses yeux dans les miens.

Dépité, il laisse retomber ma trogne au bout de quelques instants.

Une question a été posée, et je n'ai pas réussi à répondre. Plus inquiétant encore, je ne suis pas parvenu à entendre quoi que ce soit.

Pourquoi ? je pense. *Pourquoi m'as-tu entendu la dernière fois ?*

La clé serait dans la peur ? Possible, mais c'est une émotion contrôlée par le système limbique, et mon corps est trop gelé pour ressentir autre chose que de la résignation.

Je remarque que le ferox m'a déjà oublié. Sans les autres pour le comparer, il semble énorme. Les crocs neufs et acérés, la carapace luisant de l'éclat de la jeunesse. Et ses griffes…

Ses griffes sont mortelles, mais maladroites. Je le note quand il s'escrime sur le crâne.

Il peut te tuer, me dis-je. *Il peut t'éventrer et répandre tes entrailles sur le sable.*

Mais ce ne sont que des mots. Ils ne suffisent pas à bien définir la terreur associée à la terrible vérité.

— Libère-moi.

Il manifeste un regain d'intérêt. Mais cette fois, il disparaît aussi vite qu'il est apparu. Je dois trouver un moyen de renouer le contact.

Si ce n'est pas la peur, serait-ce… la douleur ?

Il s'accroche au crâne, et je tends la main, non pas pour l'aider, mais pour frotter mon poignet contre l'une de ses griffes. Avant qu'il puisse réagir, la chair se déchire, et un mot, un seul, apparaît dans mon esprit.

— *Pourquoi ?*

— Dois parler, je réponds. C'est la seule solution.

Ses yeux brillent d'intérêt.

— *Quoi ?*

J'essaie de ne pas soupirer.

— Sven, dis-je.

— *Sven ?* La bête désigne les cadavres jonchant le sol.

Si laids sous la lumière de la lune, les corps gèlent peu à peu tandis que la nuit absorbe leurs dernières traces de chaleur.

Je fais « non » de la tête, comprends à quel point c'est ridicule, et crie *non* dans mon crâne.

— *Pas Sven ?*

— Non, pas Sven.

Il réfléchit un moment. Il ne réagit pas quand j'ouvre mon poignet un peu plus. L'idée que des mots disparaissent avant que la conversation soit finie est insupportable.

— *Captif*, entends-je.

— Je le suis ?

Est-ce que ça signifie qu'il me fait prisonnier ?

— *Les ennemis capturent Sven.*

Il assène cette phrase comme une évidence qui ne souffre aucune discussion. J'éclate de rire dès que je comprends ce qu'il veut dire.

— Oui, je réponds. Les ennemis ont capturé Sven.

Et Dieu sait si, durant les vingt-huit années de ma courte et brutale existence, peu d'ennemis ont été pires que le sergent Fitz, qui gît à présent, le visage tourné vers les étoiles, avec une lance dans le cœur.

— Je vais t'aider, je souffle.

Le regard du jeune passe du trophée à mes mains, et il coupe les cordes aussi facilement qu'un enfant déchire du coton. Je n'ai rien à perdre, et je lui tends mes poignets. Il enserre la chaîne des menottes dans ses griffes et tire jusqu'à ce que le métal cède au ras des bracelets.

— *Aider*, insiste-t-il, alors que je m'éloigne.

— J'ai besoin de quelque chose avant.

Il me suit jusqu'à la porte de l'armurerie. C'est une bonne chose, car la porte est en céramique aérée guère plus lourde que de la mousse, mais bien plus solide que ce qu'elle paraît.

— Peux-tu enfoncer ça ?

Un regard sombre accroche le mien, et l'amusement remplace la colère.

— *Bien sûr*, dit sa voix dans ma tête.

En fait, ce n'est pas vraiment une voix, plutôt une bribe de pensée qui flotte dans le silence. Quant à l'amusement, il n'est pas dans ses yeux, il est…

Seigneur, je commence à lire l'odeur de ce monstre !

Le jeune se retourne immédiatement, une lueur d'incompréhension dans le regard, et je décide de surveiller mes pensées.

— La porte, j'insiste.

Il appuie ses mains dessus, et pousse.

Rien.

Il insiste.

Rien.

Il retrousse ses babines, et donne un violent coup d'épaule. Quelque chose craque, et malheureusement, je crois bien que c'est un de ses os.

Enfin, il enfonce ses griffes près des gonds, ce qui est une bonne idée. La serrure est ultramoderne et semi-intelligente. Elle est sûrement trop intelligente pour se laisser avoir par une histoire d'urgence. Les gonds, eux, sont d'une qualité qui frise la haute trahison.

C'est plus difficile qu'il l'imaginait. Le ferox s'acharne cinq bonnes minutes, pendant que je gèle sur place, à la limite de l'inconscience. Il découpe lentement la surface de la porte pour atteindre le matériau plus tendre en dessous.

— *Aider*, dit-il.

Alors que je me prépare à protester que je ne lui serai d'aucune utilité, je m'aperçois qu'il a détaché un bout de la porte, et qu'il arrache l'un des gonds. Il halète comme un soufflet de forge, et je sais que ce que nous allons trouver doit en valoir à peine le coup.

Des centaines de sabres.

Mais qu'est-ce que ces dictateurs font avec la cavalerie ? Nous n'avons pas de montures, et les chevaux seraient incapables de négocier les dunes, et pourtant nous avons là-dedans des centaines de sabres. Je découvre aussi assez de fusils à impulsion dernier modèle pour vitrifier le désert. Ils sont sous clé, sans levier d'armement ou cellule d'énergie, et une chaîne passe par les pontets. J'observe le ferox, et je me rends compte à son regard qu'il ignore totalement la fonction de ces objets.

Tant mieux.

Bien entendu, même avec le levier d'armement, ces flingues auraient besoin d'être chargés, et qu'on les déchaîne. Plus j'y pense, plus je me dis que le nouveau lieutenant courait droit à la mort, qu'il la méritait même. Il n'avait pas à entraîner une bande de bleusailles avec lui, mais c'est ce qu'il était de toute manière…

Dans un coin, je trouve une vieille boîte couverte de poussière, et festonnée de toiles d'araignées, contenant, entre autres, des mouches momifiées et le corps desséché de la maîtresse des lieux.

Je lis « fournitures médicales » sur le côté de la caisse. Un autocollant rouge a été ajouté : « vide ».

La lame laser est là où je l'ai laissée il y a cinq ans.

« Nous ne voulons pas que cela tombe entre de mauvaises mains », m'avait confié l'ancien lieutenant.

Il l'avait dit à sa manière, celle qui jetait un doute sur le sens de ses paroles, qui soulignait une certaine ambiguïté, comme s'il pensait le contraire : *Arrange-toi pour que ça tombe entre de mauvaises mains.*

Il en était capable.

Certains officiers meurent de leurs blessures, qu'elles viennent de l'ennemi ou non. Le lieutenant Bonafont souffrait d'un ennui mortel. Tellement mortel qu'un jour son cœur s'est endormi.

Peut-être qu'une lame laser dans les mains d'une recrue avec le mal du pays aurait pu le dérider suffisamment pour le garder en vie. Si c'était l'objectif, je lui avais fait défaut. D'un autre côté, il nous avait aussi fait faux bond quand il était mort en nous laissant aux bons soins d'un gamin accomplissant une mission de six mois.

— Bingo, je murmure.

Je découpe le poteau comme une motte de beurre. Le bois disparaît pour révéler une tige d'acier. Après, rien de plus simple que de décrocher le trophée. Deux, trois coups de laser, une torsion du poignet, et le crâne est libre. Je suis de nouveau armé, bien entendu. Je me demande si le ferox l'a compris.

— Tiens.

Je lui tends le trophée. En dépit du trou au sommet, il est encore en très bon état pour un truc qui a subi les assauts du désert pendant cinq ans. Je le traite avec respect. Si ça se trouve, les ferox ont le culte de leurs ancêtres, et je n'ai aucune envie de bousiller mes chances de survie maintenant.

— *Non*, répond-il faiblement.

J'allume mon arme, et j'en caresse le dos de ma main. Sa voix s'amplifie.

— *Garde-le.*

Chapitre 4

Après trois jours et cent cinquante kilomètres, je vois une femme pour la première fois depuis cinq ans. J'aime à croire que j'aurais été impressionné, même si elle n'avait pas été nue, et qu'il est difficile pour commencer de lui donner un âge à cause de la couche de crasse. En outre, sa tignasse cache la plus grande partie de son torse.

Et je ne mens pas. Lors de notre première rencontre, il fait noir, je suis crevé, et elle court à quatre pattes dans une caverne, les mamelles pendant comme celles d'une louve.

— *Humain ?* souffle le ferox, déconcerté par mon intérêt.

Je hoche la tête.

Il ne m'a pas quitté pendant la traversée du désert. J'ai appris la signification de cinq odeurs fondamentales, lui a reconnu deux mouvements de ma tête qui ont leur équivalent dans les cinq.

Il me désigne : *Pas humain.*

Je ne cherche pas à discuter, puisque la différence perçue par ce jeune doit être l'une des raisons pour lesquelles je suis toujours en vie.

— Sven, je concède.

Il revient à la fille, paralysée par son regard, et il m'informe qu'elle m'appartient, mais je dois d'abord rencontrer les anciens. C'est inévitable, je suppose. Tout est tribal chez les ferox, et les traditions semblent faire office de lois. En fait, chez les jeunes, ces deux concepts sont à l'origine d'une seule et même pensée.

La seule idée d'anciens évoque un rassemblement solennel, sûrement autour d'un feu. Enfin, moi, c'est ce que j'imagine. La réalité est plus simple et bien plus ennuyeuse. Le jeune ferox me trimballe à travers un énorme réseau de grottes et de tunnels, ne s'arrêtant que pour informer chaque mâle qu'il rencontre : *Pas humain*.

Non. Ils sont d'accord.

Puis, l'un des petits, si jeune que sa carapace est encore molle, me ramène une fille.

— *Humain*, dit-il.

Je commence à comprendre le problème.

Elle a quinze ans, peut-être plus. D'après les vieilles cicatrices sur ses côtes, je pense qu'elle a passé sa vie à quatre pattes. Elle peut se dresser, et se faufiler dans des failles qui m'arrêteraient au niveau des épaules, mais elle ne parle pas. Quand je soulève les cheveux noirs qui cachent son visage, je ne vois rien dans ses yeux sinon l'inquiétude et la colère rentrée des animaux en cage.

Je lui demande son nom.

Je lui demande son âge.

Je lui demande comment elle a atterri chez les ferox, en plein cœur du désert.

Au bout d'un moment, la déception et la fatigue prennent le pas, et je commence à lui poser des questions improbables. Pourquoi notre empereur bien-aimé est-il un tel connard ? Qu'est-ce qui empêche les étoiles de se télescoper ? Dieu dispose-t-il d'une connexion haut débit avec notre cerveau ? Et si c'est le cas, qui s'est occupé de l'installation ? Le genre de trucs qui passent pour de la philosophie dans les bars à légionnaires de tout l'Empire.

Dans un tunnel humide, creusé dans la montagne par une rivière asséchée depuis longtemps, à plus de cent cinquante kilomètres du dernier point exploré par un humain, je laisse passer une semaine en me perdant dans des questions et des pensées morbides.

Elle reste assise, elle me regarde, et au bout d'un moment, elle m'apporte de l'eau.

—Merci, dis-je.

Rien sur son visage ne suggère qu'elle distingue ces mots des bruits que je produis quand j'enrage, quand je pleure, et quand je maudis la mort de cette centaine de gamins dont je n'ai jamais pris le temps d'apprendre les noms.

Pour me punir d'avoir survécu à ce massacre, il faut aussi reconnaître que je me suis payé une virée dans le désert qui a réduit mes pieds en lambeaux. N'oublions pas non plus que la première femme que je rencontre en cinq ans, et peut-être bien la dernière personne que je verrai, n'est que le pâle reflet de ce que j'appelle un humain.

J'ai beau l'interroger au sujet de sa tribu et de sa famille, elle ne répond rien. Un légionnaire apprend vite le patois, il n'a pas le choix. La Légion récupère ceux qui constituent la lie d'une partie de la galaxie, en leur assurant l'immunité pour tous leurs crimes passés, la trahison exceptée. En échange, ils reçoivent la promesse d'une mort certaine, au hasard de l'affectation.

Le patois, une langue commune, un langage venu des coins les plus reculés de l'Empire, civilisés ou non.

J'essaie même mes notions d'argot des marchands et de dialecte du Culte de la Machine. La fille ne reconnaît rien.

Quand je pense que je peux demander une boisson ou une pute dans quinze langues différentes.

Je commence à me demander si le ferox n'avait pas raison. Si elle est humaine, alors je ne le suis pas.

Pas plus que les gamins qui gisent morts dans le fort, même si le ferox ne pouvait pas être au courant de ça. Pas plus que les femmes que j'avais connues à Karbonne. Pas plus que ma sœur qui, dans mes souvenirs, avait su protéger sa famille à force de volonté et de courage quand la planète entière sombrait dans la pauvreté et le chaos.

Pourtant, la fille est magnifique sous cette crasse. Je lui donne un nom, même si je doute qu'elle comprenne qu'« Anna » la désigne. Pourtant, elle apprend vite à reconnaître le son.

Anna partage mes repas, me suit comme une ombre, et ne sursaute plus quand je m'approche à portée de coup.

Ce n'est pas grand-chose, mais c'est déjà ça.

La situation va s'améliorer, me dis-je. *Elle apprendra à parler.*

En attendant, quand je désire tenir une véritable conversation, je m'adresse au jeune ferox, et je lui parle de sa horde, du désert et de ce qu'il sait du passé.

D'après lui, la tribu est vieille, et a connu plus d'un millier de chefs. Elle est ancienne, vénérable, et bien convaincue de ses droits légitimes sur ce territoire. Les ferox ont toujours vécu dans des grottes, et leurs lois stipulent clairement que rien ne doit changer.

Mais Sven représente un changement.

Il me pose des questions au sujet de ma horde, puis s'isole pour ruminer mes réponses pendant plusieurs jours. Je lui explique que nous volons entre les étoiles, entre les lunes. Tout un peuple existe là-haut, une race qui a écrit son histoire sur ces petites lumières qui traversent le ciel nocturne.

— *Beaucoup de Sven*, conclut-il.

Je soupire.

Il comprend les soupirs à présent, ainsi que les larmes, les hochements de tête, et les refus. Personnellement, je reconnais sept odeurs distinctes, et quelques gestes. La lame laser a cessé d'être une arme, elle est devenue un instrument de communication. Un étrange rituel Sven, qui consiste à caresser le dos de ma main avec une flamme jusqu'à ce que mes pensées soient audibles pour un ferox.

Nous retournons à Fort Libidad avant le début du grand été. Le jeune ne se donne pas la peine de me dire pourquoi, mais ma présence est requise. Nous sommes presque au beau milieu de l'année, le vent s'est levé, et la nourriture se fait rare. Les animaux meurent quand la chaleur s'abat sur ce monde, et les ferox ne sont pas des charognards.

—*À l'aube prochaine*, me révèle-t-il.

Et comme convenu, nous sommes prêts dès le lendemain matin.

Même le chef participe à l'expédition, la face protégée du vent et des cent cinquante kilomètres de dunes en constante évolution. Il passe devant, et nous le suivons en file indienne. Le vent efface une grande partie de nos traces. Pourtant, à la faveur d'une halte dans une oasis, je constate que nous laissons une seule série d'empreintes profondes, et étranges, car je n'arrive pas à suivre constamment le rythme du chef.

Le fort est abandonné.

La puanteur qui y règne est ignoble.

La chair en décomposition a coulé le long des os, pour laisser des taches graisseuses sous les squelettes partiellement visibles. Avec le temps et la chaleur, les derniers lambeaux vont pourrir ou se dessécher… mais ce n'est pas encore d'actualité.

—*La porte*, pense le jeune.

J'acquiesce.

—*Les murs*, ajoute-t-il.

Nous « parlons » presque sans effort.

—Quoi, les murs ?

—*Comme les portes ?*

—Est-ce que les murs sont comme les portes ?

La chaleur, les vents et le fait d'être le seul représentant vivant de mon espèce commencent à me perturber…

—*La porte*, répète-t-il, avec plus d'insistance.

Une dizaine de ferox se sont rassemblés autour de nous, l'œil attentif. Deux fois plus que lors de l'assaut. Ça doit être important. De plus, le chef s'impatiente, sa tête oscille de droite à gauche.

— Quelle porte ?

C'est la bonne question.

Le jeune mâle se souvient uniquement de l'accès à l'armurerie. Puisque rien d'autre ne lui a résisté, rien d'autre ne compte. Nous nous dirigeons donc vers l'arsenal, suivis en silence par les autres.

Les fusils sont toujours là, avec les chargeurs, les crosses et les leviers à part. La chaîne est toujours en place. Assez de matériel pour armer une révolution. Le mur de sabres de cavalerie à l'air aussi inutile que la première fois.

— *Nous prenons*, fait-il.

— Quoi ?

— *Tout.*

L'espace d'un instant, la panique m'envahit. Sans armes, ces bêtes sont déjà mortelles. L'idée d'une tribu de ferox équipée de fusils à impulsion dépasse l'horreur absolue. Sur le point de faire une connerie, je comprends mon erreur. Aux yeux du jeune, les fusils démontés ne sont que de la ferraille.

C'est l'armurerie elle-même qu'il veut. Enfin, sa porte et ses murs.

Nous passons trois jours à découper le bâtiment pour le rendre transportable. Quand je suggère l'idée de faire des pièces plus petites, donc plus faciles à acheminer, le jeune se contente de sourire. Ses babines retroussées sur ses crocs luisants, donnent l'impression qu'il peut éclater de rire, ou devenir fou de rage, si on oublie que la première hypothèse est impossible pour un ferox, et que la deuxième est leur réponse classique à n'importe quelle situation, ou presque.

— *Travaille*, répond-il.

J'obéis.

Quand la phase de découpe est terminée, nous emportons les morceaux.

Enfin, moi, je me charge de la porte. C'est le plus léger. Nous transportons notre butin sur cent cinquante kilomètres, pendant sept jours, et cela épuise nos dernières réserves d'énergie.

Je sue, je traîne les pieds, et je peine à suivre la cadence imposée par le chef. Les ferox ralentissent, me laissant reprendre mon souffle haletant dans le désert surchauffé. Quand je finis de vomir une mousse amère, tout le contenu de mon estomac, le jeune mâle me remet debout, et la marche reprend.

— Dis-moi pourquoi, je demande à chacun d'eux.

Leurs réponses sont étranges, évasives.

Je me coupe plus profondément, je me brûle plus gravement, mais leurs paroles ne prennent pas plus de sens.

— *La pluie de feu*, lâche le plus jeune, mais ça ne m'évoque rien.

Ces pièces qui semblaient inégales quand on les a retirées des murs s'encastrent parfaitement dans l'entrée du repaire principal, puis dans un tunnel, et dans une faille entre deux parois une trentaine de mètres plus loin.

Je ne parle pas d'un emboîtement approximatif. Les pièces s'ajustent à la perfection. Chaque aspérité de la plaque de céramique correspondant à la paroi rocheuse. Nul besoin de ciment, les tunnels sont juste à la bonne taille. Les ferox se contentent de soulever les plaques et d'utiliser la force brute, tirant parti de ces rétrécissements naturels pour les maintenir en place.

Si je ne l'avais pas vu, je ne l'aurais jamais cru. Et même plus tard, quand je raconte la scène à Anna, je me demande si je n'ai pas rêvé.

— *Terminé*, dit le jeune.

Je ne l'ai pas vu aussi heureux depuis plusieurs semaines.

—*Manger, dormir, prendre des forces. Maintenant, attendre.*

La bête s'éloigne, et quand je la rencontre de nouveau, elle ronfle comme un moteur, roulée en boule au bord d'un bassin, laissant un filet d'eau humecter sa fourrure.

Chapitre 5

Au crépuscule, un vent chaud s'infiltre dans le réseau de grottes. Il se glisse dans les failles de la roche, et par les cheminées obliques qui s'élèvent jusqu'au sommet de la colline. En dépit de la température, ces courants d'air sont salutaires. Nos cavernes commencent à puer le ferox, la merde, et trop de bêtes s'entassent dans un espace trop réduit.

Avec l'augmentation de la température, les mâles établissent leur territoire, ne revenant auprès des femelles que pour le sexe.

Comme je suis entré dans leur camp en traînant le crâne d'un ancien chef, aucun adulte ne me dispute cet espace. Après tout, je vis dans leur terrier, et je mange ce qu'ils mangent, ce qui se résume à pas grand-chose parfois.

On me parle d'un garçon, d'un homme et d'une femme plus âgée. Ils erraient dans le désert. Ils étaient sauvages, presque aussi farouches que les ferox. Anna est tout ce qui reste de ce groupe. Les autres sont partis, mais personne ne semble vouloir me dire où.

—*Anna = humain*, me dit-on. *Humain = Anna*.

Je pense que c'est une affirmation. Au bout d'un certain temps, je comprends qu'il s'agit d'une question.

Regarder dans les yeux de la fille ne m'apprend rien. Je crois qu'elle est sauvage, une humaine comme moi, mais revenue à l'état primitif, ou peut-être moins.

Je commence à me demander si nous sommes bien de la même espèce. Des choses étranges sont arrivées au tout début de la colonisation. À l'époque, on adaptait encore les gens aux planètes, et non l'inverse.

Pourtant, je nourris la fille avec mes restes, et elle devient de plus en plus affectueuse, et se colle contre moi chaque fois que j'apparais.

Ce qui devait arriver, arrive.

Un matin, Anna se présente assez tôt, un lézard mort dans la main. Elle semble très contente d'elle et c'est compréhensible. Elle sourit quand je prononce son nom. Peut-être est-ce dû à mon intonation, mais j'aime à croire que ce n'est pas le cas. Elle lève la tête et sourit.

Mon propre sourire suscite chez elle une grimace ravie.

Nous dévorons le reptile jusqu'aux os, en raclant la peau argentée.

— Allons te laver, je déclare ensuite.

Elle continue à sourire, et je continue à parler, la voix basse et apaisante, pendant que je lui coupe les cheveux avec mon laser. Elle se retrouve debout au milieu d'un fouillis de mèches crasseuses. Les poils de ses aisselles ne tardent pas à les rejoindre. La caresse de la lame sur la peau, l'odeur âcre de la kératine carbonisée, et c'est fini.

Nous ne sommes pas des ferox.

Sauf parfois.

Dans les profondeurs de la colline, je montre à Anna un ruissellement coulant le long d'un mur gris et venant remplir un bassin qui semble presque aussi vieux que la planète. Ça fait plusieurs semaines que je m'y rends pour me rafraîchir, et me débarrasser du plus gros de la puanteur des grottes.

— Viens, dis-je.

Elle pousse un cri de surprise en entrant dans l'eau, mais pas sérieusement. De toute manière, je l'ai précédée dans le bassin, et l'eau n'est pas si froide. Après m'être lavé, je m'attaque à ce qui semble constituer toute une vie de saleté sur la jeune fille.

Sa peau rose est bien plus pâle que la mienne.

Quand je l'éclabousse pour la rincer, elle fait de même. Nous rions, nous chahutons avec nonchalance, puis je lui fourbis le cuir chevelu. Ses cheveux sont trop incrustés de crasse pour qu'elle parte, mais Anna est déjà plus propre qu'elle l'a jamais été, et finir le boulot est la dernière chose à laquelle elle pense.

À en juger par la vitesse à laquelle Anna me saute dessus, un genou encore traînant dans l'eau, elle doit se demander pourquoi j'ai autant tardé.

La plupart des gens qui parlent du sexe animal n'ont pas essayé. Ou alors, ils sont enfermés là où ils le méritent.

Là, c'est différent.

Anna n'a d'humain que l'apparence, elle réagit comme un animal, jusqu'à planter ses dents dans mon cou, et me chevaucher à en crier. À un moment, je ne sais plus qui prend qui.

Je ne sais même plus ce qu'elle est vraiment.

Ses hurlements sont si puissants qu'ils résonnent dans les grottes, et que je crains de voir débarquer le jeune mâle, curieux de savoir ce qui provoque un tel raffut. D'un autre côté, il doit déjà connaître la réponse, car les ferox sont très ouverts en matière de sexe, qui est une donnée purement hiérarchique pour leur peuple. C'est une mesure de pouvoir et de prestige.

Évidemment, je parle des mâles. Je ne pense pas qu'on demande leur avis aux femelles de la tribu.

Anna et moi passons les semaines suivantes à copuler, et nous continuons quand les grottes s'échauffent encore, et que la nourriture se raréfie toujours plus.

Les ferox sont comateux et irritables. Un jeune se fait tuer. Mon « mentor » m'explique que c'était un défi rituel contre un ancien, mais tout le monde sait que c'était une question de nourriture. Je vide le gibier rapporté de la chasse, utilisant ma lame laser pour découper les articulations des proies.

Ils n'ont que faire des tranches de viande, ils veulent manger rapidement.

La température s'élève encore, ce qui aggrave la situation. Le chef se sert largement, les femelles mangent les restes, et les plus jeunes fouillent le sol pour trouver des insectes.

J'aurais dû me douter de ce qui allait se passer... *Nous* aurions dû le savoir, tous les deux.

— *Viens.*

— Moi ? dis-je, surpris.

Le jeune ferox hoche la tête.

Je suis abasourdi quand il m'annonce que je dois chasser avec eux. Primo, ils sont plus rapides et plus discrets. Secundo, nos petits jeux dans le bassin m'ont épuisé. Mais cinq groupes partent ce soir, et si le jeune veut que je sois de la partie, alors j'en serai.

Nous mangeons bien cette nuit, et ce n'est qu'au moment d'apporter une bonne provision de restes à Anna que je remarque son absence. Les autres sont mal à l'aise, et ne désirent pas m'aider à la retrouver. Je décide d'aller trouver mon jeune mentor.

— Où est Anna ? je demande, appréhendant déjà la réponse.

— *Partie.*

— Où ?

— *Nous avons mangé. Tu as mangé. Elle est partie maintenant. Si la chasse n'est pas meilleure, nous mangerons les plus jeunes.*

J'ai à peine le temps de lui assener un coup de poing, avant que sa gifle m'envoie valser contre un mur.

Je m'accroupis, le laser à la main, mais deux autres ferox l'ont rejoint.

— *Défi ?* demande l'un d'eux.

— Pas de défi, je réplique.

Les ferox m'évitent après ça. Ils m'observent du coin de l'œil, et se raidissent quand ils me croisent dans les tunnels. Je ne suis plus un membre de la tribu, je suis devenu un problème. Je sens de l'hésitation sur leur fourrure, une fureur contenue qui les pousse à se détourner de moi.

Ma colère est plus évidente, moins sage.

Le bassin où nous avions l'habitude de nous baigner s'est pratiquement asséché, mais j'utilise le peu d'eau qui reste pour me rincer la bouche. Ensuite, je frotte ces doigts, qui ont porté ces morceaux de viande à ma bouche, avec du gravier.

Et je dors, roulé autour de ce vide sombre qu'est ma rage, jusqu'à ce qu'on me réveille aux premières heures de l'aube.

C'est le jeune mâle. Le mélange d'odeurs qui émane de son pelage est trop complexe pour que je le décode.

Il me relève.

— *Humain ?*

— Pas humain, je réponds.

Le ferox me regarde d'un air méfiant, et mon estomac se contracte. Non pas à cause de ce que j'ai mangé, mais en pensant à ce qui pourrait se passer. Il tient mon visage dans ses griffes, et l'une d'elles émerge au niveau de mon champ de vision. Elle est ébréchée par l'usage.

— *Nous parlerons plus tard.*

J'acquiesce.

Coincé dans un terrier de ferox à cent cinquante kilomètres de la frontière, au beau milieu d'un été si chaud que l'eau qui stagne dans les cavernes les plus profondes s'évapore... Décidément, je suis au mauvais endroit, au mauvais moment. Voilà qui résume parfaitement les vingt-huit années de ma vie !

Je mange seul, je dors seul.

Ainsi, je réduis mon alimentation à presque rien, et sacrifie la compagnie des autres. C'est le seul moyen de contrôler ma colère.

La lame laser ne sert plus.

Les plus jeunes qui me considéraient avec curiosité, s'irritent si je m'approche. Comme si l'opinion des plus vieux déteignait sur eux. Des carapaces molles se plient difficilement, des têtes se relèvent, et des babines se retroussent sur des crocs à moitié sortis. Je hoche la tête, souris, et commence à compter les jours avant la fin de cet été. La chaleur ne peut pas durer plus longtemps.

Après tout, combien de temps faut-il à une minuscule planète de rien du tout pour négocier son orbite au moment où elle est la plus éloignée du soleil ?

Chapitre 6

La pluie de feu…

Quel nom approprié.

Quand l'attaque se produit, je n'en suis pas la cible. Elle ne vient pas de la tribu, mais de l'extérieur. Je me demande encore comment mon jeune mentor l'avait prévue. Est-ce que les ferox lisent l'avenir ? La réponse est peut-être plus simple : chez eux, la rumeur se répand aussi vite que chez nous.

— Faucheurs !

Le cri est amplifié.

Une voix humaine déformée par l'électronique jusqu'à en devenir une arme. Sa source a beau se trouver à plus d'une centaine de pas, l'impact du son résonne encore douloureusement dans ma tête.

— Rendez-vous !

Cette phrase n'est que pure formalité. Il n'y aura aucune pitié, d'un côté comme de l'autre.

Du ciel, depuis le sol, par chaque fissure, chaque tunnel, l'attaque semble venir de tous les côtés à la fois.

Les Faucheurs nettoient les grottes au lance-flammes, utilisant les cheminées pour saturer le réseau de cavernes avec du gaz qu'ils enflamment ensuite.

Et la pluie de feu se déverse, poisseuse et puante, embrasant tout ce qu'elle touche, coulant inexorablement toujours plus loin vers les grottes où se terrent les femelles et les petits.

La chaleur fait place à l'enfer.

Les flammes lèchent la roche, et des ombres malsaines ont remplacé les ténèbres : des ferox s'agitent, transformés en torches vivantes. Ils meurent en combattant, cela fait partie de leurs lois.

L'instinct me pousse dans mon bassin presque asséché, et le bon sens me garde sous l'eau, le visage affleurant à peine la surface tandis que mon oxygène s'épuise, et que mes poumons s'embrasent eux aussi. Celui qui prétend ne pas connaître la peur durant un combat est un menteur. La peur maintient en vie, elle aiguise l'esprit, permettant de comprendre que nos prochaines actions seront décisives et ne font pas partie d'un jeu.

C'est mon camp, mon peuple. C'est peut-être pour ça que je suis si terrifié.

Le jeune mâle meurt comme il a vécu : en silence. Mais j'entends sa mort dans ma tête, même sans l'aide d'une lame pour affûter mes sens, et son mutisme apparent ne rend pas ses hurlements moins effrayants.

Je suis toujours recroquevillé dans mon bassin, au bout d'un long tunnel, quand un Faucheur apparaît. Il pointe son fusil à impulsion, m'aligne dans son viseur, et son doigt se crispe sur la détente.

Seul l'instinct me sauve.

Je me jette sur le côté en hurlant à pleins poumons avant qu'il défouraille de nouveau :

— Humain !

L'homme ne tire pas immédiatement, et cette hésitation me sauve la vie. Il relève sa visière, et rend compte de la situation à son supérieur, ou à quelqu'un d'autre en surface.

— Humain, l'entends-je dire.

Un grésillement.

— Nom ? demande-t-il.

Je mets une bonne seconde à m'en souvenir.

Manifestement, son interlocuteur s'impatiente, car le soldat ouvre la bouche au moment où je me souviens enfin.

—Sven ! Ex-sergent, Légion étrangère !

La loi de la Légion m'oblige à lui révéler que je suis un ancien sous-off. C'est une façon d'identifier rapidement les fauteurs de troubles.

—Où as-tu servi ?

Je beugle le nom de Fort Libidad. Je regrette mon enthousiasme quand il lève son fusil, mais c'est un réflexe, et il semble surpris par mon entrain plus qu'autre chose.

Il répète mon identité et mon affectation à son supérieur invisible, qui lui demande aussitôt une précision.

—Comment es-tu arrivé là ?

Bonne question.

J'ai marché plusieurs jours derrière un ferox qui m'avait adopté...

Mon petit doigt me souffle que c'est une mauvaise réponse, alors j'opte pour une autre.

—Capturé.

—Et ils t'ont épargné ?

Cette question vient sans aucun doute de lui, la surface n'a pas eu le temps matériel de répondre.

Je hoche la tête.

—Toi seul ? Tu es l'unique prisonnier ?

—Le seul du fort. Mais il y avait déjà une fille quand je suis arrivé.

—Elle est morte ?

—Les ferox l'ont mangée.

Je l'ai mangée.

Et je me retrouve à genoux, à vomir, encore.

—Tu peux marcher ? demande-t-il.

Je le regarde, et quelque chose me retient de rétorquer : *Bien sûr !*

Je préfère me contenter d'acquiescer. Quand il se retourne, je rampe nu comme un ver hors de mon trou d'eau, et je le suis jusqu'à une échelle métallique qui semble suspendue dans les airs. Elle disparaît dans les ténèbres piquetées de blanc. Je comprends qu'il fait encore nuit, et je distingue des étoiles au-delà de la cheminée.

Un mécanisme de remontée court le long de l'échelle. Le Faucheur fait une boucle avec sa ceinture, me la passe sous les épaules, et l'accroche au treuil. Je m'élève avant même de comprendre qu'il a activé le dispositif.

— Qu'est-ce que c'est que ce bordel ? s'exclame-t-il, alors que nous passons devant des sections de céramique qui bloquent l'accès à certains tunnels.

La lumière de son casque éclaire les parois de la cheminée. Je suppose qu'il n'a pas remarqué les barricades improvisées en descendant.

— Céramique blindée, je réponds.

Il m'éblouit en se tournant vers moi.

Il murmure quelque chose en inclinant la tête, puis répète à mon intention.

— De la céramique ? répète-t-il, incrédule.

— Oui. Volée dans le fort.

L'homme rend compte dans son micro trachéal.

— À vos ordres, conclut-il. On remonte.

Des mains me soulèvent, et je contemple le ciel étoilé. Je ne l'ai pas vu depuis la chasse, quand le jeune m'a berné en m'éloignant des cavernes pendant que les autres tuaient Anna – pour un ferox, ça tient presque de la compassion.

— Peux-tu te tenir debout ?

Je me demande d'où vient la passion des officiers pour les questions stupides.

— Bien sûr, je commence à répliquer, avant de découvrir que c'est faux. Je ravale la fin de ma phrase de toute façon.

J'ai sous les yeux une paire de bottes appartenant à un colonel des Faucheurs. Il est petit, et des yeux perçants brillent derrière ses lunettes fumées à monture métallique. Il porte l'un des uniformes les plus célèbres de l'Empire.

Tout le monde le connaît. Noir, parements argentés avec les épaulettes de même couleur, et galons d'argent sur le col. Un crâne orne chaque bouton. Une petite dague pend à sa hanche gauche, reliée à la ceinture par une chaîne rutilante. Comme les lunettes, elle fait partie du décorum.

Les hommes d'autres régiments de cavalerie se parent de fourragères d'or, de capes écarlates à doublure cramoisie, voire de dragonnes vert bouse. Ils ressemblent tous à des portiers pour bordel de luxe.

Pas les Faucheurs. Impossible de les confondre avec une autre unité. Et en imaginant que ça arrive, les hommes drapés dans leur arrogance raffinée sont plus qu'appliqués à corriger cette erreur.

Un sergent me relève, et me maintient debout devant l'officier. Le sourire du colonel me donne envie de m'excuser, puis de partir. Au bout d'un moment, il fait signe au sous-off de me lâcher.

— De la céramique, dit-il. Tu en es sûr ?

— Oui, mon colonel.

— De la céramique blindée d'origine militaire… ?

Je hoche de nouveau la tête, comme je viens de le faire, en aboyant ma réponse :

— Oui, mon colonel.

Est-ce que je suis tombé sur un crétin ? lis-je dans son regard. *Et sinon, qu'est-ce que c'est que ce chantier ?*

Il ne semble pas du genre à considérer avec bienveillance les syndromes posttraumatiques.

— Et où les ferox se sont-ils procuré cette céramique ? reprend-il calmement

— À Fort Libidad, mon colonel.

— Je vois. Et ils l'ont portée jusqu'ici ? À travers le désert ?

— Êtes-vous allé au fort ? je demande, fatigué d'acquiescer.

Autour de moi, une demi-douzaine d'officiers se raidissent.

— Oui, et alors ?

— Peut-être, dis-je lentement, en me demandant comment achever cette phrase que je n'aurais jamais dû commencer, avez-vous remarqué l'état de l'armurerie, non ?

— J'aurais dû ? répond le colonel en se tournant vers un major.

L'intéressé a l'air mal à l'aise. Pas étonnant. Les autres officiers reculent discrètement, soucieux de ne pas être inclus dans le débat.

— Vous avez vu les corps, mon colonel, balbutie le major.

— Tout le monde les a remarqués, répond l'homme en caressant le pommeau de sa dague. Il aurait été difficile de rater un tel charnier. Dites-moi… Qu'aurais-je dû remarquer au sujet de l'arsenal ?

— Je suis désolé, mon colonel, bredouille le major. Je n'en sais rien.

— Il n'y en a pas, dis-je.

Les deux officiers se tournent vers moi, mais le colonel est le seul à sourire.

On dirait un chat qui a repéré une proie particulièrement intéressante.

— Il n'y en a pas ?

Sa voix est douce et d'un calme souverain, toujours un mauvais signe chez un officier supérieur.

J'explique comment les ferox ont découpé l'armurerie avant de la transporter dans le désert. Cette conversation m'ennuie. Une partie de moi sait que je suis sur le fil du rasoir, mais le choc de mon sauvetage me monte à la tête, et le soulagement de me retrouver parmi les miens me donne des idées totalement chimériques sur leur comportement.

— Si vous n'avez pas vu d'arsenal, je continue, c'est qu'il n'y en a plus. Les ferox l'ont incorporé à leurs tunnels avant de le camoufler avec de la boue, des débris et tout un tas de merdes…

Je m'égare, mais personne ne semble s'en apercevoir.

— Comment le savez-vous ? demande le colonel.

— J'y étais.

Les deux officiers se regardent.

— Vous êtes retourné au fort avec ces créatures ?

Question piège ! Oui : je suis un traître. Non : je suis un menteur…

— Ils m'ont emmené sans me demander mon avis.

On me fusille (déjà) des yeux. Les deux officiers échangent un regard. De traître ou de menteur, je suis passé à fou. Certainement l'option la plus sûre.

Alors, pourquoi faut-il que je gâche tout ?

Les mauvaises habitudes ont la vie dure je suppose.

— J'ai appris à communiquer avec eux.

Là, j'ai vraiment toute leur attention.

— C'est la vérité…, je m'obstine en repoussant un médecin, anxieux que je suis de pouvoir m'asseoir pour défendre ma version.

J'arrive à peine à m'agenouiller.

J'ai déjà un tube dans le poignet, et le médecin essaie de m'en coller un dans le nez, sans raison évidente.

— Laissez-nous, ordonne le colonel au médecin.

Il regarde le major en se demandant manifestement s'il doit le congédier aussi, puis il hausse les épaules. Il peut rester.

— Vous savez comme moi que les ferox ne parlent pas.

Visiblement, l'autre officier vient de penser à autre chose. C'est tout juste s'il ne saute pas de joie.

— C'est lui qui a conçu les barricades, dit-il au colonel. Les ferox n'en sont pas capables.

Collaborer avec l'ennemi est un crime capital. D'un autre côté, tous les crimes le sont.

— Ils ont découpé l'armurerie avec leurs griffes, je répète. À cent cinquante kilomètres de leur camp, ils ont façonné de mémoire de la céramique blindée, et chaque plaque s'est parfaitement encastrée.

Quelle que soit la réponse du major, un coup d'œil du colonel la lui fait ravaler immédiatement.

— Vous prétendez qu'ils sont intelligents ?

Je réfléchis quelques instants.

— Peut-être pas au sens où nous l'entendons, mais ils sont organisés et capables de stratégie.

— Et vous leur avez parlé ?

— Oui, souvent.

Le colonel me serre la main. C'est si peu habituel de la part d'un officier supérieur que mes soupçons s'éveillent immédiatement. Il me souhaite un prompt rétablissement, et m'assure qu'on se reverra.

Quelques heures plus tard, le major vient m'annoncer qu'on m'a jugé en mon absence, et déclaré coupable de désertion.

Je suis condamné à mort.

Comme l'exécution aura lieu à l'aube, l'officier me suggère de faire la paix avec le dieu que les ordures de ma planète adorent.

Chapitre 7

Au matin, six soldats d'élite en tenue de combat des Faucheurs viennent me chercher. Le fusil à impulsion en travers de la poitrine, ils portent des lunettes de soleil sous leur visière levée. Une affectation, sachant que nous sommes à peine dans un clair-obscur.

— Toi, dit l'un d'entre eux. Viens avec nous.

Je suis sûr qu'il y a un camp d'entraînement pour apprendre à parler comme ça.

Deux des soldats me sortent de la soute d'hélicoptère qui me sert de prison. C'est un endroit poisseux et surchauffé. Une façon particulièrement déplaisante de passer les dernières heures de ma vie.

Le major m'attend, irrité, faisant les cent pas comme si ma mort n'était qu'un désagrément qui retarde son petit déjeuner.

— Collez-le là-bas, ordonne-t-il.

Les Faucheurs sont trop professionnels pour lever les yeux au ciel lorsqu'ils sont confrontés à la stupidité d'un officier supérieur, mais si ce n'était pas le cas, ils ne pourraient trouver circonstance plus appropriée. Nous sommes dans le désert, et seul un énorme bloc de grès constitue un mur naturel : le lieu de mon exécution est assez évident.

Quand un soldat essaie de me bander les yeux, je me débats.

Dieu seul sait pourquoi j'ai prêté ce serment stupide. Pourtant, à l'époque, jurer de regarder la mort dans les yeux semblait une bonne idée.

— Laissez tomber, dit le major. On a déjà perdu assez de temps.

Je me tiens droit là où on me l'ordonne.

Faisant preuve d'un respect plutôt inattendu, le sergent me retire les menottes afin que j'affronte le peloton d'exécution debout et sans entraves.

— N'essayez pas de fuir, dit-il.

— La Légion ne fuit jamais, je réponds. Nous résistons jusqu'à la mort.

Il me lance un regard qui frôle la sympathie. Soudain, mourir dignement me paraît plus important que n'importe quoi d'autre.

Quand ils lèvent leurs fusils pour me mettre en joue, je les défie du regard. Je garde la tête haute, et raidis tellement mes muscles que mes bras et mes jambes refusent de trembler.

— Chargez, ordonne le major.

Le sergent hoche la tête par réflexe, et son doigt se crispe sur la détente. Il tirera en premier, et les autres feront feu une fraction de seconde plus tard. Tel est le code des Faucheurs. La Légion opère de même…

À moins qu'un feu à volonté soit déclaré, tirer avant son sous-officier est un crime capital, autant que le mensonge sous serment, la trahison ou frapper un officier supérieur. Sans l'interprétation excentrique de ces règles par mon ancien lieutenant, je serais mort depuis longtemps.

Dans les faits, j'ai simplement été dégradé de sergent à deuxième classe pour *avoir voulu frapper un officier supérieur*. En réalité, je l'avais bel et bien cogné, mais le lieutenant avait trouvé la *volonté* plus offensante que le reste.

Le doigt du sergent atteint la limite de pression de sa détente, et son regard plonge dans le mien. Il a une sacrée paire de couilles. Ça demande beaucoup de courage de regarder quelqu'un dans les yeux au moment de lui ôter la vie. Voilà pourquoi tuer est un boulot de jeune, et ce sont des vieillards qui les envoient au massacre.

Je hoche la tête pour signifier que je suis prêt.

Et il sourit.

Un tir parfait, en pleine poitrine. J'ai à peine le temps de m'en rendre compte avant que cinq autres fusils à impulsion ouvrent le feu à l'unisson.

Les ténèbres m'engloutissent.

On ne se réveille pas… Voilà ma première pensée. *On ne se réveille pas après avoir encaissé un tir de fusil à impulsion.*

Essentiellement parce qu'il ne reste plus grand-chose à réveiller.

J'ai une deuxième pensée : *Bordel, j'ai mal.*

Même le souvenir de mon bras arraché par un ferox agonisant n'est rien comparé à la souffrance qui étreint ma poitrine, et contraint mes poumons à lutter pour chaque respiration. J'ai l'impression que tous mes nerfs sont en feu.

— Réglés au minimum, dit quelqu'un.

Lorsque mes yeux consentent enfin à ajuster, je me rends compte qu'il s'agit du colonel assis au pied de mon lit. Il est occupé à nettoyer un pistolet qui semble entièrement fait de verre.

Sachant que j'ai été exécuté en plein désert, et que là-bas, les lits sont plutôt rares, je décide que je dois être ailleurs.

Réglés au minimum ?

— Conneries, je grogne.

Quelqu'un rit hors de mon champ de vision.

— Nous avons modifié les charges énergétiques, explique le colonel. Une légère altération de mon cru.

— Pourquoi ?

De nouveau ce rire.

— Vous aviez raison, dit une autre personne.

Si je n'étais pas persuadé du contraire, je jurerais que l'officier a l'air soulagé.

— Vous pouvez partir, continue la voix.

Le colonel s'enfuit presque de la chambre. J'attends. La voix aussi. Au bout d'un moment, elle soupire.

— Un légionnaire ?

Je hoche la tête, et au cas où ça ne serait pas suffisant, j'ajoute : monsieur.

À mon avis, quelqu'un capable de congédier un colonel Faucheur mérite tout le respect possible. Je n'imagine même pas à quel point j'ai raison, jusqu'à ce que la voix prenne la forme d'un homme à la limite de ma vision périphérique. Un uniforme simple, de noir et d'argent.

Le général Indigo Jaxx.

Je le connais. Tout le monde le connaît. L'officier suprême a empêché seul une tentative d'assassinat sur la personne de notre empereur bien-aimé. Il s'est jeté devant la folle dont le fils avait été tué dans la spirale est.

— Vous étiez sergent ?

— Oui, mon général.

— Pourquoi avez-vous été dégradé ?

— J'ai frappé un officier, mon général.

Il me regarde d'un air pensif.

— Je n'ai pas entendu ça, répond-il. Essayons encore. Pourquoi avez-vous été dégradé ?

— Insubordination.

— Quel genre ?

Je fronce les sourcils… La plupart des officiers ne savent même pas qu'il en existe plus d'un type.

— J'ai refusé d'exécuter un ordre, puis j'ai frappé mon lieutenant avant qu'il donne cet ordre à quelqu'un d'autre, mon général.

— Quel était cet ordre ? soupire le général Jaxx.

— Abattre le lieutenant, abattre tout le monde, puis me suicider, mon général.

— Ça n'est jamais arrivé.

— Non, mon général.

— Pourquoi a-t-il donné un tel ordre ? Enfin, s'il l'a fait, ce qui n'est pas le cas.

— Il était ivre et il s'ennuyait, mon général.

— C'était à Fort Libidad ?

— Oui, mon général. Finalement, c'est l'ennui qui l'a tué, mon général.

— Et les ferox se sont chargés des autres.

Je hoche la tête.

— Vous excepté, dit-il en soutenant mon regard.

Voilà le point crucial. Nous le comprenons tous les deux, et je suis le premier surpris, car il ne m'était jamais venu à l'idée que je pouvais être assez important pour poser un problème. Enfin, pas à quelqu'un d'un grade supérieur à celui de lieutenant.

— Le colonel Nuevo veut vous tuer, confie le général. Ça serait la solution la plus logique. Heureusement pour vous, le major Sylva a parfois une opinion.

Le général Jaxx s'approche d'une fenêtre pour contempler un paysage que je ne peux pas voir. Je n'ai aucun moyen de savoir si je suis toujours à Karbonne, voire sur la même planète. La pièce est climatisée, et les sombres murs vitrifiés m'empêchent de distinguer l'extérieur. De plus, je suis sanglé sur le lit au niveau du torse et des genoux, juste assez bas pour empêcher mes jambes de bouger. En revanche, je suis bel et bien en vie. C'est déjà plus que ce que je pouvais espérer.

— Nous ne pouvons vous réintégrer dans la Légion, dit-il. Vous savez comment ça marche. Le seul survivant d'un contingent massacré. Aucune brigade ne vous prendrait… (Il hésite, puis se corrige.) Enfin, aucune brigade ne vous prendrait en vous laissant la vie. Il faut trouver autre chose. Avez-vous une idée ?

Je ne trouve même pas étrange qu'un général se donne la peine de tailler le bout de gras avec un ex-sergent ancien légionnaire.

— Je m'en fous, tant que ce n'est pas dans le désert, mon général.

— On en a marre du soleil, n'est-ce pas ?

— Oui, mon général.

— Très bien, je m'en occupe. Je vais voir ce que je peux faire.

CHAPITRE 8

— Suivez-moi, ordonne un caporal.

J'obéis.

Je porte un uniforme de milicien trop petit d'une taille et démodé depuis dix ans. Peut-être que ça amuse le général de me voir aussi miteux à côté de ses hommes en noir et argent. Je voyage avec sa suite, même s'il serait plus juste de dire que je compte parmi les bagages.

Nous quittons Karbonne dans un chasseur sombre et effilé, avec à son bord bien plus de passagers qu'il devrait en contenir à en juger par son profil de rapière. Une heure plus tard, nous rejoignons un vaisseau amiral en orbite haute autour de la planète. Pourquoi une telle précaution ? Aucune idée. Les quelques individus qui restent à la surface peuvent difficilement abattre un truc plus costaud qu'un cerf-volant.

Deux jours plus tard, on vient me chercher de nouveau. Mon entretien avec le général est bref. Il se contente de hocher la tête à l'adresse du sergent qui commandait le peloton d'exécution.

—La Carne va s'occuper de vous, dit-il.

—Oui, mon général, répond le sergent. Nous allons bien nous amuser.

À l'évidence, il s'adresse au général.

—Rompez, dit l'officier.

Et nous partons.

—J'ai l'impression qu'il vous aime bien, murmure le

sergent. Tant mieux. Si le colonel Nuevo s'était occupé de vous, vous seriez mort.

— Si je m'étais occupé de lui, je gronde, il me servirait de serpillière.

Le sergent me sourit. Une grimace de Faucheur qui va avec ses boutons d'argent et le crâne de sa casquette.

— C'est la première fois que vous mettez les pieds sur un vaisseau amiral ?

Mon haussement d'épaules suffit à lui répondre.

J'ai sauté sur des planètes dans des transports de troupes atmosphériques, avec des recrues du genre à vomir si on les forçait à marcher dans la boue. Il y a plusieurs années, je suis descendu d'une capsule pourrie quand nous avons pris ce système aux Exaltés, que Dieu grille leurs têtes de métal... Les vaisseaux amiraux, les barges de combat et les chasseurs orbitaux ne sont pas les moyens de transport habituels de la Légion.

— Je vais vous faire faire le tour du propriétaire.

La promenade est assez courte au demeurant. Nous descendons dix-huit ponts, avant d'atterrir dans les entrailles de la zone de repos. Si on peut qualifier ainsi un endroit si impeccable. Des fontaines en verre fumé qui se reflètent sur des murs de verre noir. Des rangées de tables serrées les unes contre les autres à la terrasse d'un café à cause de l'exiguïté de la coursive que nous empruntons.

Une femme élégante est installée avec ses deux enfants en bas âge. Un lieutenant des Faucheurs d'une classe extravagante est assis en face d'elle, sirotant un liquide verdâtre dans un verre minuscule. Une Croix d'Obsidienne pend à son cou et une fourragère d'argent décore le côté gauche de son uniforme qu'il semble porter comme un costume particulièrement amusant.

Il jette un vague coup d'œil au sergent, et la Carne se met immédiatement au garde-à-vous. Après un hochement de tête poli, nous sommes autorisés à poursuivre notre chemin.

— Trouvons un bar, dis-je.

— OK, répond le sergent en riant. Le général a gagné.

Je fronce les sourcils.

— Il avait parié que vous n'iriez pas plus loin avant de vouloir boire un coup, continue-t-il.

Tandis que la Carne regarde autour de lui, je me demande ce qu'il voit. Pour moi, c'est un monde nouveau, un lieu peuplé d'officiers et de sous-officiers Faucheurs qui hantent les couloirs, la veste noir et argent négligemment jetée sur l'épaule. Un univers où les barmen sourient, où les putes sont polies et ne demandent pas à être payées d'avance.

Quand nous quittons la coursive principale, ses auvents et ses terrasses, l'atmosphère change subtilement, et les officiers se font rares. Toujours pas de soldats ici, mais une grande variété de sous-officiers. L'air embaume la bière, le sexe et la sueur, mais pas trop, juste assez pour rendre l'endroit plus réel.

— C'est la maison qui offre, souligne la Carne.

— C'est-à-dire ?

— Tout, répond-il en désignant les bars des deux côtés du couloir. N'importe quoi. Le général a demandé que l'on mette tout sur sa note.

J'écarquille les yeux.

— Je plaisante, précise le sergent. Pensez-vous que quelqu'un de sain d'esprit pourrait… (Il ne finit pas sa phrase, outré d'avoir à expliquer une telle évidence.) Qu'est-ce que vous voulez en premier ?

— Baiser, et me saouler.

Il doit s'attendre à cette réponse. Mais je désire bien plus que ça. Ou peut-être est-ce le cadet de mes soucis. En tout cas, je veux rester assez sobre pour me souvenir de tout le lendemain.

— Une bière. Bien fraîche… Et puis une pute pour la nuit, dans un lit… et peut-être même dans une chambre avec une salle de bains privée.

— J'ai connu des hommes, sourit le sergent, qui ont réclamé dix catins et le meilleur champagne du général.

— Et moi, j'ai connu des hommes qui auraient échangé ce vaisseau pour un verre d'eau potable.

— C'était si dur que ça ?

— Ouais, j'acquiesce. Même avant les attaques de ferox. Nous sommes de la Légion : si la viande est avariée, nous la mangerons ; si la bière est éventée, nous la boirons ; et si nos armes sont obsolètes et leurs charges défectueuses, nous nous battrons quand même avec.

Deux caporaux se sont arrêtés pour m'écouter, mais un coup d'œil de la Carne suffit à les renvoyer. Je ne suis pas à ma place sur ce vaisseau. Ma prothèse est rouillée, et j'ai dû déchirer la manche de ma chemise pour l'enfiler. Mes bottes sont tellement usées qu'un des talons est presque inexistant. Difficile de ne pas penser que ma présence ici n'est qu'une sorte de plaisanterie.

— Nous sommes de la chair à canon, je continue d'un ton amer. Nous ne prétendons pas à mieux.

— Parce que vous croyez que nous pensons différemment ?

— Non, ce n'est pas ce que je veux dire. Vous êtes une élite, nous ne sommes que des troufions. Il faudrait être stupide pour croire que le Haut Commandement devrait nous traiter de la même manière…

Je hausse les épaules, puis j'inspecte les alentours à la recherche d'un bar. J'ai changé d'avis au sujet d'une murge éventuelle.

— Celui-ci fera l'affaire.

— J'en connais un meilleur.

Nous marchons pendant dix minutes, tournons à droite pour descendre d'un niveau, puis continuons encore dix autres minutes. Pendant tout ce temps, je compte mes pas pour essayer de me faire une idée des dimensions du vaisseau.

Il est énorme. Quel que soit le lieu, si on peut s'y déplacer dans une seule direction d'un millier de pas, c'est qu'il est gigantesque. Et quand nous marchons mille pas de plus, je comprends que nous ne sommes pas dans un navire classique.

J'ai fait la même chose dans les cavernes. C'est comme ça que j'ai compris la hiérarchie des ferox. Tous les mâles revendiquent un territoire précis, et plus la bête est puissante, plus son espace vital est étendu. Et j'ai appris une chose hallucinante : le jeune mâle qui m'avait adopté était le second du chef. Ce qui prouve leur intelligence à mes yeux. En regardant leur dominant, impossible de nier sa supériorité physique et sa férocité. Mais mon mentor ? Il n'aurait eu aucune chance contre les autres mâles. Pourtant, son territoire était plus grand que le leur.

— À quoi pensez-vous ? demande le sergent.

— Aux ferox.

La Carne hésite. Il regarde autour de nous, puis hésite encore. Ce n'est pas le comportement auquel on pourrait s'attendre de la part d'un sergent Faucheur. Surtout décoré de la Croix d'Obsidienne. Je n'avais pas remarqué avant le petit ruban plié à la boutonnière de sa veste.

— Crachez, je lance.

— Qu'est-ce qui s'est vraiment passé ?

— Les ferox sont arrivés, et ils ont massacré tout le monde sauf moi.

Il a l'air sceptique, comme s'il savait que je ne lui disais pas toute la vérité.

— Peut-être était-ce leur façon de faire une blague, je continue, peut-être étaient-ils seulement de bonne humeur. Je leur ai posé la question, mais je n'ai pas compris la réponse.

— Vous avez posé la question... ?

— Les ferox communiquent. Je sais que le général ne me croit pas, mais c'est la vérité.

— Qui sait ce que le général croit ? réplique la Carne.

Fin de la conversation.

Il s'arrête devant une petite porte enchâssée dans le mur noir et brillant. Comme je m'y attendais, le heurtoir, les gonds, la poignée et l'icône au centre de l'huis d'obsidienne sont tous des têtes de mort.

La femme qui nous ouvre me regarde et s'apprête à protester, mais le sergent la prend de vitesse.

— Ordre du général, dit-il.

Elle ferme la bouche et fait un pas de côté. Une étroite coursive mène au bar. Le comptoir est taillé dans un énorme bloc de marbre noir, les murs sont tendus de cuir sombre, et le sol est carrelé d'obsidienne. Je contemple le tout en me demandant s'il s'agit d'ironie. À voir la dizaine de visages sévères tournés vers nous, je conclus que l'ironie n'a pas sa place ici.

— Bienvenue au club des sous-offs, déclare la Carne.

— Est-ce un sous-officier ? demande un homme aux yeux glacés, et dont la moitié du visage est recouverte d'une plaque de métal.

Le sergent le fusille du regard avant que j'aie le temps de répondre.

L'homme tourne la tête.

Ma bière est fraîche, et si différente de tout ce que je connais que j'ai du mal à croire qu'il s'agit de la même boisson. Elle est douce et légère, là où les autres sont aigres et amères. Elle pétille dans mon gosier, et glisse dans mon estomac, répandant une chaleur agréable dans mes tripes.

Quelqu'un rit.

— Où l'as-tu déniché ? demande un autre.

Il veut dire : *Qui est ce péquenot ? Que fait-il dans notre bar ?*

— Ce n'est pas moi qui l'ai trouvé, répond la Carne. C'est le général.

Après ça, nous avons la paix. Mon verre fini, le sergent m'en offre un autre. Mais j'ai de nouveau changé d'avis. Je me contenterai d'une seule bière.

— Vous êtes sûr ?

Je hoche la tête.

— Les filles sont en haut, explique-t-il, me désignant un escalier en colimaçon qui disparaît dans un trou du plafond. Je vous attends ici.

— Vous ne voulez pas… ?

— C'est nouveau pour vous, dit-il en souriant. Je suis ici depuis treize mois.

Il se reprend, hausse les épaules, et semble se souvenir de mes propos au sujet de la différence entre les légionnaires et les Faucheurs. À cet instant, j'aime presque ce type, même si je sais qu'il n'hésitera pas à me tuer si son supérieur le lui ordonne.

— Amusez-vous, lâche-t-il.

Chapitre 9

Une dizaine de filles s'alignent par ordre de taille. Elles ne portent pas grand-chose hormis un sourire et leur pilosité naturelle. Personne ne se soucie de ressembler à un ferox ici. Il y a des adolescentes comme des trentenaires, et elles vont de relativement jolie à tellement magnifique que j'ai envie de pleurer.

J'ignore la plus belle. Nous n'aurons rien à nous dire, et elle a l'air délicate. Le genre de fille qui pourrait être effrayée par les cicatrices de mon dos. J'écarte la plus jeune et la plus vieille par principe. L'une sera aigrie, l'autre maussade, et je ne veux pas d'histoires.

En fait, je choisis celle du milieu, au sens propre comme au figuré.

Elle se tient au centre de la rangée, moyenne en âge, taille et apparence. Elle se nomme Caliente. Enfin, c'est le nom qu'elle me donne.

— Je m'appelle Sven. Doit-on se trouver une piaule ?

Elle semble gênée que je pose une question si stupide devant les autres filles.

— Nous avons des chambres, répond-elle. Peut-être souhaitez-vous faire votre choix ?

Elle passe devant, et je suis déjà bien content de la suivre. Et pas seulement parce qu'elle a les hanches larges et les fesses bien rondes. Quand elle monte l'escalier, la lumière filtre assez entre ses cuisses pour que j'aie un aperçu du lot que je viens de tirer.

Qui aurait cru qu'il existe autant de types de lits ?

Je jette mon dévolu sur la plus petite chambre, qui est aussi la moins décorée. C'est la dernière du catalogue, et mon choix semble surprendre Caliente autant qu'il la rassure.

— Vous pouvez juger un homme à la chambre qu'il choisit ? je demande.

Elle hausse les épaules. Je répète ma question, et elle décide de répondre en toute franchise.

— La plupart du temps.

— Et que signifie ma chambre ?

— Que vous posez trop de questions.

Je souris sans insister. Chaque profession a ses secrets. Pourquoi la sienne serait-elle différente ? J'aimerais lui demander comment elle a atterri dans ce milieu, si c'est de sa propre volonté, et depuis quand elle séjourne sur ce vaisseau. Mais mon faux pas au sujet de la chambre m'a rendu prudent.

— Que voulez-vous ? dit-elle.

— À quoi ai-je droit ?

Elle a un sourire triste.

— N'importe quoi, réplique-t-elle, comme une évidence.

Voilà qui répond à ma question sur ses choix dans la vie.

— Je veux un bain, et assez de temps pour discuter, dormir, et faire le reste entre les deux.

Ainsi soit-il.

Elle ne mord pas, ne hurle pas, et nous n'avons pas à nous battre après l'acte pour quelques morceaux de nourriture. Je lui en suis infiniment reconnaissant. Elle préfère me chevaucher, les seins débordant de mes mains, et ses tétons durs comme des balles. Elle n'est pas très bavarde, mais le lent mouvement de ses hanches dissipe bien vite mon besoin de discuter.

— Prends ce que tu veux, dit-elle plus tard.

La chambre est plongée dans l'obscurité. Je n'ai qu'à taper dans mes mains pour éclairer, et claquer des doigts pour tamiser la lumière. Caliente parvient à ajuster l'intensité de l'éclairage à la perfection en tapotant son pouce et son index, si bien que ses variations deviennent imperceptibles.

Elle a plus d'un tour dans son sac, mais un seul concerne la lumière. Elle en connaît tellement, en fait, que je découvre à quel point j'ignore tout du sexe et de ce qui rend les femmes heureuses.

— Je suis sérieuse.

Je claque une fois des mains, les lumières éclaboussent la pièce, et elle les tamise tout en souriant, me signifiant ainsi qu'elle comprend que je ne voulais pas qu'elles soient si vives.

— Quoi ? je demande, en remarquant quelque chose dans son regard.

Son visage perd toute expression, et ne change pas lorsque je m'assois sur le lit pour lui caresser la joue avec ma vraie main. Malgré elle, Caliente me regarde, et je lis la pitié dans ses yeux.

— Quand pars-tu en mission ?

Quelle mission ?

Je fournis l'excuse habituelle, et elle me demande pardon. Je tente de balayer ses excuses, avant même d'avoir fini de lui raconter que c'est confidentiel, et que je n'ai pas le droit d'en parler.

Nous réduisons l'éclairage jusqu'au clair-obscur, et je descends vers son pubis. J'écarte ses jambes avant d'enfouir mon visage entre ses cuisses, et je force ma langue en elle. Caliente a un goût de sel, de savon et d'autre chose.

De moi, je finis par comprendre.

Sa respiration s'accélère, et elle se raidit, les cuisses serrées autour de mon crâne. Puis ses mains agrippent ma tête, et elle presse ma bouche contre elle. Ses doigts s'accrochent dans mes cheveux en frottant son sexe contre ma langue. J'ai un goût de sang sur les lèvres, là où elles butent contre l'os.

— Continue !

Son ton est fébrile.

Alors, j'obéis, en avalant le sang, le sel, et moi. Je maintiens le rythme jusqu'à ce qu'elle m'arrache presque les cheveux et que ses hanches se soulèvent une dernière fois et qu'elle se colle contre mon visage en gémissant.

C'est une première, que ce soit aller en bas ou faire jouir une femme pour de vrai. Mais je me garde bien de l'avouer à Caliente. Mon ancien lieutenant me racontait toujours – même si je n'ai jamais vérifié la véracité de ses dires – que dans les minutes qui suivent l'orgasme, le muscle de l'anus d'une femme se détend. Donc, si les goûts de l'homme vont dans ce sens… (Il m'a dit bien des choses. Un enfant de douze ans n'était pas censé en connaître certaines.)

Réprimant un sourire dans la pénombre, Caliente ne proteste pas quand je la retourne sur le ventre et que je lui colle un oreiller sous les hanches pour les surélever. Comme si elle avait toujours su comment tout ça finirait. La sueur a coulé le long de son dos, et perle entre ses omoplates.

Je la lèche, et elle frémit.

— Désolé pour le bras, je souffle.

— Ça ne fait rien.

— Je peux l'enlever, mais ça serait pire.

— Je t'assure que ça va.

Je me tiens sur un bras, et crache dans ma main. Je glisse un doigt entre ses fesses, et l'insère en elle.

— Dans le tiroir, dit-elle. Le tube rose.

C'est une sorte de lubrifiant, et je l'utilise à la place de ma salive. Je l'en badigeonne jusqu'à ce qu'elle me dise d'arrêter. Puis je m'insinue en elle et reste ainsi en comptant jusqu'à mille. Caliente finit par me demander si tout va bien.

— Parfait, je réponds.

Parfois, les besoins sont plus complexes qu'ils devraient l'être.

La fille me laisse rester jusqu'au matin et partager son petit déjeuner quand elle comprend que rien n'est prévu pour moi. Elle m'aide à me doucher, puis me regarde me débattre avec mon uniforme trop petit aux galons découpés. Si elle a d'autres questions, elle les garde pour elle.

Chapitre 10

Le Paradis se situe à l'extrémité sud de la spirale galactique. Inutile de me demander comment les astronomes ont déterminé quel bras est au nord, et lequel est au sud. Cette décision est bien antérieure à ma naissance, quand les gens se sont intéressés au nombre de systèmes habitables dans la galaxie. Il y a plusieurs siècles en fait. Bien avant que nos maniaques locaux commencent à se disputer pour savoir qui possède quoi.

Bien entendu, à cette époque, la simple idée de modifier l'orbite d'un monde inhabitable tenait encore de l'exploit. Personne ne comprenait bien toutes les lois de la physique impliquées. Elles étaient pourtant claires.

Dans une lettre adressée à son cousin, un prince du nom d'Archimède se vantait de pouvoir déplacer des mondes entiers si on lui fournissait les outils appropriés.

Il avait raison, il était seulement en avance de quelques milliers d'années. Je dois cette petite gemme à mon ancien lieutenant, comme la majeure partie de ma philosophie de comptoir d'ailleurs.

Une planète tourne lentement sous mes pieds, sphère blanchâtre et éthérée, éclairée par un soleil lointain et maladif. Je l'observe par le hublot d'un transport de troupes converti en barge cellulaire. Cela revient à ôter les cloisons, et à retirer tout ce qui pourrait apporter une notion de confort.

Nous sommes assis sur des bancs métalliques dans une soute blindée. Il y a plusieurs années que les filtres des fenêtres ont l'air d'avoir abandonné leur lutte contre les particules radioactives.

— Le Paradis ? je demande à la femme à côté de moi.

Elle hoche la tête.

Certains officiers pensent avoir un grand sens de l'humour, et j'ai le chic pour les attirer. Alors que le vaisseau pénitentiaire s'approche, je distingue une couche nuageuse qui s'étend d'un pôle à l'autre. Nous sommes encore trop haut pour voir des villes.

Je me tourne vers la femme pour lui poser la question qui me brûle les lèvres.

— Des tempêtes ?

— Une couche de glace, explique-t-elle. Épaisse de plusieurs kilomètres.

— Enculé, dis-je.

Une dizaine d'exilés me fusillent du regard.

— Pas vous, dis-je à la femme. Le général.

— Quel général ? glisse un homme.

— Jaxx. Le général Indigo Enculé Jaxx.

Des murmures montent dans les travées, et je comprends qu'on m'écoute.

— Tu le connais personnellement, c'est ça ? lâche un prisonnier un peu plus loin.

Il a le même sourire de rat qu'un maquereau qui se prépare à m'arnaquer en me rendant la monnaie.

Je le toise, et il baisse les yeux. Quand je le regarde un peu plus tard, il s'est empourpré, et il mordille sa lèvre inférieure. On n'a pas encore atterri que je me suis déjà fait un ennemi.

— Comment est la faune ici ?

— La faune ? ricane Face-de-Rat. On est au Paradis, la destination finale pour tout le monde sur ce vaisseau.

Il rit de plus belle, regarde fixement ses pieds, et je comprends qu'il fait de son mieux pour ne pas pleurer.

— Enfin, reprend-il, le dernier arrêt pour ceux qui voyagent en classe économique.

— C'est une planète de glace, souligne ma voisine. Tout est importé. Au début, ça incluait aussi l'oxygène. Il est extrait de la glace maintenant. On utilise l'hydrogène en surplus comme carburant… et il paraîtrait que les morts servent de matière première pour les barres de protéines.

Un homme jure.

— Je répète ce que j'ai entendu, répond-elle en haussant les épaules.

Elle a l'air aussi vieille que ma sœur. Quinze ans de plus que moi, la mine lasse et le regard amer. Sa voix a le ton neutre du désespoir. Elle pourrait même être ma sœur, avec son souci des faits qui lui permettent de nier la gravité de la situation. Mais son accent sophistiqué trahit ses origines. Le mignon petit lieutenant mort dans le fort avait le même.

— Vous n'êtes pas une criminelle de droit commun, je murmure.

Elle me regarde d'un air presque amusé en dépit des circonstances.

— Et vous ? réplique-t-elle.

Quelques détenus sourient, et l'atmosphère se détend l'espace d'un instant.

— Nous sommes des exilés, ajoute-t-elle. Le Paradis accueille les gens comme nous. Ici, personne n'est un criminel de droit commun.

Une idée lui traverse l'esprit : *Comment se fait-il que je l'ignore ?*

— Et vous ?

Plusieurs personnes semblent attendre ma réponse.

— Oh ! je suis assez commun… et un criminel.

— Alors que faites-vous ici ?

— Au mauvais endroit au mauvais moment…

— Ce qui signifie ? demande un type en face de moi.

Il s'est montré assez sympathique jusqu'à maintenant.

— J'ai survécu à un massacre, j'assène d'un ton définitif. Une tribu de ferox nous a attaqués, tuant tout le monde sauf moi. J'ignore encore pourquoi…

— Sauf que vous le savez…

Incroyable, cette femme m'emmerde exactement comme ma sœur.

— J'étais attaché à un poteau, on me fouettait. J'étais nu, et mon dos était pratiquement ouvert en deux. J'imagine que les ferox m'ont pris pour un ennemi de la Légion.

— Vous êtes légionnaire ?

— Oui. J'ai tiré quinze ans, dis-je en hochant la tête.

Elle se détourne.

— La Légion a tué ses parents, explique le blond assis à ses côtés.

— Les miens aussi, je réplique.

La femme se retourne, et je réponds à sa question avant qu'elle ait le temps de la poser.

— J'avais douze ans, j'étais sans abri et sans famille. Un lieutenant m'a offert de la nourriture, des vêtements et un endroit pour dormir. En échange, il me suffisait de…

— … tuer des gens, coupe la femme.

Nous finissons notre voyage en silence.

J'observe les détenus, et je sens qu'ils se demandent quel monstre est assis parmi eux. Cette créature aux vêtements en lambeaux, avec un bras artificiel, le visage balafré, et un poignet si gros que le bracelet de la menotte mord dans la chair.

À mon tour, je me demande combien de temps ils vont mettre à changer. En bas, les autres prisonniers sont sans doute arrivés comme des exilés, polis et bien élevés. Mais les circonstances changent n'importe qui, les circonstances et la faim, la pauvreté, et la nécessité…

On trouve une dizaine de mots pour qualifier le besoin le plus primaire.

Le vaisseau atterrit, et les gardes remontent les travées en ouvrant les menottes.

— Bienvenue au Paradis, annonce Face-de-Rat. C'est aussi à toi que je parle.

Il me jette un sourire narquois.

Je ne réponds pas, je ne fais rien qui pourrait attirer l'attention sur moi. Je me contente de regarder quand l'un des matons le cogne à la mâchoire puis le relève à moitié avant de le projeter contre la coque. Le crâne du rat frappe tellement fort contre le mur derrière lui que tout le monde entend l'os taper sur le métal.

Ma voisine est sur le point de crier, mais je l'en empêche en plaquant ma main sur sa bouche, provoquant un hochement de tête appréciateur, mais réticent, de la part d'un des gardiens.

On ne parle que lorsqu'on nous adresse la parole. Ces gens ignorent tout de la prison.

— On se tait, je souffle.

Elle écarte lentement ma main. Même si elle s'essuie les lèvres avec le dos de la sienne, et qu'elle semble prise de nausée, elle m'obéit et garde le silence.

— Pareil pour toi, je chuchote à son ami.

Après ça, ils me collent aux basques. Ma monstruosité et ma connaissance du milieu carcéral sont devenues des atouts.

Des idéalistes classiques, je me dis.

Même Face-de-Rat nous a rejoints, un filet de sang s'échappe de sa bouche démolie. Je me demande ce qu'il trimballe dans le rouleau de tissu pressé contre son torse.

— Si tu peux le manger, je lui glisse, fais-le. Si ce n'est pas le cas, mais que c'est assez petit, avale-le pendant qu'il est encore temps.

Des yeux étroits me sondent.

— Ça ne suffit pas de se l'enfiler dans le cul, je continue. Ils vont nous fouiller. Si on a de la chance, ils se limiteront aux cavités.

— Et en cas de malchance ? demande la femme, d'une voix acide.

— Un putain de scan corporel. Peut-être même de la chirurgie exploratrice, au hasard, juste pour nous briser le moral. Comme ça, tout ce qu'on cache sous les pectoraux et les tripes est saisi.

À en juger d'après son expression, il est évident qu'elle ignorait qu'on pouvait cacher des objets sous ses muscles ou dans la partie haute des entrailles.

Amateurs.

Personnellement, je pense qu'on ne devrait pas tenter de faire une révolution, si on n'a aucune chance de la mener à bien.

D'ailleurs, on voit comment ils ont fini…

— En rang !

Nous obtempérons, et je remarque que la plupart des exilés imitent la femme dans le moindre de ses gestes. Sachant qu'elle suit mon exemple, je me retrouve à la tête d'une file de marionnettes dont les mouvements saccadés singent les miens.

Nous nous déshabillons, et plaçons nos vêtements à nos pieds en attendant la fouille plus… approfondie. Elle se déroule devant tout le monde, tous sexes confondus pour atteindre une humiliation optimale et s'assurer que les prisonniers comprennent leur situation.

Nous sommes seize dans notre groupe. Douze hommes et quatre femmes. Les hommes sont plus jeunes que les femmes. À peu près mon âge, ou un peu moins. L'une des femmes est aussi jeune que nous, les autres ont bien une quinzaine d'années de plus. Sûrement un signe pour nos révolutionnaires.

— Ça prouve que les femmes sont prêtes à mourir pour leur cause, dit une voix à mes côtés.

Je me retourne vers la femme du vaisseau.

— Vu le traitement qu'on leur inflige après les avoir capturées, je pense qu'elles ont raison.

Je dois avoir l'air ébahi. Elle sourit.

— Je suis douée pour lire sur le visage des gens. L'un de mes nombreux talents.

— Et vous ? je demande, sans bien savoir comment poser ma question.

— Ai-je été violée ? Est-ce qu'Octo V a laissé un groupe de ses crétins adolescents s'exercer à la torture sur moi ? (Elle fait « non » de la tête.) Ma caution était payée avant même que j'arrive au poste. Ma famille refusait de me laisser aller où que ce soit sans gardes. Elle a engagé les meilleurs avocats possible…

— Et pourtant les juges vous ont condamnée.

— Oh, non! sourit-elle amèrement, mais j'ai été emprisonnée en dépit de mon acquittement.

Elle subit la fouille corporelle en premier, devant un ami et quatorze inconnus. Elle l'accepte, car elle n'a pas le choix. Quelque chose durcit déjà dans ses yeux. Je passe après elle, et son ami ensuite. Il semble qu'une forme de hiérarchie est en train de s'établir.

Un homme mince et nu est planté au milieu d'un groupe de gardes hilares. Sur un ordre du caporal, il s'accroupit jusqu'à ce que ses fesses effleurent le carrelage glacé avant de tendre le cul en arrière, le front touchant le sol. Des doigts s'introduisent brutalement en lui. Il hurle. Quand on le laisse se relever, il pleure à chaudes larmes.

— Quelle barbarie, murmure la femme.

— C'est le but.

Elle me foudroie du regard.

J'avais compris, semble-t-elle me répondre.

— Je m'appelle Sven.

— Le mercenaire.

— L'ex-sergent de la Légion…

Un instant, elle semble sur le point de discuter, puis elle hausse les épaules.

— Vous avez raison, lâche-t-elle. Ce n'est pas le lieu pour un débat sémantique.

La question doit se lire dans mes yeux.

— La sémantique s'attache au sens propre des mots. (Elle me tend sa main.) Debro Wildeside.

— Sven, je répète.

— Et votre nom ?

Je la regarde fixement.

Bonne question.

Pour autant que je sache, je n'en ai pas…

— Connaissez-vous l'histoire de Sven Tveskoeg ? demande-t-elle.

Nous n'étions pas vraiment portés sur les histoires dans ma famille. Alors, je secoue la tête en me demandant en quoi ça me concerne. Cette femme est étrange. D'ailleurs, en observant la zone de transit pénitentiaire où la moitié des prisonniers se rhabille, tandis que l'autre attend son tour, je me rends compte que nous sommes tous un peu bizarres.

Gauches, parfois moches. Nous sommes tellement étranges que nous en devenons presque normaux.

— Il était roi, raconte la femme quand elle remarque que je lui accorde de nouveau mon attention. Dans l'ancien temps.

— Sur quelle planète ?

La majeure partie de la galaxie est contrôlée par l'Union Libre. Notre chef bien-aimé détient la majorité du reste, si on en croit ses dires. Les Exaltés et les Exarches affirment qu'ils sont majoritaires, mais le répéter tient de la haute trahison. Seuls les mondes sans valeur ont encore des rois.

Ma sœur les appelait « Princes des Gravats et des Débris ». Elle avait des idées bien arrêtées à leur sujet, ce qui n'a pas empêché l'un d'eux d'engager une légion pour six mois et de réduire trois planètes de notre système en cendres.

— Quelle planète ? répète Debro. L'originale…

— Farlight ?

— La Terre, soupire-t-elle, en reboutonnant son haut.

Je ne parviens pas à retenir mon rire.

— C'est un mythe, dis-je. Une légende.

Même moi qui ne sais rien, je ne l'ignore pas.

— Elle a existé, insiste-t-elle. Elle était bien plus réelle qu'une grosse partie de la merde qui passe pour de l'histoire de nos jours…

— *Debro*, intervient son ami.

Ce mot sonne comme un avertissement.

— Tu sais que c'est vrai !

— Je m'appelle Anton, dit son ami.

Il s'est rhabillé en lui tournant le dos, à moins que ce soit l'inverse.

Nous nous serrons la main.

— Mon ex-mari, explique-t-elle, avec une note presque affectueuse.

Avec ses hardes, il ressemble à un phasme enveloppé dans un sac plastique. Comme il n'a pas l'air du genre à s'habiller comme ça, quelqu'un a dû lui voler ses propres vêtements un peu plus loin dans la file.

— Vous aussi, vous avez été condamné ?

Il adresse un regard étrange à son ex-femme. On dirait qu'il lui demande la permission de répondre.

— Nous avons une fille, murmure-t-il. Mineure. Vous connaissez la loi.

Non, évidemment.

— Légalement, elle dépend toujours de sa mère. Vu que sa mère est ici, Aptitude aurait dû suivre le même chemin…

(Il hésite.) Ma famille a fait une proposition à Octo V, et l'empereur a accepté de me laisser prendre la place de notre fille. En souvenir du passé.

Anton parle d'Octo V, comme de n'importe qui.

— Vous l'avez rencontré ?

— Mon père était l'ami de son grand-père.

Voilà pourquoi Debro est toujours en vie. Pourtant, ç'aurait aussi pu expliquer sa mort, le cas échéant.

— Qui s'occupe de votre fille ?

Nouveau coup d'œil.

— Mon cousin, répond Debro. Thomassi est le seul à s'être proposé.

Quelque chose se cache derrière le regard qu'ils échangent et dans le silence qui tombe à la fin de sa phrase.

— Vous vous êtes disputés avec les autres ?

— Pas du tout, rétorque Anton. Ma mère, comme mon frère, aurait été enchantée, mais ils craignaient d'offenser le sénateur…

Qui doit être le cousin.

La suite de l'histoire est perdue quand la dernière prisonnière se relève, le front haut malgré les larmes dans ses yeux. Il s'agit de la plus jeune des femmes, et les gardes l'ont gardée pour la fin. Elle murmure quelque chose en passant devant le caporal.

Monumentale erreur.

Un coup de bâton dans le ventre, un grand coup entre les jambes, et elle se retrouve de nouveau par terre, recroquevillée et roulant sur elle-même au milieu d'une flaque de sa propre urine.

— Toi, dit le garde. Ramasse ses vêtements.

Anton s'exécute.

— Et toi, me dit-il, occupe-toi d'elle.

Je me mets au garde-à-vous.

— Oui, caporal.

Il répond d'un sourire amer.

— À poil ! ordonne-t-il.

Autant obéir sans poser de question.

— Retourne-toi.

J'attends le coup.

J'attends.

Mais l'homme réexamine les cicatrices de mon dos.

— Sjambok ?

— Oui, caporal.

— Je suis surpris que tu aies survécu.

— Moi aussi, caporal.

— Rhabille-toi.

Il s'approche de la fille, glisse sa botte sous sa poitrine, et la retourne en grimaçant devant le spectacle.

— Et emmène tes ordures avec toi, ajoute-t-il.

Chapitre 11

La glace fait presque dix kilomètres d'épaisseur… Elle est si dense que personne ne pourra jamais forer aussi profondément. En fait, il n'y a que de la glace, et quiconque imagine de la roche sous cette masse d'eau gelée ne connaît rien à l'espace. Le Paradis est une comète prisonnière du puits gravitique d'une étoile rencontrée en chemin.

Il y a autant d'opinions que de détenus dans notre groupe. Les gardes ont eux aussi leurs théories, mais ils ne sont pas disposés à les partager avec nous.

À l'exception de la zone d'atterrissage qui s'ouvre pour laisser entrer les vaisseaux, le complexe est entièrement souterrain. C'est plus pratique pour conserver le peu de chaleur. Les exilés sont parqués dans le dernier niveau ; les gardes, juste au-dessus, et le gouverneur loge dans le plus élevé. L'idée étant que la chaleur produite par les prisonniers monte pour chauffer les gardiens, qui réchauffent le gouverneur à leur tour.

Ça a sûrement fonctionné à une époque. Mais désormais, les détenus contrôlent la prison, et ils ont certainement creusé d'autres tunnels, et détourné d'autres ressources. Aujourd'hui, le niveau le plus bas ressemble à une gigantesque étoile de mer qui ne cesse de s'agrandir.

Les matons et le gouverneur conservent leurs quartiers au-dessus du réseau. Malheureusement, les bras se sont tellement étendus que le centre ne tient plus, et que de petits royaumes sont apparus, légués de génération en génération.

De même, de petites principautés émergent, souvent taillées directement dans la glace. Elles apparaissent rarement sur les cartes.

Debro a fait des recherches, mais je me demande si les informations qu'elle a trouvées la réconfortent tant que ça.

— OK, les mecs... On prend le relais.

Le ton est arrogant, un défi direct. Les gardes se renfrognent mais tiennent leur langue.

L'homme qui leur fait face éclate de rire.

Grand, borgne, il a une barbe tressée et incurvée par des fils de cuivre qui font office de tuteurs.

— Je suis Ladro, annonce-t-il. Je dirige cette section. Souvenez-vous-en... Qu'est-il arrivé à cette fille ?

Il me regarde.

— Elle a parlé sans qu'on le lui demande.

— Et lui ?

— Pareil, répond Face-de-Rat, qui porte une barbe de sang séché, lui.

— Vous apprendrez.

— C'est fait, dit-il.

Ladro sourit. Ce n'est pas un sourire agréable, et je me demande si le prisonnier a compris qu'il venait de parler sans qu'on le lui demande... une fois de plus. Mais Face-de-Rat a raison, il apprend. Car quel que soit le paquet qu'il serrait contre lui, il a disparu, et ses mains vides pendent le long de son corps.

— Votre anneau, dis-je à Debro. Avalez-le.

Elle a l'air choqué.

— Maintenant, je siffle. On est sur le point de se faire taxer. Vous allez le perdre si vous ne le faites pas.

Elle ôte sa bague-blason à contrecœur.

— Avalez.

Elle hésite.

J'attrape son anneau et l'avale aussi discrètement que possible. Quand je regarde autour de moi, Anton a un sourire narquois.

— Videz vos poches, grogne Ladro. Tendez vos mains ouvertes. Je ne vais pas me faire chier à vous fouiller plus que ça, les gardes s'en sont déjà chargés.

Nous obéissons.

— Voilà comment ça va se passer : vous allez me donner tout ce qui vous reste. En cas de refus, je briserai les bras des personnes qui vous encadrent.

— Vous n'avez pas le droit, gémit un homme.

Il ne finit même pas sa phrase.

— Ramassez-le.

Quelqu'un s'en occupe.

— Très bien, reprend Ladro. On retourne ses poches, et on tend les mains.

L'homme inspecte la file, s'arrêtant de temps à autre pour glisser la main dans la veste d'une femme, ou vérifier que les poches d'un homme sont vraiment retournées.

À peu près une personne sur trois possède encore quelque chose. Les alliances pleuvent, et un homme sort une jolie petite montre qui semble faire un tas de choses en plus de donner l'heure. Ladro s'arrête devant moi, et regarde ma main d'un air ahuri.

Je crains d'en avoir trop fait, mais dans sa stupeur il ne réfléchit pas trop à la raison qui m'a empêché de la cacher plus longtemps.

— Où as-tu déniché ça ?

— Je l'ai volée.

Il ramasse la dague de Faucheur pour l'examiner. Courte et à double tranchant, elle est faite pour la taille, non pour l'estoc. Destinée à un Faucheur, elle n'est quasiment pas ouvragée, et le fourreau en est presque austère.

Elle appartient à la Carne – dont le vrai nom est sergent Hito –, mon chaperon sur le vaisseau amiral du général Jaxx. Je sais qu'il s'est aperçu immédiatement du vol. Il l'avait posée sur le comptoir d'un bar, avant de se tourner pour regarder quelque chose. Il n'a pas semblé remarquer sa disparition.

— Tu as volé ça ?

Je hoche la tête.

— Où ?

— Dans un bar. Elle vient d'un sergent Faucheur.

Ladro considère l'histoire. Plausible.

— Et comment l'as-tu passée sous le nez des gardes ?

— Je l'ai avalée, mais je l'ai recrachée un peu trop tôt.

— Dommage, répond-il avec un sourire, empochant la lame au passage. On ne peut pas gagner à tous les coups.

Et encore, tu verrais ce que j'ai avalé d'autre…

Et je ne pense pas à l'anneau de Debro… Mais je garde le silence et le laisse continuer. Son inspection terminée, il désigne un couloir du pouce.

— Avancez jusqu'à ce que ça devienne impossible, vous serez arrivés.

Nous allons découvrir nos nouveaux quartiers. Rien qu'en regardant le visage des membres du groupe, je comprends qu'ils sont déjà anéantis de se retrouver ici. Ça m'étonnerait qu'un seul d'entre eux soit prêt à affronter la suite.

— Attendez, se ravise Ladro dans un élan de générosité. Si on vous arrête, dites que *je* vous ai déjà taxés.

Il pense clairement que c'est un facteur décisif. Aucune contrebande n'a été négligée, nous pouvons partir en paix.

— C'est loin ? demande Debro.

— Deux ou trois kilomètres.

Peut-être plus. Bien plus. Comment veut-elle que je le sache ?

Je stoppe la progression à une centaine de pas de la douane Ladro, et demande à deux femmes d'habiller la jeune fille qui semble maintenant en état de marcher. Debro supervise l'opération. Elle s'interpose entre la blessée et quelques hommes qui cherchent à se rincer l'œil.

— Debro va s'attirer des ennuis, observe Anton d'une voix inquiète.

— Possible.

Debro pourrait se faire adopter comme marraine de la meute, ou être expulsée. Il est encore trop tôt pour deviner comment la situation va évoluer.

— Pouvez-vous la protéger ?

Mon sourire l'incite à détourner le regard.

— Je peux vous payer, déclare-t-il d'un ton neutre.

— Avec quoi ?

— De l'or, des fourrures, de la viande séchée, des cristaux illégaux, des propriétés. Quelle que soit votre exigence, on peut s'arranger. Vous aurez votre récompense dès qu'on sortira d'ici.

— Personne ne s'échappe, lui dis-je. Ce n'est pas le genre d'endroit qu'on peut quitter.

Je lève la main pour l'empêcher de répondre. La jeune fille est habillée, et Debro lui caresse le visage en lui chuchotant des encouragements. Je dois clore cette discussion avant qu'elle revienne et que nous reprenions notre périple.

— C'est votre boulot de la protéger, je gronde. Mais je ferai ce que je peux.

Nous nous serrons la main, et quand je me retourne, c'est pour découvrir son ex-femme qui nous observe avec un sourire étrange sur le visage.

— Allez, je lâche. On bouge.

Le tunnel de céramique est bas de plafond. Les plaques sont fendillées par endroits, et par trois fois, nous tombons sur des trous percés dans la paroi, qui ouvrent sur d'autres corridors plongés dans les ténèbres.

— Il fait plus chaud que je le pensais, remarque Debro.

— Ça ne durera pas, je réplique, puis je souris en essayant d'adoucir le ton de ma voix.

Ils n'ont toujours pas compris ce qu'on leur a dit.

— Restez près de moi, je lance aux divorcés.

Je ne sais comment, j'hérite aussi de la blessée et de Face-de-Rat, dont le nom est Phibs. Il possède une imprimerie sur une planète tellement primitive qu'elle n'est même pas reliée au réseau impérial. Son crime est d'avoir édité des pamphlets dissidents contre de l'argent, selon lui. Il ne voit pas pourquoi il devrait finir au Paradis.

— Tu as de la chance, je lui confie.

Il me toise.

— As-tu des contacts huppés comme Anton et Debro ? Non. Tu es ici, car les autorités n'ont pas pris la peine de te tuer. Et pourquoi elles ne se sont pas fait chier ? Tu n'as fait que voler de l'argent. C'est ta mesquinerie de merde qui t'a sauvé la vie.

— Dis donc, répond Phibs, t'es pas aussi con que t'en as l'air.

Je le frappe, mais pas trop fort.

Plus nous nous enfonçons dans l'obscurité, plus le tunnel devient étroit et froid. D'étranges filaments lumineux pendent du plafond. Ils ressemblent à des champignons, mais Debro essaie de se souvenir si les champignons survivent à de telles températures. Elle aussi frissonne. Elle a donné son manteau à la jeune fille qui nous suit. Anton vérifie régulièrement son état de santé, mais son intérêt semble plus paternel qu'autre chose.

— Tenez, dis-je à Debro en lui tendant ma veste.

Elle regarde son ex-mari qui sourit.

— Il essaie d'être gentil, avance-t-il.

— Je crois que je dois vous avouer quelque chose, me lance Debro d'un air dubitatif. Je suis chaste depuis quinze ans.

Mon rire est si puissant qu'un gamin sort sa tête d'un trou creusé dans la paroi pour voir de quoi il s'agit. Un seul coup d'œil à mon visage et il disparaît.

— Quoi ? demande Debro, d'un ton presque offensé.

— J'aurais l'impression de baiser ma sœur, je réplique. Et il faut que vous la rencontriez pour vous rendre compte de l'horreur de la situation. Elle, c'est déjà plus mon genre…

Je fais un signe de tête en direction de la blessée. Elle a de longs cheveux noirs et semble si délicate qu'on a l'impression qu'elle va s'effondrer au moindre coup de vent.

— Elle est le genre de tout le monde, remarque Anton (récoltant au passage un regard méprisant de la part de son ex-femme.) Je suis sérieux. Elle va nous attirer des problèmes.

Debro le scrute.

— As-tu vu comment Ladro l'a regardée ? poursuit Anton. As-tu entendu Sven ? Tous les hommes du groupe l'ont remarquée. Et ça va empirer.

— Que suggères-tu ? demande la femme.

— Je ne sais pas. Que peut-on faire ?

— L'échanger, je propose. Maintenant, pendant qu'elle a beaucoup de valeur.

Debro secoue la tête.

— Nous… n'échangeons… personne.

Elle est tellement bouleversée qu'elle a du mal à me regarder.

— Et s'il y a des morts ?

Elle plante son regard dans le mien.

Je soupire en réfléchissant aux mots à employer.

Anton et Debro ont donné des ordres toute leur vie. Moi, pour qu'on m'écoute, j'ai dû gagner des galons sur les manches, et quand ils ont disparu, je suis retombé dans le silence.

— Des gens vont crever en essayant de la protéger, j'explique. Et les survivants lui en voudront. Ils désireront obtenir ce dont ils l'ont préservée. J'ai déjà connu pareille situation.

— Tant pis, répond Anton. On ne peut pas l'abandonner.

— Nous pouvons obtenir de la nourriture, j'insiste. Peut-être même des couvertures et des médicaments.

— Non, coupe Debro. Elle reste.

— Pourquoi ?

— Parce que c'est ce qu'il convient de faire, rétorque la femme.

Je retourne les paroles de l'idéaliste dans ma tête pendant que nous avançons. Il y a de plus en plus de trous dans les murs et de moins en moins de champignons lumineux. La température baisse d'un degré tous les cent pas, et notre souffle flotte déjà en brume autour de nos visages comme de la fumée. Nous n'avons rien à manger, peu de possessions, et pas grand-chose pour nous tenir chaud.

Dans la Légion, on se serre les coudes. Le raisonnement de Debro suit le même principe, mais elle l'a étendu à tous ceux qui ont besoin d'aide, même si elle vient de les rencontrer.

C'est une belle connerie, mais je n'arrive pas à trouver le moyen de le lui faire comprendre.

Le froid se faisant plus coupant, le reste du groupe devient silencieux. Les gens commencent à se demander jusqu'à quel point la situation peut empirer. Ils n'en ont aucune idée. Pourtant, quand le tunnel change, le changement est si brutal que même Phibs oublie de se plaindre.

Les murs de céramique disparaissent, faisant place à un tube de corail blanc congelé, avec des milliers de côtes translucides à la place des arches. Une épine dorsale court au-dessus de nos têtes.

— Impossible, souffle Debro.

— C'est pourtant sous nos yeux, murmure Anton en secouant la tête.

Il touche l'une des arcades transparentes, et grimace quand il doit forcer pour décoller sa main.

— Alors, il y a de la vie au Paradis, dis-je.

— J'en ai bien l'impression, répond Anton d'un ton sentencieux.

Il reprend sa marche, sans attendre que le groupe émerge de sa stupeur. Un homme étrange. Difficile de dire s'il aime Debro, ou s'il la déteste.

— Qu'est-ce que c'est ? demande son ex-femme.

— Un ver.

— Les vers n'ont pas de côtes.

— Celui-là, si, je rétorque en observant les alentours.

Chapitre 12

À cent ou deux cents pas de l'accès au ver, une fumée âcre monte d'une alcôve creusée dans la paroi. Un homme a allumé un feu. J'ignore ce qu'il cuit, mais l'odeur est rance. J'aimerais bien savoir ce qu'il a trouvé comme combustible. Anton est plus intéressé par la provenance de sa nourriture…

— Bonjour, dit celui-ci en glissant la tête dans le terrier. Je suis nouveau ici.

Des yeux durs le regardent fixement sur le seuil où je me tiens. Le barbu est vêtu de plusieurs couches d'oripeaux, et dès qu'Anton fait irruption dans son monde, sa main descend vers sa botte. Sûrement un couteau. Probablement bricolé et rudimentaire… Comme son abri.

C'est un solitaire. Nous en avons déjà vu beaucoup dans son cas.

— Non, continue mon compagnon. Je ne viens pas vous causer des ennuis. J'aimerais juste savoir où vous avez trouvé à manger.

Le vieux bagnard a un rictus qui dévoile ses dents cassées.

— Alors ?

Je ne suis pas aussi patient qu'Anton.

— Le mur, grogne l'homme en retournant s'occuper du feu.

Les cendres semblent se mêler aux ossements, et j'obtiens ma réponse.

— Nous mangerons du ver, j'annonce à Debro.

Phibs paraît malade.

— Je suis sérieux… Il est congelé et énorme. Il doit y avoir du bon dans les os, et on peut sûrement sécher la chair pour la consommer plus tard.

La fille me regarde d'un air horrifié, et l'expression de Debro est à l'avenant. Je les laisse pour faire passer le message, et nous avançons. Quand je tombe sur une paroi glacée, je sais que nous sommes arrivés.

— Nous allons tous mourir, gémit Phibs, quand il me rattrape.

Nous découvrons une grotte abandonnée. Mon compagnon à face de rat observe nos nouveaux quartiers, qui abritèrent quelqu'un avant qu'il progresse dans la société. Une caverne a été taillée directement dans la glace, et un monticule d'étrons gelés et des arabesques jaunes décorent l'un des coins. On peut dire ce qu'on veut au sujet de l'aménagement, au moins la température glaciale neutralise l'odeur de la merde.

Un vieux morceau de tissu est roulé en boule par terre. Déchiré et sale, mais c'est toujours mieux que rien. Quelques hommes portent plus d'une épaisseur de vêtements, et au moins une des femmes possède une cape. Debro porte ma veste.

— Rendez-la-moi, je lui dis.

Derrière moi, Anton s'insurge.

Phibs a déjà compris.

— Nous devons fabriquer une porte, explique-t-il, pour garder un maximum de chaleur, n'est-ce pas ?

La femme me rend ma veste, et je remarque qu'elle porte un costume noir des plus luxueux. Personne ne lui a volé ses habits. Comme c'est intéressant.

— Et ta veste, aussi, je lance à une autre femme.

Elle me fusille du regard.

— Et la tienne.

Son voisin croise les bras sur son vêtement.

— Sinon quoi ? demande-t-il.

— Je t'éclate le crâne contre le mur, et je la prends quand même.

Debro soupire derrière moi.

— À mon humble avis, il est sérieux, glisse-t-elle à l'homme qui ôte sa veste dans un silence rageur.

La femme l'imite une seconde plus tard.

Nous répartissons les habits entre nous – Debro, Anton, Phibs, la fille et moi. Elle s'appelle Rebecca, mais je ne l'apprends qu'à la fin du tri des vêtements par tailles. Elle est mal à l'aise avec moi sans doute depuis qu'elle a entendu ma proposition de l'échanger contre de la nourriture.

Enfin, quand Debro trouve quelque chose pour boucher l'entrée de la grotte – le morceau de toile que nous avons découvert en entrant –, je la laisse redistribuer les vêtements en fonction des besoins. Je m'approche du tas de merde, me fais vomir et récupère la lame laser avant qu'elle touche le sol.

Un petit mouvement du manche, et la flamme apparaît. Le laser possède une position par défaut en bleu cobalt qui permet de voir la lame. À la puissance maximum, elle est invisible, et, de ce fait, encore plus effrayante.

— Bordel, lâche quelqu'un.

Mais je me suis déjà mis au travail.

Le grès, la glace ou le carbone sont des matériaux de construction comme les autres, et ils sont toujours plus pratiques que de l'adobe fleurant bon la pisse. Je découpe assez de blocs de glace pour former un mur. Le rideau déchiré est suffisant pour cacher mon ouvrage de l'extérieur.

J'écarte les autres, et taille l'entrée en angles droits, obtenant ainsi une surface sur laquelle les briques adhéreront. Ensuite je transporte mes blocs trois par trois, avant de les ajuster. C'est plus rapide que de montrer à quelqu'un comment s'y prendre.

Une fois l'opération terminée, nous disposons d'une ouverture suffisamment étroite pour être gardée par une ou deux personnes, tant qu'elles conservent leur sang-froid.

— Nous allons être attaqués cette nuit.

— Par qui ? demande Debro.

— Les premiers arrivés, je grommelle.

Le nouveau mur garde la chaleur, et le rideau improvisé repousse une grande partie du froid. Au bout de une heure, la température est tolérable pour une personne normale. J'ai fiché le manche de la lame laser dans la paroi pour nous éclairer.

— Toi et toi, vous monterez la garde, dis-je à deux personnes au hasard. Puis vous deux, vous les relèverez.

— Et vous ? demande Anton.

— Je veillerai jusqu'à demain matin.

— Car cette nuit sera la plus dangereuse ?

J'acquiesce.

— Alors, je vous tiendrai compagnie, annonce-t-il. (Il surprend mon regard, et sourit.) Je sais me battre. C'était mon travail avant.

— Milicien ?

— Garde du palais. Croyez-moi, l'entraînement était dur. Et avant que vous me demandiez ce qui s'est passé, j'ai rencontré Debro… Sa famille était furieuse.

Tu m'étonnes…

Aux premières heures de l'aube, Phibs relève la tête, comme un rat à l'affût.

— Dehors, murmure-t-il. Pas mal de monde.

Avant même qu'Anton ou moi puissions répondre, le petit homme lève la main pour nous arrêter, nous et les deux gardes.

—Une dizaine, continue-t-il enfin. Deux groupes. Deux capitaines différents.

Il a dû remarquer mon air sceptique.

—Augmentation auditive, explique-t-il. Très pratique dans ma partie.

L'impression ? ai-je envie de demander, mais j'ai d'autres chats à fouetter pour l'instant.

—J'y vais, dis-je, en m'approchant du rideau.

—Prenez votre arme, suggère Phibs.

—Non, intervient Anton. C'est trop tôt pour révéler notre atout.

—Alors, prenez la mienne, reprend Phibs, en me tendant une dague rudimentaire au manche et au fourreau arrondis. Idéale pour la déglutition ou l'excrétion. Elle n'est pas aussi impressionnante que la vôtre, souffle-t-il, en regardant le laser, mais elle est efficace.

Il s'agit de Ladro, avec quatre hommes, tous vêtus de blousons qui ont l'air bien chauds. Une demi-douzaine de parasites restent en retrait, vêtus de hardes.

—Joli, dit-il, en désignant mon couteau d'un geste du menton. Personnellement, j'aurais bluffé avec ça, et conservé l'autre. Elle est superbement équilibrée.

Il tient ma dague de Faucheur volée entre le pouce et l'index. Un professionnel. Ladro a raison au sujet de son point fort. Il maîtrise parfaitement le sujet à ce que je vois.

—Je suis content qu'elle te plaise, dis-je.

—Et je vais prendre la fille pendant que j'y suis, répond le caïd. Livre-la-moi, et tu peux partir sans problème.

Il est très sûr de lui. Il a tellement l'habitude d'obtenir tout ce qu'il demande qu'il ne lui est jamais venu à l'idée que les choses pouvaient changer.

—Ou pas, je réplique. On la garde.

Quelqu'un ricane.

Je fais un pas de côté. Phibs et Anton apparaissent derrière moi. En comptant les deux gardes à l'intérieur, nous devrions tenir un moment.

—Je vais la prendre de toute manière, insiste Ladro. Laisse-la maintenant, et nous la traiterons bien.

Le même ricanement.

—Obstine-toi, grogne le caïd, et elle le paiera.

—Tu ne comprends pas, je rétorque. On ne te la donnera pas.

Il se jette sur moi, rapide et vicieux. La dague, *ma* dague, file vers ma gorge. Je m'écarte. C'est une feinte, et il dévoile sa véritable intention : me faucher sous le genou droit.

L'affrontement peut se dérouler d'une dizaine de façons, chacune impliquant un résultat subtilement différent pour notre groupe.

J'opte également pour le combat déloyal. Je sais déjà que Debro ne m'approuvera pas, et je me demande ce que j'en ai à foutre.

Je glisse sur le côté, esquivant son pied, et prends sa dague dans l'épaule. Ladro a un rictus de triomphe. Je fais pivoter mon couteau – enfin, le couteau de Phibs – et sa lame émerge à droite de mon poing. Je passe le tranchant à travers le cou du caïd à la vitesse de l'éclair.

Il sursaute, et je retourne mon arme, l'ouvrant du scrotum à la cage thoracique. Ses entrailles se déversent à nos pieds. La puanteur de la merde chaude emplit le corridor.

J'en surine deux autres. Un coup vicelard coupe la jugulaire du premier, et je tue le second en lui agrippant la tête, avant de tourner jusqu'à ce que les os se brisent. Ils appartiennent tous deux à la brigade des oripeaux. Une manière de nous assurer moins d'ennuis à l'avenir.

—Cassez-vous, dis-je aux autres.

Des regards hostiles nous scrutent. Une torche se lève, comme si on désirait mieux nous voir.

— Ils sont morts, annonce Anton. Et vous les rejoindrez, si vous ne tirez pas vos culs d'ici.

Son ton est agressif, sa politesse habituelle a disparu. Voilà l'homme que Debro a rencontré. Le garde du palais.

— Nous reviendrons.

— Et nous vous attendrons, rétorque Anton.

Ils partent en traînant les cadavres de Ladro et de ses deux comparses. Des menaces et des jurons résonnent.

— Était-ce bien nécessaire ? demande Debro.

Non, ai-je envie de lui cracher, *pas forcément… Nous aurions pu échanger la fille comme je l'avais proposé.*

— Nous avons choisi, souligne son ex-mari, proposant sa version de mes pensées. Maintenant, il faut assumer.

Debro semble sur le point de répondre, mais elle se détourne, et quand je la vois un peu plus tard, elle réconforte une Rebecca en larmes, qui affirme que tout est sa faute.

— Non, entends-je Debro lui expliquer. C'est celle des hommes.

Anton soupire.

— Nous avons perdu Phibs, m'informe-t-il cinq minutes plus tard.

Je m'en étais déjà rendu compte.

— Laisse-lui du temps, je souffle. Il sera bientôt de retour.

Et c'est le cas. Il rapporte de la nourriture et des débris à brûler, le tout entassé dans une couverture volée.

— Je me suis dit, autant profiter du fait qu'ils sont occupés ailleurs pour voir ce que je peux trouver.

— Qui ? demande Anton.

— Le camp d'à côté, répond-il en me jetant un coup d'œil. Ils parlent déjà de venger leurs morts.

— À quoi ressemble leur campement ?

— Plus chaud qu'ici, sourit-il. Il est dans le ver. Enfin, il communique avec le ver par un trou dans la peau. Il doit faire deux fois la taille du nôtre, et il y a même un matelas.

— Nous l'annexons demain soir.

Anton se rembrunit.

— Primo : il y fait plus chaud, j'énonce. Secundo : si nous ne les attaquons pas en premier, c'est eux qui le feront. Tertio : c'est nous qui avons déclenché les hostilités, et si nous reculons maintenant, ils nous massacreront.

Chapitre 13

Dans les faits, nous nous préparons pendant deux jours, et nous attaquons dès que nous sommes prêts. Je passe ces dernières quarante-huit heures à creuser laborieusement un tunnel le long de la paroi extérieure du ver, jusqu'à leur camp pour les prendre à revers.

Couper n'est pas difficile, mais transporter les blocs de glace dans le silence le plus total s'avère pénible. Phibs me donne un coup de main, mais il rappelle qu'il participera à la bataille, et c'est tout. Ça ne me pose pas vraiment de problème, puisque je préfère qu'il soit avec les autres, près de la sortie du repaire dans le corps principal du ver.

Mes compagnons d'exil doivent subir leur épreuve du feu.

— Tu sais ce que tu fais ? je demande à Anton.

Il hoche la tête.

— Bien. Donne-moi trois minutes.

Il sourit, puis commence à compter, ajoutant mille à chaque seconde pour obtenir un décompte correct. Dans soixante secondes, il mènera les autres à une bonne centaine de mètres, pour les organiser en demi-cercle devant l'entrée du camp voisin. Je mettrai ce délai à profit, pour remonter mon tunnel, et découper les derniers blocs de glace.

— Mille dix-huit… Mille dix-neuf… Mille vingt…

Je traverse le mur, et donne un coup de ma dague de Faucheur à la première personne que je vois. Je lui ouvre le visage de l'œil jusqu'au cou, j'ajoute une nouvelle blessure à sa collection. Il faisait partie de la précédente attaque.

Il recule, et j'éventre le crétin qui se précipite pour prendre sa place. Mon adversaire est fatigué, affamé, et ses talents de combattant sont aussi chaotiques que sa mort. Les cadavres du précédent assaut sont empilés dans un coin. Certains sont à moitié éviscérés, d'autres ne sont plus que des tas d'os et des seaux d'entrailles.

Ces types ne valent pas mieux que les ferox.

Telle est ma première pensée.

Puis, je comprends qu'ils ne dévorent pas leurs morts, mais qu'ils en extraient la graisse et le suif. Les lampes huileuses dans les couloirs témoignent de leurs succès.

Une femme essaie de me taillader, mais j'esquive. Elle essaie encore, mais je pare avec mon bras, et la termine d'un coup à la gorge, avant de libérer ma dague d'un mouvement du poignet. Elle ouvre la bouche pour crier, mais meurt sans émettre un son. Le reste bat en retraite dans le corridor, et une soudaine explosion de bruit m'informe que Phibs, Anton et les autres les attendent.

Le combat est brutal, et c'était prévu.

En cinq secondes, Anton a brisé les jambes de trois types, en utilisant la même technique de balayage. Il attrape le poignet d'un quatrième, et tire parti de son inertie pour le catapulter contre un mur, lui déboîtant l'épaule au passage. Un coup de pied sur le crâne le tue.

— L'entraînement, me confie-t-il en me voyant hocher la tête d'un air appréciateur.

Phibs, lui, est partout. Esquivant les attaques, glissant dans les angles morts. Un coup de poing dans une gorge, un coup de pied dans les couilles. Il préfère attaquer de dos. Il a un style plutôt vicieux, et donne l'impression d'en être fier. Il s'arrête chaque fois, pour prendre le temps de fouiller les poches ou voler un objet qui l'intéresse.

En dix minutes, nous avons pris le contrôle du camp, même si Phibs se plaint d'avoir à rapporter le butin qu'il leur a volé il y a quelques jours.

— Coupe des pains de glace, dis-je à Anton, en lui lançant la lame laser. Scelle le tunnel qu'on a creusé au cas où les survivants voudraient l'emprunter pour contre-attaquer.

Il acquiesce, visiblement amusé à l'idée de recevoir des ordres.

— Et vous ? demande Debro.

— Je vais parlementer avec le groupe suivant.

— La phase sympathie, précise Phibs.

Debro se renfrogne.

L'avertissement que je lance à l'autre camp est simple et direct. Nous venons de tuer Ladro, et avons conquis le groupe qui avait aidé ses hommes. S'ils nous laissent en paix, nous ferons de même. Dans le cas contraire, nous ne pourrons être tenus pour responsables.

Une tirade arrogante.

En redescendant l'étrange corridor, je me demande comment se nourrissent les filaments lumineux qui poussent sous l'épine dorsale du ver géant.

D'après mes calculs, ceux que je viens d'insulter vont mettre une semaine ou plus à rassembler assez de courage pour nous attaquer.

Je me trompe.

Il leur faut moins de trois jours.

— Dehors, souffle Phibs. Des gens.

Anton se lève d'un bond et j'ai sorti ma lame laser avant que Debro et Rebecca ouvrent un œil.

— Protège-la, continue Anton.

Son ex-femme hoche la tête.

Qu'elle soit d'accord ou pas – et il semblerait qu'elle le soit –, Rebecca a été adoptée par ces deux adultes cherchant à combler un vide dans leur vie. Si j'étais le genre d'homme à avoir une fille sur Farlight, j'aurais sûrement adopté la gosse moi aussi.

— Prêts ? je demande.

Tout le monde opine du chef.

On est en pleine politique, me dis-je, en comprenant enfin ce qui m'avait échappé depuis un moment.

Voilà ce que fait Octo V. Dire une chose, en penser une autre. Il affiche des décisions qui semblent donner des résultats précis, mais la réalité est tout autre.

Ce n'est pas si compliqué, après tout.

Après moins de trois jours, ceux que j'étais allé prévenir de nous laisser tranquilles passent à l'attaque.

Ils sont mieux armés, mieux nourris et mieux vêtus que nos précédents adversaires. Mais nous sommes des nouveaux, nous sommes organisés, et notre force physique n'est pas entamée.

De plus, ils sont nerveux. Mauvais pour un soldat.

Nous en tuons moins cette fois. Inutile d'exagérer. La nouvelle de la mort de Ladro et notre réputation nous précèdent. Nous perdons trois hommes, et eux cinq. Nous récupérons une enfant qu'ils ont volée à un autre groupe quelques jours auparavant. Nous imposons notre droit de résidence dans le couloir de céramique lui-même.

Le camp suivant se rend sans combattre. Le groupe d'après offre de quitter les lieux avant même que nous poussions nos cris de guerre. Nous avons déménagé cinq fois en dix-neuf jours, intégré une dizaine de personnes à notre groupe par la même occasion, et nous avons subi cinq pertes. Nous nous procurons des vêtements, des armes, du petit bois et de la nourriture.

Les gens se mettent à nous payer un tribut.

Le camp suivant est l'ancienne base de Ladro, et je décide d'aller y jeter moi-même un coup d'œil. Anton et

Debro ne veulent pas bouger. La majorité du groupe pense la même chose. Mais la guerre ne fonctionne pas ainsi, enfin, pas chez moi. La Légion a des règles. On gagne du terrain, et on continue à en gagner jusqu'à ce que les pertes rendent tout nouveau gain impossible.

— Laissez tomber, suggère Debro.

— Je ne peux pas.

Elle soupire, et regarde Anton.

— Essaie de lui faire entendre raison.

— Non, ses règles sont différentes, répond-il.

Je pars, la dague de Faucheur à la main, bien en vue, et le laser dans mon dos sous ma ceinture.

Seuls les membres de notre groupe en connaissent l'existence, et ça ne doit pas changer, sauf si c'est inévitable.

Je remonte donc un couloir que nous avons descendu en traînant les pieds il y a quelques semaines à peine. Les couvertures frémissent quand les solitaires et les familles m'épient depuis leur terrier. Seuls les camps m'intéressent. Des endroits construits autour d'un feu central. Avec des habitants assez organisés pour établir des tours de garde et des rotations, même si lesdites rotations signifient que les plus faibles font tout le boulot.

Chaque groupe encadre une dizaine d'abris occupés par des épaves qui se couvrent d'ordures en espérant qu'on les laissera vivre en paix ce qui leur reste de vie.

Je les ignore, et pleins de gratitude ils en font autant.

— Bonjour ? Je suis Sven, je viens pour parler.

Frapper à la porte est la moindre des politesses. C'est le premier camp du Paradis à disposer d'une porte, alors je ne me prive pas du plaisir d'y toquer – on a des plaisirs simples dans la Légion.

Je ne récolte que le silence.

Le silence total.

Je frappe de nouveau.

Et encore.

— Oh ! pour l'amour de Dieu, dit une voix. Entrez !

La dague à la main, et une expression que j'espère particulièrement féroce sur le visage, j'ouvre la porte.

Je reste tétanisé.

— Bonjour, reprend la voix. Je commençais à me demander quand vous alliez arriver.

Le colonel des Faucheurs est installé dans un fauteuil au beau milieu d'une caverne vide. Le siège l'a suivi jusqu'ici, accompagné d'une bouteille de vodka et de deux verres.

— C'était une plaisanterie, dit le colonel Nuevo.

Je remarque que je me tiens déjà au garde-à-vous.

— Le général est impressionné, ajoute-t-il. En trois semaines, vous avez déjà formé une unité, conquis une demi-douzaine de camps, tué l'un des caïds, et semé l'inquiétude au sein de la population.

Je hoche la tête.

— Vous pourriez au moins avoir l'air content de vous, conclut-il.

Il tire une longue cigarette noire de son étui argenté, et l'allume avec un briquet en ivoire. Il finit par m'en offrir une.

— Non merci, mon colonel.

— Pourquoi pas ?

— Mauvais pour la santé.

Il regarde la dague que j'ai dans la main, et sourit.

— Vous m'avez fait perdre un mois de solde, dit-il, amusé.

— Vraiment, mon colonel ?

— Le général avait parié que vous réussiriez en trois semaines, et j'avais tablé sur cinq. Rassemblez vos affaires. Nous partons.

Chapitre 14

Je n'ai même pas passé un mois au Paradis, et le quitter me semble pourtant plus dur que prévu. Phibs prendra le commandement, ou il deviendra le conseiller de celui qui le fera. Il accumulera son petit tas d'or, ou quoi que ce soit qu'il aime à entasser.

Il va s'enrichir, établir des réseaux. Les gens viendront le trouver pour obtenir des remèdes, des couteaux et de la nourriture. Il y a toujours quelqu'un pour en fournir contre une certaine somme.

Anton et Debro sont différents.

Ils n'ont que leurs idéaux, et ceux-ci se fissurent, se ternissent, et se brisent. Certaines personnes ne survivent pas aux dégâts que ça leur cause. Je le sais. Je me souviens du lieutenant Bonafont comme d'un brillant tacticien, un pédagogue naturel, et un habile meneur d'hommes. C'est peut-être pour ça qu'il a fini dans une garnison minable, à des centaines de kilomètres d'une agglomération qui n'avait de ville que le nom.

Il ressemblait à Anton quand il avait débuté. Je le comprends à présent. J'entends encore sa voix posée, raffinée, polie… Tout ce que je ne serai jamais.

Ça me laisse rêveur. Pourquoi a-t-il perdu du temps avec moi ? Aucun officier de la Légion, pas même le colonel d'un fort perdu au milieu de nulle part, ne devrait s'embarrasser d'un gamin de douze ans, un réfugié laissé derrière un après-midi de carnage fortuit.

Et c'est pourtant ce qu'a fait le lieutenant Bonafont.

Il m'a appris à tenir un couteau, et à tirer au fusil à impulsion. Il m'a enseigné le pistage et la compréhension du climat. J'ai appris à lire dans le ciel, et à savoir si quelqu'un avait foulé la poussière avant moi.

Et il m'a appris d'autres choses qui me semblaient inutiles.

Ne pas manger avec mes doigts. Garder mon calme. Penser à toujours boire un grand verre d'eau fraîche avant de me coucher ivre mort.

Peut-être est-ce la dette que j'ai contractée vis-à-vis du lieutenant qui me ramène à celle que j'ai envers Debro et Anton parce que je m'inquiète pour eux. J'ai surtout peur que Debro empêche Anton d'être assez impitoyable pour conserver ce que nous avons gagné.

Tandis que je remonte le couloir, le couteau pendant à ma ceinture, je devrais penser à la douche qu'on m'a promise, aux vêtements neufs, et au rendez-vous avec le général…

Je regrette que le colonel Nuevo ne se soit pas laissé persuader d'emmener les autres, comme une équipe soudée et indivisible.

Il n'a rien voulu savoir.

Pourtant, il est disposé à envisager le cas de Phibs, ce qui est une surprise en soi. Il était prêt à accepter le voleur, mais pas Anton ou Debro. Je condamne donc un homme qui ne sait même pas qu'il a une seconde chance, parce que je veux que Phibs aide Anton. Enfin, dans un premier temps.

— Alors ? demande Debro.

Elle est assise dans un coin de notre nouveau camp. Elle caresse les cheveux de l'enfant que nous avons récupérée, en parlant sans cesse à la petite fille. J'ignore ce qu'elle lui dit, mais Debro parle constamment, doucement, calmement, et d'une manière complètement différente de celle dont elle use pour parler à un adulte. Même avec Rebecca.

— Qu'ont-ils dit ? demande Anton.

J'inspecte le camp, et remarque Phibs qui m'épie depuis un coin. Je lui fais un petit signe de la tête. Une seconde plus tard, je fais de même pour les divorcés avant de sortir. Phibs me rejoint, puis Anton, et enfin Debro. Derrière, j'entends une enfant qui commence à gémir.

— Quel âge ? je demande.

— Aucune idée, répond Debro. Ici, c'est presque impossible à savoir.

— Vous allez la garder ?

— Bien entendu ! s'exclame-t-elle en secouant la tête d'un air outré, comme s'il y avait des subtilités que je ne comprendrais jamais.

— Que s'est-il passé ? s'enquiert Phibs. On a des problèmes ?

— Le camp est vide, je révèle. Quelqu'un vous a même laissé un fauteuil, une bouteille de vodka et deux verres.

Les yeux d'Anton s'écarquillent.

— Mais que se passe-t-il ? demande Debro.

Elle semble sérieuse tout à coup. C'est la plus perspicace pour remarquer les indices. Une pisteuse-née.

Je prends une profonde inspiration, contemple les murs de céramique et la porte posée à la diable sur ce qui a été brièvement mon univers.

— Je m'en vais, dis-je.

Phibs ouvre la bouche, mais rien ne sort.

— Personne ne part d'ici, dit Anton.

— Qu'est-ce qu'ils vous veulent ? demande Debro.

En regardant la femme que j'ai temporairement considérée comme une sœur, je dois admettre que je ne sais pas.

— Qui est venu ? continue-t-elle.

— Un colonel des Faucheurs.

— Et vous le connaissez ?

La voix de Debro est neutre, comme si la réponse était évidente. Ce qui n'est pas faux, d'une certaine façon. On ne sort pas du Paradis sur un caprice. Pourtant, on dirait que j'y suis arrivé de cette manière.

— Ce colonel, glisse Anton, il ne travaillerait pas pour le général Jaxx par hasard ?

J'acquiesce.

— Et où allez-vous ?

Des hypothèses dansent dans les yeux d'Anton. Une lueur calculatrice s'allume dans son regard. Il n'est ni cruel, ni comploteur, juste vivant et extrêmement sérieux. Tandis que je pèse ma réponse, je me rends compte que Debro et lui l'attendent impatiemment.

Phibs aussi, mais d'une autre manière.

— À Farlight, je réponds.

Et soudain je comprends. Je comprends ce qu'ils attendent de moi. Je le sais avant que Debro pose la question.

« Peu d'amis », rapportait mon seul et unique test psychologique passé à la Légion. « Mais totalement loyal envers ceux qu'il a… »

Je protégerai leur fille. Quoi qu'on attende de moi, je le ferai… Je le leur confie, et leur donne ma parole. C'est un serment de la Légion qui me lie jusqu'à la mort. Malgré son aversion pour tout ce qui a trait à l'armée, Debro m'embrasse sur les deux joues, en m'assurant que ses prières m'accompagneront.

Chapitre 15

— Tu me sers à boire ?

La fille nue lève les yeux de son écran où une indigène d'une incroyable beauté fait ses adieux à un légionnaire au physique charmeur, à la peau tannée par le soleil et au sourire ravageur qui lui aurait valu le mépris de n'importe qui dans le monde réel.

Je me demande à quel jeu se livre Caliente. Pourquoi ne connecte-t-elle pas l'écran directement à son cerveau comme tous les autres passagers ?

— Bien sûr, je réponds. De la vodka, ça ira ?

Elle sourit.

— À quoi joues-tu ?

— C'est nouveau et très cool.

La vodka arrive déjà glacée. J'adore le distributeur de sa chambre. J'attends que Caliente change de position, pour me laisser de la place sur la chaise. Je jette de nouveau un coup d'œil à son jeu. Il a l'air des plus ordinaires.

— Qu'est-ce qu'il a de si cool ?

— Y a des règles.

Je regarde la jeune femme, et me rappelle pourquoi je l'ai choisie la dernière fois. Une poitrine généreuse, mais sans excès, des hanches faciles à agripper. Le siège est trop petit pour nous deux. Je décide donc de la soulever, et de l'asseoir sur mes genoux.

— Tous les jeux ont des règles, dis-je.

Elle a l'air un peu déconcertée. Comme si elle voulait me contredire, sans oser le faire. Elle préfère se tortiller joliment, et si ça ne tache pas mon costume de l'intérieur, je ne peux pas en dire autant de l'extérieur.

—Attends.

Je la soulève de nouveau, juste le temps d'ouvrir ma braguette.

—Maintenant, tu peux t'agiter.

Troisième jour à bord du vaisseau amiral du général. J'ai eu ma douche, et on a trouvé un uniforme à ma taille. Je campe dans la chambre de Caliente depuis soixante-douze heures.

Elle ondule. Mécaniquement au début, puis avec un peu plus d'intérêt lorsqu'elle remarque mon excitation.

—Comme ces jeux-là? je souffle.

Le lieutenant m'a appris qu'il faut toujours faire la conversation aux filles des bordels.

—La plupart n'ont pas de règles, répond-elle.

—Vraiment?

—Enfin, pas ceux auxquels je participe.

—Et comment fait-on?

—On joue jusqu'à l'ennui, ou jusqu'à ce que ça merde.

—Et?

J'ajuste légèrement ma cadence, pour que ses fesses et l'intérieur de ses cuisses frottent plus lentement pendant qu'elle roule des hanches. Elle mouille, si je ne m'abuse.

Caliente hésite.

—Continue, lui dis-je. Je veux juste savoir ce qui arrive si c'est toi qui merdes.

—Tu arrêtes le jeu, et on recommence.

—Aah, d'accord…

Les jeux de la Légion sont plus simples: on monte à l'assaut, on meurt, et avant on récolte des bons de bordel et des médailles. Dans le monde des jeux, on peut même espérer une promotion manifestement, mais je n'en ai jamais trouvé l'utilité.

Nous besognons en silence un moment – si les halètements comptent toujours pour du silence. Puis, je soulève Caliente une dernière fois, avant de la ficher sur moi. Elle est étroite, plus motivée qu'avant, à moins que la position rende l'accès plus profond.

— Est-ce que tu as été augmenté ? demande-t-elle.

— Non, dis-je en secouant la tête. Tout est proportionné.

Elle le fait une fois en échange du bon que m'a donné le sergent Hito, puis une deuxième fois gratuitement, et s'apprête à recommencer une troisième fois quand des coups sourds ébranlent la porte. Il semblerait que le sous-officier en ait marre de materner un « berserker » comme il m'appelle.

Il a tout faux. J'ai vu des berserkers. Nous n'avons rien en commun. Rien du tout. Déjà, je ne suis pas un marsupial.

— On a besoin de vous.

On a besoin de moi ici, je manque de répondre.

À la place je déloge Caliente, lui donne une claque sur les fesses, et sourit quand elle pousse un petit cri. Sa gifle effleure à peine mon visage.

— Ça suffit, tonne le sergent d'une voix préoccupée. Elle doit partir.

Sa voix résonne en dépit de la cloison qui nous sépare.

— Elle est déjà partie, répond la jeune femme en lui faisant un bras d'honneur invisible.

Elle m'embrasse légèrement sur la bouche.

Puis elle disparaît dans la salle de douche avec un frétillement de fesses roses, un sourire enjoué, et une serviette blanche.

— Oh ! pour l'amour du ciel, grogne le sergent.

— Quoi ?

— Vous pourriez au moins vous couvrir.

Je mets un instant à comprendre. Je remonte ma braguette, et cherche mon manteau.

— Le général est donc disposé à me voir ?

J'ai passé les trois derniers jours à baiser Caliente et à prendre des douches.

Ça fait tellement longtemps que j'attends l'officier suprême que je commençais à me demander s'il était au courant de ma présence sur son vaisseau. À l'évidence, il le sait. C'est dangereux pour tout le monde, si je suis à bord sans qu'il le sache. Tout le monde connaît la nature impitoyable du général et ses colères effroyables. Mais d'un autre côté, j'ai l'impression que ça passe pour des qualités ici.

Je ne suis pas d'accord. La rage est nécessaire sur le champ de bataille, mais pas à l'égard des hommes. Les officiers doivent rester d'un calme absolu vis-à-vis de leurs troupes. Comme je l'ai déjà dit, mon lieutenant était un idéaliste.

Je n'expose pas sa théorie, évidemment. Je me contente de camper trois jours dans une chambre au-dessus du mess des sous-officiers. La plupart des sergents me détestent, et ils ne tolèrent ma présence que parce que Hito est le plus gradé, mais aussi parce que le général s'intéresse à moi.

— Quoi ? s'exclame le sergent Hito. Vous voir ? Dans cet état ?

Un autre héritage de la Légion : les vêtements et l'apparence importent peu. En revanche, on a l'impression que les Faucheurs sortent tous du même moule. À moins que ce laxisme au niveau de l'uniforme ne s'applique qu'aux postes de la Légion où j'ai servi.

Les forts à la frontière. Les missions suicide. Les affectations mortelles.

— À quoi pensez-vous ?

Je regarde fixement le sous-officier. Quelle question saugrenue de la part d'un sergent! Venant d'une femme, encore... et si elle fait la conversation.

— Je suis sérieux, insiste-t-il.

— Vous avez tous l'air si propres.

— Vous apprendrez.

Il ne mérite pas que je réponde.

— Là aussi, je suis sérieux. Vous pouvez apprendre. Le général peut vous l'ordonner... Et ce bras... Pourquoi ?

Je ne comprends pas la question.

Il répète, et ajoute que la prothèse est obsolète depuis au moins cinquante ans et qu'elle tombe en ruine. Je saisis enfin le sens de ses propos.

Pourquoi ne pas en avoir une meilleure ?

— Ça coûte cher, je réponds d'un ton froid. Très cher.

Il me demande le prix, et je le lui donne. Quelque chose dans mes yeux l'empêche d'éclater de rire, mais il regarde instinctivement vers la porte par laquelle Caliente a disparu.

— OK, je concède. Elle est chère, et alors ?

Et belle, intelligente et expérimentée. Et je ne connais pas un seul légionnaire de ce coin de la galaxie qui ne donnerait son vrai bras, sans parler de sa prothèse de merde, pour coucher avec elle. Mais du diable si je l'avoue à la Carne.

— Connaissez-vous son prix ?

Deux fois plus que mon bras.

Je me suis payé la jeune fille au moins sept fois sur les trois jours, et je ne compte pas les extras. Ça signifie que j'ai allongé la note du général de quatorze bras artificiels. Je me demande s'il va s'en irriter, puis je décide de m'en foutre. Combien d'argent ces gens gagnent-ils ? Pourquoi nous baisent-ils gratuitement ?

Mais je n'ai plus douze ans, et j'ai déjà eu cette conversation avec mon lieutenant. Mais à l'époque, je parlais des sergents. Je n'avais pas compris que les lieutenants peuvent jouer à Dieu avec leur vie, eux aussi.

— On va vous trouver quelque chose de mieux, déclare Hito.

— Je ne veux pas, je gronde.

L'expression du sergent se durcit.

— Ne faites pas le malin, c'est une mauvaise idée. Ceux qui font leur malin avec le général Jaxx ne font pas long feu.

Et c'est là que la conversation est censée s'achever, mais je refuse de laisser tomber.

— Avez-vous une arme favorite ? je demande.

Il lève les yeux au ciel, toujours froissé, puis il comprend.

— C'est la vôtre ?

— L'une d'elles.

— On va vous trouver mieux, répète-t-il. Pas seulement neuf, meilleur…

Et nous descendons au mess des sous-officiers, où une dizaine de visages hostiles m'accueillent, et me suivent jusqu'à ce que j'aie disparu au-delà des portes dans le couloir menant à l'ascenseur.

— Ça vous ferait mal de dire bonjour ? grogne le sergent.

— Et eux ?

J'entends la Carne soupirer.

— C'est vous l'étranger, explique-t-il. C'est leur mess, leurs chambres. Personne ne vient ici à part des sergents. Même les officiers doivent être invités.

— Alors pourquoi ai-je le droit d'entrer ?

— Parce que telle est la volonté du général.

— Pourquoi ?

Hito est sur le point de répondre que personne ne discute les ordres du général. C'est l'un de ces réflexes conditionnés qui remplacent nos pensées. Mais il s'abstient. Il hésite, et retourne l'idée dans sa tête.

— Vous avez vécu parmi les ferox.

Je hoche la tête.

— Vous êtes le premier. Vous prétendez être capable de communiquer avec eux.

— C'est vrai. Enfin, j'ai réussi. Peut-être que ça ne fonctionnait qu'avec cette tribu.

— Et peut-être étiez-vous fou de fatigue et de faim. Vous aviez perdu la tête, et c'était le fruit de votre imagination. C'est l'opinion du colonel Nuevo.

— J'ai communiqué avec le jeune. J'ai parfois eu du mal à le comprendre. Quand j'étais attaché au poteau, il a fallu que je me coupe pour saisir le sens de ses idées.

— Oui, il y a ça, aussi.

— Quoi ? Le poteau ?

— Également. Les examens médicaux font état de dix-sept coups de fouet en une seule séance. Personne ne survit à ce genre de traumatisme.

— Moi, si.

— Apparemment. Mais ça inquiète aussi le colonel – je peux vous le révéler, puisqu'il l'a déjà dit, et il m'a confié qu'il l'avait expliqué au général.

J'attends que le sergent exprime clairement le fond de sa pensée. Est-ce qu'il se rend compte à quel point ce refus de la responsabilité personnelle est révélateur ? Peut-être que c'est un défaut partagé par tous les Faucheurs.

Refus de la responsabilité personnelle.

J'en suis fier.

Mon ancien lieutenant aurait pu dire une chose pareille. Il l'a sûrement fait.

— Vous vous êtes coupé pour rester sain d'esprit ? Pendant votre captivité chez les ferox ? Avons-nous bien compris ?

— Je l'ai fait pour établir le contact.

Il sort de l'ascenseur, en me faisant signe qu'il écoute toujours. Deux hommes à l'uniforme plus simple s'écartent.

L'uniformologie est complexe. Celui des sergents a l'air plus imposant que celui des lieutenants, et celui des colonels est encore plus dépouillé. Si mes souvenirs sont bons, l'uniforme du général Jaxx est complètement uni. À part la Croix d'Obsidienne suspendue à son cou, et les crânes d'argent sur son col, rien n'indique qu'il est le plus haut gradé.

Les gardes sont sûrement des caporaux. L'un d'eux jette un œil dans ma direction, puis se hâte de regarder ailleurs.

— Vous disiez… ?

— La souffrance accentuait ma capacité à entendre les ferox.

— Vous maintenez qu'ils parlent ?

— Seulement là-dedans, dis-je en tapotant ma tempe.

— Ce sont des télépathes ? Ils communiquent par la pensée ?

Il me prend peut-être pour un ignare.

— Oui, c'est exactement ça.

— Et vous entendiez leurs pensées ?

— Je percevais les échanges d'une tribu, je réponds en haussant les épaules. Peut-être que les autres communiquent différemment.

— La pensée, c'est la pensée, insiste-t-il.

Chapitre 16

Il me conduit dans une petite pièce poussiéreuse. Ce qui est plutôt surprenant à bord d'un vaisseau d'une propreté irréprochable. On a l'impression qu'une armée d'agents de maintenance nettoie en permanence, une légion invisible ou trop petite pour être visible par l'œil humain.

La conception du vaisseau est assez homogène. Les murs sont noirs et brillants. De l'obsidienne ou du verre, certainement. Les sols sont de la même couleur, et semblent de marbre. Des veilleuses s'allument pour éclairer les coursives quand le navire est plongé dans les ténèbres pour simuler la nuit. C'est-à-dire huit heures sur vingt-quatre.

L'air est pur, la température agréable, et tout le monde semble connaître parfaitement son travail. Si j'étais le général, je ne mettrais plus jamais les pieds sur une planète. Quand je m'en ouvre à la Carne – je continue à penser au sergent Hito de cette manière –, il sourit, et hoche la tête d'un air satisfait, comme si je venais de réussir une épreuve.

—J'ai un cadeau pour toi, dit-il à une vieille femme assise derrière un comptoir.

—C'est quoi, ça ? grommelle-t-elle.

—Un ex-légionnaire.

—Je n'ai pas demandé *qui*, répond-elle un peu plus sèchement que nécessaire. J'ai dit *quoi*.

—C'est un humain, réplique le sergent d'une voix amusée. (Ils ont l'air de se connaître depuis longtemps.) Tu peux le tester.

—Nous sommes tous des humains, très cher, rétorque-t-elle. Tu n'as pas écouté notre chef bien-aimé ?

—*Madie…*

—Je sais. Tous les sujets de l'Empire sont humains, même ceux qui ne le sont pas. C'est la nouvelle loi.

—Vieille de plusieurs centaines d'années.

—Exactement, grogne-t-elle. Le nouvel empereur la modifiera certainement, et la situation ne s'améliorera pas plus…

—À poil ! lâche le sergent.

Il me faut une seconde pour comprendre qu'il s'adresse à moi.

—Seigneur, peste la vieille. Tu aurais pu le doucher avant.

—Il sort du bordel des sergents.

—Ne m'en parle pas… (Elle se retourne vers moi et me désigne une cabine.) File là-dedans.

Il s'agit d'un tube ovale en verre. Il contient un tableau de contrôle inséré dans une console noire et brillante. Aucune indication quant à la fonction des boutons. J'en sélectionne un au hasard.

Rien.

J'appuie de nouveau.

Quelques secondes plus tard, je suis assis par terre, les mains sur les yeux, aveuglé par une lumière plus violente que tout ce que j'ai connu dans les déserts au sud de Karbonne. Le sergent se tient juste au-dessus de moi. Il lâche une bordée de jurons.

—Que s'est-il passé ?

—Je ne vois plus rien, merde ! je gronde en essayant de me relever, avant de trébucher. Deux paires de mains viennent à mon secours.

—Ne me dis pas, siffle la femme, que tu as regardé la lumière.

— Je ne savais pas qu'il y en aurait une. On ne m'a rien dit.

Elle adopte un ton plus sérieux.

— Combien de temps as-tu regardé ?

— Une seconde.

— T'es sûr ?

— Plutôt, oui.

J'ai connu assez de déserts et de batailles pour savoir que la lumière aveugle, d'où le réflexe de fermer les paupières. Je distingue déjà sa silhouette. Elle m'observe attentivement. L'instinct a dû me sauver avant que le pire advienne.

— Je vais bien.

— Non, coupe le sergent. On doit te descendre à l'antenne médicale immédiatement.

— Je vais bien. Écoutez, je vous vois de nouveau.

Des doigts agrippent mon visage et le tournent de côté. La femme. Elle a une poigne d'acier. Son visage s'approche à quelques centimètres, et je sens son haleine fétide. Elle plonge ses yeux dans les miens. Elle me scrute comme si elle pouvait traverser mon crâne.

— Merde, dit-elle. C'est un régénérant !

Ils s'éloignent pour discuter puis reviennent, l'air grave.

— Nous aimerions procéder à quelques tests, déclare la vieille femme.

— Pour vérifier ce que vous savez déjà.

Le sergent Hito a un rictus sarcastique.

Je vois déjà le tableau. Elle veut annoncer au général Jaxx ce qu'elle a découvert, sans lui révéler qu'elle a failli aveugler son nouvel animal de compagnie.

— D'accord, je réponds.

Je dois bien ça au sergent. En plus, la douche avait éliminé la puanteur de la vie avec les ferox. Un exploit que même le séjour au Paradis n'avait pas accompli.

La vieille femme me fait asseoir devant un ordinateur, et le sergent Hito examine une rangée de prothèses, en secouant la tête à intervalles réguliers. Arrivé au bout du présentoir, il se retourne et recommence.

— Rien d'assez gros.

— Fais-lui repousser, décrète la femme. Avec sa capacité de régénération, il n'y aura aucun problème.

— Il en veut un en métal, souligne le sergent en me regardant. Je me trompe ?

— Dis-lui qu'il ne peut pas.

— Le problème, c'est qu'il en a certainement le droit.

— Je vois, dit-elle. Un intérêt personnel d'une autorité supérieure, hein ?

L'espace d'une seconde, le sergent donne l'impression de regretter que cette conversation ait commencé, mais je n'écoute pas vraiment. Je suis assis face à un ordinateur dont le rôle semble se limiter à enfoncer des aiguilles dans mon corps et couper ma peau avec des lames. Quoi qu'elle détecte, la machine produit un sacré boucan en s'illuminant et en ronronnant.

À moins qu'elle soit conçue pour fonctionner comme ça.

— Tu as raison, annonce la vieille. Il est humain.

— Plus ?

— Un petit pourcentage d'autre chose.

La neutralité absolue de sa voix attire l'attention du sergent.

— Quoi ?

Elle hausse les épaules, en libérant mon bras organique de ses sangles inutiles. Elle m'essuie avec un truc qui pue l'alcool, et ma peau se referme déjà.

— Une adaptation pratique, murmure Madie.

— On peut le dire.

Quelque chose dans ma voix les incite à se retourner.

— Ça ne s'arrête jamais, j'ajoute, le corps continue quoi qu'il arrive. Aucune souffrance n'est trop intense. Rares sont les blessures trop graves. Le jour où un ferox m'a arraché le bras, j'ai marché cinquante kilomètres pour rentrer au fort.

— C'est un ferox qui t'a fait ça ?

— Un jeune, je précise. Probablement un bébé.

— Que faisais-tu ?

— Je décapitais son père.

La femme jette un coup d'œil au sergent Hito. Le sens est évident : *Qu'est-ce qui t'a pris de m'amener ce maniaque ?*

J'explique que l'adulte était déjà mort. Enfin, presque mort. De vieillesse, attention, pas de ses blessures. Mais c'est trop tard. Je lis dans ses yeux la même chose que dans ceux des recrues avant que j'arrête de m'emmerder à leur parler. Quelque chose à mi-chemin entre la peur et l'admiration.

— OK, conclut-elle. Je comprends mieux pourquoi le général le veut. Qu'est-ce qui te plaît autant dans ta prothèse ?

— Elle est puissante.

La vieille soupire, et ça m'ennuie tellement de penser à elle comme ça que je lui demande son prénom complet, et poliment en plus.

— Madeleine, confie-t-elle.

— C'est un joli prénom.

Hito hausse les sourcils, mais je suis sincère. Je ne suis pas en train de discuter avec une pute. C'est un nom plaisant.

— Très ancien, ajoute-t-elle. Il est terrien.

— Vous savez, je murmure, vous êtes la deuxième personne à me parler de cette planète en très peu de temps.

— Qui était l'autre ?

— Une prisonnière au Paradis.

— Je ne veux rien savoir, lâche-t-elle au sergent. Je me trompe ?

Hito fait « non » de la tête.

— La Terre existe-t-elle ?

— Pourquoi penses-tu qu'elle n'existe pas ?

— À cause d'un truc que m'a dit ma sœur, dis-je en haussant les épaules. Elle prétend que ce monde a été inventé afin d'expliquer pourquoi les choses étaient plus simples dans la galaxie avant... Elle disait toujours des trucs comme ça, mais je ne l'ai jamais trop écoutée. Pourtant, j'ai toujours cru que c'était la vérité.

— C'est une hérésie, souffle Madeleine. Je te conseille d'oublier tes théories sur la Terre quand tu seras avec le général Jaxx.

J'acquiesce, souris pour montrer que j'ai compris, et que j'applique déjà son conseil. Elle ne se détend pas d'un cil.

— Nous vivons une sale époque, continue-t-elle. Beaucoup de gens sont morts.

— Je sais, réponds-je. Faut croire que j'aurais dû en faire partie.

Le sergent se racle la gorge, et détourne l'attention de Madeleine vers la rangée de prothèses poussiéreuses. Mais toute vie l'a quittée, et je suppose qu'elle doit ruminer sa propre histoire.

— On va lui en faire un nouveau, décide-t-elle.

— Pardon ?

— Ce n'est pas parce que personne ne l'a fait depuis des dizaines d'années... (Elle hausse les épaules, déjà décidée.) Nous disposons de fabricators, et de plus de matrices qu'on peut en utiliser. Donne-moi son faux bras.

Quand le sergent m'enlève ma prothèse, elle détourne le regard.

— Et encore, vous auriez dû le voir avant.

— Qui a opéré ?

— Mon ancien lieutenant.

— Seigneur, murmure Hito, il aurait pu se servir des Esculapes de combat.

Je suis sur le point de lui expliquer que les lots de fournitures médicales étaient vides quand nous les avons reçus, que rares sont les légionnaires à lire suffisamment bien pour déchiffrer les consignes d'utilisation de toute manière, et que la plupart des bons officiers réussissent des miracles avec un couteau chauffé à blanc. Des exploits qui sont bien au-delà des capacités de vulgaires boîtes en métal automatisées.

Inutile.

— Il était ivre, je lâche. Mais il m'a quand même sauvé la vie.

— C'est toi qui l'as sauvée, rectifie Madeleine. Quand tu as ramassé ton bras, et que tu l'as transporté sur cinquante kilomètres…

Je hoche la tête, car ce n'est pas le bon moment d'avouer que j'ai laissé le membre derrière moi, sachant qu'il était devenu inutilisable. À la place, j'avais bandé ma plaie, et rapporté la tête du ferox.

— Nous allons déjà arranger ça, dit-elle.

Et elle s'exécute, avec une froide précision qui m'impressionne au plus haut point. Je ne sais pas où elle a appris tout ça, mais elle sait parfaitement ce qu'elle fait.

— Quelle finition désires-tu ?

— Pour mon nouveau bras ?

— Pour ton moignon.

À la fin, elle perd patience devant mon indécision, et elle me gratifie d'un motif qui ressemble à des écailles de tortue dorées. Ça commence par de la chair, et se transforme peu à peu en une matière proche de la corne de buffle. Pour les détails, elle utilise un scalpel laser sorti d'un tiroir, puis grave une rapide série de marques sur la surface.

— Tu l'as signé, constate la Carne, d'un air surpris.

— C'est la première fois depuis longtemps que je fais un boulot qui me plaît, acquiesce-t-elle. Tu sais ce que lui veut le vieux ?

Le sergent se renfrogne, et elle rit.

— Je ne te parle pas de l'intitulé exact de la mission. Mais au moins le genre.

Il hésite. Mon petit doigt me dit que si je n'étais pas là, il serait plus ouvert.

— Infiltration et extraction, lâche-t-il. Mais sans la phase extraction.

— Avec une partie déguisement ?

Hito la regarde, puis se tourne vers moi. Le message est clair : *Comment veux-tu que je camoufle un truc pareil ?* Et pour la première fois, je me demande ce qu'il continue de trouver étrange chez moi. La Légion est un corps cosmopolite, c'est le but. On se fout de la langue, de la couleur des yeux, et de la forme du crâne.

Je suis grand, et plutôt baraqué. Mais à part les cicatrices sur mon dos, et mon moignon, je ne me suis jamais considéré comme différent. Un peu plus fort, peut-être. Un peu plus déterminé à franchir le dernier kilomètre. Mais tout se résume à cette dose de puissance en plus.

Après le motif en écaille, je suis prêt à accepter toutes les suggestions de Madeleine. Même si à la fin, elle oublie de suggérer quoi que ce soit, et fait juste ce qui lui plaît. Ça me convient, car j'ai vu des forgerons et des armuriers au sommet de leur art, et aucun n'atteint le niveau de concentration qu'elle déploie en concevant mon nouveau bras.

L'ancien est placé sur un établi qui se referme dessus. La prothèse est analysée. Madeleine examine un schéma sur son bureau, sifflote, puis s'approche des rangées de bras artificiels poussiéreux. Elle siffle de nouveau, même si elle a déclaré qu'elle ne les utiliserait pas.

— Elle cherche des idées, me confie le sergent. Fais-lui confiance.

Je hoche la tête.

La prothèse qu'elle crée est impressionnante tant elle sort des critères habituels. L'ancienne, achetée par mon lieutenant, est rustique et grossière, toute en plaques de métal et en pistons, avec des câbles aboutissant à des doigts malhabiles.

Le bras conçu par Madeleine ressemble à celui qui me reste, sauf qu'il est en métal noir. Il pourrait passer pour un vrai de loin, mais quand on se rapproche, il n'est clairement pas naturel. Je parle de métal, parce que sa surface résonne quand on la tape, mais le coude se plie sans plaques d'aciers articulées, et le poignet pivote comme s'il était fait d'os et de tendons.

— Il te plaît ?

Je hoche la tête.

— Vous ne voulez pas le signer ?

— J'en ai déjà fait un comme ça avant, sourit-elle. Je ne peux prétendre que c'est un original. Tu veux que je t'arrange le dos ?

Je fais « non » de la tête.

— Pourquoi pas ? demande le sergent Hito.

— Il ne faut jamais oublier certaines leçons.

Il jette un coup d'œil à Madeleine. Elle sourit, puis soupire. Une vieille femme, avec un boulot étrange, sur un vaisseau comme je n'en ai jamais vu auparavant. J'ai l'impression de m'être égaré dans un autre monde sans même savoir que j'y étais invité. Je commence à devenir nerveux. Je le sais, à cause de ce pincement dans les tripes qui ressemble à la faim. La sensation qui m'habite juste avant la bataille.

— Qu'est-ce que tu as prévu pour l'armure ? demande la femme.

— C'est le général Jaxx qui voit.

— Mais il sera en uniforme ?

Ils se livrent à un petit jeu. À mi-chemin entre le poker et les échecs. Une alliance bâtie en se titillant mutuellement.

Je découvre un peu plus le sergent de minute en minute. Pourquoi me laisse-t-il en apprendre autant ?

— Je vais lui en fabriquer un, grogne-t-elle. Si le vieux ne l'aime pas, on recyclera le tout.

— OK, capitule Hito. Donne-lui le noir de base.

— Insigne, grade, compagnie ?

— Pas d'identifiant, répond le sergent.

Chapitre 17

Je passe à la fouille avant de rencontrer le général Jaxx. Quatre officiers m'entourent, et commencent à me palper. Sachant que je suis déjà passé au scan corporel, je devine que c'est une tradition, une sorte de rituel à subir avant d'être mis en présence d'un général Faucheur.

— Des armes ?

Je secoue la tête.

— Faudra que vous m'enleviez le bras.

Derrière moi, le sergent Hito commence à objecter, très poliment, car les hommes sont bien plus gradés que lui.

— Le général en personne…

Ils font machine arrière dès que le sergent explique que le général Jaxx désire voir la dernière œuvre du colonel Madeleine.

— Vous restez ici, répond l'un d'eux.

Hito semble sur le point de protester, mais il obéit, et c'est seul que je pénètre dans le bureau du général. C'est le même homme. Toujours aussi grand. Mais aujourd'hui, il porte une veste de smoking noire et un pantalon à pinces, tous deux relevés d'une bande argentée.

Sans son uniforme, seule la chevalière de sa main gauche indique qu'il contrôle un régiment. Un crâne grimaçant, la bouche moqueuse et les yeux défiant le monde entier.

— Sven, dit-il.

J'attends. C'est tout ce que je peux faire.

— Nous avons une mission pour vous. Qui convient parfaitement à vos talents.

Quels talents ? voudrais-je demander, mais je préfère garder le silence.

— Que savez-vous de Farlight ?

— Rien, mon général.

— C'est encore mieux, répond-il en hochant la tête.

Il s'approche d'un buffet, s'empare d'une carafe, et remplit deux verres. Il ne me dit pas de quoi il s'agit, et ne me demande pas si je désire y goûter. Mais il trempe les lèvres dans le premier, avant de descendre le reste d'un trait, reposant le verre avec une satisfaction évidente, et je l'imite.

— Single malt, confie-t-il. Une vieille boisson de la Terre. (Il hésite, avec un léger sourire.) Connaissez-vous cette planète ?

— Très peu, mon général.

— Sa chute ?

Voilà exactement un moment où je dois garder le visage le plus inexpressif possible. Quoi que je sache, et en l'occurrence j'ignore tout, il vaut mieux la fermer.

— Il y a un peu plus de six cents ans, l'intelligence artificielle a dévoré ses propres enfants… (Il s'arrête.) Ou peut-être ses parents… Vous n'avez pas la moindre idée de ce dont je parle, n'est-ce pas ?

Je secoue la tête.

— Vous ne pouvez imaginer, sourit-il, comme j'en suis heureux.

La mission est simple. Je file à Farlight, je pourchasse un traître dont on me fournira le nom à l'arrivée, et je les tue, lui, son garde du corps, et toute sa famille. Si sa villa prend feu par la même occasion, c'est encore mieux.

— Bien entendu, si vous échouez, nous nierons toute connaissance de votre existence.

— Et si je réussis, mon général ?

— Vous intégrerez les Faucheurs, subirez l'entraînement de rigueur, et participerez à la campagne que tous les nouveaux engagés doivent entreprendre. Après, vous travaillerez pour moi. Pour moi seul.

Il attend.

Suis-je censé le remercier ?

Au bout d'un moment, il sourit.

— Je vous aime bien, dit-il. Les gens prétendent que vous êtes un animal. Ils ont tort. Les bêtes ne pensent pas. Enfin, pas comme vous. Je crois qu'on va faire du bon travail ensemble.

Peut-être que je pense, mais pas assez vite manifestement. Je mets une seconde ou deux pour comprendre qu'il m'a signifié mon congé…

Chapitre 18

Farlight est immense. C'est une mégalopole coincée dans le cratère d'un volcan éteint depuis une éternité. Elle accumule l'histoire comme une omelette exotique. Pour commencer, les rues ont une demi-douzaine de noms différents, certains boulevards s'arrêtent brusquement, et de vastes zones ont capitulé devant des attaques virales faisant fondre la moitié des immeubles comme des structures de cire.

Les palais sont concentrés dans le centre, et les taudis s'accrochent aux parois de la cuvette, jusqu'au point où la pente est trop abrupte pour des constructions normales, laissant place à des huttes sur piliers, et à des cabanes de polymère. Au bout d'une centaine de pas, même ces abris de fortune disparaissent, et la roche volcanique reprend le dessus.

Je découvre tout cela pendant l'approche du vieux cargo qui survole la ville à une altitude si basse que je m'en étonne. Comment l'empereur peut-il tolérer ça ? Quand je me renseigne auprès d'un membre de l'équipage, il a un sourire mauvais.

— Quelqu'un à faire chier, probablement, m'informe-t-il.

— Qui ?

— Nous, on nous paie pour raser le boulevard Mazimo. Ça doit être pour gâcher le déjeuner d'un richard. (Il ricane.) À mon avis, quelqu'un s'est vu refuser l'entrée d'un restaurant cossu.

Carl me tape sur l'épaule, et m'offre la moitié de son reste de saucisse. Elle semble composée de viande rance mélangée avec assez d'ail pour masquer une puanteur sous une autre.

La meilleure description possible de la scène politique dans Farlight.

Je le remercie, et refuse, prétextant que j'ai déjà mangé.

Carl est le capitaine du cargo – nous nous sommes rencontrés dans un bar en orbite haute. Un boui-boui où je n'avais jamais mis les pieds bien entendu, mais que j'ai reconnu immédiatement. Ils se ressemblent tous. Une rangée d'alcôves au fond de la salle m'évoque les pipes rapides et les baises ratées appuyées contre le mur. Une dizaine d'hommes me jettent le même regard, guettant la police, leur ex-femme ou un collecteur de dettes. Au moment où je passe la porte, la sirène du détecteur retentit et un barman abandonne son comptoir.

— Pas d'arme, dit-il.

— Je n'en ai pas.

— Tu as été scanné.

— Soit. Mais je n'ai aucune intention de l'utiliser.

Il ouvre de nouveau la bouche.

— Toutefois je pourrais changer d'avis.

Une maquerelle rigole.

— Sers-lui à boire, dit-elle.

J'entre.

Carl vient me demander où j'ai trouvé mon manteau. J'analyse sa phrase à la recherche d'un double sens. Je me demande si d'autres questions sont codées. Mais l'homme semble sérieux. Il se targue de s'habiller avec goût, et il veut le même que moi.

— Il appartenait à un sergent Faucheur.

Il a l'air effrayé.

— T'inquiète, il ne viendra pas le réclamer. (C'est la vérité, Hito l'a pris au commissariat. Son ancien propriétaire n'en avait pas besoin.) Il est à toi, si tu me descends sur Farlight.

— Il y a une navette, réplique-t-il. Elle part toutes les heures.

C'est à mon tour de le regarder.

— Doublure pare-balles, j'énonce. Camouflage caméléon partiel sur l'extérieur. Fonctionne à l'énergie solaire et à l'éclairage artificiel. Infiniment plus efficace que le camouflage complet, qui est bien trop évident.

Je me contente de répéter ce que le sergent Hito m'a dit, mais cela semble convaincant, et je veux me débarrasser de ce manteau. Je ne suis pas superstitieux, mais je suis sûr que le général a planqué un émetteur dedans.

Carl marche, et j'ai mon ticket pour Farlight…

— T'es sûr que t'as pas faim ?

— Parfaitement, je réponds en balayant d'un geste son offre de salami moisi.

Carl s'éloigne pour vaquer à ses occupations, quelles qu'elles soient, sur le *Trillion 203* : c'est-à-dire bien peu de chose. Bien après l'atterrissage, il observe les alentours, vérifie que la rampe de déchargement du cargo est vide, et me fait un clin d'œil complice.

Après une brève poignée de main, il sort de ma vie, mon manteau sur ses épaules, un morceau de saucisse à moitié mâchouillé gonflant sa joue.

La piste d'atterrissage est un vaste terrain rempli de vaisseaux. Un grand grillage d'acier entoure l'astroport, et vu l'état de certains appareils, il doit servir autant à garder les équipages à l'intérieur que le reste de la ville à l'extérieur.

Personne ne m'arrête quand je me faufile entre deux capsules spatiales, et que je me glisse sous une troisième. Des gens vont et viennent, quelque part un rire retentit, et un gamin assis sur une caisse observe un robot arachnoïde à cinq pattes réparer maladroitement un monoglisseur.

Même à Fort Libidad nous en avions. Ce sont de minuscules aéroglisseurs à deux places qui ne s'élèvent pas au-dessus d'un homme, mais qui négocient n'importe quel terrain. Je me demande à quoi sert un mono ici. Quand le père du gosse apparaît, je comprends que le véhicule est utilisé pour se déplacer sur l'astroport, et que le gamin est le fils d'un docker.

— Qu'est-ce que vous faites ici ?

— Je regarde.

Ça me paraît suffisant.

Le père se renfrogne.

— Votre arachnobot est niqué, j'ajoute.

Son rictus se creuse. Peut-être à cause de mon langage, à cause de mon accent, ou parce qu'il déteste les gens qui soulignent des évidences.

— Qu'est-ce qui est plus important, je demande. Que la soudure soit terminée, ou que le robot fonctionne bien ?

— Personne ne sait réparer les robots, grogne-t-il, mais je devine qu'il réfléchit à la question. À tout prendre, je choisirais le robot.

Je m'approche de l'insectoïde métallique gros comme le poing, et je l'attrape pendant qu'il se concentre sur son travail. Je le retourne et lui arrache deux autres pattes avant de le reposer. L'homme est sur le point de protester, mais je lève la main pour le faire taire. Je ramasse un morceau de fer dans une caisse de pièces recyclables, et le broie avec ma main cybernétique.

Je laisse tomber les fragments près de l'arachnobot indisposé.

Rien ne se passe.

Je compte de dix à zéro, puis tends la main vers le robot, quand il décide qu'il est assez endommagé comme ça, merci bien, et commence à manger les morceaux de métal comme si sa vie mécanique en dépendait.

— Dans trois heures, dis-je. Peut-être quatre. Nourrissez-le encore pendant quelques jours, jusqu'à ce qu'il se calme.

Trois moignons de pattes apparaissent déjà sur l'engin, pour remplacer les deux que j'ai cassées, et celle qui manquait déjà.

— Merde ! s'exclame le docker. Où avez-vous appris ça ?

— Dans l'espace, avec un ingénieur. C'est un vieux robot de combat conçu pour continuer à fonctionner tant qu'il n'est pas endommagé à cinquante pour cent. Arrivé à ce stade, il entreprend des réparations d'urgence. La prochaine fois que vous avez des problèmes avec l'un d'entre eux, bousillez-le un petit peu, ça devrait marcher.

L'homme me dévisage, puis regarde autour de lui.

— Ancien militaire ?

Je hoche la tête.

— Et vous ?

Il n'a pas besoin de me répondre, je le lis dans ses yeux.

— Tu viens de débarquer ?

Un coup d'œil vers le *Trillion 203* lui fournit sa réponse.

— Tu cherches du boulot ?

— Toujours.

— Je comprends, souffle l'homme, avec un sourire las. Je connais… Prends la porte est, et tu tomberas sur une rangée d'hôtels miteux. Demande une chambre à la semaine, refuse de laisser une garantie, et ne paie pas plus de deux crédits.

Il inspecte le manteau que Carl m'a fourni, après avoir accepté de me transporter en échange du mien.

— Tu as au moins deux crédits, non ?

— Pas de problème.

— Bien. Quand ça sera fait, reviens et demande à voir Per Olson, c'est moi. Je suis copain avec le contremaître. Il devrait avoir un truc pour toi.

— Merci, je réponds, sachant que je ne le reverrai jamais.

Chapitre 19

Un professionnel reviendrait pour tuer l'homme et l'enfant. Dans ce cas, je devrais aussi éliminer Carl et les clients du bar, plus le barman, car ils pourraient m'identifier…

Je me suis toujours dit que laisser des cadavres dans son sillage n'est pas la meilleure façon de passer inaperçu. Il vaut mieux que Per Olson pense que j'ai suivi son conseil pour les chambres miteuses, mais que j'ai trouvé un meilleur boulot.

Je me dirige vers l'est, et je remarque que les vaisseaux sont de plus en plus fatigués. Je commence à me demander comment de telles épaves peuvent voler, et je comprends que ce n'est pas le cas. Une nuée d'arachnobots grouille sur ces carcasses. Ils découpent, et emportent tout ce qui peut servir, convertissant ceci en cela. C'est la fonction de ces robots, et ce qu'ils ont toujours fait de mémoire d'homme.

Je continue de marcher jusqu'à ce que je dépasse cinq hôtels de suite, un bar, un restaurant pourri, et un bordel. Tous ces bâtiments sont construits en fibres agglomérées par époxy surmontées de toits en plaques de métal rivetées. Ils ressemblent à des installations provisoires mises en place en même temps que la piste d'atterrissage, mais jamais démontées.

— Cinq crédits, m'annonce-t-on dans le premier boui-boui.

Je décide d'éviter la discussion, et passe au suivant.

— Trois.

— Deux, je réponds.

La fille derrière le comptoir me fusille du regard sous sa frange. Ça doit marcher avec la moitié de sa clientèle. Elle secoue la tête.

— Deux cinquante, lâche-t-elle. À prendre ou à laisser. (Elle me jette un coup d'œil.) Attention, ça comprend tout le service.

— Vous comprise ?

Elle commence par se sentir insultée, puis m'examine de nouveau, et préfère battre des cils.

— Pas du tout, mais on peut en discuter, si vous voulez.

Elle s'appelle Lisa. Elle me laisse la chambre pour deux crédits.

Les trois pires jours de ma vie s'ensuivent. Pour un soldat, la maîtrise est la base de tout. Le monde peut se transformer en enfer, la bataille perdue bien avant de commencer, mais on doit toujours se contrôler, et maîtriser sa peur, ses émotions.

Le sergent Hito m'a prévenu de ce qui allait arriver. Il a même précisé que cela durerait soixante-douze heures, et que je devrais le garder à l'esprit quand je sentirais que je n'en peux plus.

Il a raison.

C'est exactement le temps que ça prend, à la minute près.

Par contre, rien de ce qu'il m'a décrit ne s'approche de ce que je ressens vraiment.

J'ouvre un paquet en aluminium, pour extraire une petite enveloppe fragile. Suivant mes instructions, je la déroule soigneusement, avant de la plonger dans le lavabo, seule source d'eau propre dans ma chambre. Je m'assois, et attends le quart d'heure requis.

Au bout de cinq minutes, l'enveloppe se gonfle pour former un tube. Des veinules apparaissent sur sa surface et commencent à enfler. Cinq minutes après, la membrane se contracte, comme une chenille qui essaie de ramper.

J'ai déjà la nausée.

Au bout du quart d'heure indiqué, mon estomac danse la samba, et la limace tente de sortir du lavabo.

C'est une *Aculeus accipio*.

Totalement illégal, leur élevage est passible de la peine capitale. Il paraît – enfin, le sergent Hito m'a dit – que dans les systèmes extérieurs, des villes entières les utilisent, sans y voir le moindre inconvénient. Mais, tout en parlant, son visage trahissait ses propres doutes.

Si je dois le faire, autant que ça soit rapide. Je ramasse la limace avant qu'elle s'échappe, ouvre la bouche, et l'avale. Je sens de minuscules crochets s'enfoncer dans ma gorge avant même qu'elle ait accompli la moitié du trajet.

J'ai un haut-le-cœur. Un réflexe.

Elle lutte contre l'automatisme, ses barbillons se logeant profondément dans mon œsophage. Je suis déjà à genoux, les spasmes crispant mon estomac. La force de l'habitude me pousse jusqu'aux toilettes, jusqu'à ce que ma tête dodeline au-dessus de la cuvette. Les mains crispées sur le ventre, mes abdominaux roulent sous la peau, et mes tripes se soulagent enfin, en propulsant leur contenu.

Le vomi remonte dans ma gorge, et coule sur la limace en sortant. L'*Aculeus* se raidit, mais c'est l'excitation. Elle n'attendait que ça. Elle vit, et elle a trouvé un hôte.

Je crache, sens la limace se tendre, et vomis de nouveau, et encore une fois, et encore, jusqu'à ce que je me moque de savoir d'où viennent le liquide et la bouffe digérée rendus. Au bout de trois heures, mon estomac est vide. Au bout de sept, j'ai évacué mon colon et je crache de la bile qui se ronge un passage à travers la saleté incrustée dans la cuvette des chiottes.

Les diarrhées commencent peu après.

Je me réveille pour découvrir que j'ai sali mes draps. Je rampe hors du pieu, en emportant la literie avec moi. Je lave le tout dans le lavabo, jusqu'à ce que la merde disparaisse. Le matelas a dégusté lui aussi. Je l'essuie, mais ça ne fait qu'étaler la merde. Le peu de cervelle qui me reste s'illumine, et je gratte la surface de coton avec mon couteau de combat. Tant pis si la lame déchire du tissu, du moment qu'elle retire la souillure.

L'opération terminée, je nettoie le matelas avec une taie d'oreiller humide, jusqu'à ce qu'il soit aussi sale que lorsque je l'ai trouvé. Je le retourne, puis étends ma taie mouillée pour qu'elle sèche. Je coince une grande serviette dégueulasse sur le matelas en guise de drap.

Je sombre dans l'inconscience pendant les cinq heures suivantes.

La serviette est sale, mais le matelas est toujours « propre ».

Je la lave, mais je suis trop malade pour faire mieux que la balancer sur le lit avant de m'endormir de nouveau. Une crise de vomissements me réveille, et je distingue du sang dans la cuvette. J'ai de la musique dans la tête. Ce truc bizarre qu'écoutent les femmes parfois, des vagues, du vent et des sons naturels. Au bout d'un certain temps, je comprends que mon corps tente de se soigner, mais il y a quelque chose en plus.

De la vraie musique, bizarre et dissonante, insolite et étrangement séduisante, avec un écho inattendu. J'entends mes propres pensées, mais elles semblent décalées d'une fraction de seconde. Une cascade de peurs et de mémoires que je n'arrive pas…

à stopper.

Ma trachée est en feu, et quand je tousse, l'*Aculeus* bouge légèrement, puis se repositionne.

Je vomis de nouveau.

Un filet acide un peu plus épais que la bière, mais j'en ai presque l'habitude à présent. La prochaine fois, j'arriverai à juguler le réflexe, et ignorer le goût dans ma gorge. Soit la bestiole a rapetissé, et a pu s'enfoncer un peu plus profondément dans mon œsophage, soit je commence à…

m'y habituer.

La serviette reste propre pour la première fois depuis presque… trois jours.

J'ai des cernes, et de la barbe sur les joues. Mon ventre s'est creusé sous mes côtes, là où la fièvre a éliminé le peu de graisse qui me restait. Sous ma peau terne, mes muscles ressemblent à des câbles. Je suis certain que mes iris ont changé de couleur, mais c'est pourtant…

impossible.

Mes pensées se synchronisent entre elles, et la musique disparaît, les bruits de mon corps se confondant avec le reste. Un grand vide se fait à la place. Je me vois tel que je suis : un troufion loin de sa campagne, dans une ville étrange, attendant de connaître sa mission.

Une pensée plutôt effrayante.

En fait, non.

J'ai déjà remarqué mon bras, la force de mon corps, l'esprit qui ne s'est jamais donné la peine de vraiment fonctionner en vingt-huit ans. Le potentiel est là, à moi de l'utiliser.

J'en fais le serment.

Je trébuche jusqu'à la fenêtre, pour regarder les abords de Farlight. Devant, le terrain d'atterrissage Bosworth. Au-delà, le quartier Emsworth, un amoncellement de taudis accrochés à la partie inférieure du cratère. Au-dessus de ceux-ci, se trouve la faille Calinda, une brèche ouverte par le temps, et les marées volcaniques étranges, dans le bord rocheux de la cuvette.

D'où viennent ces informations ?

Je l'ignore, mais j'accepte la situation. Je me tourne vers une autre partie de la ville, et l'histoire des lieux défile dans ma tête. Ce sont mes pensées, et j'arrive presque à les contrôler, mais ces données proviennent d'ailleurs.

Rien ne se déroule comme prévu. La limace doit me permettre d'accéder à une connexion neuronale de bas niveau pour envoyer et recevoir des messages, et ce au nez et à la barbe des dispositifs d'espionnage les plus sophistiqués. Un agent du général devait me contacter mentalement, mais je ne crois pas que ce vide absolu et cette source de connaissance qui emplit mon cerveau viennent de lui.

Tu es à moi maintenant.

Tu écoutes ?

Repoussant l'abîme, je vacille jusqu'au miroir. Mon apparence ne m'a jamais intéressé. J'ai ramassé les filles réservées aux légionnaires. Celles dont personne ne veut. Une réalité cruelle, dans un monde cruel. J'ai oublié le nombre de fois où ma sœur me l'a expliqué quand je n'étais encore qu'un enfant. Tout ce que j'ai vu et entendu depuis lui a donné raison.

Pas forcément.

— Qui êtes-vous ? je finis par demander.

Un rire.

— *À ton avis ? Je suis Octo V, ton empereur.*

Quelque chose dans sa voix me pousse à déglutir, et l'amertume envahit aussitôt ma bouche.

— Je ne comprends pas.

— *Peu d'entre vous en sont capables.*

— D'entre nous ?

La voix acquiesce, aussi stupide que ç'en a l'air. Je l'entends, mais uniquement dans ma tête, et ce que je perçois tient plus de la pensée que de la parole. Je reconnais pourtant les inflexions et les nuances qu'un individu utiliserait s'il parlait. Mais cela tient plus de l'interprétation hypothétique du son que d'autre chose.

Inflexions, nuances, interprétation hypothétique, d'où viennent ces termes ?

—*Ne te sous-estime pas*, reprend la voix. *Si tu veux le savoir, ces mots ont été prononcés par ton tuteur quand tu étais enfant.*

—Qu'est-ce que je dois faire ?

—*Ton boulot.*

—Allez-vous me dire de quoi il s'agit ?

—*Quelqu'un d'autre s'en chargera. Tu dois accomplir la mission que le général t'a confiée. Autrement, il te fera exécuter, et cela ne m'arrangerait pas. Alors, obéis. Nous reparlerons plus tard.*

—Quand ? je demande, tandis que la voix disparaît.

—*Dans un jour, une semaine, un mois, quelques années. Difficile d'être précis. La nécessité est si fluide à ce niveau.*

La voix a disparu, et je me retrouve de nouveau seul. La nausée a disparu elle aussi, remplacée par une faim de découvrir cette ville, et de mener à bien ma mission. J'examine minutieusement ces pensées, inquiet qu'elles puissent appartenir à quelqu'un d'autre. Mais elles semblent authentiques.

On frappe à ma porte.

Je me retourne, et la lame laser est dans ma main avant même que je le remarque. Lisa se tient dans l'embrasure, les yeux écarquillés, l'air ahuri. Peut-être est-ce dû à ma nudité, à la lame dans ma main, ou au métal noir qui remplace l'un de mes bras.

Peut-être est-ce la puanteur qui imprègne la chambre.

—Quelqu'un veut vous voir.

—Quelqu'un ?

—Un homme. Il attend.

—Depuis longtemps ?

— Trois heures.

— Pourquoi n'êtes-vous pas venue plus tôt ?

Cette fois, ses yeux se braquent sur le laser.

— Vous avez menacé de tuer la première personne qui entrerait dans la chambre.

— Je pensais à autre chose.

Une peur horrible marbre son visage.

Elle n'est plus aussi jeune qu'elle l'aimerait, mais toujours beaucoup plus jeune que moi. Ici, c'est sa vie, son domaine, et très certainement là où elle finira ses jours. Je dois apprendre à me contrôler.

— Désolé, j'explique. Syndrome posttraumatique. C'est terminé.

Elle inspecte la pièce, et ses narines se froncent.

— Oui, je sais, ça pue. Je vais tout nettoyer, et moi aussi par la même occasion. Après j'irai prendre une bière. Vous voulez venir ?

— Syndrome posttraumatique ? demande-t-elle, sans accepter ni refuser mon invitation.

Je hoche la tête d'un air embarrassé.

— Vous étiez soldat. Où ?

— Fort Karbonne, une planète pourrie dans un petit système solaire pourri, tellement perdu que vous n'avez jamais entendu parler de l'étoile la plus proche.

J'ai raison, elle ne connaît pas.

— Plutôt loin de chez vous, souffle-t-elle.

— Oui, très loin.

Quelque chose dans mes yeux l'incite à accepter mon offre.

— Mais lavez-vous avant, exige-t-elle d'une voix hésitante.

Elle s'applique à ne pas me froisser, et je souris, comprenant que je dois vraiment faire peine à voir, si je ne suis pas digne d'une virée dans les bidonvilles de Farlight.

— Envoyez-moi le gars.

— Je m'appelle Charles de Charge, dit-il.

Petit et mince, il ressemble à une version sous-alimentée de Phibs. Quand il se hâte d'entrer dans ma chambre, ses yeux survolent la pièce, comme s'il y cherchait des ennemis dissimulés.

— Vous avez dû avaler votre kyp à présent.

— Mon quoi ?

— *Aculeus accipio…* On vous en a fourni une.

— Elle est installée, je réponds en ouvrant la bouche. Vous voulez vérifier ?

Il recule, son visage perdant toute expression tandis qu'il se concentre. Un léger écho résonne dans ma tête. C'est un murmure comparé au rugissement que j'ai entendu auparavant. Je n'y trouve aucune émotion, et sûrement rien qui ressemble à de la nuance. Mais il est là.

— Je vous perçois, dit-il.

— Exact.

— Avez-vous souffert ?

Il regarde la chambre, remarque les draps qui sèchent, la serviette humide, et saisit l'absurdité de sa question.

— *Est-ce que vous m'entendez ?*

Sa phrase retentit dans ma tête.

J'acquiesce.

— *Bien*, reprend-il. *Voici votre mission.*

Il l'expose rapidement, pressé d'en finir avec cet entretien face à face, car ces entrevues semblent assez rares pour lui.

— *Il y a cinq semaines, le sénateur Debro Wildeside est tombé en disgrâce à la suite d'un complot organisé par son cousin, le sénateur Thomassi. Elle est en exil avec son ex-mari, Anton Urbana, qui a échangé sa place avec celle de leur fille, Aptitude… Vous me suivez ?*

Je hoche la tête en essayant de ne pas trahir mes pensées.

— Comme l'autorise la tradition, Aptitude a hérité de la fortune Wildeside. Thomassi est devenu son tuteur, ce qui faisait partie de son plan. Le sénateur projette de se marier avec la jeune fille. Si cela devait se produire, il en résulterait l'entité commerciale la plus puissante que cet Empire ait jamais connue. Votre mission est d'empêcher ça.

— Le sénateur Thomassi doit mourir ?

— Bien entendu. Commencez par Thomassi et finissez par la fille. N'épargnez personne. Brûlez la maison. Vous agirez ce soir.

Je comprends enfin pourquoi de Charge aurait préféré organiser cet entretien à distance. On lui a dit que j'étais dangereux. Et quelqu'un joue avec moi, à moins que ce soit avec Anton et Debro. En tout cas, ça pue. Rencontrer la famille, tuer leur enfant…

Chapitre 20

Le jour se lève, et la maison Thomassi est toujours debout. Une demeure très élégante, d'ailleurs. Une villa de quatre étages, avec un grand jardin et une grille d'acier. On dirait même que les arbres sont issus de graines. Cette maison est la mieux située de tout le boulevard Mazimo, une des artères les plus chères de Farlight. À quinze minutes à pied du complexe gouvernemental central.

Mais nous y reviendrons plus tard, bien plus tard – environ douze heures après que je décide de me laver, d'acheter des armes et d'emmener Lisa boire un verre…

La douche est froide. Pas étonnant dans un bouge à la limite des bidonvilles de Bosworth, dans l'ombre de la faille Calinda. Ça m'est égal, l'atmosphère de la ville est chaude et étouffante. À côté des hangars à vaisseaux, l'air de la nuit empeste les hydrocarbures et l'ozone.

Quand je sors de la douche, je remarque que je suis trop propre pour mes vieux habits. Je passe mon pantalon à contrecœur, ramasse la barre de crédit laissée par de Charge, et m'en vais à la recherche d'un magasin de vêtements d'occasion. Je tombe très vite sur un étalage à deux rues du *Précieux Souvenir*, le nom du bordel où je suis descendu.

— C'est tout ce que vous avez ? dit la vieille femme en inspectant ma barre de crédit.

Je hoche la tête.

— Y a combien dessus ? grogne-t-elle.

Je hausse les épaules. Elle comprend.

La vieille prend un air rusé. Elle m'explique qu'elle ne peut m'offrir plus de soixante cents par crédit sur une barre volée, en comptant des vêtements qui ne trahiront pas ma fuite d'un convoi, et le fait que j'ai probablement rompu mon contrat en m'éloignant du vaisseau.

— Elle n'est pas volée.

Ses sourcils sont aussi blancs que ses cheveux. Elle ressemble à une chouette fantôme avec son expression d'incrédulité exagérée.

— On me l'a donnée.

— Bien sûr, ricane-t-elle. T'as dû frapper fort avant ?

On s'entend sur soixante-quinze cents et elle prend toute la barre. Elle me rendra de l'argent frais après mes achats, à hauteur de ce qu'il reste sur la barre, du moment que ça n'excède pas vingt-cinq pour cent de la somme de départ.

Quelque chose me dit que ce n'est pas une première pour elle.

— Comment s'habillent les gens ?

— Lesquels ? demande-t-elle, en me dévisageant.

— Les gens comme moi…

Elle me dégote un manteau de cuir, trop chaud pour la saison. C'est une copie bon marché de celui que j'ai donné à Carl en échange d'une place sur son vaisseau. Elle ajoute deux chemises noires dont la teinture semble douteuse. À mon avis, au bout de deux ou trois lessives, elles partiront en lambeaux. La vieille femme remarque ma déception, et me conseille de mieux regarder.

Il s'agit de polymère pare-balles issu d'un stock de l'armée, et mélangé avec de la « toile d'araignée ». La couleur est mauvaise, car la teinture accroche mal sur le matériau composite. En revanche, le vêtement est assez épais pour ralentir une lame, et s'enrouler autour des balles, les rendant plus faciles à extraire.

Elle me prend pour un mercenaire, un type qui agresse les gosses de riche pour survivre entre deux contrats. Ce n'est pas une mauvaise couverture pour un gars de mon tempérament. Ça facilite aussi la dernière question, même si j'en pose une autre avant.

—Il reste combien sur la barre ?

Elle s'apprête à mentir, puis se ravise.

—Trois mille huit crédits.

Décelant la surprise dans mes yeux, elle se renfrogne. Elle aurait pu m'avoir : à l'évidence, je n'avais aucune idée du montant réel.

—Ça devait être un très bon copain, lâche-t-elle d'un ton acerbe.

Je la regarde fixement.

—Celui qui vous l'a donnée.

Nous luttons du regard, et elle baisse les yeux.

—Je ne peux pas vous donner autant d'argent, souffle-t-elle. Je préfère être franche.

—Il me faut un flingue. Un bon. Gardez deux mille cinq cents, je prendrai le reste en petites coupures.

Je me demande pourquoi elle éclate de rire.

—On est à Farlight, ici, explique-t-elle. Personne n'accepte les biftons.

Il semblerait que l'inflation ait ôté toute valeur aux billets de banque, et Octo V continue à payer ses troupes avec des titres provisoires. La situation est telle que même les barres de crédit nécessitent la garantie de banques privées – enfin, au moins à Farlight. Mon ignorance finit de convaincre la vieille que je viens vraiment d'ailleurs.

Ensuite, elle évalue les chances que quelqu'un parte d'aussi loin, pour arriver jusqu'au cœur de la galaxie sans appui sérieux. Elle commence à se demander si elle devrait traiter avec moi, d'ailleurs. Je ne suis plus un mercenaire en maraude, je suis beaucoup plus dangereux...

— Un flingue, je répète d'une voix dure.

Elle acquiesce. La cupidité et la promesse de crédits faciles balayant sa peur.

— Attendez ici, répond-elle. Je reviens dans cinq minutes.

Une heure s'écoule.

— Je croyais que vous m'aviez oubliée, dit Lisa, affalée derrière son comptoir.

Elle s'était brossé les cheveux avec application, mais la chaleur et l'irritation liée à mon retard l'ont poussée à se décoiffer sans même qu'elle s'en aperçoive.

— Il fallait que je trouve ça, dis-je en soulevant un pan de mon manteau.

Elle écarquille les yeux à la vue du holster et de la taille du pistolet qui y est logé. J'aurais préféré un plus petit modèle, mais il est quasiment neuf, et livré avec assez de munitions rangées dans un second holster rien que pour les transporter.

— Vous n'allez pas sortir comme ça ?

— Pourquoi ? Vous pensez que c'est une mauvaise idée ?

Manifestement oui, mais je le garde quand même. Primo, je veux savoir si le manteau cache bien mon artillerie. Secundo, ne jamais négliger le facteur d'excitation. Pour elle, pas pour moi. J'ai passé le plus clair de ma vie à porter des armes dissimulées.

Nous buvons un coup dans une buvette à deux pâtés de maisons. C'est le rendez-vous des employés de la casse et du terrain d'atterrissage. Vu le quartier, c'est presque un troquet huppé. Tout le monde se retourne. La plupart semblent connaître Lisa à en juger par la série de « bonsoirs » et de « hello ».

Des regards m'effleurent, remarquent mes vêtements, la façon dont je me tiens. Si quelqu'un repère l'arme cachée, il ou elle ne le montre pas. Je dis « il ou elle », mais Lisa est la seule femme du bar, à part une fille qui pourrait être sa jumelle, mais qui sert derrière le comptoir.

Carl est assis tout au fond, avec deux hommes du *Trillion 203*. Il me jette un coup d'œil un peu plus rapide que les autres.

— Qui c'est ton ami ? dit la fille qui ressemble à Lisa.

— Il vient d'ailleurs.

— Lisa, sourit le sosie, tout le monde vient d'ailleurs.

— Non, corrige ma cavalière. Lui, il vient vraiment d'ailleurs, quoi.

La barmaid m'examine avec un intérêt nouveau.

— Vous cherchez du boulot ?…

— J'en ai un.

Lisa me regarde, soudain intriguée.

— Et vous allez me dire ce que c'est ? insiste la barmaid.

— Croyez-moi, je réplique en la gratifiant de mon plus beau sourire, vous ne voulez pas le savoir.

La barmaid ouvre la bouche, Lisa la foudroie du regard, et elle la referme.

— Je vous présente ma cousine, glisse ma taulière, Angélique.

Angélique me serre la main, même si elle trouve le geste amusant.

— D'où venez-vous ? demande-t-elle. (Elle ajoute, sans me laisser le temps de répondre :) J'ai le droit de lui poser la question, Lisa ?

Je ne sais comment, mais nous finissons tous les trois au lit une heure après la fermeture du bar. Nous sommes chez Angélique, peut-être que Lisa a peur de m'emmener dans sa chambre au *Précieux Souvenir*. Personnellement, je me moque du pieu que nous utilisons. Les deux blondes sont jeunes, et ça fait bien longtemps qu'elles ont abandonné leurs inhibitions, en admettant qu'elles en aient eu un jour.

Nous baisons, nous dormons, elles boivent du *cachaça* et je me tape une bière. Les deux cousines finissent affalées dans un méandre de membres nus entrelacés sur un matelas dégueulasse. Moi, je contemple le soleil se lever sur la capitale de mon univers.

Quelque part dehors, il y a une fille guère plus jeune que les deux blondes. Elle devrait être morte, car j'aurais dû la tuer. Que ce ne soit toujours pas le cas semble inquiéter de Charge. Je sens sa voix rôder à la frontière de mon esprit.

Quoi ? je demande.

Des voix émergent. Beaucoup trop de voix. Je tombe à genoux. Quand je me relève, les filles dorment toujours, mais le soleil est un peu plus haut dans le ciel. M. de Charge émerge dans le bordel qui enflamme mon cerveau, et sa voix domine les autres.

— *Où êtes-vous ?* fait-il.

— *Malade*, je réponds.

Sa voix vient de loin, privée de son inquiétude et de sa colère. Je sais qu'il est irrité, car ça fait un bout de temps qu'il requiert mon attention.

— *Qu'est-ce que vous entendez par « malade » ?*

Je lui transmets un souvenir si tangible, si frais de mes vomissements qu'il semble tituber en arrière, pour échapper à l'horreur.

— *Merde*, souffle-t-il.

— *Exactement mon avis*, je réplique, avant de poser la question qui me tracasse depuis un moment. *Comment je me débarrasse du kyp ?*

— *Vous ne pouvez pas.*

Mais ma question le rassure. Il pense que je m'inquiète pour le bon fonctionnement de mon kyp, que j'ai peur qu'il me fasse gerber… Rien d'autre.

— *Où êtes-vous ?*

Quelque chose me retient de lui dire que je suis dans ma chambre.

—*Je prends l'air. Et vous?*

—*Je vous attends.*

Je hoche la tête. Je m'en doutais.

Je sors trois pièces d'argent de ma poche. L'une va du côté de Lisa, l'autre du côté d'Angélique, et la dernière dans la chaussure de Lisa. Elle saura se taire à son sujet.

—Achète une robe, j'écris sur un morceau de papier.

Sur ce, je me barre, non sans scruter les rues, pour vérifier que personne ne m'attend. Des chiens, un coq, un chat sur un toit, et un lézard à la queue cassée accroché à un mur, qui mâchonne une mouche. Il est encore tôt, et je dois partir.

—*M'entendez-vous?*

—*À PEINE*, je lâche. *C'est brouillé. Je suis sûr qu'il y a un truc qui cloche.*

—*Je crois bien.*

—*Et je ne peux pas m'en débarrasser?*

—*Non.* (Il a l'air rassuré par mes questions répétées.) *Vous devrez travailler avec celui-là.*

Il m'écoute jurer, et m'accorde qu'un kyp défectueux n'est pas l'idéal pour une mission.

—*Je rentre*, dis-je.

Il hésite.

—*Sauf si vous voulez y aller directement.*

—*Où ça?*

—*À la villa Thomassi.*

Je l'entends presque jongler avec les questions, et derrière son anxiété, d'autres voix résonnent, un mélange d'interrogations directes et de fragments de pensées. J'ai l'impression d'écouter une radio militaire mal réglée, avec tout le monde qui parle en même temps. Ça ne me paraît pas normal.

— *Les voix*, lui émets-je avant qu'il réponde à ma précédente question. *Suis-je censé les entendre ?*

Il jure à son tour.

— *Vous percevez d'autres voix ?*

— *Des centaines. C'est comme une migraine permanente. C'est l'un des trucs qui me rendent malade…*

C'est un mensonge, bien sûr, mais un bon.

— *VOUS POUVEZ LES DÉCONNECTER…*

Un souffle me balaie. Quand il disparaît, je suis effondré contre un mur, sous les yeux ébahis d'un gamin qui tient un morceau de pain. Il remarque mon regard, et s'enfuit avant que je lui vole le déjeuner familial.

— *Vous m'entendez ?* demande de Charge. *Pendant un moment, je vous ai perdu.*

— *C'est bon*, je réponds.

Je peux les déconnecter ?

Les voix se font plus fortes quand je pense à elles, puis disparaissent, ne laissant que le silence et celle du petit homme qui est venu me trouver la nuit d'avant. Je me déconnecte totalement, puis me reconnecte. Une centaine de voix, une voix, plus de voix. Tout est possible. Je perçois parfaitement de Charge à présent… avec les nuances.

— *Que s'est-il passé ?*

— *Je l'ignore.*

C'est faux. À mon avis, Octo V a abandonné l'espace d'un instant sa conquête d'un coin éloigné de la galaxie, pour me montrer comment baisser le volume, avec des commandes dont j'ignorais l'existence.

— *Je vous capte*, fait l'homme.

— *Effectivement…*

— *Comment est la réception ?*

— *Claire. Comme si nous étions dans la même pièce.*

Son soulagement est évident.

— *Et les autres voix ?*

— *Parties. Je n'entends plus que vous.*

— *Merde*, souffle-t-il.

Il répète son juron, et pour la première fois, je comprends à quel point il s'est inquiété, à quel point il a eu peur pour lui autant que pour moi.

— *C'est la première fois que ça arrive*, reprend-il. *J'ignorais que les kyps pouvaient être défectueux.*

Il pense que nous sommes liés dans l'adversité, alors je lui lâche une autre miette, quelque chose à faire remonter plus haut.

— *C'est ma biologie qui bloque*, j'explique. *Je suis un régénérant. Je pense que ça contrarie le kyp. C'est pour ça qu'il a merdé, mais tout va bien à présent.*

Les informations sur ma physiologie sont vérifiables, et je sais que quelqu'un le fera. Ils ont intérêt, car je ne suis pas près de pardonner au général le coup de la limace avant longtemps, si jamais ça arrive…

— *Attendez,* répond de Charge, *pendant que je m'assure de la suite des opérations.*

Je fais « non » de la tête, sous les seuls yeux du chat noir, qui se dépêche d'avaler ce qui reste du lézard à la queue cassée. La tête du reptile disparaît dans la gueule du félin, et je me rappelle que de Charge ne peut pas me voir. Il doit attendre ma réponse.

— *Non, j'y vais.*

— *Attendez…*

Mais j'ai déjà rompu la connexion.

L'histoire est comme une tempête de sable. Il faut faire attention à l'endroit qu'on choisit pour attendre qu'elle se calme, car le cœur paisible est souvent plus dangereux que les abords bruyants.

Qui m'a dit ça déjà ?

Chapitre 21

Je suis dans un bar fréquenté par des anciens soldats de l'autre côté de la place Zabo, quand j'apprends qu'on cherche du monde pour une journée de boulot.

Une dizaine de types se lèvent.

Ce boulot vient de tomber, car j'ai appelé pour avertir le sénateur Thomassi qu'une faction rivale projetait de perturber son mariage. Il doit avoir des gens qui essaient encore de tracer mon appel.

On nous ordonne de nous rassembler à l'extérieur de la villa du sénateur. La solde est bonne, mais seuls les pros sont acceptés.

— Où avez-vous travaillé ? demande un type au visage dur quand arrive mon tour.

C'est le chef de la sécurité, un ex-légionnaire à en juger par sa posture.

— C'est confidentiel.

— Il me faut mieux que ça, répond-il.

La dague de Faucheur est dans ma main avant qu'il ait eu le temps de cligner des yeux. Dans l'autre, ma lame laser entre en action, et il ne s'en aperçoit que lorsqu'un morceau du mur tombe à ses pieds, tranché net.

— Est-ce si important ?

Ses yeux passent d'une lame à l'autre.

— Est-elle authentique ?

— Laquelle ?

— La dague.

Je hoche la tête, la retourne dans ma main, et la lui tends le manche en avant. Il s'en saisit avec méfiance, comme si l'objet était empoisonné.

— Elle vous appartient vraiment ?

Il me donne le montant de la paie avant même que je puisse répondre.

Donner à la terreur un uniforme noir, un symbole grimaçant, et laisser la superstition faire le reste. C'est très efficace quand on sait en user. Rien qu'en suggérant que je suis un ancien Faucheur, j'obtiens une place sans problème.

À présent, je suis à l'extérieur d'une cathédrale au style chargé, essayant de ne pas fondre sous la chaleur pendant que la sueur coule le long de mes flancs sous le lourd manteau de cuir. Une foule de gamins en haillons s'est rassemblée pour assister au spectacle. Ils sont fascinés par l'aéroglisseur richement décoré, la musique qui résonne à l'intérieur, mais aussi par les armes des hommes au regard froid qui s'alignent autour de moi.

Je pourrais frapper dès maintenant, pendant que Thomassi et Aptitude sortent du lieu saint, mais je serais immédiatement abattu, et la porte est trop étroite pour que j'aie un bon angle de tir.

Et puis, il y a mon autre problème.

La charmante petite Aptitude.

Penser à elle avec des clichés n'arrange pas la situation. Ce soir, j'aurai trahi quelqu'un. Le conditionnement de la Légion est si fort que, quoi qu'il arrive, je sais déjà que ce ne sera pas moi. C'est le pire des parjures, « la trahison qui pousse à trahir les autres ».

Le vieux dicton s'installe confortablement à l'arrière de mon crâne, tout beau, tout propre, mais ça ne sert à rien, car j'ignore toujours où est mon véritable devoir.

Aptitude Wildeside est le portrait craché de sa mère.

Les mêmes yeux que Debro et le même regard vif. Elle a les pommettes hautes et les lèvres pulpeuses. La regarder revient à contempler une Debro rajeunie. Elle est vêtue de blanc, comme il se doit pour une mariée, et ses cheveux sont nattés et tressés autour de sa tête dans un arrangement compliqué maintenu par des épingles.

Elle est jeune, mais pas autant que son inexpérience le suggère.

Et elle est magnifique.

Un visage parfait, sur un corps parfait. J'imagine que l'esprit va avec. Sa robe vaut une fortune, et ses bijoux sont hors de prix. Son éventail est serti de diamants gros comme des œufs de caille. Aptitude cligne des yeux sous le soleil quand on la conduit au véhicule nuptial.

Je n'arrive pas à déterminer le type de l'aéroglisseur, car il disparaît sous les rubans et les bouquets, mais je sais qu'il est neuf. Le pilote l'immobilise totalement, et il oscille à peine quand, une fois la petite passerelle dépliée, la jeune fille grimpe à l'arrière, faisant tout son possible pour sourire.

Ses yeux passent sur moi, et je suis déjà oublié.

Un parmi des dizaines recrutées à la dernière minute pour assurer la sécurité.

— Une précaution, explique le sénateur Thomassi à Aptitude, sans préciser contre quoi. Je suis là, quand il le lui dit, aussi invisible à ses yeux qu'à ceux de son épouse.

Nous encadrons le véhicule qui se déplace suffisamment lentement pour nous permettre d'assurer leur protection. Dans l'allée, il ne contenait qu'Aptitude. Maintenant, le sénateur la rejoint, lui serrant fermement les mains. La jeune fille a les yeux pleins de larmes, et elles ne ressemblent pas à des larmes de joie.

Elle a relevé son voile, et semble voir les rues pour la dernière fois de sa vie.

J'aurais dû agir la nuit précédente.

Il aurait été plus décent et charitable d'épargner à l'enfant le traumatisme d'une union avec un homme qui avait survécu à trois épouses, et qui était assez vieux pour lui servir de grand-père, si ce n'est plus. Les vieilles familles de Farlight vivent plus longtemps que les gens normaux. Enfin, ce que moi j'appelle les gens normaux. Thomassi ne les considère même pas comme des gens, je suppose…

— Tu veux ta solde, ou tu assures un nouveau roulement ?

Je suis tenté de reprendre du service. C'est un moyen pratique pour entrer dans la villa Thomassi. Peut-être trop simple, et mon instinct me souffle de la jouer franc-jeu.

J'empoche la paie, quelques pièces d'argent, et retourne au bar où j'ai appris qu'il y avait du boulot chez le sénateur. La plupart des mercenaires m'imitent.

Un groupe commande des bières, et deux gardes montent avec une Noire. Le reste commence à s'éparpiller, tandis que les ténèbres envahissent l'immense place. De la musique résonne dans le troquet d'à côté, et notre barman répond de la même manière.

Comme je m'y attendais, les chansons jurent entre elles.

Une femme mince cuit de l'agneau dans la cour de l'établissement. La graisse tombe dans le feu, et l'air poisseux s'emplit d'une odeur de viande grillée.

Toujours à la recherche de la fameuse élégance de Farlight, je ne la trouve pas. La place Zabo est vaste. Si vaste que Fort Libidad tiendrait facilement dans un angle, sans occuper un quart de l'espace. La ville de Karbonne tiendrait elle aussi que ça ne m'étonnerait pas.

— Y a quelque chose dehors ? demande l'un des hommes, qui a remarqué que j'observais la place.

— Je m'étonne juste de sa taille.

— T'es nouveau ici ?

Je m'attends à déceler une critique dans cette phrase, mais ce n'est rien de plus qu'une question. Alors, j'acquiesce, et il se présente : Pietro. Ça fait cinq ans qu'il est à Farlight, et il a mis du temps pour s'habituer au bruit et à la foule. Il me met en garde contre les pickpockets et les arnaqueurs. Il me conseille aussi de me méfier des gens qui veulent devenir mes amis. Il sourit en disant cela, puis décide de m'offrir une bière, me laissant déterminer s'il saisit l'incongruité de ses propres mots.

L'incongruité ?

Trébucher sur le mot ne me plaît pas.

Je grimace, et Pietro revient.

Je lui explique rapidement que je repensais à un vieux sergent. Nous tombons d'accord pour dire que ce sont des fumiers, et qu'il vaut mieux les oublier. Je paie la tournée suivante, même si je n'ai pas encore bu le verre qu'il m'a apporté. Mon compère annonce qu'il monte pour voir si ses copains ont fini avec la Noire.

Il me demande si je suis intéressé par l'affaire.

Je le remercie, mais décline son offre en prétextant que j'ai d'autres choses à faire.

CHAPITRE 22

Si la place Zabo est plongée dans l'obscurité, son périmètre reste éclairé par les cafés et les restaurants qui le bordent. Je me tiens au milieu, noyé dans les ombres. La villa Thomassi est de l'autre côté, trois rues plus loin, cachée derrière une solide grille d'acier, et un couvert d'arbre. J'ai mémorisé sa position en prévision de ce moment.

J'ébranle le portail, et un type apparaît. C'est l'un des rares à être restés pour un nouveau tour de garde. Je veux m'excuser, lui dire que ça n'a rien de personnel, mais je l'amène déjà au sol, ma lame laser cautérisant la blessure à la gorge, en scellant ses bords.

Je le tire dans un coin, et récupère les lourdes clés à sa ceinture.

Les gens, je vous jure…

Elles sont en cuivre, avec une extrémité bizarrement décorée. L'emblème des Thomassi. Je le reconnais, car le même motif est gravé sur le poste de garde, et soudé sur le portail.

Il y a une différence entre assurance et arrogance ; et puis, il y a la stupidité, bien plus proche des deux autres qu'on l'imagine. Le sénateur bénéficie d'un système de sécurité informatisé, mais il se limite à une seule caméra, discrètement installée dans un arbre à droite de l'entrée pour ne pas gâcher la majesté du portail.

Quand l'œil électronique se pose sur moi, j'ai passé la grille, le cadavre repose dans un buisson, et j'ai pris sa position, son blouson sur le dos. La caméra me dépasse avant de s'arrêter, bloquée sur quelque chose dans la rue au-delà des portes.

Un pistolet, cinq chargeurs, une lame laser, et l'arme du mort. Tuer les Thomassi ne devrait pas poser de problème, incendier la maison après, en revanche, devrait être un peu plus compliqué.

Le crissement d'un pas sur le gravier retentit derrière moi.

— Tout va bien ?

Il met une fraction de seconde pour s'apercevoir qu'il ne me reconnaît pas. C'est plus qu'il m'en faut pour lui empaler la tête par le menton et perforer son cerveau. J'ai eu raison d'emporter ces couteaux de lancer. L'expression de surprise quitte son regard tandis que ses yeux s'éteignent, et je l'accompagne doucement jusqu'au sol.

Ce sont des anciens soldats, des gens payés pour risquer leur peau. En fait, ils sont mon reflet dans une autre vie, c'est peut-être pour ça que j'ai du mal à les tuer.

Une répugnance inattendue.

Reprends-toi, me dis-je.

Le chef de la sécurité est le suivant à mourir… sans faire naître aucun scrupule en moi. Son corps finit dans les ombres derrière l'escalier principal. Une caméra située dans la galerie me repère, mais aucune alarme ne se déclenche. La lentille achève son arc de surveillance, puis revient à son point de départ, me couvrant de son œil électronique pour la deuxième fois. Soit le programme est inefficace, soit il y a un humain au bout du fil, et dans ce cas, la sécurité est encore plus inefficace.

Trois pas, un rapide coup d'œil derrière moi, et j'ai passé la porte d'entrée.

Le hall embaume d'un entêtant parfum de fleur. D'immenses tapisseries couvrent l'un des murs. Un lustre imposant pend au-dessus de ma tête, illuminé par plusieurs dizaines de bougies. Une grosse chaîne le relie au plafond, et on l'abaisse au moyen d'un levier à l'air rouillé dissimulé dans un coin. Si le système semble mal entretenu, ça doit être intentionnel, car tout le reste est en parfait état.

Voilà à quoi ressemble le fric.

Le gigantesque portrait d'un officier d'apparence héroïque me toise. Une flopée de médailles cascade sur son torse, et le ruban d'un ordre du mérite orne son cou. Au bout d'une seconde, je reconnais le sénateur Thomassi. Il pose devant un croiseur de combat monosystème. La colère m'envahit : ce type n'est pas plus soldat qu'Aptitude, et elle au moins, ne se donne pas des airs.

La rage et la musique me poussent à travers la grande salle. Une mélopée tout à fait différente de celle entendue sur la place Zabo. Elle est élégante, et constituée essentiellement de silence entre les notes. Elle emplit mon esprit, et je me surprends à esquisser quelques pas de danse. Ma colère oubliée, j'ai un sourire mauvais en faisant quelques chassés, suivis de courtes pauses.

J'ai un flingue à la main.

Cinquante personnes m'attendent au-delà de cette porte.

Je me décale, me glisse dans la salle à manger, et repère la tablée. Thomassi meurt avant même de se rendre compte que je ne suis pas l'un de ses hommes. Ses deux gardes du corps le rejoignent, leur arme toujours dans leur holster. La cervelle du premier éclabousse le mur derrière lui, et le second tente de hurler malgré le trou dans sa gorge.

Aptitude reste figée.

C'est le moment crucial, il faut bien le comprendre.

Tout ce que je suis ou veux devenir s'attache à ce tir. La fille se retourne, et s'écroule.

—Assassin ! crie une femme.

Je hoche la tête.

Trois des gardes du sénateur meurent en l'espace de trois balles, le dernier plongeant derrière un fauteuil en bois, pour finir ses jours dans un nuage d'échardes. Je ne sais pas où la vieille a trouvé ce flingue, mais il a une sacrée pêche.

— La fête est finie, je beugle.

Personne ne bouge.

Je vide un chargeur dans le plafond.

Le plâtre tombe comme de la neige, et la salle se vide aussitôt. Un garde armé passe la tête par la porte, et il perd la moitié de son crâne avant d'avoir isolé l'origine du coup de feu.

Ogive interne en alliage chemisée de céramique, à pointe de polymère et anneau d'expansion en acier. Souvent imitée, jamais égalée. La balle se déploie sur trois cents pour cent en conservant quatre-vingt-dix-sept pour cent de son poids à cinquante pas, ce qui vaut tous les crédits qu'on a investis dedans.

Une petite bourse de velours est disposée près de chaque couvert. Quelques invités en ont pris une, mais le reste a été abandonné. Chaque bourse contient dix pièces d'or. Remerciant le dieu qui a pu pousser les Thomassi à suivre cette tradition, j'empoche le tout, décidant que la surcharge valait le coup.

Il ne me reste plus qu'à brûler la baraque.

Je renverse du cognac, de la vodka et un truc sirupeux sur la table, avant d'allumer le tout avec un chandelier. J'observe les flammes bleutées s'étendre à une nappe blanche. Pour faire bonne mesure, j'asperge une tapisserie maculée de cervelle avec un peu de vodka, mais il n'en reste plus assez pour changer quoi que ce soit.

Un nouveau visage apparaît à la porte.

Un cadavre de plus.

J'attrape Aptitude par la taille, et la juche sur mon épaule, avant de me diriger vers le hall et son grand escalier de marbre. Tous les sous-officiers de l'univers vous le diront : en cas d'incendie, on ne monte pas à l'étage, et on ne se replie jamais en haut d'une maison, sauf si un hélicoptère vous attend. Mais j'ai inspecté le périmètre en entrant, et au moins trois arbres effleurent le toit de la villa. Cinq autres sont à portée de saut.

La suite est plutôt sale.

Une femme se tient en haut des marches. Elle a un pistolet braqué devant elle.

Droit sur mon visage.

Elle a une vingtaine d'années, le regard vif et déterminé. Elle a beau se mordre les lèvres, son arme ne bouge pas d'un poil, et elle a l'air de savoir s'en servir.

Sûrement pas un membre de la famille.

— Ne bougez plus, grogne-t-elle.

Je secoue la tête.

J'ai abandonné mon manteau, un flingue dans chaque main, et mon bras scintille sous la lueur d'un candélabre. Mes holsters sont visibles, et mes couteaux de lancer apparents. Impossible de se tromper à mon sujet.

Mais la femme est courageuse. Elle reste bien droite, lève un peu les bras, et crispe son doigt sur la détente. Je lâche Aptitude à ce moment précis, et la tireuse perd sa concentration quand la tête de la jeune fille heurte le marbre.

Pourtant, elle fait feu.

Un joli tir, mais pas encore assez joli.

Je tombe en arrière, quelque chose craque dans mon épaule… mais je suis toujours vivant, et la garde focalise son attention sur Aptitude. Elle est tétanisée par la blessure sur le crâne de la jeune fille, et fixe ses yeux sur l'humeur sombre poissant ses nattes si élaborées. Au moment où elle se souvient de moi, je suis debout, et le canon de mon arme est braqué sur sa tête.

— Lâchez votre pistolet, je gronde.

— Non, répond-elle en levant son arme.

— Je vais vous tuer.

Elle a le plus magnifique des haussements d'épaules, une insouciance qui me crache : *Je m'en tape* et : *Allez vous faire foutre*, mais aussi : *Et si vous creviez au passage, ça vous dit pas ?*

Elle s'écroule une fraction de seconde avant de tirer. Des morceaux de toit tombent quand sa dernière balle fait exploser le plâtre, dénudant les poutres en dessous. Son chargeur alterne les munitions d'impact et les explosives. Heureusement que je n'étais pas au courant.

En ramassant son flingue, je découvre que c'est un SIG Diabolo, à la crosse moulée pour une main bien plus grosse que la sienne. Elle me convient parfaitement.

— Chargé et paré, annonce le SIG.

Je l'examine.

— Enregistrement de nouvelles informations. Génotype équivalent au modèle humain. Statut DH classe 3, annulation…

Je comprends alors que le général n'avait pas intégré d'émetteur dans mon manteau, mais dans mon corps. J'ai un statut de Faucheur honoraire, même s'il est au plus bas de l'échelle.

Je tente de m'expliquer comment cela peut être compatible avec la menace de me désavouer en cas d'échec, quand des balles s'écrasent sur le mur à côté de moi. Je reviens à la réalité.

Deux gardes montent l'escalier à l'étage en dessous.

— Raté, je leur dis.

Un second tir me permet de localiser le premier garde, et il s'effondre avec une balle dans la tête, des fragments de crâne aveuglant à moitié l'homme qui le suit. Il s'essuie le visage, et a juste le temps d'apercevoir le SIG tressauter dans ma main. Une boule de feu explose à l'endroit où il se tient. Mon flingue vient de gâcher une incendiaire. Je suis sous le choc. On peut engager une brigade de la Légion pour le prix d'une caisse de ces balles.

— Excès de zèle, dis-je.

— Et alors ? Il est mort, non ?

Le pistolet semble plus fâché que moi.

L'espace d'un instant, je suis tenté de l'abandonner. Mais, les flingues intelligents sont précieux, et même si j'avais déjà entendu parler d'eux, je croyais que c'était un mythe.

— Deux hommes, annonce-t-il. Ils montent les marches.

Je décide de le garder.

Ayant éliminé plus d'hommes dans la dernière demi-heure qu'à n'importe quelle occasion durant les vingt-huit premières années de ma vie, j'allonge encore un peu ma liste, avant de récupérer Aptitude.

J'hésite.

La femme à mes pieds est à peu près de la taille d'Aptitude. Elle est plus vieille de quelques années, son visage est plus dur, mais elle est du même gabarit.

Voici la réponse au problème dont j'ignorais encore l'existence.

Ses vêtements cachent une armure corporelle. Elle est lisse, mince, et doit coûter une fortune. Je vais pour la prendre, mais l'idée de déshabiller un cadavre me retourne l'estomac. De plus, la fermeture a l'air complexe. J'ai décidé de laisser la protection en place, quand je comprends que ça risque de compromettre mon plan.

L'armure se détache par-derrière.

Elle est d'une finesse rappelant la soie, mais elle se resserre en fonction de la situation. Si on la froisse suffisamment fort, on risque de se couper. Elle prend automatiquement la couleur de ce qu'il y a en dessous. Pendant que je déshabille le corps, elle devient translucide, puis assume le noir et le blanc du carrelage.

Je suis en train de déboutonner le chemisier d'Aptitude quand elle ouvre les yeux. Une seconde plus tard, elle ouvre la bouche pour hurler, et essaie de mordre la main que je colle sur son visage.

— La ferme, je gronde.

Elle se débat tellement pour m'échapper que j'arrête les politesses, et je lui colle mon flingue sur la tempe.

— J'essaie de vous sauver.

Elle crache.

— Déshabillez-vous.

Elle en connaît des gros mots pour quelqu'un de si bien éduqué…

— Enfilez ça, lui dis-je, en lui balançant l'armure et les vêtements de la morte.

En les voyant, Aptitude éclate en sanglots. Nous sommes à quelques secondes d'une catastrophe, et nous n'avons pas le temps pour ça.

— Dépêchez-vous.

Elle regarde le cadavre, puis les habits dans ses mains. Mes flingues monopolisent la moitié de son attention, mais il y a encore trop de questions sans réponses. Dehors, des sirènes retentissent, et un hélicoptère survole la maison.

Rien de cela n'est bon.

Nous devons fuir sans être vus, sans caméras et sans aucun témoin.

— Aptitude.

Elle me regarde fixement, se demandant pourquoi j'utilise son prénom.

— C'est votre mère qui m'envoie… (Ce n'est pas vrai, mais ce n'est pas faux non plus.) Croyez-le ou non, mais j'essaie de vous sauver la vie.

Ses yeux reviennent à la morte, et elle est sur le point de me dire qu'elle ne me croit pas une minute. Mais pourquoi est-elle vivante, si je veux la tuer ? Pourquoi mentionner sa mère ?

— Écoutez, dis-je.

Elle attend.

— J'ai rencontré votre mère et Anton au Paradis…

— Vous connaissez papa ?

— Plutôt grand, ancien soldat. Il aime ta mère en dépit de leur divorce, et elle le rend un peu marteau.

— Ils sont en vie ? pleure-t-elle.

— Oui, tous les deux. Nous devons sortir d'ici.

— Mais vous avez tué Sophie.

— Elle a essayé de me descendre. Elle est morte en accomplissant son devoir…

Peut-être que c'est plus important pour moi que pour Aptitude, car elle n'en saisit pas la substantifique consolation.

— Changez de vêtements, je répète. S'il vous plaît, faites vite.

— Tournez-vous.

— Déjà fait.

Au pied de l'escalier, les flammes lèchent le portrait du sénateur Thomassi. Cela présente un avantage, mais aussi un inconvénient. Le feu nous isole du hall, et empêche les gardes de nous attaquer, d'un autre côté, nous ne pouvons plus redescendre.

— C'est fini ? je demande, en jetant un coup d'œil derrière moi. J'entrevois une épaule nue. L'armure corporelle crisse en s'adaptant à sa nouvelle propriétaire, et commence à adopter sa couleur de peau.

— Ho ! maugrée la jeune fille. Vous n'avez pas le droit de regarder !

— Je ne regarde pas.

Les yeux de la gosse lancent des éclairs.

— C'est bon ? je m'impatiente.

Elle hoche la tête, en enfilant une veste de combat un poil trop grande. Le pantalon lui va mieux.

— Les bottes…

Elle obéit.

Vêtir Sophie de la robe de mariée d'Aptitude prend plus de temps que je l'escomptais. Surtout que je dois d'abord lui passer le chemisier de soie.

— C'est pas moi qui ai choisi les vêtements, grommelle Aptitude.

— Le sénateur ?

Elle acquiesce, le visage délibérément neutre. Cette fille a l'habitude de masquer ses émotions.

— Retournez-vous, lui dis-je.

Ma balle explose le crâne de Sophie, imprégnant le carrelage brisé d'une purée collante. Aptitude va pour regarder, mais je l'en empêche brutalement, en la délestant de ses bracelets d'or et de son alliance. Je lutte pour enfiler l'anneau sur l'annulaire du cadavre, mais les bracelets passent sans problème.

Aidé par les tapisseries, les rampes de bois cirées, et la puissance des flammes, l'incendie remonte l'escalier.

— Qu'est-ce qu'il y a en haut ? je demande.

— Des chambres.

— Et au-dessus ?

— Les quartiers des domestiques… Les greniers. Quelques placards.

Nous gravissons les marches en silence. Le regard de la jeune fille passe constamment des flammes à mon visage. Elle a du mal à déterminer où se trouve le véritable danger. Quand elle me fixe de nouveau, je m'aperçois que je ne cesse pas de jurer.

— Que se passe-t-il ? s'enquiert-elle.

— Je réfléchis.

Bordel, comment vais-je faire pour sortir la gosse de là ?

Je dispose de quoi ? Un flingue qui parle, un assortiment d'armes muettes, une putain de limace mutante dans la gorge et des voix qui gueulent pour qu'on leur réponde à la frontière de mon esprit.

Une pensée m'arrête net.

Où sont les cartes ?

La question surgit à peine que les plans de la villa Thomassi défilent dans ma tête. Une fraction de seconde plus tard, la zone Ouest de la place Zabo apparaît, ensuite arrive Farlight, passant d'une photo aérienne à ce qui ressemble à une vue superposée. Le kyp me fournit des informations plus vite que je peux les intégrer. Affinant la carte pour plus de détails, j'essaie de donner un sens aux plans.

— Où ça mène ? je demande en désignant un couloir.

Sur le schéma, je distingue une gaine qui semble mener au sous-sol. L'avantage, c'est qu'elle nous permettrait de passer la barrière de flammes pour atterrir au frais.

— Une vieille buanderie.

— On y va.

Aptitude semble sur le point de protester. C'est une bonne chose. Ça indique qu'elle nous considère déjà comme une équipe. Peut-être que ce n'est pas du long terme, mais au moins, elle ne cherche plus à m'échapper.

— Quel âge avez-vous ? je demande.

— Pourquoi ?

— Comme ça.

Pendant un instant, elle est sur le point de se taire. Je m'en fous, ça ne m'intéresse pas plus que ça.

— Quinze ans.

J'avais déjà tué une demi-douzaine d'hommes à cet âge. Je m'étais déjà saoulé, et j'avais déjà baisé. J'avais chopé la fièvre des putes, et on m'avait fouetté pour cette connerie. Mais c'est du passé. Nous sommes dans le présent, et nous sommes différents, non seulement parce que c'est une fille, mais aussi parce que nos mondes ne sont pas censés se rencontrer.

— Sven, je lui glisse, en tendant la main.

Elle regarde ma patte, puis les bonnes manières prennent le dessus.

— Je suis Dame Aptitude Tezuka Wildeside, répond-elle en serrant mes doigts tachés de sang.

Vous voyez ce que je veux dire ?

Chapitre 23

Quand le soleil se lève, nous boitons à travers le terrain d'atterrissage de Bosworth. Derrière nous, un nuage noir s'élève dans le ciel, beaucoup plus visible maintenant que l'aurore est là. Personne ne semble pressé d'éteindre l'incendie, même si deux hélicoptères tournoient autour du sinistre, et que les gros vaisseaux-cargos continuent à détourner leur route pour assister au spectacle.

Aptitude m'en veut toujours de l'avoir balancée dans la gaine de la buanderie quand elle a refusé de sauter, et sa tête la fait toujours souffrir à l'endroit où ma balle l'a effleurée. Nous avons marché longtemps, et elle a mal aux pieds, et partout ailleurs en fait. Mon épaule n'est pas vaillante, mais la douleur s'estompe. Parfois, j'oublie que les gens ne guérissent pas automatiquement.

Je cherche un gamin avec un arachnobot réparé. Quand je le trouve, il est assis près de l'aile d'un drone rouillé, pendant que son robot digère l'engin, en recrachant un truc qui ressemble à de la limaille de fer. Elle tombe dans un seau que le gosse déplace en suivant les mouvements de l'arachnobot.

— Comment ça va ?

— OK, répond-il en levant les yeux. (Il tente de se souvenir s'il me connaît, puis revient au robot. Il m'a remis.) Qui c'est ?

— Une amie. Elle s'est blessée en tombant.

Le gamin penche la tête d'un côté, en observant le crâne de la jeune fille.

— Ça ressemble plutôt à une blessure par balle.

J'éclate de rire, et Aptitude nous regarde à tour de rôle.

— Ton père est là ?

— Derrière, dit-il. Je te montrerais bien, mais j'ai pas le droit de bouger d'ici.

Per Olson fulmine à côté d'une bobine quantique cassée. De temps à autre, il crache par terre, et tourne autour du cœur en ruine d'un vaisseau de transport. C'est une masse de métal précieux et de cristaux. Il lui suffit d'extraire ce qui a de la valeur en évitant de reléguer sa personne et deux kilomètres carrés de terrain à l'oubli le plus total.

— Un problème ? je demande.

Il lève les yeux de son bloc informatique, vérifie une donnée sur l'écran, puis regarde fixement Aptitude.

— Je pourrais te retourner la question.

— Il nous faut un médecin.

— Nous ?

— Elle, surtout.

Per hoche la tête, et quand il crache de nouveau, ce n'est pas à cause de la bobine. Il me fournit un itinéraire précis, en me conseillant de venir de sa part. Il vaudrait mieux que je lui entoure la tête avec quelque chose avant de l'emmener dans l'ombre de la faille Calinda. Je devrai payer en or.

— Tu as de l'argent ? hésite-t-il.

J'acquiesce.

Il ne me demande ni combien ni d'où il vient, et je m'aperçois que j'apprécie ce type. Il est droit. Je me suis contenté de réparer son arachnobot, et il est prêt à payer pour le médecin de la jeune fille si je n'ai pas assez d'argent.

Rassuré, il nous regarde partir.

Le toubib est jeune, nerveux et toxicomane. Il prétend s'appeler Josh 3, et reste perplexe devant la main tendue d'Aptitude. Sa salle d'opération est rudimentaire, pleine d'instruments bricolés et de morceaux de cristaux-mémoire à nu. L'un d'eux, de la taille d'un poing, est relié à un lecteur avec des fibres optiques à tressage de verre. Les fenêtres sont calfeutrées avec du papier goudronné et protégées par des barreaux soudés de frais.

Je lui donne un mois avant que les gangs ou la police l'éjectent. Les deux exigeront de l'argent en échange d'une protection, et aucun ne pourra le défendre contre l'autre. Farlight commence à prendre des airs de Karbonne, mais en extra-large. Mais pour l'instant, Josh 3 est là, et la pièce d'or que je brandis suffit à stimuler sa concentration.

— Vilaine blessure, constate-t-il.

— Pas si méchante que ça, je corrige.

Josh 3 semble sur le point de protester.

— Faites ce que vous pouvez, grogne Aptitude, mais je ne veux pas d'anesthésie.

Le médecin semble sur le point d'objecter à ça, aussi.

C'est vraiment la fille de Debro. Elle est pâle, plus que je ne le serai jamais, ses yeux sont exorbités, et sa bouche se raidit sous la douleur quand Josh 3 soulève les bords de la blessure avec un crochet de céramique pour inspecter l'os éraflé. Pourtant, elle ne bronche pas, et ravale sa souffrance quand il referme la plaie en effleurant l'os.

— Ta mère serait fière de toi.

Je voulais la complimenter, pas la faire pleurer.

Le crâne recousu, et un foulard sur la tête pour dissimuler la partie tondue, Aptitude marche à mes côtés dans le petit matin de la faille Calinda. Quelle ville étrange : des yachts de luxe croisent paisiblement au-dessus de nous, alors que les bâtiments qui nous entourent sont en béton expansé ou en fibres agglomérées. Certains sont même en bois. Des motos bon marché remplissent les ruelles d'un brouillard d'hydrocarbures, et j'ai aperçu deux ânes chargés de paniers.

Des paraboles poussent comme des champignons sur la plupart des maisons. Il est encore tôt, mais l'air empeste déjà la merde de chien chaude et les égouts. L'eau est rationnée dans cette cité.

Enfin, ici, à la périphérie au moins.

— Seigneur, souffle Aptitude.

— Vous ne saviez pas que des endroits pareils existaient ?

Elle secoue la tête, puis grimace de douleur. Les analgésiques ont voilé son regard, mais Josh 3 a tenu parole, et elle est restée consciente pendant toute l'opération. Mon épaule est ressoudée, mais elle n'était pas gravement touchée de toute manière… Un os fêlé qui s'est empressé de guérir avant que le toubib y jette un coup d'œil.

— Où va-t-on ?

— En lieu sûr…

Aptitude me dévisage, alors je l'assois sur un muret, et je lui confie certains renseignements, à commencer par le fait qu'un grand nombre de personnes importantes veulent sa mort, et qu'elles nous tueront tous les deux, si elles découvrent qu'elle est toujours en vie. Leur identité demeure vague. Aptitude ne met jamais ma parole en doute, et ça donne une idée de l'état de la faune politique de Farlight.

— Et ma mère est vivante ?

— Oui.

— C'est vrai ?

— Je te le promets.

Elle descend du muret, relève son turban improvisé, et glisse son bras sous le mien.

— À mon avis, déclare-t-elle, nous devrions y aller.

Le *Précieux Souvenir* est presque vide. Une bonne chose. Du bacon grille dans la cuisine, et une puanteur de détritus provient de poubelles à l'extérieur. Je commence à assimiler la signature odorante de la ville, enfin, le peu que j'en connais. Pendant que je ruinais le repas de mariage d'Aptitude, j'avais du mal à différencier la nourriture de la décoration.

Lisa sourit quand j'entre dans la cuisine, puis elle remarque la jeune fille derrière moi et se met à faire la gueule. Il y a une bonne façon de gérer cette situation, et une mauvaise. Si je savais les reconnaître, j'opterais pour la bonne, mais Lisa est toujours une étrangère, malgré tout ce que nous avons partagé dans un lit.

J'opte pour la vérité.

— J'ai besoin de ton aide.

Les deux filles me regardent. Comme les choses n'étaient pas encore assez compliquées, Angélique émerge de la réserve, et vient rejoindre sa cousine.

— Qui est-ce ? demande-t-elle.

— La fille d'un ami…

— Un ami ?

Je pose mes flingues sur le comptoir, l'un après l'autre. Ce n'est pas une menace, j'ai juste besoin de savoir qui je suis. En voyant le dernier, Lisa écarquille les yeux.

— C'est…

— Oui, je sais, illégal.

Angélique se régale.

Si elles me livraient à la police, elles en retireraient une belle récompense. Nous sommes en pleine négociation. Je viens de leur annoncer qu'elles vont gagner encore plus. Pour le moment, elles doivent penser que c'est l'un des pistolets.

Je sors des pièces en or de ma poche.

Les yeux s'écarquillent.

— Dix Octo, je murmure, vous veillez sur elle… Dix autres, vous la laissez bosser derrière le bar jusqu'à ce que je revienne.

Je pose vingt autres pièces sur le comptoir. Bien plus qu'elles gagnent en un mois, légalement ou non.

— Et ça ? demande Lisa, en fixant son regard sur la dernière pile.

La gamine récupère ma chambre. Ce n'est pas comme si l'hôtel recevait beaucoup de vrais clients. Et à cent crédits l'Octo, je viens d'offrir à Aptitude une sacrée réservation. Les règles sont claires : elle travaille au bar, personne n'essaie de la prostituer, et elle mange avec les cousines.

— Apprends à te fondre dans la masse, je lui conseille une fois que nous sommes seuls dans la chambre qui va devenir la sienne. Observe les autres, et fais comme elles.

C'est une brave gamine, mais je lis de l'inquiétude dans ses yeux.

— C'est ta vie, maintenant…

— Ma vie ?

— Peut-être pour toujours…

Depuis la fenêtre, on voit la faille Calinda, et, sous le soleil, les arêtes rocheuses du cratère se découpent, ornées de leur frange de taudis s'élevant à des angles impossibles. Je veux lui dire certaines choses. Des choses que j'aurais aimé entendre de la bouche de mon lieutenant, entre tous les autres trucs qu'il m'a appris.

Difficile de trouver les mots justes.

Elle est mal à l'aise seule avec moi dans cette chambre. Pas étonnant : j'ai tué son mari, sa garde du corps et la majorité des mercenaires engagés. Mais nous devons avoir cette conversation. Même si Aptitude parle peu, et que je dois trouver les mots pour dire l'indicible.

— Ta mère ne reviendra pas.

Probablement une mauvaise manière d'entamer la discussion.

— Elle s'est trouvé un camp au Paradis. Anton est avec elle. Elle est devenue quelqu'un.

— Quelqu'un ?

— Une personne qui compte.

La jeune fille veut répondre que Debro Wildeside a toujours compté. Bien sûr, je ne le nie pas, mais ce n'est pas ce que je veux dire.

— En prison, les gens changent, lui dis-je. Bien plus qu'ailleurs. Ils deviennent quelqu'un d'autre. Ta mère fait exception. Je suis persuadé qu'elle restera fidèle à elle-même.

— Et elle a papa.

J'acquiesce.

— Tu les connais vraiment ?

— Oui. On a atterri dans la même navette. On était dans le même groupe, on s'est battu ensemble contre les autres camps, enfin, ton père et moi. On a établi des frontières, pour que les autres apprennent à nous laisser en paix.

— Pourquoi as-tu été libéré ?

— Pour te tuer..., dis-je dans un souffle en respirant un bon coup. Mais j'avais déjà promis à ta mère que je veillerais sur toi autant que possible. C'était avant qu'on m'assigne cette mission.

— Tu vas t'attirer des ennuis ?

Sa question m'arrache un sourire.

— Tiens-toi à carreau, je grogne. Et personne n'en saura jamais rien. Le sénateur est mort. Sa villa est en ruine. Et toi... Tu as été abattue dans l'escalier, tu ne te souviens pas ?

Aptitude hoche la tête d'un air sceptique.

Chapitre 24

Octo V a treize ans. Ses cheveux cascadent sur ses épaules fines, et ses yeux clairs sont tournés vers l'avenir. Du plus loin que je me souvienne, il a toujours eu cet âge, et il le gardera encore longtemps après que la rouille aura rongé la croix de mauvais acier plantée sur ma tombe. Pourquoi il aime avoir treize ans, mystère…

Personne n'a osé le lui demander.

Peut-être qu'il pense qu'un empereur enfant est intrinsèquement plus héroïque, ou peut-être n'a-t-il pas le sens du temps humain.

Ce n'est probablement pas très prudent d'avancer des hypothèses.

Quoi qu'il en soit, la ville est remplie de statues représentant un adolescent en uniforme. Il porte une tenue de cavalier, avec redingote, lunettes de pilote, et parfois une canne ou une cravache. Sa représentation la plus célèbre le figure dans un costume informe de spationaute, datant de l'époque précédant la redécouverte de l'élégance par les Octoviens.

C'est forcément intentionnel.

Les pauvres touchent les statues pour attirer la chance, usant et polissant peu à peu les mains et les pieds de l'empereur, tandis que le reste de son corps se couvre de vert-de-gris. Farlight est la ville des statues. Des sénateurs en robe, des généraux en uniforme, des dieux au port noble, et des femmes nues – plus de femmes nues qu'on peut en imaginer.

Elles sont toutes en bronze, toutes d'une beauté absurde, et pourvues pour la plupart d'une poitrine opulente, et de hanches larges... Des mères se lavant les cheveux, nourrissant leurs enfants, assises en contemplation, ou occupées à composer des vers. Il y a aussi des filles ailées portant arc et carquois, qui serrent des fleurs contre leur cœur.

Le sujet importe peu, tant qu'il est nu. Voilà qui en dit plus sur les habitants de Farlight qu'une dizaine de guides téléchargeables.

J'ai rendez-vous dans un parc, sous une fille qui se lave les pieds dans un ruisseau de bronze. Les flots écument, et suggèrent une once de courant. L'adolescente a les cheveux bouclés, la taille menue, et les jambes bien croisées, pour atteindre ses chevilles.

Sérénité, annonce une plaque.

À Farlight, alors. Partout ailleurs, il faudrait une armée de gardes, pour repousser la horde qui s'attrouperait en la voyant s'asseoir ainsi.

M. de Charge est en retard.

Enfin, je pense que le message vient de lui. Il comportait une heure (il y a cinq minutes), et un lieu, ici, sous cette statue.

J'attends toujours quand une vieille dame passe en hochant la tête à l'adresse de la statue, un gamin laisse des miettes entre ses pieds métalliques, tandis qu'une gamine âgée de sept ans au maximum, arrache les bougainvilliers d'un buisson, avant de les jeter dans l'eau vert-de-gris, comme si elle pensait que cette dernière était réelle.

La sérénité a un autre nom, semble-t-il.

Un nom seulement connu...

Des pauvres, je pense, alors que l'instinct me jette au sol, et que l'air frémit. Un dard en carbone traverse l'espace occupé par ma tête une fraction de seconde auparavant, pour s'écraser sur la statue.

Un craquement de brindille.

Je l'ai entendu. Seize ans d'entraînement au combat balaient les quelques jours passés dans cette ville étrange et chaotique. Collé au sol, j'essaie de déterminer s'il y a deux adversaires, et si l'un d'entre eux essaie de me prendre à revers, le pistolet pneumatique à la main.

Quel choix étrange. Mais un fusil à impulsion ferait fondre la statue, et cela causerait sans doute plus de problèmes qu'un soldat mort dans un parc. Peut-être ce choix est-il logique après tout.

— Vous pouvez vous relever.

La voix est familière. Amusée, et pleinement satisfaite d'elle-même.

Je roule sur moi-même, dégaine un couteau de lancer, et le lance en direction de la voix. J'entends un juron.

— Ça suffit, grogne la voix.

J'ai mon flingue à la main maintenant, et je suis en position de tir, quand la silhouette en uniforme arrache mon couteau du sapin derrière lequel elle se cachait.

J'ai sa tête dans ma ligne de mire.

— Cible acquise, annonce mon SIG Diabolo.

Le major Sylva blêmit.

— Acquise…, s'impatiente le flingue.

— Test réussi, dit l'homme. C'était le dernier.

— Attends, dis-je au pistolet.

Le major est toujours aussi élégant, et son manque d'assurance est toujours aussi feint. Il semble tout seul. Je suis impressionné.

— Vous pouvez baisser votre arme… ça, souffle-t-il.

Je regarde mon SIG, et secoue la tête.

— Où est de Charge ?

— Mort.

— Vous l'avez tué ?

Le major hoche la tête.

— Il vous a fourni un kyp défectueux… C'est lui qui les élève – les *élevait.*

— Et je ne peux pas me débarrasser de cette saloperie ?

— Non.

Il me vient une idée intéressante.

— Donc, vous ne pouvez pas m'en installer un autre ?

Il comprend l'importance de cette révélation, ou peut-être se contente-t-il de lire le soulagement sur mon visage. On m'a tiré dessus, j'ai eu des os cassés, et le sergent Fitz m'a déjà bastonné au point de me faire ramper, mais rien de comparable à la bataille qui s'est livrée entre mon corps et la limace.

— Non, répond-il. Impossible.

Pendant toute la durée de la conversation, mon flingue est abaissé, mais mon doigt est crispé sur la détente, et la diode indiquant qu'une cartouche est engagée dans la chambre reste au rouge.

— Où l'avez-vous trouvé ?

— Je l'ai ramassé sur la garde du corps d'Aptitude.

— Il ne devrait pas fonctionner avec vous.

— Et si. Et je ne le lâche plus.

Je relève légèrement le canon, au cas où je devrais souligner la chose.

— On ne menace pas les officiers Faucheurs, soupire le major.

— Eh si.

— Vous n'avez aucune chance, il insiste. J'ai une dizaine de snipers qui vous braquent.

— Conneries.

— Êtes-vous prêt à prendre le risque ?

— Oui.

— Je vous crois, sourit le major. Le colonel Nuevo l'avait prédit… Je vais démonter mon arme, d'accord ?

Il démonte le pneumatique, puis jette le cylindre d'air comprimé, le canon et le châssis dans une poubelle. Ensuite, il déchire une enveloppe argentée, et saupoudre les pièces d'une poudre cramoisie. Quelques secondes plus tard, un éclair manque de m'aveugler, et le pistolet disparaît dans un nuage de flammes blanches. La poubelle n'y résiste pas, mais le vandalisme ne semble pas inquiéter outre mesure le major Sylva.

— Normalement, explique-t-il, je devrais vous soumettre à un entraînement de six mois en Académie, suivi d'un service effectif de six mois. Mais le colonel a suggéré que nous fassions l'impasse sur l'Académie.

Je mets une bonne seconde pour comprendre ce qu'il veut dire.

— Vous décollez dans trois heures… (Il remarque ma surprise.) Présentez-vous au QG des Faucheurs sur la place Casaubon pour y recevoir un uniforme. Si on vous pose la question, répondez que je vous ai autorisé à posséder ceci.

Il parle de mon SIG Diabolo.

Nous sortons ensemble du parc, un couple suffisamment étrange pour attirer l'attention, même si les regards sont discrets.

Il hésite sur le chemin à prendre. Comme je l'ai déjà dit, il s'agit d'une simulation. Cette timidité, cet embarras, l'ironie et l'humour à froid, tout cela se manifeste, car son uniforme le lui permet. Cet homme est un tueur, tout comme moi, mais un tueur avec des manières et un excellent tailleur, ou je ne sais qui s'emploie à concevoir ces uniformes.

— Au fait, glisse-t-il. Bien joué.

Je veux retourner au *Précieux Souvenir*, pour dire au revoir à Aptitude. À Lisa et Angélique aussi, mais ce n'est pas le même genre d'au revoir que j'ai en tête. Je me contente d'une cabine vidéo. Pour un crédit, j'entre en communication avec l'hôtel. Quelqu'un répond au bout de la trente-huitième sonnerie.

— Quoi ?

— Oui, je grogne, moi aussi je suis content de t'entendre.

— Sven ? (C'est Lisa.)

— Tout va bien ?

— Bien sûr, dit-elle, sentant l'inquiétude dans ma voix. Tout est nickel. Ma cousine de la campagne et Angélique sont parties faire des courses, mais je peux prendre un message, si c'est la raison de ton appel.

Ma cousine ?

Un sourire niais se reflète sur l'écran par-dessus le visage de Lisa, comme une vision fantomatique. Peut-être que ça va marcher finalement.

— Salue la gamine pour moi. Dis-lui que je reviendrai bientôt, et toi, fais gaffe à tes miches, d'accord ?

— Bientôt ?

— J'ai un truc à faire.

— Là-haut ?

— J'en ai bien l'impression. Oh ! Lisa, j'hésite, et je l'observe tandis qu'elle attend que je trouve les mots justes. Merci, merci beaucoup, OK ? Pour tout…

Elle interrompt la communication, non sans m'avoir souri juste avant.

Le QG de la place Casaubon domine une fontaine poussiéreuse et un petit rectangle d'herbe fatiguée. Une grille en fer forgé encadre la zone de verdure, comme pour empêcher des hordes de vandales de piétiner sa beauté majestueuse – en l'absence de beauté et de hordes. Il n'y a personne sur la place, excepté deux Faucheurs qui montent la garde à côté d'une porte noire.

Farlight est la plus grande ville d'Octo V, sa capitale. On prétend qu'elle est plus vaste que n'importe quelle cité exarche, même si rien n'égale la station orbitale des Exarches – enfin, rien qui ait eu un impact sur ma vie, en tout cas.

Qui sait ce que possède l'U/Libre ? Le génie, les arts et tout ce qui nous manque mis à part…

Pourtant, marcher dans Farlight revient à errer au milieu d'un amas de rouages brisés. C'est étrange. Plus qu'étrange même. En contemplant la place déserte, l'herbe jaunie, et l'immeuble miteux, il me vient à l'idée que tout cela est délibéré.

Octo V délivre un message. Je me demande s'il n'est pas le seul à le comprendre.

— Halte !

À mon avis, il vaut mieux obtempérer.

— On m'attend.

— Identité ?

— Sven.

— Sven comment ?

Dans ma poche, le SIG se prépare. Un rapide vrombissement du châssis, et une cartouche monte dans la chambre. La puce de combat s'est connectée à mes émotions, ce qui devrait me mettre les nerfs. Pourtant, j'en suis plutôt satisfait.

— Alors ?

Un nom s'impose de lui-même. Celui que Debro a mentionné quand nous étions convoyés au Paradis.

— Sven Tveskoeg, je réponds. C'est un vieux nom terrien.

Ils se demandent si je me fous de leur gueule.

Soudain, la porte s'ouvre en grinçant, et je reconnais l'homme qui se tient dans l'embrasure. Les deux gardes se mettent au garde-à-vous à la vue du colonel Nuevo.

— Sven, dit-il, mais que faites-vous dehors ?

— J'essaie d'entrer sans tuer vos deux roquets.

— Ils appartiennent à l'élite du régiment, sourit-il.

On attend ma réponse, mais mon silence est éloquent.

— Le major m'a prévenu de votre arrivée, soupire-t-il.

— Tiens donc ? C'était avant ou après qu'il a essayé de me faire sauter la tête avec un dard de carbone ?

L'officier décide qu'il est temps pour nous de poursuivre cette conversation à l'intérieur.

La véritable surprise survient quand je perçois mon uniforme. La dernière étape après l'examen médical, le second examen médical pour vérifier les résultats du premier, et un test de psychométrie interrompu au beau milieu, lorsqu'une femme à l'air sévère se lève de son bureau, s'approche de moi, et éteint mon ordinateur.

— Autant ne pas garder trace de cela, explique-t-elle.

Elle répète la même chose au colonel Nuevo quand il arrive à la fin de la session.

— Très bien, réplique-t-il, passons au commissariat dans ce cas.

Je m'attends à un intendant, une rangée d'uniformes, de casques, et à des fusils entassés dans un coin. Comme à la Légion. De fait, je me retrouve avec un vieil homme qui me demande de me déshabiller, puis de me tenir au milieu de la pièce.

Le colonel s'excuse pour cet aparté.

Des lasers sortent des quatre coins, et courent le long de mon corps. La lumière revient, le vieillard sort de derrière son panneau de protection et s'approche de moi avec un pantalon, une chemise et une veste sur le bras.

Ma surprise l'amuse.

— Des fabricators, lâche-t-il. Examen subvisuel.

Il me tend la veste, et je fronce les sourcils.

— Vous avez commis une erreur, dis-je, en lui rendant le vêtement.

Une barre argentée sur chaque pli du col me donne le grade de sous-lieutenant, et un ruban de soie à la boutonnière, me décerne la Croix d'Obsidienne.

Une de deuxième classe, soit, mais une Croix d'Obsidienne quand même.

Le vieillard vérifie son poignet droit, examinant rapidement son implant.

— Non, conclut-il. Sous-lieutenant Sven Tveskoeg, Croix d'Obsidienne de deuxième classe.

Il hausse les épaules, me regarde enfiler la veste, puis m'invite à choisir un holster pour mon pistolet.

Seconde partie

Chapitre 25

Les Ailes de la Mort piquent au-dessus des arbres chétifs, leurs armes crachant le feu en plongeant au ras du sol, essayant de massacrer tout sur leur passage, moi y compris.

Ces machines sont rapides, extraordinairement rapides même, manœuvrant à des g qui doivent amener leurs pilotes au bord de la syncope à chaque tonneau, chaque looping. Le soldat à côté de moi épaule son fusil à impulsion pour viser l'un des appareils.

L'Aile garde son cap et l'homme disparaît. La viande brûlée se mêle à la boue de mon uniforme, et je me jette dans une tranchée. Je remarque que l'engin vire pour refaire un passage.

— Grand homme, petit trou, raille le flingue. Quelle drôle d'idée…

Alors je sors du trou, et me colle contre l'épave d'un énorme canon automoteur. On dispose d'un bon millier de ces saloperies, et elles sont aussi efficaces que des nonnes dans un bordel !

Tandis que l'Aile de la Mort fond sur moi, je pointe mon pistolet.

— Cible acquise, dit-il.

— Descends-la.

Le SIG obéit.

L'exploit lui coûte la moitié de son énergie. L'appareil abattu, je m'approche des débris. Je dois savoir qui pilote ces machines pour les Exaltés, et pourquoi je brûle cinquante pour cent de ma batterie pour en plomber un.

Les Ailes sont petites, trop petites pour un passager humain. On prétend que c'est le cerveau de soldats exarches morts qui dirige ces engins. Mais « on » est souvent un con. J'essaie aussi de réfléchir à ce que je vais faire après, tout en me demandant comment j'ai atterri dans une telle merde.

Comme si je pouvais l'oublier.

— Respirateur, lâche un ordinateur.

Une technicienne me donne un tube. Elle s'exécute poliment, sans montrer que je retarde son décollage. Un coup d'œil au soldat à côté m'indique que le tuyau a bien la fonction que je lui prête, alors je l'enfile dans ma bouche, en serrant les dents sur l'embout prévu à cet effet.

— Portes, continue la voix.

Une machine nous gère, car elles sont plus efficaces que les humains. C'est ce que prétend la technicienne en tout cas. Elle baisse les yeux et évite toutes mes questions autant que la politesse l'y autorise.

Avant, c'était moi qui mettais les gens mal à l'aise, maintenant, mon uniforme contribue à l'effet général. Armure de combat noire, casque à visière fumée, gants noirs… et cette charmante petite tête de mort argentée, négligemment disposée à l'avant de mon casque, au cas où un crétin fini ne reconnaîtrait pas le régiment.

Des portes vitrées se ferment au-dessus de moi, et tout le monde autour de moi ferme les yeux. Quelques secondes plus tard, le gel antichoc remplit la capsule. Nous serons largués en chute libre.

Vraiment.

Nous serons aussi hors de portée des communications. Comme si c'était important. Une fois lâchée, rien ne peut modifier la trajectoire d'une capsule.

Ce modèle est équipé de vérins d'atterrissage pour amortir la plus grande partie de l'impact, le gel se chargeant du reste.

Le compte à rebours défile dans ma tête.

Trois, deux, un…

Une demi-minute s'écoule entre l'injection du gel, et le choc. L'information est précise à la seconde près. Mon corps s'élève sous la commotion, et la mousse atténue le traumatisme, et me garde collé au siège.

Vingt hommes par capsule, cinq cents capsules par vaisseau, vingt vaisseaux par flotte. Deux cent mille hommes chutent sur Ilseville, capitale de la province Sxio, et deuxième cité la plus importante de la planète « Peut-être ici », récemment reconquise par les Exaltés et les Exarches.

Notre boulot : la *désexalter*, et vite.

Ilseville est un comptoir pour les fourrures, l'ambre et une rare forme de cuir issue d'un alligator d'eau douce, qui ressemble à tout autre chose, mais qui se rapproche assez du saurien pour que le nom lui colle… au cuir.

On m'a présenté la cité avant l'assaut.

Apparemment, ce n'est qu'une petite ville protégée par des murs de béton expansé. En périphérie, les bâtiments sont en fibres agglomérées. Un matériau qui conserve la chaleur, très bon marché, et totalement insignifiant face à un tir d'artillerie. Le cœur de la ville, également fortifié, est en pierre, et compte deux temples. Nos instructions sont de les épargner autant que possible. Je suis certain que ce rapport est rempli d'erreurs.

J'ai l'habitude.

— Préparez-vous.

Une secousse assez violente pour faire vibrer mes dents, un bruit d'aspiration tandis que le gel disparaît, et mes oreilles se débouchent quand l'air envahit la capsule avec assez de force pour ouvrir les portes.

— Tout le monde dehors ! gueule un sergent, en s'adressant à son unité.

Je me suis contenté de partager la nacelle avec eux. Je n'ai pas d'hommes sous mon commandement, je suis un sous-lieutenant sans peloton.

Insolite, non ?

Dès la sortie, je me jette au sol. Une roulade, et je suis couvert de boue des pieds à la tête. C'est mieux ainsi. J'arrache des herbes folles, et les glisse sous le filet de mon casque, avant d'abaisser ma visière.

Au moins, me voilà camouflé.

Des canons automoteurs descendent une rampe derrière moi. Un jeune sous-officier est installé dans l'un des engins, une main sur le volant, l'autre sur le bouton de tir.

— Abruti, dit mon pistolet.

Le véhicule rebondit une fois, puis s'enfonce dans la terre meuble. Les roues dérapent, et des giclées de boue s'envolent tandis que l'engin se renverse. Le moteur cale une seconde plus tard. La scène se répète près d'autres capsules aussi bien tombées.

— À couvert !

Une dizaine de recrues se tiennent aux aguets comme des mangoustes.

— À douze heures ! je crie. Couchez-vous !

Une Aile de la Mort arrive à pleine vitesse. Je plonge dans une tranchée, juste à temps pour voir le servant du canon renversé lever son fusil avant d'être vaporisé. Un nouveau glorieux martyr mort pour la cause, quelle qu'elle soit.

— Acquisition, informe le SIG.

— Fume-la.

Nous descendons l'Aile de la Mort sans y prêter trop d'attention. À un moment, j'ai abandonné mon trou pour l'épave brûlante d'un canon automoteur. Je suis toujours en vie, comme la moitié des soldats autour de moi. Mais ça ne va pas durer.

Sur la gauche, un canon à impulsion ennemi nous arrose depuis une colline, alors qu'à droite une bonne vieille mitrailleuse nous plombe depuis un bosquet. Nous devons attaquer l'une ou l'autre position, pour nous sortir de ce feu croisé. Manque de pot, nous sommes tombés au milieu d'un marécage, où quelques monticules herbus émergent de l'eau croupie.

— Baissez-vous bordel de merde !

Deux soldats s'allongent, mais pas sur mon ordre. Le premier n'a plus de tête, et l'autre en est presque jaloux. Un tir d'Aile lui a emporté les jambes sous le bassin, les rayons cautérisant la blessure au passage.

Il hurle.

Un troufion sans casque est à ses côtés. Il se bouche les oreilles. Un milicien à en juger d'après son uniforme. Un parmi deux cent mille. Ce nombre comprend mille Faucheurs, peut-être dix mille légionnaires, le reste se compose de conscrits et de jeunes recrues.

Je plante mon couteau dans le cœur du blessé.

Les cris cessent.

— À terre ! je gueule au milicien. Complètement ! je hurle quand je le vois se mettre à genoux. Où est ton sergent ?

L'homme me regarde sans comprendre.

— Ton sergent ?

Un autre soldat désigne un cadavre. Le sous-officier, ou ce qu'il en reste, fixe sur le ciel gris ses yeux vides, et personne n'a pensé à ramasser son pistolet à impulsion.

— Tu es le nouveau sergent, dis-je au soldat en lui donnant l'arme.

Après coup, je lui ordonne d'enlever son casque, et le remplace par celui du cadavre. Un torrent d'ordres cascade dans son oreillette.

— Mort, l'entends-je répondre. Le nouveau sergent, ajoute-t-il après.

À ces mots, il envoie son ancien casque au troufion à la tête nue.

Il fera l'affaire.

— Couvre-moi, je lui dis.

Le canon à impulsion ou la mitrailleuse ? Que choisir ? Repérant un équipage ayant abandonné son canon automoteur, pour installer un mortier en face de la colline, je décide de me réserver le bosquet et sa mitrailleuse.

Derrière, le nouveau sergent ouvre le feu avec son pistolet, et je mange la boue quand les tirs ennemis passent au-dessus de ma tête. Une rafale, puis une autre, et encore une autre : il a réussi à organiser sa troupe. Il fera un bon sous-officier, s'il survit assez longtemps.

Je roule dans un fossé inondé en ricanant. Je n'aurais jamais cru glisser « bon » et « sous-officier » dans la même phrase. Le fossé est assez profond pour que je rampe dans l'eau froide entre les herbes hautes jusqu'à la position du mitrailleur.

Les soldats me suivent, et je suis impressionné. Vraiment. Le servant de la mitrailleuse doit croire qu'ils avancent vers sa position. J'espère qu'il n'en descendra pas trop avant que j'arrive jusqu'à lui.

— Putain de chaos, grogne le flingue, quand je le réveille de nouveau.

— Rappelle-moi de te réinitialiser.

Il doit bien y avoir un bouton pour modifier la personnalité, je n'arrive pas à croire que ce soit celle installée par défaut. L'entreprise SIG ferait faillite.

— Distance ? je demande.

— Quarante-cinq mètres à peu près.

— Je ne veux pas d'« à peu près ».

— Quarante-quatre mètres dix, approximativement. Je peux être plus précis, si tu veux.

— Tu peux l'avoir d'ici ?

Le SIG boude.

— Alors ?

— Évidemment. Tu m'aiderais en choisissant la cartouche à utiliser.

— Ce qui cause le moins de dégâts.

— Pourquoi ?

— Parce que je veux récupérer cette mitrailleuse. Pas pour moi, je me dépêche d'ajouter au cas où il serait jaloux, pour les hommes derrière moi.

Je rampe dans l'eau glacée pendant toute la discussion, et le pistolet me donne la distance toutes les trois secondes jusqu'à ce que je lui dise de la fermer.

Nous sommes encore à vingt-cinq mètres des arbres, et le mitrailleur doit se trouver à quelques mètres en retrait. J'aimerais bien le contourner, mais je serais obligé de quitter la tranchée, et pour l'instant, c'est la seule chose qui me garde en vie.

— Quelles sont mes options ?

Nous parlons de projectiles.

— Céramique, explosive, fléchette, hécatombe, incendiaire…

— Hécatombe.

Le flingue ouvre la chambre et charge la cartouche.

J'attends une longue rafale venue de mon camp. Un tir nourri qui forcera l'utilisateur de la mitrailleuse à baisser la tête. La salve arrive, je baisse la tête, puis la relève pendant la seconde de silence qui suit la grêle de tir, pour ajouter le mien. Heureusement que les hécatombes ne requièrent pas une grande précision. Il suffit de toucher une zone à trois mètres de la cible.

Je suis déjà en train de courir quand ma balle explose, me frayant un passage à travers une dizaine de mètres d'eau boueuse et de vase.

Je découvre le tireur couché sur le côté, les mains collées aux oreilles. Un de ses yeux a explosé, et il saigne du nez. Il est encore assez conscient pour tenter de ramper hors de ma portée.

Il meurt en silence.

Je fais pivoter la mitrailleuse vers la colline d'où le canon à impulsion massacre les soldats qui tentent de le neutraliser. Une poignée de miliciens est piégée au milieu de la pente. Voilà tout ce qui reste de la brigade que j'ai vue tout à l'heure.

Une rafale de balles en céramique attire l'attention des soldats ilsevilliens. L'un d'entre eux dirige le canon vers moi, embrasant un bouquet d'arbres à ma droite. Impressionnant pour un tir au jugé. Malheureusement pour lui, ça libère la milice coincée en contrebas. Je continue à faire feu pour m'assurer que j'ai bien toute son attention, et au moment où il se souvient des assiégeants, il est trop tard.

La colline est submergée.

Chapitre 26

— Mon lieutenant…

C'est l'homme que j'ai promu sergent. Il est hors d'haleine, comme les quatre soldats qui l'ont suivi. Cinq sur dix, un taux d'attrition négligeable pour une bataille d'une telle violence.

— Sergent ?

— Que fait-on, maintenant ?

— Nous attaquons.

Il me regarde, pour s'assurer que je ne plaisante pas.

— Putain de Faucheur, grommelle l'un des hommes, mais il semble plus impressionné qu'irrité.

— Quel est votre nom ?

— Neen, mon lieutenant.

— Et les autres ?

— Soldats Will, Shil, Franc et Haze.

Crâne rasé, couverts de boue, ils me saluent, mal à l'aise. Mentalement, je les renomme : Nabot, Grimace, Blanchet et Gras-double. Seul Neen ressemble vaguement à un soldat, et encore, ça doit venir de sa façon de tenir son arme. Au moins, il a plus de chances d'abattre quelqu'un que de se mutiler tout seul.

— Restez avec moi, je grogne. Si on vous pose la question, vous agissez sur mon ordre, compris ?

Ils hochent la tête poliment comme le joli petit étal de chair à canon qu'ils sont. Je lutte pour ne pas leur tourner le dos, et les abandonner à leur destin : finir massacrés au nom du grand Octo V. De plus, être lieutenant sans hommes à commander est d'un ridicule…

J'ordonne donc à mon nouveau sergent de nommer un caporal.

— Franc, répond-il sans hésitation.

Le soldat semble nerveux, mais c'est le choix du sergent.

— OK, maintenant, on part à la chasse aux Ailes.

Neen sourit, et acquiesce. Sa bonne humeur est communicative.

— Tu vas tirer avec cette mitrailleuse, lui dis-je, et je vais te montrer comment on fait.

L'arme est un nouveau modèle. Elle est plus complexe que toutes les mitrailleuses que j'ai utilisées auparavant. Heureusement, toutes les mitrailleuses suivent le même schéma de fonctionnement, un système vieux de plusieurs siècles. Une bande désintégrable est chargée, les étuis en céramique et les maillons sont éjectés, et pendant le processus, la culasse et le canon surchauffent, ce qui cause un enrayement. Un tireur expérimenté prévient cet incident en laissant l'arme refroidir suffisamment entre deux rafales.

— OK ?

Il semble perplexe, alors je lui explique de nouveau, en m'efforçant de garder mon calme, ce qui n'est déjà pas évident quand je suis dans un bon jour.

Nous sommes tous conscients qu'une bataille fait rage autour de nous.

— C'est compris, cette fois ?

Il me dévisage un instant, puis hoche la tête.

— Bien.

Les Ailes de la Mort continuent à décimer nos hommes sans leur laisser le temps de s'organiser. La moitié des unités n'ont même pas le temps d'évacuer leur capsule, et les navettes continuent d'affluer, procurant une source de viande fraîche inépuisable aux appareils ennemis.

Un rapport s'affiche sur ma visière. Nous avons déjà perdu vingt mille hommes. Instinctivement, je multiplie ce nombre par deux, et double le résultat pour estimer nos pertes à la nuit tombée.

Quatre-vingt mille morts : à peu près ce qu'a estimé l'état-major, je pense.

On distingue la flotte croisant en orbite basse. Le vaisseau amiral du général Jaxx est une petite tache noire survolant le champ de bataille. Lors d'un précédent largage, les soldats ont réussi à déployer une batterie antiaérienne. Ils essaient de descendre les appareils ennemis, pour les empêcher de massacrer les capsules. Environ un tir sur dix touche sa cible. J'ai passé la plus grande partie de ma vie au combat, mais je n'ai jamais connu une bataille de cette ampleur.

Nous installons la mitrailleuse en bordure des arbres, face à la ville, car les Ailes de la Mort viennent manifestement de cette direction.

— Tue-les tous, je glisse à Neen.

Se remémorant ses classes, il me salue.

Je souris.

Comme prévu, notre position attire l'attention. Dès que l'ennemi comprend que nous l'occupons, une Aile se détache de la formation, et pique sur le bosquet. Des branches éclatent sous l'averse de projectiles, puis l'appareil nous dépasse, virant sèchement pour repasser à l'attaque.

— Des blessés ?

— Moi, dit une voix.

Un soldat est allongé derrière moi, un éclat de bois planté dans le ventre. Ici, c'est la mort assurée. Trois jours d'empoisonnement du sang et de gangrène. Son nom ne me revient pas immédiatement. Will, le plus petit des cinq.

— Vous, dis-je à Franc et Neen. Continuez à tirer.

Franc assiste le chargement de la bande, et le sergent cible l'Aile, l'obligeant à infléchir sa course.

— C'est valable pour vous aussi, je beugle aux autres.

Haze et Shil détournent le regard du blessé, ajustent leur fusil à impulsion, et recommencent à tirer. Gras-double tire comme une merde, mais au moins, il pointe son arme dans la bonne direction.

— Tu t'appelles Will, c'est ça ?

— Oui, mon lieutenant. C'est moche, non ?

— Tu rigoles ? C'est rien du tout.

Ses yeux veulent me croire.

— Vous pensez ?

— Absolument.

Le soldat sourit, et il sourit toujours quand ma lame pénètre son cœur. Je lui remets sa veste, lui ferme les yeux, et salue son cadavre. Que le Seigneur t'accorde une vie meilleure dans un autre monde.

— Crevé, annonce le flingue à ses amis. Il n'avait pas une chance.

Ils se débrouillent bien. Ils n'ont pas encore abattu d'appareil, mais ils contraignent les Ailes à manœuvrer, les empêchant de livrer bataille. Ils continuent de bien faire jusqu'à ce que la bande se coince dans la culasse.

— Merde, grogne Neen.

Franc agrippe le bloc d'approvisionnement, se brûle les doigts et pousse un juron.

— Stop ! je crie.

Les deux soldats s'immobilisent.

— Perdez votre sang-froid, et c'est moi qui vous descends.

Un appareil ennemi termine de virer, et se prépare à un nouveau passage. La charge du SIG est tombée en dessous de trente-huit pour cent, je ne suis donc pas très chaud pour gâcher des munitions, mais quand on n'a pas le choix…

Le flingue se réveille, évalue les menaces environnantes, et en détecte plus qu'il en faut.

— Ne dis rien, lâche-t-il. On est encore dans la merde jusqu'au cou.

— Tu vois cette Aile de la Mort ?

Une diode s'allume pour m'avertir que la cible est acquise, puis elle s'éteint.

— Cette saloperie a un bouclier, m'explique le pistolet.

— Alors, débrouille-toi.

Le SIG Diabolo bourdonne, une dizaine de voyants clignotent, et il s'arrange avec son stock de munitions pour l'adapter à ses besoins.

— C'est bon, dit-il.

L'Aile de la Mort explose comme un feu d'artifice. Nous en détruisons une autre de la même manière, et le reste de la formation prend de l'altitude pour se placer hors de portée.

— Ouste ! dis-je au sergent, en attrapant la mitrailleuse par le canon.

Il va pour m'aider, mais je le repousse. Il a l'air choqué, et je dois me souvenir que c'est un bleu comme ses copains.

— C'est chaud, je lui explique. Ça te brûlerait jusqu'à l'os.

Neen regarde mon bras, et remarque enfin l'évidence.

— Merde, souffle-t-il. Désolé, mon lieutenant.

Je suis sur le point de lui demander, *pourquoi ?*

Nous courons vers nos lignes presque à quatre pattes, tandis qu'un tir d'artillerie réduit notre position à un tas de bois et une épaisse colonne de fumée noire.

— Comment avez-vous su, mon lieutenant ?

Franc, le nouveau caporal. Les questions stupides n'existent pas. C'est seulement que des milliers ont l'air de l'être.

— Ils ont perdu deux Ailes, je rappelle. Tu crois qu'ils allaient rester sans rien faire ?

— Non, mon lieutenant.

Une section de la milice s'écarte pour nous laisser passer. Certains sifflent pour signifier leur respect, mais le silence retombe quand un jeune officier apparaît. Il est arrivé avec l'un des derniers largages manifestement, et si son uniforme est aussi propre, c'est parce que nous avons repris près de quatre cents mètres à l'ennemi.

Ce « nous », c'est la première vague dont la majorité est morte.

— Quelle est votre unité ? demande-t-il à Franc.

Le caporal regarde Neen, qui me jette un coup d'œil. Moi, je ne bouge pas, couvert de boue, une mitrailleuse chauffée au rouge entre les mains, mon uniforme maculé de sang et de morceaux de chair. Le regard de l'officier glisse sur moi, puis il revient sur Franc qui semble mal à l'aise.

— Je vous ai posé une question.

Ce lieutenant a le type de voix que j'ai toujours détesté, depuis mes premiers jours à la Légion.

Je lui tape sur l'épaule.

Il se retourne, la bouche déjà entrouverte pour relever cette offense.

Je lui balance mon genou dans les couilles suffisamment fort pour qu'il décolle du sol, avant de s'effondrer à mes pieds comme une loque. Je le retourne sur le dos.

Il a l'air amorphe, et ses yeux sont retournés dans leurs orbites.

— Mon putain de nom, c'est Sven Tveskoeg, je déclare à qui veut l'entendre. Lieutenant, Faucheur, Croix d'Obsidienne de deuxième classe… Dites-le-lui à son réveil.

Chapitre 27

Les soldats s'écartent de mon chemin quand je traverse le camp. Peut-être ont-ils appris ce qui s'est passé un peu plus tôt, ou peut-être est-ce dû au SIG qui ne cesse de faire des commentaires.

— Tente pourrie.

— Uniforme de merde.

— Tu appelles ça un fusil à impulsion ?

La bataille est finie pour aujourd'hui, et les deux armées sont occupées à lécher leurs blessures. Je ne sais pas dans quel état est celle des Exaltés, mais la nôtre n'est pas jolie à voir. Nos pertes sont lourdes, et les miliciens que je croise ont l'air maussade et abattu.

Quand la dernière capsule atterrit, les chasseurs ennemis sont déjà rentrés à leur base, de l'autre côté d'Ilseville. Les Ailes de la Mort aussi ont disparu. Le ciel est vide, en dehors d'étranges étoiles.

— Par là, dis-je en désignant un talus qui semble un peu moins humide que les autres.

Un groupe de miliciens essaie de faire du feu avec des brindilles trempées et des morceaux d'uniforme. Une tente d'aluminium est déjà dressée, l'entrée faisant face à l'emplacement du feu qu'ils essaient d'allumer.

Pitoyable.

— Dégagez, je gronde.

Une milicienne refuse, et le canon du SIG lui chatouille le menton.

Ils rangent leurs affaires en silence. Ils sont sur le point de partir, quand Neen leur lance une tente neuve tirée de son sac. Je hausse les épaules.

— Envoyez quelqu'un dans quelques minutes, dis-je à leur chef.

Elle se retourne.

— Nous aurons du feu.

Je ne mens pas. Quand elle revient, les flammes dansent contre des bûches mouillées, qui sifflent et craquent avec des volutes de fumée. Rien de plus simple que d'allumer un feu, quand on a un holster plein de balles incendiaires. Quand on sait s'y prendre, une seule bastos peut se consumer pendant des heures. Enfin, si on ne se fait pas sauter la main avec.

— Frederica, lâche-t-elle. Sergent.

Elle est grande, mate de peau, et les cheveux noirs. Quelque chose me dit qu'elle doit être aussi bonne au lit qu'au combat. On a besoin de plus de femmes comme ça.

— Sven Tveskoeg, je réponds. Lieutenant.

Elle se sent mieux après ça. Je suis plus gradé qu'elle, ça rend la perte du camp plus facile à digérer.

— Quel régiment ?

— Les Faucheurs.

Elle semble sceptique.

— Il faut que je parte, lâche-t-elle.

Je la regarde récupérer un brandon de notre feu. C'est une bonne sous-off, et elle va rentrer dire à ses hommes à quel point ils l'ont échappé belle, mais je commence à me demander quel corps j'ai rejoint.

Dans la Légion, nous considérions les officiers Faucheurs comme des êtres mythiques, l'élite de l'élite. Le comportement de Frederica est fondé sur autre chose que le respect : quelque chose de bien plus primitif.

— À plus tard, dis-je.

Elle ne se retourne pas.

Étant semi-caméléons, nos tentes ont déjà copié le vert sale du sol. Leur système de leurre atténuera leur signature thermique au cas où les Exaltés survoleraient le site. D'un autre côté, avec tous les feux et la fumée qui monte au-dessus du camp, les habitants d'Ilseville doivent se douter de notre position.

Derrière notre campement se trouve un étang aux rives boueuses. Il est alimenté par un ruisselet qui longe notre installation. Il disparaît dans les marécages au-delà. Nous sommes sales, nous puons la fumée et un bain ne nous ferait pas de mal. En plus, je suis crevé, et j'ai besoin de me réveiller.

L'eau froide devrait convenir.

— Tout le monde à la flotte, dis-je au sergent Neen, en enlevant mon armure avant de la balancer dans la mare.

Il me regarde, ahuri.

Il y avait une oasis derrière Jebel, au sud de Karbonne. Le lieutenant nous y avait emmenés pour nous laver des souvenirs de notre première bataille. Bien entendu, c'était en plein été, nous étions dégoûtants, et l'eau était fraîche.

Neen retire ses bottes, tombe la veste, enlève son tee-shirt, et défait son pantalon. Il a le corps d'un fermier, avec une musculature nerveuse. Pas d'implants, pas d'augmentations. Du coup, je réalise que je ne sais même pas d'où il vient. Un coin paumé, à mon avis.

— Allez, les autres.

Franc se déshabille. D'abord les bottes, en luttant avec les fermetures. Quand le tee-shirt saute, des seins apparaissent, et je constate que Franc est une fille, et que ma troupe est mixte. Le caporal n'a pas non plus d'augmentations, mais s'est déjà retrouvé en situation de combat. Trois cicatrices laissées par des coups de couteau traversent son ventre comme des marques de griffes.

— On apprécie le spectacle, mon lieutenant ?

— Non, je réplique. Viens là.

Elle me fusille du regard, mais obéit quand même.

Les balafres sont gonflées, mal suturées et pas complètement guéries.

— Méchant, je constate, même si j'ai déjà vu pire. Ça date de quand ?

— Six mois.

— Combat ?

— Querelle de famille, répond Franc, avec un sourire amer.

Elle attend que je la congédie.

Je la fais attendre.

Elle a de larges épaules, une petite poitrine, et les hanches étroites. Elle est complètement glabre, même sa tête a été rasée ou je ne sais quoi.

— Avez-vous des ferox sur votre planète ?

D'après son expression interloquée, je déduis que la réponse est « non ».

Neen et Haze sont des hommes, pas Franc ni Shil. Même si Haze a un corps d'androgyne avec sa douceur et sa pâleur. À mon avis, Shil est la plus vieille. Elle se déshabille en nous tournant le dos, et n'enlève son tee-shirt qu'une fois entrée dans l'eau.

— Nettoyez vos uniformes, j'ordonne. Le feu les séchera vite.

L'eau est glacée. Elle a un goût métallique. Au bout d'une seconde, même Shil grimace et halète quand le froid lui coupe la respiration. Je les oblige à rester dans la flotte jusqu'à ce que leurs vêtements soient propres et la bataille oubliée.

Après, je pense à autre chose.

— Il nous faut de la nourriture.

— Mais nous avons… Neen hésite, ignorant s'il a l'autorisation de me contredire.

— Continue.

— Nos rations, mon lieutenant, finit-il en désignant les tentes.

Un chariot vient de passer, délivrant des rations de combat supplémentaires. Des emballages sous vide de merdes lyophilisées qu'il suffit de plonger dans l'eau pour retrouver le goût de merde mouillée.

— Avez-vous déjà mangé de ce truc ?

Ils secouent tous la tête.

— Faites en sorte que ça ne change pas.

J'essore mon uniforme au maximum avant de le remettre et de vérifier mon flingue.

— Vous appelez ça un campement ? beugle-t-il en sortant du mode « pause ».

— T'as vu mieux ?

Le SIG cite trois campagnes célèbres pour leur brutalité, et mon respect pour la garde du corps d'Aptitude grimpe d'un cran.

— Prends ton fusil, dis-je à Shil.

Elle obéit, un rictus de colère sur le visage.

— On revient dans une heure, j'annonce à Neen. Si on te pose la question, je suis parti en éclaireur, et tu as ordre de m'attendre ici.

Il salue, son regard s'attarde sur la femme à mes côtés. Je me demande s'il y a quelque chose entre eux. Elle ne doit pas avoir loin de trente ans, elle est maigre comme un lapin écorché, et sourit quand elle le voit. Le reste du temps, elle est d'une humeur de merde.

Nous nous éloignons.

— Shil, j'ai quelques questions… Ça fait longtemps que tu connais le sergent Neen ?

Derrière nous, un canon automoteur refroidit sur une butte. Dieu sait à quel point ces machines sont inutilisables dans ce conflit. Il faudrait leur trouver une utilité, même s'il s'agit juste de chasser dans les marais.

— C'est mon frère, mon lieutenant.

Putain de merde…

— Franc et Haze ?

— Mes cousins, mais Haze vit dans un autre village. Je ne le connais pas très bien.

— Et votre milice est mixte ?

Shil me lance un coup d'œil rageur. Comment se fait-il que je ne sache pas une chose aussi élémentaire ? Mais elle ravale son commentaire, et se contente de hocher la tête.

— T'as une grenade offensive ?

Elle acquiesce de nouveau.

— Bien. Passe par là-bas le plus silencieusement possible. Balance-la dans le canal et reviens en faisant un maximum de bruit.

— Où serez-vous, mon lieutenant ?

— J'attendrai.

Certaines choses peuvent attendre. C'est ce que j'essaie d'expliquer au SIG, mais il est trop occupé à éteindre ses diodes pour m'écouter, et c'est tout ce que je peux faire pour ne pas lâcher cette pétoire inutile dans un fossé, et le laisser passer les cinquante prochaines années sous l'eau.

— Extinction…

— Attends !

Il ne m'écoute pas, alors je le lance à la gueule de l'alligator.

Ce fumier est noir et cuirassé. Il est plus long que Shil et doit faire quatre fois son poids. Ses six pattes le propulsent à travers la boue, tandis qu'il fuit la grenade de Shil. Ses dents sont arrondies, mais sa mâchoire est puissante. Quand elle se referme sur ma cuisse, je sens les os craquer.

Rien ne casse. Une bonne chose.

— Non, sûrement pas !

Alors que la bête roule pour m'entraîner sous l'eau, j'attrape ma lame laser, et ajuste la puissance jusqu'à ce que son éclat soit assez brillant pour être vu à des kilomètres à la ronde. Effrayé par la lumière, l'alligator se tétanise, et l'odeur du saurien fraîchement carbonisé monte soudain dans l'air.

— *Mon lieutenant...*

C'est Shil. Elle crie.

Nous parlerons de ça plus tard.

— Tout va bien.

Elle s'arrête brusquement, l'air irrité.

— Je vous croyais mort.

— Eh bien, je ne le suis pas. Et Shil...

Elle me regarde.

— Ne crie pas, ça énerve les gens.

— C'est pour cette raison que vous avez tué le caporal Haven ?

Le souvenir d'un sous-officier aux jambes arrachées remonte à la surface. *Ça date de ce matin*, je me fustige. J'ai l'impression qu'il s'est écoulé une éternité. Je ne me souviens pas de l'avoir tué, mais ça ne veut rien dire.

— Aide-moi.

Elle peine sous mon poids, mais parvient à me relever. Ma hanche est en meilleur état que je le mérite, même si elle me fait mal, et que le sang a rempli ma botte. Une partie de mon uniforme est déchiquetée. Si j'étais encore dans la Légion, j'aurais du fil, une aiguille, un couteau et de la viande séchée : le nécessaire de survie type. De fait, je n'ai que ma lame laser, mes couteaux de lancer, un fémur fêlé, et un flingue à retrouver.

En regardant Shil, je comprends comment j'ai pu la confondre avec un garçon. Elle n'est pas chauve comme Franc, mais elle a le crâne rasé, et son uniforme est un amas de différents vêtements tous couverts de sangles et de poches, le tout assuré d'emmagasiner l'eau à la moindre pluie. Elle ressemble à n'importe quel soldat.

— Tu as une aiguille et du coton dans l'une de ces poches ?

— Oui, mon lieutenant.

— Comment vont les nerfs ?

— Bien.

Elle se sent insultée. Bien. Mais elle doit apprendre à le dissimuler.

— Ils vont bien, *mon lieutenant.*

— Mes nerfs vont bien, mon lieutenant.

— Parfait, alors soigne ma cuisse.

Mes blessures guériront plus vite, si elles sont recousues, et ça occupe Shil pendant que mon os se ressoude suffisamment pour que j'aille chercher le SIG. Et si ce n'est pas assez long, elle a encore l'alligator à écorcher et désosser.

— Pas mal, je constate une fois qu'elle a fini.

En fait, c'est moi qui dépèce l'animal, pendant que Shil ravaude mon pantalon. Cette créature n'a pas d'os, mais possède un cuir épais, des dents étranges, et des plaques de cartilage à la place du squelette. Ce que j'avais pris pour des pattes, sont des nageoires résiduelles.

Je balance ses entrailles, ses poumons rudimentaires, et la plus grande partie de sa peau dans le marais. Je coupe la tête, en tranchant plus profondément dans la plaie que j'ai ouverte dans sa gorge. Je me débarrasse du dernier morceau de queue, et enfile mon uniforme recousu de frais.

— Tiens ça.

Le bout de cuir que je lui tends est assez poisseux pour justifier son dégoût.

— Mange.

Elle me dévisage, comprend que je suis sérieux, et que les choses risquent de mal tourner si elle n'obéit pas. Alors, elle s'exécute. Elle réussit même à ne pas s'essuyer les lèvres après.

— Le dégoût te conduit à la mort, j'explique. Avant la fin de cette guerre, tu boufferas des choses qui t'auraient fait vomir aujourd'hui. Tu comprends ?

Je soutiens son regard jusqu'à ce qu'elle hoche la tête, puis continue de la regarder fixement.

— Oui, mon lieutenant.

— Bien. Maintenant, va chercher mon flingue.

L'alligator sur l'épaule, et le pistolet à la ceinture, je démarre un canon automoteur, et attends que Shil m'imite. Nous devons encore trouver la première Aile abattue avant de rentrer au camp. Tout ce dont je me souviens, c'est que l'engin est tombé entre le repaire du saurien, et le campement. J'espère que le marais ne l'a pas déjà englouti.

L'eau éclabousse nos carlingues, et une puanteur amère emplit l'atmosphère. Shil ne s'éloigne pas, et je comprends que les feux follets provoqués par les poches de gaz du marécage l'effraient.

— Ce n'est pas de la sorcellerie, je lance.

Pourtant, elle fait un signe pour se protéger du mauvais œil.

Chapitre 28

— Des gens vous cherchaient, bredouille Neen, avant même que j'aie eu le temps de décharger la carcasse de la créature.

Le soldat a l'air intimidé et mal à l'aise. Ce n'est pas le fier sergent que j'ai laissé derrière moi.

— Qui ?

Je lance l'alligator dans les braises. Oubliée, mon intention de charcuter la bête, de la suspendre, puis de la laver avant de la cuire.

— Un lieutenant…

— Faucheur ?

Neen acquiesce en prenant soin d'éviter mon regard.

— C'est pas votre problème, je le rassure.

— Il veut vous voir immédiatement. Ils ont un QG provisoire au milieu du camp. Vous êtes attendu.

Personne d'autre ne croise mon regard. Je ne sais pas ce qui s'est passé, mais ils sont sur les dents. Je débarrasse Shil de son morceau de cuir, et le donne à Franc.

— T'as un couteau ?

Elle hoche la tête.

— Découpe quatre têtes de mort là-dedans, et couds-les sur les manches des uniformes. À partir de maintenant, vous êtes des auxiliaires. Nous n'avons qu'une règle : *nous vaincrons, quoi qu'il en coûte…* Enlevez tous les autres insignes. Des questions ?

— Non, mon lieutenant.

— Et toi ?

Shil me sonde.

— Balance la puce de l'Aile dans la flotte si jamais elle est encore active. Après, tu aideras Franc à coudre les crânes… Ta sœur est habile avec une aiguille, je lance à l'adresse de Neen. Elle a soigné ma jambe.

— Il a été mordu par un monstre, ajoute Shil.

Leurs regards vont des braises à ma jambe, puis reviennent au foyer.

— Découpez la viande au fur et à mesure qu'elle cuit, je conseille. Offrez-en aux camps alentour. Il y a plus de bouffe sur cette carcasse que nous pouvons en manger.

— Nous pourrions en garder, mon lieutenant, intervient Franc.

— C'est vrai, je concède. Nous pourrions. Ou je pourrais aller tuer autre chose demain.

Depuis que le kyp prélève un peu de ce que je mange et bois, tout a un goût amer, mais je laisse Neen et son groupe près du feu, plus heureux que lorsque je les ai trouvés. Une armée se bat mieux le ventre plein.

À vingt pas dans l'obscurité, dans l'ombre de deux tentes, je croise un lieutenant qui marche dans la direction opposée. Quelque chose ressemblant à de la colère enflamme son visage.

— Si vous me cherchez, je suis ici.

L'officier se retourne, et remarque la vase sur mon uniforme et mon boitillement, même s'il est moins prononcé que tout à l'heure.

— Vous êtes le sous-lieutenant Tveskoeg ?

— Ça vous pose un problème ?

Il tente de me toiser, mais il est plus petit que moi, et il n'a pas l'habitude de rencontrer des gens deux fois plus larges que lui.

— Vous devriez savoir que je suis votre supérieur, grogne-t-il.

— Et vous devriez savoir que je n'en ai rien à foutre.

Quelqu'un éclate de rire, et nous nous apercevons que les deux tentes sont ouvertes. On nous écoute. Il pince les lèvres, puis rebrousse chemin sans dire un mot. Je lui laisse juste assez d'avance pour le rendre nerveux, avant de lui emboîter le pas.

— Tveskoeg, s'exclame la voix chaude et amusée. Je me présente : capitaine Roccaforte. Joignez-vous à nous. Nous mourons d'envie de faire votre connaissance.

L'uniforme de l'officier est impeccable, et ses pieds reposent sur un pouf de cuir. Je n'en crois pas mes yeux, mais son fauteuil est disposé sur un tapis richement décoré, et sûrement d'une valeur inestimable. Un bon feu brûle quelque part.

— Vous ressemblez à une loque humaine.

— J'ai tué des trucs.

Les autres écoutent avec intérêt. Moi qui emmerde Neen et Shil, pour qu'ils m'appellent par mon grade, j'oublie mes propres exigences.

— Quels *trucs* ?

— Une saloperie de deux mètres quarante avec une gueule énorme, je réponds en montrant les trous fraîchement recousus sur mon uniforme. Nous sommes en train de la manger. Enfin, mes hommes. Moi, je suis là, évidemment.

Le capitaine sourit.

— Vos hommes, répète-t-il, en faisant un signe de tête à l'adresse du lieutenant chargé de me ramener. Miles m'en a parlé. Je ne pensais pas qu'on vous avait confié des soldats.

— Je les ai trouvés. Leur sergent était mort, ainsi que leur caporal. Ils avaient perdu la moitié de leur effectif, et ils avaient besoin d'un chef. (Je le dévisage.) J'aimerais les garder. Ils ont ce qu'il faut pour faire une bonne unité.

Quelqu'un tousse, et je scrute les ténèbres.

— Nous avons pris une mitrailleuse, et l'avons utilisée pour neutraliser un canon à impulsion. On a abattu quelques Ailes de la Mort aussi…

— C'était vous ?

— Oui, mon capitaine. C'était nous. Je désirerais les coopter.

L'officier semble intéressé, et je suis content qu'il ne me demande pas le sens du mot « coopter », car je l'ignore totalement. La Légion l'utilise pour désigner les tribus qui acceptent de combattre les ferox en échange d'armes, de drapeaux et d'argent.

— Et qu'implique leur cooptation ?

— Je leur ai ordonné de fabriquer des insignes d'épaule. Des emblèmes Faucheurs, mon capitaine.

On s'insurge, mais l'officier les fait taire.

— Avec quoi ?

— Le cuir de la saloperie.

— Qui s'en charge ?

— Les deux femmes. L'une d'elles m'a aidé à chasser la bestiole.

— Vous avez intégré des femmes dans les Faucheurs ? s'étonne Roccaforte en me regardant d'un air étrange.

— Ce sont des auxiliaires, je rétorque, en utilisant un autre terme de la Légion. Moi, je suis un Faucheur, eux me doivent allégeance.

Le capitaine acquiesce, visiblement satisfait.

— Cette créature, quelle taille faisait-elle, déjà ?

— À peu près la même que moi, mais en plus laid.

Derrière nous, un rire retentit, et quelqu'un sort d'une tente. C'est le major Sylva qui semble avoir récupéré des lunettes qui ressemblent beaucoup à celles du colonel Nuevo. Le feu se reflète sur les verres.

— *Dylidae lagarto*, dit-il. Des monstres extrêmement dangereux.

— Le mien dormait à moitié, je réponds en me dépêchant d'ajouter : major.

— Je m'en doute, ricane l'officier. Sûrement à moitié mort de vieillesse, comme ce ferox que vous avez tué.

Deux officiers Faucheurs se regardent. Le lieutenant bien propret devient moins arrogant. Le major vient de leur expliquer que j'ai beau être habillé comme une merde, je suis mauvais pour la santé.

— Nous avons un travail pour vous.

Je patiente.

— Une chose inattendue.

Il veut que je lui pose la question, et il serait impoli de refuser.

— Inattendue, major ?

— Nous avons capturé un ferox.

— Merde, je souffle par réflexe. Il doit crever de froid.

Le métabolisme de ces bêtes est bizarre. Elles ont besoin de chaud et de froid en égale proportion. Si l'un vient à manquer, elles meurent.

— Où le retenez-vous ?

— Dans une capsule. Nous avons scellé les portes. Miles vous y conduira.

— Je dois d'abord repasser par ma tente.

Le major hausse un sourcil.

Vraiment.

— Vous voulez que j'interroge la créature, major ?

— Si vous y parvenez...

Je savais qu'il en doutait. Sur le vaisseau amiral, le sergent Hito avait été clair au sujet de Sylva, selon lui, j'étais en proie à des hallucinations.

— Alors, je dois retourner dans ma tente. J'ai besoin de matériel.

Le lieutenant m'accompagne jusqu'au campement. Mes auxiliaires portent déjà leurs insignes, les doigts poisseux de jus de viande. Il reste moins d'alligator que je le pensais.

—Nous avons partagé, explique Franc.

—Bien.

Mes couteaux de lancer et ma dague de Faucheur sont cachés dans mon sac de couchage. Je vais en avoir besoin, mais pas comme les autres le pensent.

—Allons-y, dis-je.

—Mes ordres sont de vous emmener là-bas.

—Et j'y vais.

Le lieutenant n'aime pas cette réponse.

—On ne m'a rien dit à *leur sujet*.

—C'est vrai, je réplique, c'est moi qui vous le dis. Si ça ne vous plaît pas, nous n'avons qu'à attendre pendant que vous soumettez le problème au major Sylva.

Il me déteste à présent. Dommage, je ne cours pas après son boulot ou son ancienneté.

Je ne connais même pas son travail.

Il passe devant. Pas de problème. Les autres m'emboîtent le pas. Nous abordons une zone du camp où seules ma présence et l'élégance du lieutenant leur permettent d'entrer. Les feux sont plus gros, les tentes plus élaborées, et je renifle de la nourriture qui n'est pas sortie de sachets d'alu ou des marais.

Des verres tintent sous l'une des tentes, et quelqu'un porte un toast à la victoire, d'une voix pleine de conviction.

—Toi, je murmure à Haze, trouve un générateur, et recharge-moi ça.

Je défais ma ceinture, et lui tends l'étui avec. Mal à l'aise, il prend le SIG entre deux doigts.

—Et si je n'y suis pas autorisé ?

—Alors, n'hésite pas à utiliser mon nom. Si ça ne suffit pas, passe à celui du major. Si rien ne marche, dis que tu obéis aux ordres du colonel.

Son malaise empire de seconde en seconde.

— File !

Le soldat disparaît dans la nuit, une ombre un peu plus grosse que la normale tentant de ne pas trébucher sur ses propres pieds.

Des gardes nous arrêtent quand nous approchons de la nacelle entourée de barbelés.

— Lieutenant Miles Uffingham.

Les hommes saluent, mais ne bougent pas d'un poil.

— Je viens sur les ordres du major Sylva, ajoute-t-il.

Les sentinelles restent de marbre. Le spectacle commence à me plaire. De plus, j'ai compris quelque chose qui échappe à Miles. La seule raison qui pousse des gardes à ignorer un supérieur, c'est quand ils exécutent les ordres d'un autre plus gradé encore. Peut-être qu'il faut passer du temps au bas de la chaîne alimentaire pour apprendre comment ces choses fonctionnent.

Franc, Neen et Shil ont saisi. Ils semblent plus nerveux que jamais, et s'il n'y avait pas cette zone à traverser, ils laisseraient doucement les ténèbres les absorber avant de s'enfuir.

— Le colonel Nuevo est-il dans les parages ? je demande.

L'un des gardes s'arrache à la contemplation du lieutenant propret. Il a un rictus méprisant à la vue de mon uniforme, puis se rappelle où il se trouve. Il hoche la tête, hésitant sur la façon de me répondre.

— Pourriez-vous lui dire que le sous-lieutenant Sven Tveskoeg est prêt à exécuter ses ordres ?

— Sven…, lâche le colonel. (Il porte une armure de combat intégrale et un casque à la visière relevée. Un pistolet à impulsion pend à sa ceinture.) Vous pensez que ça va marcher ?

— Quoi qu'il en coûte, nous vaincrons, mon colonel.

— C'est si moche que ça, hein ?

— Où l'avez-vous capturé, mon colonel ?

— Dans les bois, répond-il en désignant un bosquet éloigné. C'est l'une de nos patrouilles avancées… (Il regarde derrière moi, et aperçoit les autres.) Qu'est-ce que c'est que *ça* ?

— Mon unité.

Son regard glisse sur les trois soldats.

— Je rêve, ou ils portent des… insignes de Faucheur ?

— Non, mon colonel. Ce sont des auxiliaires.

Il me fixe d'un air presque indulgent.

— Je ne savais pas que nous avions des auxiliaires dans ce régiment, Sven. Une nouveauté, sans doute.

— Uniquement dans la section qui parle avec les ferox, mon colonel.

L'officier éclate de rire.

— Et merde, lâche-t-il. Gardez-les.

J'ose à peine penser à ce qui serait arrivé aux soldats s'il avait refusé.

J'envoie Franc et Shil chercher du bois, une caisse d'incendiaires et tout ce qui peut brûler. Tandis que les gardes reculent prudemment, je montre à Neen comment sortir le noyau d'une balle incendiaire, pour en extraire l'oxyde de fer, l'aluminium et le magnésium. Suivant mes instructions, il éparpille le mélange sur les branches que les autres entassent autour de la capsule.

Franc et Shil rapportent des caisses cassées, la moitié d'un buisson épineux, et une boîte d'allume-feu militaires (je ne savais même pas que ça existait), ainsi qu'une porte d'un modèle ancien, avec poignée rouillée, gonds et encadrement de bois.

— Où avez-vous trouvé ça ?

— Sur une cabane derrière les arbres, répond le caporal.

— Débitez-moi cette bicoque.

Elle n'aime pas cet ordre. La ferme est pauvre et mal située. Ses terres sont inondées la plus grande partie de l'année, semble-t-il. Cette misère rappelle sûrement des souvenirs à Franc. Quoi qu'il en soit, elle obéit en se montrant très efficace.

C'est tout ce qui compte.

Elle ouvre un matelas, et répand son contenu pour accélérer l'embrasement. Elle a gardé une table et trois chaises pour plus tard.

Je ne sais pas combien de temps ça va prendre pour rendre sa chaleur corporelle au ferox, mais je veux que l'état de cette bestiole s'améliore avant de passer à la suite des événements. J'espère que leur besoin de chaleur n'est pas lié à un égal besoin de lumière solaire, sinon, le plan du colonel tombe à l'eau, et je serai le porteur du message.

— Shil, dis-je, allume le tout.

Elle s'avance, et embrase la paille.

La poudre incendiaire se consume avec un éclair, et le bois humide crache et siffle jusqu'à ce qu'il sèche suffisamment pour s'enflammer. J'attends encore cinq minutes avant de conclure qu'il doit faire assez chaud dans la nacelle.

— Ouvrez-la, j'ordonne aux gardes.

Une dizaine d'hommes armés de fusils à impulsion entourent la capsule pendant qu'un technicien cherche un moyen de desceller la porte sans se brûler.

À bout de patience, je lui arrache ses outils, traverse les flammes et débloque le sas.

— Êtes-vous prêts ? je demande aux soldats en armes.

— Oui, mon lieutenant, répond le sergent.

— Parfait. Voici le plan : je frapperai sur la vitre pour sortir. Si vous me voyez avant, c'est que le ferox m'utilise comme bouclier.

— Ils ne sont pas assez intelligents, dit une voix.

C'est le premier indice en une demi-heure que nous ne sommes pas débarrassés du lieutenant Uffingham.

Je l'ignore.

La bête est blessée. Elle a une entaille au visage et le sang macule la fourrure sous le gorgerin de cuir. Notre feu a réchauffé la capsule, mais moins que prévu. Je frappe plusieurs fois sur la cloison avant de relever la vitre.

— Plus de chaleur.

J'entre, pendant que Franc et Shil brisent les chaises pour alimenter le bûcher. Une minute plus tard, le ferox tourne la tête et me regarde.

Ses babines se retroussent, et sa gueule s'ouvre sur des canines jaunies. L'une d'elles est brisée, et des cheveux humains pendent de la dent cassée.

— Au moins, tu as déjà mangé.

Des yeux sombres me scrutent.

J'allume mon laser, et me brûle le dos de la main. Je tente de ne pas grimacer. Quand la douleur se dissipe, je surprends un éclat de peur aveugle liée à un froid mordant et à un désir de mort.

— *Quoi ?* demande-t-il.

— *Sven.*

— *Quel Sven ?*

— *Sven a vécu avec les ferox.*

La créature écarquille les yeux, sceptique, et je projette un souvenir des grottes et de mon jeune mentor.

Dehors, les flammes chauffent la nacelle à une température proche de celle du désert. Le ferox s'éveille un peu plus, même si la chaleur provoque un nouveau saignement, en attirant le sang à la surface. Quand la souffrance me touche, je vacille et manque de tomber.

— *Presque parti*, émet-il.

Me rappelant qu'il ne s'agit pas du jeune mâle, j'évite de hocher la tête, et je réponds *oui* à la place. Effectivement, le ferox est presque parti.

—*Crâne de Serpent a fait ça.*

—*Quoi?*

—*Malade.*

—*Tu es tombé malade?*

Mais son esprit est enfermé dans une boucle sans fin impliquant un tunnel, de l'eau froide, et il se souvient toujours des mêmes vingt ou trente pas.

Il est étrange de partager les derniers moments de la vie d'un extraterrestre. Surtout quand des bribes de mémoire se glissent dans mon esprit alors qu'il se prépare à mourir.

—*Attends*, fais-je. *Qui est tombé malade?*

—*Crâne de Serpent. Devais garder... Nous a blessés.*

Ses pensées sont trop embrouillées, la souffrance est trop importante. Tout ce dont se souvient la créature, c'est avoir emprunté un tunnel, et elle était déjà à l'agonie.

—*La mort*, exige-t-elle.

—Repose-toi bien, et que ta vie soit meilleure la prochaine fois.

Ma dague perce sa carapace, et empale son cœur. Je vis la mort de la créature, et une boule se forme dans ma gorge. Soit je me ramollis soit c'est un de ces défauts qui se manifestent quand je m'apprête à changer de règles.

Je salue le cadavre, puis tambourine sur la paroi de la capsule. Soucieux d'éviter toute méprise, je frappe de nouveau. En dépit de ces précautions, les gardes m'alignent avec leurs fusils tandis que je m'extrais de la nacelle, laissant le sas vitré se refermer derrière moi.

—Putain, lâche l'un d'eux.

Je remarque ainsi que je suis couvert de sang.

—Ça va?

Le colonel Nuevo.

— Oui, mon colonel. Malheureusement, le ferox est mort.

— Malheureusement ?

— Il n'a pas fini de répondre à mes questions.

— Mais vous l'avez interrogé ?

Je lui demande la permission de continuer à parler en privé.

Ses gardes reculent, et mes hommes aussi. Il n'y a plus que des cendres autour de la capsule, et la lune s'est déplacée dans le ciel. Je prends conscience du temps qui a passé pendant que j'étais avec le ferox.

— Crâne de Serpent, je souffle. Ça vous dit quelque chose ?

Le colonel commence par secouer la tête, puis il hésite.

— Quoique, murmure-t-il, comme s'il parlait tout seul. Les tresses et les serpents. Peut-être… Vous avez déjà croisé un Casque d'Argent ?

Je reviens dans la conversation.

— Non, mon colonel.

— Ils ont des tresses métalliques à la place des cheveux. On dirait des nattes. Un ferox aurait pu les confondre avec des serpents. (Il hésite de nouveau.) Nous parlons bien de ce que vous a dit cette bête, n'est-ce pas ?

— Oui, et elle exigeait une protection.

— Les Exaltés sont télépathes, souligne le colonel. Si vous pouvez communiquer avec les ferox, eux aussi.

Les Exarches sont moins nombreux que nous, mais leur technologie est assez avancée pour traiter avec l'U/Libre, qui nous laisse nous affronter, en espérant que nous allons mutuellement nous détruire, réglant ainsi le problème.

L'Union Libre administre quatre-vingt-cinq pour cent de la galaxie connue. À en croire sa propagande, les citoyens de l'U/Libre vivent dans une utopie sans crime, loin des tourments de la maladie et de la faim. Ils atteignent leur plein potentiel en une dizaine de vies humaines. Ils nous rappellent sans cesse leur déception devant notre refus de les rejoindre.

Un jour, les U/Libres choisiront entre les Exaltés et les Octoviens. Pour l'instant, ils attendent la suite des événements, s'attristant de notre incapacité puérile à faire la paix entre nous. Entre deux manifestations de tristesse, ils achètent des fourrures de loup arctique, des implants clandestins et des diamants d'une taille obscène extraits de systèmes morts depuis longtemps. Tout ce qui est exotique ou à la mode les attire. L'ambre, la glace des comètes à mélanger avec les cocktails, les boîtes à bijoux en carapace de ferox.

Je viens d'abandonner une fortune en matière première derrière moi.

— Vous faites la gueule.

Le colonel a raison.

— OK, reprend Nuevo. Des Crânes de Serpent. Qu'avez-vous découvert sinon ?

— Il a échappé aux Exaltés en empruntant un tunnel qui passe sous les murs de la ville. Ça ressemble à un égout.

— Vous avez fouillé sa mémoire ? s'exclame l'officier.

— J'ai vu sa mémoire.

— Donc, il y a un égout. (Malgré la lumière tamisée du feu agonisant, je perçois son expression calculatrice.) Dites-moi, reprend-il, elle est vraiment bonne votre petite unité ?

Chapitre 29

Shil évite mon regard, Franc salue avec raideur avant de s'excuser et Haze me rend le SIG Diabolo avant de s'éloigner, puis de revenir.

— Il s'est réveillé.

Il a l'air mal à l'aise et apeuré… Il regarde partout, sauf vers mon uniforme taché de sang.

— Réveillé ?

— Oui, mon lieutenant… Alors, je l'ai réglé.

— Réglé quoi ?

— Les paramètres d'analyse.

— Vous avez joué avec les fonctions de mon flingue ?

Ma voix est calme, ce qui l'effraie d'autant plus. Il a raison, car s'il ne me fournit pas une raison valable pour avoir bricolé mon arme, je vais lui faire très mal. J'ai vu des soldats abattus pour moins que ça.

Gras-double prend une profonde inspiration avant de répondre.

— J'ai rectifié le drain d'énergie. Je peux rétablir les paramètres précédents si vous le désirez.

Il vient de gagner un sursis.

— Continue.

— La puce de combat était réglée sur « Temps Réel Plus ».

— Ce qui signifie ?

Haze pense que je le teste. En fait, j'ai l'impression que nous ne parlons pas la même langue.

—Cinq secondes de certitude, quinze secondes de forte probabilité, deux minutes de probabilité et quinze de possibilité. C'est très lourd à gérer pour n'importe quelle IA. J'avais l'impression que ça vous tracassait…

Le soldat hésite, conscient de ce qu'il vient de dire.

—Ne t'arrête pas.

—Enfin, vous vous attendiez à une situation de type forte probabilité/fort impact. Vous avez réglé l'IA en fonction, puis oublié de…

Effectivement, Haze vient de se creuser une deuxième tombe.

Neen est le seul à rester quand j'enlève mon armure de combat. J'engloutis quelques morceaux de *Dylidae* et lui demande de me suivre près de la mare.

—Monte la garde, dis-je.

Le sergent salue. Pire, j'ai l'impression qu'il est sincère.

L'eau est plus froide qu'hier, et la boue colle à mes pieds. De minuscules prédateurs asticotent mes jambes, et des herbes aquatiques s'accrochent à mes hanches comme des doigts. Je ne suis pas superstitieux – pas plus que n'importe quel soldat –, mais cette nuit me laisse un sale goût dans la bouche.

À moins que ce soit le kyp.

Abruti, je me dis. *Toutes les batailles se terminent ainsi.*

Une cicatrice sur mon genou m'élance. C'est toujours la même chose avec le froid. Le coup de sabre était si puissant que la lame s'est fichée dans l'os, et j'ai dû m'y prendre à deux fois pour la décoincer. Bizarrement, c'est la brutalité de l'attaque qui m'a sauvé la vie. Pendant que l'indigène tentait de récupérer son arme, je l'ai poignardé en plein cœur.

Karbonne me semble si loin…

S'adapter ou mourir, s'adapter ou mourir… Les options ne sont pas terribles, mais l'une est bien meilleure que l'autre.

Quand je sors de l'eau, j'ai de nouveau les idées claires. Le ferox n'est qu'un animal, le souvenir de sa mort a disparu. Je confie mon armure à Neen pour qu'il la nettoie, me glisse dans mon pantalon humide, et retourne auprès du feu. Au bout d'une minute, la fumée m'auréole comme une casserole en ébullition.

— Très bien, je grogne, crache la pastille.

— Pardon, mon lieutenant ?

Son visage perd toute expression.

— Neen. *C'est un ordre.*

Il me regarde fixement. Ses yeux se posent sur le pistolet que je viens de dégainer, et sur la dague de Faucheur plantée à mes pieds.

— Permission de parler franchement, mon lieutenant ?

Mon rire le surprend. Je ne me rappelle plus la dernière fois que quelqu'un a utilisé cette phrase avec autant d'honnêteté.

— Envoie.

— Vous avez torturé à mort un ferox, mon lieutenant. Vous vous êtes tellement acharné qu'il a parlé.

— Ces fumiers ne peuvent pas parler.

— Tout le monde dit que celui-ci a tout balancé.

— Tout le monde ?

Il désigne le camp autour de nous. Tout est silencieux. Enfin, dans notre coin. Toute la bonne volonté obtenue en partageant la viande de l'alligator a été balayée par une rumeur.

— Tu es un Faucheur auxiliaire, je gronde. Tu te moques de ce que pensent les gens. Tu t'intéresses à ce que *moi* je pense. Tu comprends ?

Il acquiesce.

— Parfait. Le ferox était blessé, gelé et à moitié mort de faim. Il était piégé sur la mauvaise planète en plein milieu d'une guerre qui n'est pas la sienne.

Les autres s'approchent discrètement pour écouter. Il faudra que je leur apprenne à faire moins de bruit.

— Venez plus près, je leur dis.

Neen scrute les ténèbres, et il sourit. Il vient de repérer sa sœur. Elle est maigre comme un rat, et porte sa mauvaise humeur comme un uniforme, mais je lui pardonne pour l'instant, car elle m'a bien aidé quand nous chassions l'alligator. En plus, elle est pas mal, nue.

— Le ferox voulait mourir, je reprends. Je lui ai offert le repos contre des informations. La créature m'a remercié.

— Mon lieutenant, souffle Franc en se glissant entre Neen et moi. Ce n'est pas ce que les autres racontent.

Je lui explique pourquoi c'est une bonne chose.

Une lune monte à l'assaut du ciel en projetant un halo argenté sur le marais qui nous entoure. Le ruisseau scintille comme un ruban bon marché, et la mare s'est changée en miroir. On aperçoit des lumières dans le lointain. Ilseville. Nous devrions être en train de nous battre. Dans la Légion, nous serions au combat. Au lieu de ça, nous attendons que les pourparlers échouent. Il semblerait que l'U/Libre souhaite négocier une reddition convenable de la ville.

Nous n'en voulons pas. Les Exaltés n'en veulent pas. Mais nous faisons semblant, car telles sont les exigences de l'Union Libre. Leur tendance à se mêler de tout est presque aussi marquée que leur goût pour la nouveauté ou leur appétit d'exotisme. Si étrange que cela puisse paraître, nous sommes inclus dans cette dernière catégorie.

Pendant ce temps, nos satellites géostationnaires surveillent la ville exarche, et les Exaltés épient notre camp avec un matériel équivalent. Nos deux armées ont fort à faire pour préparer l'attaque de demain midi.

Une heure après que mon unité s'est installée pour la nuit, Franc sort de la tente qu'elle partage avec Shil, et je l'entends pisser dans l'obscurité. Quand elle revient, elle se fige, puis examine rapidement les alentours sans voir que je suis assis dans l'ombre d'un canon automoteur. Neen se réveille deux heures avant l'aube, et disparaît vers le centre du camp. Il revient plus tard, les bras chargés de bûches volées pour alimenter notre feu.

—Assieds-toi, je lui dis.

Il obéit.

—Quel âge as-tu ?

—Dix-huit ans, répond le soldat, d'abord tenté de mentir.

Je lutte pour ne pas pousser un juron.

—Et les autres ?

—Franc a vingt et un ans, Haze, je ne sais pas.

—Et Shil ?

—Vingt-huit. Vous savez comment ça marche. Elle a été incorporée, parce que je suis le seul garçon, et nous devions fournir deux soldats, comme tout le monde.

—Décris-moi ton entraînement.

Neen me dévisage, se demandant comme répondre.

—On a seulement reçu nos armes et nos uniformes avant-hier. On n'a pas vraiment eu d'entraînement. Nous venons de la planète la plus proche.

—Mais, c'est... Je me reprends.

Je n'ai fait que survoler le rapport, sachant que la plupart sont des tissus de conneries. Mais ce système possède trois planètes. Toutes aux mains de l'ennemi, aux dernières nouvelles.

—Tu as été exalté ?

—Non, mon lieutenant. Pas nous. Seuls les gens importants y passent.

Nous partons en mission pour l'égout et la ville juste à l'aube. Nous n'emportons que nos armes et nos uniformes.

Pas de tentes ni de rations, de paquetage ou de canon automoteur. Nous partons à pied, car nos chances de réussite sont plus importantes ainsi.

Lors de notre départ, un soldat nous souhaite bonne chance et un autre nous fait un signe pour nous protéger du mauvais œil. Il s'enfuit dès qu'il s'aperçoit que je l'ai remarqué.

— Ça vous plaît, mon lieutenant, n'est-ce pas ?

Je regarde Shil fixement, elle va pour tourner la tête, puis se ravise et soutient mon regard. Peut-être a-t-elle remarqué la manière dont je l'observe, ou peut-être me ressemble-t-elle assez pour savoir que le grade ne veut rien dire.

C'est ce qu'on réussit avec son grade qui compte.

— Disons que j'ai l'habitude, je réponds. Et tu ferais mieux de t'y habituer aussi.

— Mon lieutenant, dit-elle, des gens prétendent que vous n'êtes pas humain.

Shil relève la tête, et je devine qu'elle se demande si elle a dépassé certaines limites.

— Penses-tu que les Exaltés soient humains ?

— Mais c'est toute l'histoire, réplique-t-elle. Ils ne veulent pas l'être.

— Alors que moi, je suis né comme ça ?

La fille détourne le regard, et un silence gêné s'abat pendant quelques minutes.

— Désolée, mon lieutenant. Je ne voulais pas vous offenser.

— Ce n'est pas le cas. Crois-moi, tu l'aurais su sinon.

Les autres écoutent, alors je m'adresse à toute l'équipe :

— Vous pouvez dire tout ce que vous voulez du moment que ce n'est pas une connerie. Mais discutez ou désobéissez à un ordre, et je vous abats sur-le-champ.

Ils ricanent en même temps que moi, mais tous sont conscients qu'il ne s'agit pas d'une plaisanterie.

— Qu'entendez-vous par « conneries » ? demande Haze.

— Les blasphèmes, la trahison, dire qu'on va perdre.

— Ce n'est pas le cas ? grogne Shil.

— Pas si j'ai mon mot à dire, je rétorque, avec un sourire amer.

Le conciliabule s'arrête peu après, et nous formons une file indienne en nous dirigeant vers un lointain bouquet d'arbres. Je prends la tête, et Neen assure l'arrière-garde. Les autres adoptent des écarts de quinze pas en essayant de marcher dans les mêmes traces.

Tandis que nous approchons du bois, le sol se fait plus dense, et nos bottes cessent de s'enfoncer dans la boue. Les petits buissons épineux sont couverts de baies certainement vénéneuses. Une libellule grosse comme mon poing vrombit au-dessus d'une mare d'eau croupie. Dans la faible lumière du petit matin, ses ailes sont aussi étincelantes que son corps est terne.

Je m'immobilise.

Les autres m'imitent.

La voie semble dégagée. Jusqu'ici, je m'en suis remis à des bribes de mémoire volées au ferox, mais il souffrait et il était proche de la syncope. Maintenant, j'ai besoin d'empreintes.

Mon unité patiente.

Le vent frais vient de l'arrière. Il apporte avec lui une légère odeur de fumée. Nos feux. Nous sommes hors de vue de notre camp. Mais j'aimerais bien savoir si quelqu'un nous épie devant. Mon kyp est inutile, il ne détecte plus rien depuis quelques jours. De toute manière, je ne suis pas sûr qu'il reconnaîtrait des Exaltés.

Solidarité, libre association, conscience collective. Une dizaine de termes cherchent à décrire aux non-Exaltés ce en quoi consiste le changement. Je soupçonne que la réalité est tout autre.

Un geste rapide, et les autres avancent. Nos bottes se prennent dans des racines, et les ronces agissent comme des pièges, mais nous persévérons jusqu'à ce que les arbres se raréfient, et que nous aboutissions à un champ labouré. C'est le premier que nous voyons depuis le largage. D'énormes empreintes se dirigent vers la grille près de laquelle je me tiens, et une touffe de poils est accrochée aux gonds. Une tache de sang sur un tronc, indique l'endroit où le ferox s'est arrêté pour reprendre son souffle.

J'ai trouvé ce que je cherchais.

Une heure plus tard, nous trouvons les cadavres. Une femme au crâne à moitié broyé, et un homme ouvert de l'abdomen à l'épaule en dépit de son gilet protecteur. D'après l'odeur des canons, ils ont eu le temps de tirer.

J'entends Franc et Haze vomir derrière moi.

Une demi-heure plus tard, nous tombons sur trois nouveaux corps. L'exécution du premier a été nette, on lui a tordu le cou jusqu'à ce que ses vertèbres cassent. Les autres sont dans un sale état, mais c'est toujours plus propre que les deux premiers.

— Déshabillez les cadavres, j'ordonne.

Haze secoue la tête, et il vacille en arrière en se tenant la mâchoire. Je ne l'ai pas frappé très fort, mais je ne lui ai toujours pas pardonné d'avoir bidouillé mon pistolet, même s'il l'a amélioré.

— Tu veux les rejoindre ? dis-je en désignant les corps.

Les autres se figent.

— Désolé, mon lieutenant, répond le soldat.

Comme punition, il déshabille seul les trois macchabées. Le gamin est gras et maladroit, et il met deux fois plus de temps qu'il faudrait, mais il y arrive.

Deux femmes, un homme… tous extrêmement morts.

Franc, Haze et Shil troquent leurs uniformes pour ceux des Ilsevilliens, mais je les autorise à les nettoyer avant. Ils utilisent l'eau boueuse d'une tranchée, et je me demande si cela sert vraiment à quelque chose. Quoi qu'il en soit, ils semblent y attacher une certaine importance.

Nous atteignons l'égout dix minutes plus tard.

Rien de compliqué pour l'instant. Deux corps, puis trois, un échange de vêtements et une petite promenade vers l'embouchure du tunnel.

Mais mes chevilles sont à vif à cause de mes bottes, et si je suis dans cet état, j'ose à peine imaginer ce que les autres doivent endurer. Nous venons de marcher pendant deux heures à travers des marécages et de la boue. N'importe quel vétéran serait épuisé.

Je leur ai aussi ordonné d'échanger leurs armes. À présent, ils possèdent des fusils à impulsion appartenant à l'ennemi. C'est Shil qui m'en demande la raison. Elle m'a soigneusement expliqué qu'elle désirait une information, et qu'elle ne remettait absolument pas mes ordres en question. Pendant qu'elle parle, sa voix est juste assez neutre pour éviter l'insolence flagrante.

Nous nous arrêtons, et je me tourne vers elle.

— C'est à toi de me l'expliquer.

Elle se mordille la lèvre. Le premier signe de faiblesse que je repère depuis notre chasse à l'alligator. Elle cesse dès qu'elle réalise que j'ai remarqué. Neen et le reste de l'unité nous observent.

— Si nous sommes capturés, nous prétendrons que nous faisons partie de la milice ilsevillienne et que vous nous avez faits prisonniers. Nous sommes très contents d'être libérés.

— Et… ?

— Si nécessaire, nous pouvons faire croire que nous vous avons capturés, Neen et vous.

— Bien vu.

Le frère de Shil a l'air tellement éberlué que j'ai envie de rire. Je force tout le monde à s'asseoir près de l'entrée du tunnel, et leur explique mon plan. Le « comment », le « pourquoi », et ce que j'attends d'eux.

Je ne perds pas de temps à leur expliquer ce qui arrivera s'ils merdent. Ils ne sont pas stupides, ils sont assez grands pour s'en douter.

Le bâtiment du Parlement d'Ilseville est au cœur de la ville. Sous son aspect impressionnant, il est vieux, décrépit et très mal défendu. Il y a trop d'issues. Je ne fais que répéter les propos du colonel, j'espère pour lui qu'il m'a dit la vérité. Il y a un Grand Exarche dans cet immeuble, et nous devons le capturer.

— Vous voulez dire un Exalté, intervient Haze sans réfléchir.

Il recule avant même que je me tourne vers lui.

— Non. Un Grand Exarche.

— Il sera protégé, glisse Neen.

— Bien gardé, ajoute Shil.

Quelque chose me frappe : ces soldats savent de quoi ils parlent.

— Vous avez déjà vu un Grand Exarche ?

Ils échangent des regards. Je serais furieux, si ce n'était pas aussi comique.

— Haze, oui, avoue Franc. Un seul, en passant.

Elle dit ça comme si elle voulait fournir un alibi à Grasdouble, un alibi auquel il est censé se tenir. Rien qu'à sa manière d'éviter mon regard, je devine que la véritable histoire est bien plus compliquée que ce que Franc souhaite me faire croire.

— Haze, dis-je, décris-moi ce Grand Exarche que tu n'as vu *qu'une seule fois*.

Il hésite, mais uniquement parce qu'il cherche ses mots.

— C'est comme une machine en forme de pyramide, dit-il finalement. Elle est pleine de lumière. C'est presque joli, mais très dangereux.

Voilà.

La somme totale de sa description.

J'ai beau insister pour qu'il me donne des détails, ma colère l'empêche de parler. C'est en silence que nous plongeons dans les ténèbres, et aucun n'ose regarder dans ma direction pendant longtemps.

Chapitre 30

— On se croirait dans le ventre d'un ver de glace, dis-je au bout de vingt minutes.

Une foreuse géante s'est creusé un passage à travers la boue agglomérée, chiant du béton sur son passage pour consolider les parois. Aujourd'hui, les murs s'effondrent, et des fissures dévoilent une terre noire.

Neen mord à l'hameçon.

— Qu'est-ce qu'un « ver de glace » ?

— Un peu comme ce tunnel, je réponds. Mais en plus naturel. Il se bouffe un chemin dans la glace, comme son nom l'indique. Des gens habitent dedans.

— Où ? demande Shil.

— Au Paradis.

— Vous étiez gardien ?

— Prisonnier.

— Et vous vous retrouvez officier chez les Faucheurs ? s'étonne Haze en se retournant enfin vers moi.

— Les choses changent.

Il regarde ailleurs, puis se tourne de nouveau vers moi quand il croit que je ne le vois pas. Je lève ma lame laser un peu plus haut pour mieux éclairer l'égout. Tout le monde a des secrets, mais je suis sûr que ce gamin en cache plus que tous ses amis réunis.

— À quel point fais-tu confiance à Haze ? je demande à Neen peu après.

— Jusqu'à la mort.

— Tu as conscience que je me souviendrai de cette réponse ?

Nos pieds s'enfoncent dans la vase, et du guano macule les murs. Un mouvement de lame vers le plafond éclaire des nuées de chauves-souris tranquillement accrochées aux anfractuosités. Des petits yeux sombres nous observent. Le seul avantage de leur puanteur d'ammoniac, est qu'elle permet d'éviter de penser à ce qui nous attend.

— Comment savoir quel est le bon tunnel ? râle Shil.

J'augmente la puissance de mon laser, et inspecte le mur. Quand je réduis l'intensité, la jeune femme demeure perplexe. Je me coule derrière elle et l'attrape par les épaules. Elle se tétanise à mon contact.

Il serait préférable de la lâcher, mais je m'en abstiens. Cela voudrait dire que j'ai remarqué sa réaction. Je tourne Shil vers le mur, lui donne le laser, et prends sa main pour approcher la lumière du béton décrépit.

— Attention, tout le monde, je grogne.

Il y a une trace dans la merde de chauve-souris. La créature s'est appuyée là. Le guano a conservé l'empreinte de sa fourrure. Un mouvement de poignet éclaire une marque encore plus importante juste au-dessus du niveau de l'eau.

Un talon de ferox.

L'instinct me pousse à négocier les derniers mètres en silence. La bête s'est enfuie par là. Elle était détenue dans le Parlement. Je comprends ainsi qu'il est possible de s'introduire dans le bâtiment depuis les égouts. Reste à découvrir par où elle est passée.

De l'eau circule dans de petites canalisations. Elle commence aussi à déferler depuis les tuyaux d'évacuation de chaque côté du tunnel. Il pleut sur la ville, et les caniveaux drainent l'averse vers l'égout.

La montée des eaux ne nous pose pas de problème : au pire, nous nagerons. Mais je crains de perdre la piste du ferox.

— Par là, mon lieutenant, murmure Haze.

Je braque ma lame vers la paroi.

Une nouvelle marque à hauteur d'épaule.

Et une autre à une centaine de mètres révèle que le fuyard a longé ce mur pendant un bout de temps. Le courant est plus fort dans cette zone, car le tunnel s'incurve. L'échelle rouillée d'un puits d'accès a été tordue et à moitié arrachée de son logement par quelque chose de lourd.

— Va voir, dis-je à Neen.

Shil secoue la tête. Un geste purement instinctif. Jusqu'à maintenant, elle a fait tout ce que Neen lui disait, petit frère ou pas, mais je refuse de laisser les choses se corser entre eux si la situation devient sérieuse.

Et ça ne va pas tarder.

Il faut que tout le monde le comprenne.

— Neen va monter, j'insiste.

Il grimpe rapidement, et disparaît bientôt. Nous attendons cinq minutes. Dix. Je suis sur le point de tirer Shil de sa colère bouillonnante pour l'envoyer à la rescousse, quand des pas résonnent sur les échelons.

— Sacrée escalade, grogne le sergent.

— C'est haut ?

— Une centaine de barreaux, mais l'échelle s'arrête à un palier au milieu du tuyau. Après, il n'y a qu'un mur.

Il énonce les faits calmement, en dépit de ses mains écorchées, et d'une vilaine entaille à la tempe.

— Je suis tombé, répond-il à ma question muette.

— A-t-on besoin de cordes ?

— Non, mon lieutenant. J'ai trouvé un passage…

Les rues qui bordent le Parlement sont presque vides : un camion crachant des nuages de fumée et deux triples tractions électriques transportant des fourrures. Les affaires continuent en dépit de l'armée qui campe devant leurs portes.

Personne ne prête attention à Neen et Franc qui déambulent sous une arche brisée. Ils se glissent dans une ruelle. L'uniforme de la milice est le même partout : treillis, bottes, casque bon marché et brellages. Haze se hâte de les rejoindre, puis ralentit le pas.

Shil est la suivante. Elle ressemble toujours à un garçon au premier coup d'œil, et au second aussi, d'ailleurs. S'il n'y avait qu'eux, tout se passerait comme sur des roulettes, mais je suis là. Difficile de me prendre pour autre chose que ce que je suis.

Un tueur professionnel.

Une femme âgée se retourne, puis interpelle sa voisine. Un homme en gyromoto s'arrête pour suivre leurs regards, et ses yeux plongent droit dans les miens.

Idiot, ai-je envie de dire.

Il ouvre la bouche pour crier, et je traverse la rue en une fraction de seconde. Je passe un bras autour de son cou épais et le tords sauvagement. Un craquement retentit qui se répercute contre un mur proche. Neen tue l'une des vieilles et Franc se charge de l'autre. Elle opère rapidement, avec férocité. Un coup en plein cœur, suivi d'une lacération de la gorge.

Je reste sans voix.

Impressionnant.

Franc essuie sa lame sur son treillis avec un sourire sinistre avant de la rengainer. Elle capte le regard de Haze, et ils hochent la tête ensemble. Quand je retrouve Franc, elle fredonne.

Pendant ce temps, mon sergent observe sa sœur qui est tout sauf heureuse. Après une seconde, il s'occupe de sa victime, et l'allonge sur le sol. Je me demande comment un type aussi mince parvient à manipuler une femme aussi grosse.

— Parfait, dis-je. Balancez-les dans le puits.

Franc s'approche de sa proie, et Haze la suit pour l'aider.

— Shil, dis-je. Deux mots…

Les autres font semblant de ne rien entendre.

— Franc et Neen viennent de te sauver la vie. Ils ont sauvé la mienne, et celle de Haze. Si ça se reproduit, j'espère que tu seras plus rapide.

— C'étaient des femmes, objecte-t-elle.

— Comme le caporal et toi.

— Des vieilles dames, insiste-t-elle, au bord des larmes.

À mon avis, cela tient davantage de la frustration que d'autre chose.

— Et qu'est-ce qui allait les empêcher de donner l'alerte ?

J'attends sa réponse, mais au bout de quelques secondes, elle baisse la tête.

— Tu vois, je murmure. C'était inévitable.

J'ordonne à Franc et Shil de prendre les écharpes des femmes pour qu'ils les enroulent autour de leur tête. En y réfléchissant, je prélève le châle d'un des corps, pour que Haze s'en fasse un foulard. De toute manière, toute cette graisse adolescente lui donne des allures de fille. Une fois la métamorphose achevée, je jette ma veste, et m'engonce dans le manteau de l'homme que je viens de tuer.

À présent, nous sommes deux hommes et trois femmes de la milice.

— Avancez, dis-je. Baissez les yeux, parlez doucement. Évitez les gens, soyez polis et saluez tout ce qui ressemble à un gradé.

— Et vous, mon lieutenant ? demande Gras-double.

— Je serai à cent pas derrière. Si vous entendez du grabuge, ne vous arrêtez pas.

Le Casque d'Argent qui suit le groupe de Neen s'est transformé en Exalté une dizaine d'années avant la naissance du gamin. Il est grand, et un écheveau de tubes part de ses côtés, pour se fondre dans ses jambes. Le virus a fait pousser des tresses de métal qui pendent de son crâne en frémissant à chaque pas. C'est un *cinq-tresses*, et un bâtard arrogant. Il est bien trop sûr de lui pour couvrir ses arrières.

— Hey, dit mon flingue, regarde cette tête de cul.

Une batterie chargée à bloc, des paramètres qui le limitent à quelques secondes de prévision dans le futur, tout ce qu'il fallait au SIG pour devenir hyperactif, bavard et heureux comme tout. Je le préférais en mode « déprimé ».

— Savais-tu, continue l'arme, que ces Casques d'Argent étaient humains au début ? Certains l'étaient encore tout récemment…

Au moment où je crains que le flingue me débite l'histoire des Exaltés, il s'arrête et une rangée de diodes clignote à un rythme effréné.

— Dématérialisation, annonce-t-il.

— Qu'est-ce que…

Et je comprends. Le Casque d'Argent avance vers le mur et disparaît dans un flash.

— Dépêche-toi, lâche le SIG.

J'obéis.

Nous le retrouvons deux rues plus loin, toujours derrière mon sergent, même s'il sort par une porte sur le trottoir opposé. Joli tour de passe-passe. J'avais toujours cru que c'était un mythe.

— Merde, gémit le pistolet.

Le Casque d'Argent s'est arrêté. On dirait qu'il écoute quelque chose. Mon flingue s'est fait très très discret, au point de geler ses diodes.

Si l'une des légendes est vraie, pourquoi pas une autre ? Je tire un couteau de lancer hors de son fourreau, et perds une fraction de seconde à trouver son équilibre et à viser ce fumier.

— *Je te tiens*, gronde le Casque d'Argent en se retournant.

Il se rend compte de mon attaque, quand le couteau s'enfonce dans son épaule. *Les blessures ancrent les Exaltés dans la réalité.*

— Puis-je suggérer des subsoniques ?

Le SIG se fait une joie de quitter le banc de touche.

Deux tirs mettent le Casque d'Argent à genoux. La dague à la main, je m'approche de la créature gémissante, et lui plante la lame dans la gorge.

Il clignote un instant, mais les dégâts sont trop importants. L'espace d'une seconde, il est presque transparent, puis il réapparaît, juste à temps pour que je finisse de le décapiter avec mon couteau.

Dieu vivant ou non, il s'effondre comme un sac de linge.

— Bon débarras, lâche le pistolet.

Je le scalpe d'un coup de dague. Il y a de la chair sous la coque d'acier, que je récure avant de poser la masse de tresses métalliques sur ma tête. Ça taille juste mais ce n'est pas non plus un chapeau.

Et les tubes ?

Je laisse tomber le manteau, et m'ouvre l'épaule, puis la hanche. La souffrance est abominable, mais tant pis. J'enfonce le plus gros tuyau dans les plaies et regarde les chairs se refermer sur l'acier. Le noir n'est pas la couleur de l'Exaltation, mais ma prothèse sort totalement de l'ordinaire, et c'est un bon point. Quant à mon flingue, il est tout sauf normal.

— Clignote plus vite, lui dis-je.

— Pardon ?

— Déguise-toi en sapin.

Le SIG s'exécute de très mauvaise grâce. Il nous faut un peu de temps pour rattraper les autres.

— Neen ?

Le gamin se retourne, m'aperçoit, et pousse un juron. Je ricanerais bien, mais les Casques d'Argent se prennent beaucoup trop au sérieux pour avoir de l'humour.

— Suivez-moi tous, dis-je, nous allons rendre visite au Grand Exarche.

Personne ne nous arrête quand nous traversons la place. Nul n'ose lever les yeux sur nous. Un enfant essaie, mais son père le gifle avant qu'il puisse voir mon visage. Il s'incline nerveusement juste après. Si c'est le genre de comportement provoqué par les Exaltés, je ne suis pas sûr de les aimer non plus.

Mon sergent ouvre la route, fusil en travers de la poitrine. Les trois filles, qui ne sont en fait que deux, plus Haze, dont l'humeur s'assombrit de minute en minute, me suivent comme des ombres, s'arrêtant quand je m'arrête, le regard toujours braqué vers le sol.

Nous approchons d'un mur de béton expansé avec un portail. Deux gardes surveillent l'entrée. Ce sont de vrais soldats, pas des miliciens. On nous observe : une sorte d'œil électronique installé au-dessus des portes nous analyse, et l'une des sentinelles empoigne déjà son arme.

Il aurait abattu Neen sans se poser de questions, s'il n'avait repéré mes tresses, et le pistolet qui chante à présent des cantiques à la gloire des Exarches. Il hésite.

— Ouvrez ! ordonne le SIG, faisant une pause en pleine litanie.

Le garde fait un pas en arrière.

Il aimerait m'arrêter, mais il ne parvient pas à toucher quelqu'un qu'il prend pour un Exalté. Cette erreur lui coûte la vie quand Franc lui enfonce sa lame sous le menton jusqu'au cerveau.

Mon sergent élimine l'autre soldat en lui tranchant la jugulaire. Neen se retrouve couvert de sang, mais je connais bien cette situation. Le sergent efface le souvenir de son meurtre précédent, en s'appropriant une victoire légitime. Quand je remarque le sourire de Franc, je me dis qu'elle ne doit pas avoir ce genre de scrupules.

— Reculez.

Neen fait sauter le portail avec une charge, et nous entrons, l'arme à la main, fouillant des yeux la cour intérieure. Je ne m'attendais pas à ça : la zone est protégée par un dôme de verre filé, qui palpite en un millier de motifs. Ils changent si vite que mes yeux me brûlent.

— Ne regarde pas, lance Haze à Franc.

Elle s'arrache à la contemplation du plafond.

Nous pataugeons dans une mince couche d'eau courant sur le sol de marbre. Les couleurs se reflètent sur la nappe d'eau comme des nuages opalescents. Elles ne se mélangent pas, elles se croisent comme des lambeaux de pourpre pur et de bleu profond.

Une porte s'ouvre lentement devant nous, et le caporal pointe son arme.

— Je peux ? me demande-t-elle.

J'acquiesce, et un soldat s'écroule, allégé de la plus grande partie de son crâne. Un tir parfait, et le sourire de la jeune fille est plus féroce que jamais. Je me rappelle qu'elle a grandi sous l'occupation exarche. Elle doit avoir quelques comptes à régler.

Nous prenons d'assaut le couloir au-delà, et abattons tout ce que nous voyons : un NéoImplanté, le crâne encore mou, la première tresse bourgeonnante ; un *deux-tresses* vétéran, tellement surpris qu'on ose l'attaquer qu'il ne s'enfuit pas à temps ; une poignée de gardes qui meurent sans comprendre ce qui leur arrive.

Une employée nous voit et se met à crier. C'est Franc qui la prend à part, pour la calmer en lui parlant précipitamment. Il s'agit de la fille du *deux-tresses*, elle cherche son père. Nous savons tous ce qu'elle ignore : son père est déjà mort.

À la fin du carnage, deux femmes apparaissent, totalement humaines et paralysées par la peur. Neen leur montre froidement la porte derrière nous, et leur dit de foutre le camp.

Je hoche la tête, Shil sourit. L'incident de tout à l'heure est oublié.

— Et maintenant, mon lieutenant ? demande le sergent.

— On déniche le Grand Exarche.

D'après ce que je sais, ces saloperies ressemblent à des pyramides de diamant et de silicone, capables de se protéger contre n'importe quoi. Quand j'ai lancé au colonel Nuevo qu'avec mes Aux' je pouvais en capturer un, je me vantais, et il s'en doutait.

— En haut de l'escalier, intervient Franc. C'est la fille du *deux-tresses* qui me l'a dit.

— Pourquoi ?

— J'ai prétendu que nous venions le protéger.

— Il est ici, coupe Haze, ouvrant la bouche pour la première fois en trente minutes (depuis que je lui ai collé un châle de femme). Je crois qu'il est malade.

Il a raison.

Une petite pyramide de métal est suspendue au plafond par un enchevêtrement de câbles qui s'étend presque sur toute la surface. Un diamant gros comme le poing palpite au centre du tétraèdre, retenu à la structure par des filaments. De la lumière parcourt chaque fil de la toile jusqu'au cœur de la pyramide. Elle clignote de manière inégale, sans la fluidité qu'un tel objet mérite.

La lueur pulse faiblement dans le diamant. Seul Gras-double peut comparer l'Exarche à une machine, et pourtant…

— Qu'est-ce qu'il a ?

Haze tombe à genoux devant un réseau de câbles et l'inspecte.

— Circuit cramé, diagnostique-t-il. Vous voulez que je répare ?

— T'en es capable ?

— Je peux essayer.

Ça me suffit. L'Exarche explose dans une gerbe de flammes et d'électricité statique. Je rengaine mon flingue, et Haze reste hébété.

— Cet enculé contrôlait les Ailes de la Mort, explique le SIG, tu veux les affronter de nouveau ?

Chapitre 31

Quand on désire occuper une ville, il faut suivre quelques règles simples.

Règle numéro un : établir une bonne base. Ça ne signifie pas un endroit sûr, car quand on contrôle totalement une cité, même ses ghettos sont sûrs. Ça désigne un lieu confortable, chaud et sec, de préférence doté d'une réserve de nourriture et d'une cave pleine d'alcool.

Les hôtels, les clubs, les bars branchés et les maisons de luxe conviennent parfaitement. Mais nous sommes à Ilseville, et les poules auront des dents avant qu'on y trouve ces trois premières options.

J'ordonne aux Aux' de monter sur la colline, car la hauteur est souvent associée à la valeur (sauf quand la pente est presque verticale, comme à Farlight). Bien entendu, trouver des collines à Ilseville n'est pas chose facile. Cette cité est presque plate, elle a été bâtie dans une plaine. Les quelques collines existantes sont artificielles, fabriquées avec du limon tiré de la rivière Ilseville, à l'époque de la construction des quais et du débarcadère.

Je découvre tout cela pendant que les Aux' marchent du Parlement au quartier résidentiel qui domine la rivière en question. J'ai abandonné mes tresses, et arraché les tuyaux d'argent au moment où les troupes du colonel Nuevo se sont engagées à travers les portes récemment ouvertes.

— Et celle-là, mon lieutenant ? demande Franc en désignant une énorme demeure du côté ombragé de la place.

— Ou celle-ci ? lance Shil, en me montrant un bâtiment encore plus somptueux.

— Trop clinquante, je réponds. Le colonel nous la confisquerait. Nous prendrons celle de Franc.

Elle est imposante, avec une façade de mousse solidifiée sculptée pour donner l'aspect du grès. Les grandes fenêtres sont protégées par des barreaux et du verre pare-balles, ce qui indique qu'Ilseville n'est pas le havre de tranquillité vanté par les Exaltés. Comme je l'avais prévu, la porte est blindée et sa serrure semi-intelligente.

— Bonjour, lance mon pistolet.

Sur ce, il explique à la serrure en des termes très simples ce qui va se passer si elle ne coopère pas. Trois secondes après, cinq verrous se débloquent, et la porte s'ouvre sous nos yeux. Une soubrette en grande tenue nous attend de l'autre côté.

— Bienvenue, dit-elle.

Si elle est surprise de tomber sur une batterie d'armes braquées sur elle, elle se débrouille pour masquer sa stupeur. Elle est jeune. La petite vingtaine probablement, et assez intelligente pour comprendre qu'elle a plus de chances de s'en tirer en se montrant coopérative qu'en se cachant pour nous obliger à la débusquer.

— À qui appartient cette maison ?

— Au seigneur Filipacchi, des Entreprises Filipacchi.

Ce nom ne me dit rien.

— Elle est à moi maintenant. À moi, et à eux… Compris ?

Elle a compris.

La domestique se nomme Maria, et elle me fait faire le tour du propriétaire, comme si j'étais vraiment le nouveau maître des lieux. La maison comporte cinq étages, sans compter le grenier. C'est la baraque la plus haute que je connaisse. Une tourelle au quatrième domine la ville. Je me l'arroge. La chambre est sale, et pleine de vieux meubles.

— Il y a d'autres employés ?

Maria secoue la tête.

— Tu vas en engager. Qu'ils préparent cette pièce.

Neen s'attribue la chambre du seigneur Filipacchi, avec ses tentures de soie et son lit gigantesque qui disparaît sous d'épaisses fourrures. À la manière dont il regarde Maria, je ne doute pas de la personne avec qui il souhaite étrenner ce trophée.

Franc et Shil décident de partager une chambre plus petite à l'étage du dessous. Haze, quant à lui, installe un matelas dans un bureau rempli d'ordinateurs avant de faire un raid dans la cuisine pour récupérer tous les glucides possibles. Quand je viens aux nouvelles, il pianote sur un clavier, et trouve des photos en temps réel de la cité.

— Comment as-tu fait ça ?

Il désigne le plafond avec son pouce.

— Les satellites géostationnaires automatisés, mon lieutenant. Ils resteront en orbite jusqu'à ce que l'U/Libre leur dise de redescendre, ou qu'ils viennent à manquer de carburant – je me suis dit que je pouvais en profiter pour jeter un coup d'œil.

On frappe à la porte dix minutes plus tard. Des coups violents. Quelqu'un martèle le bois du poing pour nous impressionner, alors je le fais attendre.

— Des soldats, dit Maria, l'air inquiet.

— Comment le sais-tu ?

— La caméra, répond-elle.

Gras-double appuie sur une touche, remplaçant les images-satellites par celle d'un officier Faucheur et de deux caporaux.

— Mon lieutenant.

Il contrôle le dispositif de surveillance de la maison, et fait un gros plan sur le visage de l'officier. Je peux voir les narines frémissantes de l'élégant lieutenant. Inutile de préciser qu'il s'agit de Miles Uffingham, l'imbécile qui m'a intercepté près des tentes quand le colonel Nuevo avait besoin de quelqu'un pour parler à un ferox.

— Laisse-les entrer, dis-je à Maria. Annonce-leur que nous descendons dans un moment.

Haze prévient Neen, je vais chercher Franc et Shil dans leur chambre. Nous sommes dans un état pitoyable, nos uniformes sont en lambeaux, et nos visages sont crasseux.

— Armez-vous, je conseille.

— Vous ne pensez pas…

— Bien sûr que non, mais nous devons avoir l'air d'être prêts à en découdre.

— Aucun problème, mon lieutenant, lâche le sergent.

— Aaah… Tveskoeg, vous voilà.

En théorie, je suis censé me rappeler le nom de Miles, et lui retourner le compliment. Rien à foutre. La plupart des officiers d'état-major gagneraient à prendre une greffe de balle à tête creuse dans la nuque, et Uffingham ne fait pas exception.

— le colonel vous demande.

— OK…

— Vous désirez peut-être vous changer.

— En quoi ?

Tourner les talons semble être une habitude chez cet homme. Nous suivons donc le lieutenant hors de notre repaire avant de traverser la place en silence. Je suis heureux de voir mes hommes inspecter les toits à la recherche de tireurs embusqués. Ils se comportent en véritables soldats. L'officier qui me précède se dirige droit vers la plus grosse demeure de la place, comme si les snipers n'existaient pas.

— Des visiteurs pour le colonel.

Les gardes nous observent. Deux d'entre eux font tout leur possible pour ne pas sourire.

— M'avez-vous entendu ?

— Oui, mon lieutenant, lâche le sergent en le saluant.

Je me demande si Miles est conscient du mépris qui se dégage de ce geste. Nous le suivons dans la bâtisse, et à notre entrée toutes les discussions cessent.

Peut-être est-ce lié aux filles qui portent toujours leur écharpe autour de la tête, et qui sont armées avec des fusils ennemis, ou peut-être est-ce dû à la tache qui macule l'uniforme de Neen.

Ou peut-être que c'est moi, avec ma manche en moins et ma prothèse en plus…

— Par ici…

On nous conduit dans une vaste salle. Elle est décorée d'immenses tableaux si anciens que la peinture se craquelle par endroits. Sachant que les Exaltés ne s'intéressent pas aux tableaux, cette maison doit appartenir à quelqu'un de suffisamment important pour qu'ils le laissent en paix. Elle montre aussi ce mélange si pratique d'antique et de moderne : des meubles en bois, des portes intelligentes, des assiettes en porcelaine et des synthétiseurs de nourriture qui génèrent des mets à partir de rien.

— Luxueux, souffle le SIG quand je le tire de son sommeil. Recherché, dépouillé quand il le faut, la demeure d'un *connoisseur* à l'évidence…

Il déteste l'endroit.

— Contente-toi de scanner cette putain de pièce.

Il s'exécute et m'annonce que deux cent cinq armes différentes nous braquent – ce qu'il trouve un peu exagéré. L'apparition d'un planton me sauve du débat.

— Le colonel va vous recevoir.

— Tenez-vous à carreau, dis-je aux autres. Ne parlez que si on vous adresse directement la parole, ne regardez personne dans les yeux, et laissez-moi répondre. Compris ?

— Sven.

Mon salut est assez réussi pour arracher un sourire au colonel Nuevo.

— Vous avez une sale gueule.

— Oui, mon colonel.

Une dizaine d'officiers attendent près de son bureau. Des miliciens ou des légionnaires à part égale. Certains ne ressemblent même pas à des soldats de métier. Je me demande ce qu'ils font ici.

— Et si vous m'expliquiez ce que vous avez dans les cheveux.

Je ne comprends pas immédiatement de quoi il parle.

— De l'Exalté mort. J'ai utilisé ses tresses comme déguisement, et je n'ai pas eu le temps de me laver.

Ce n'est pas entièrement vrai, ça ne m'est pas venu à l'idée, c'est tout.

— Vous avez scalpé un Exalté ?

— Oui, mon colonel… Mais je l'ai tué avant.

— Content de vous l'entendre dire, réplique l'officier. Et ce scalp a suffi à vous camoufler ?

— J'ai aussi eu recours à un de ses tubes. Je l'ai accroché à mon épaule et à ma hanche.

— Pas trop difficile à coller ?

— Non, mon colonel. J'ai fait des trous.

— Dans votre corps ?

J'acquiesce, puis lève ma chemise pour lui montrer les cicatrices.

— Et que faisaient vos auxiliaires ?

— Ils éliminaient des gardes exarches. Plus un NéoImplanté et un *deux-tresses*. On s'est gardé le Grand Exarche pour la fin.

— *Vous avez tué le Grand Exarche ?*

— Oui, mon colonel.

Pour la première fois depuis que j'ai pénétré dans cette pièce, je me sens mal à l'aise. D'étranges émotions se bousculent sur le visage du colonel Nuevo.

— Comment ?

— Je l'ai abattu.

L'officier ferme les yeux.

— Il agonisait, mon colonel. Il était déjà sénile. Sûrement hors de portée de toute forme d'interrogatoire. Il ne gérait plus rien à part quelques routines. Comme se rappeler de respirer.

Cette voix n'est pas la mienne, et elle n'appartient sûrement pas à quelqu'un ayant l'autorisation de parler.

Haze s'empourpre, comme s'il venait de se souvenir de mes instructions.

— Et vous êtes ?

Il va tout faire foirer, je le sens.

Pourtant, Gras-double salue.

— Un membre de l'unité, mon colonel. Mon nom est Haze. J'ai démonté ce qui restait de l'Exarche.

Je ne me rappelle pas lui avoir donné la permission de faire ça.

— Qu'avez-vous découvert ?

— Des optiques en faisceau, de la mémoire diamant, quelques téraflops de processeurs quantiques, rien d'inhabituel…

L'officier l'observe d'un air circonspect.

— Inhabituel pour quoi ?

— Pour une machine, mon colonel.

Haze regarde autour de lui et rougit. Il sait qu'il est le centre de l'attention, mais il est trop absorbé par son explication pour en comprendre la raison. Dans le cas contraire, Gras-double serait blanc… de peur. Ce qu'il vient de dire est assez proche du blasphème pour que la différence soit négligeable.

— Il était mourant, je répète. Peut-être même déjà mort.

— Et votre homme a décrit son corps ? souligne le colonel en réfléchissant. Les mécanismes seraient aux cadavres d'Exarches ce que la chair est à nos morts, comme le corps du soldat Haze par exemple ?

Je hoche la tête, tentant de ne pas retenir mon souffle.

Le colonel m'imite une seconde après.

— Ça se tient, lâche-t-il.

Son regard parcourt l'assistance, défiant quiconque de le contredire.

Personne n'ose.

— En rang.

Nous obéissons en saluant. À ce moment, le major Sylva apparaît, un coussin de soie noire dans les mains. Les deux officiers s'approchent de moi.

— Pour être entré en premier dans la ville, je nomme Sven Tveskoeg au grade de lieutenant, et je lui décerne la Croix d'Obsidienne de première classe…

Je salue de nouveau, car je ne vois pas ce que je pourrais faire d'autre.

Le major tend le coussin au colonel, et ce dernier me passe la médaille autour du cou. Tout le monde salue.

Quand le colonel recule, un sergent entre en portant un tas de vêtements sales. Ce sont les uniformes qu'ont abandonnés Franc, Haze et Shil avant d'entrer dans le tunnel.

— Choisissez des habits neufs, ordonne le colonel. Mais gardez vos insignes.

Le sergent nous suit hors de la pièce. Il veut s'assurer que nous recevons bien les uniformes qu'on vient de nous promettre.

Chapitre 32

La place Ilseville empeste le vomi, la fumée, le sexe et la pisse. Un sergent Faucheur baise une femme contre un arbre, devant une file de jeunes sous-officiers qui attendent leur tour. L'enfant de la fille joue dans la poussière, heureusement inconscient de ce qui se déroule à côté de lui. Un temple exarche est la proie des flammes, et l'un des caporaux qui patientent arbore la mitre d'un grand prêtre.

Dans les rues qui nous entourent, les bars et les bordels rouvrent avec précipitation, en essayant de profiter au maximum de ce qui va se passer, quoi qu'il arrive.

À proximité de notre repaire, un soldat alimente un feu avec des morceaux de mobilier et fait cuire un animal sur une broche. Avec ses quatre cornes et ses épaules étroites, cette bestiole semble rare et exotique. Elle doit venir d'un zoo.

La chaleur a noirci la peau, et le bidasse ivre qui arrache un lambeau de chair à la bête, se retrouve avec un repas à la fois brûlé et sanguinolent. S'il ne vomit pas à cause de l'alcool, il finira sûrement avec une intoxication alimentaire.

— Est-ce toujours ainsi, mon lieutenant ? demande Shil d'une voix éteinte.

— Toujours.

Un soldat me bouscule, et je l'envoie valser contre un mur, enragé non par son état d'ébriété, mais en me rappelant que j'ai été comme lui, à moitié ivre et impatient, attendant mon tour pour niquer dans une ville tombée.

— Verrouille les portes, j'ordonne à Maria.

Elle acquiesce.

— Vous pouvez ressortir ou rester, dis-je aux autres. Ce choix est valable pour toute la nuit. Cette porte est fermée jusqu'au matin.

Neen opte pour une nuit en ville.

Shil est sur le point de protester, mais il est plus gradé qu'elle, et je la surveille.

Franc regarde Haze qui secoue la tête. Les choix sont faits. Tout le monde reste à la maison, sauf le sergent.

— Prévenez-moi quand vous aurez verrouillé la porte, dis-je à la soubrette.

— Oui, monsieur.

— Je serai dans ma chambre.

Elle a vingt-trois ans, et son anniversaire est dans deux semaines. Entre ses jambes, ses poils sont soyeux. Ses tétons semblent étrangement pâles à la lueur des chandeliers. Elle a les hanches aussi larges que ses fesses, un peu trop à mon goût même, mais ses seins sont fermes et hauts et elle me chevauche sans pudeur, atteignant un orgasme des plus convaincants.

— Quel est ton autre nom ?

— Je n'en ai pas, monsieur.

— Non ? Moi non plus, pas vraiment.

Elle quitte mon lit avec quelques traces rouges sur les fesses, et une morsure sous un sein. Je sais que si je lui en donnais l'ordre, elle reviendrait dans ma chambre.

— À plus tard.

Maria glousse.

Je n'arrive pas à dormir. C'est toujours comme ça après un combat.

Minuit passe, puis s'éloigne. Les ténèbres se font plus denses tandis que des nuages cachent la lune, et le ciel noir ne fait qu'accentuer l'éclat des brasiers. Si certains ne sont que d'innocents feux de joie, d'autres sont plus sérieux. Depuis une fenêtre au deuxième étage, je repère au moins cinq maisons en feu, et un incendie encore plus important. Peut-être un autre temple, ou un bordel dont l'alcool était trop cher ou les putes pas assez dociles.

Une marche grince et je me retourne.

Un point rouge danse sur le mur avant de trouver mon torse et d'y rester.

— Qui est-ce ? demande Shil d'une voix ferme, le fusil à impulsion braqué sur mon cœur.

— Moi.

— Mon lieutenant ?

— Oui, moi.

— Un problème, mon lieutenant ?

— Non. J'observe juste des idiots brûler la cité. Tout va bien, retourne te coucher.

Elle hésite.

— Bonne nuit, Shil…

Je monte l'escalier cinq minutes plus tard, et je la trouve en train de regarder les incendies, le fusil oublié. Manifestement, elle s'inquiète pour son frère.

— Fais-lui confiance, je murmure.

— Facile à dire pour…, commence-t-elle avant de se reprendre. Désolée, mon lieutenant.

— C'est ton sergent.

— Grâce à vous.

— Exact, grâce à moi.

Quelque chose dans ma voix l'incite à se retourner. Nous frisons une querelle qu'elle n'a aucune chance d'emporter.

— Franc ferait un bon sergent, dit-elle finalement.

— Franc est a un cheveu de la folie, je souris. Ne te méprends pas, j'aime ça chez une femme, mais de là à remplacer Neen ? Aucune chance.

— Et moi, mon lieutenant ?

— Tu es volontaire ?

Shil acquiesce.

La fille ne dit rien quand je me glisse derrière elle, et encore moins quand je lui attrape les épaules. Je les sens trembler. Les muscles de ses bras sont contractés, et ses omoplates tendent le tissu de la chemise de nuit. Elle a dû la trouver dans une armoire. Je fais glisser mes doigts jusqu'à ses hanches saillantes, et je peux compter ses côtes au passage. Elle se retourne en une seconde.

— C'est votre prix ? crache-t-elle.

— Pourquoi ? C'est ce que tu me proposes ?

Sa gifle m'atteint presque, mais je la plaque contre le mur, le bras tordu dans le dos.

Je recule, et ses doigts filent vers sa taille pour dégainer un couteau qui n'est pas là. Sa réaction est instinctive, et m'en apprend davantage sur son passé que tout ce que j'ai découvert ces derniers jours.

— Neen a le commandement dans le sang, dis-je. Oublie qu'il est ton frère, ou je te fais muter.

Chapitre 33

Des coups à la porte me tirent du sommeil.

Un soldat m'annonce qu'un quartier de la ville s'est soulevé. Il ne vient pas me trouver en particulier, sa mission est de prévenir toutes les maisons de la place. D'autres parcourent les rues avec le même but.

Neen est affalé sur le perron, juste derrière l'estafette. Il a récolté un œil au beurre noir qui fait la paire avec l'entaille qu'il a reçue dans les égouts. Au moins, il est réveillé et à peu près sobre. Il a l'air très content de lui.

— La nuit a été bonne ?

Il se redresse péniblement, et me salue.

— Oui, mon lieutenant. Très bonne, mon lieutenant.

S'il remarque la grogne de Shil, il ne le montre pas, supposant qu'il doit en être la cause, sans se douter de la vérité.

— Les casques ! je gueule à tout le monde.

Mon sergent doit monter à l'étage.

Les fusils à impulsion prêts à cracher, nous arpentons la rue. À ce moment, je remarque l'évidence : mon équipe fait partie de la milice, je suis un Faucheur, mais beaucoup parmi les soldats qui nous entourent ne sont ni l'un ni l'autre.

Nous sommes submergés par les mercenaires. Attention, pas du type Légion : « Engage-toi, touche une solde de merde et meurs quand on te l'ordonne. » L'autre type : des pillards opportunistes ; des exclus de la milice pour motif de violence et cruauté, ou trop fous pour obéir aux ordres ; d'anciens officiers de bataillons pénitentiaires ; le rebut d'une demi-douzaine de planètes-bagnes ; bref, des exemples de ce que j'aurais pu devenir.

— Quoi ? demande Shil en me voyant m'arrêter.

J'attends.

— Mon lieutenant ?

— Des mercenaires.

— Ils sont arrivés avec le tout dernier largage, explique Haze avant de rougir.

Il a passé la nuit connecté au réseau d'information. Nous avons un sacré public, semble-t-il. La propagande est l'une des armes principales de cette guerre. Voilà pourquoi Octo V se plaint des observateurs U/Libres, des assesseurs du Grand Conseil et des correspondants indépendants. Quoi qu'il en soit, il ne fait rien pour les empêcher de couvrir le conflit.

— Passe devant, dis-je à Neen, nous te suivons.

Il nous guide entre les brasiers mourants et les soldats ivres dessaoulés à coups de pied. Des détonations retentissent depuis un quartier en contrebas, ce qui explique la colonne de fumée noire qui s'élève devant nous.

Quelques Ailes de la Mort sont de retour.

— C'est impossible, murmure Haze en regardant le ciel.

Roulant aussi lentement qu'un poisson qui fait surface, un avion minuscule se retourne sur son axe avant de tomber comme une pierre. Il ne redresse pas et bientôt, un nouveau nuage incandescent s'élève.

— Quelqu'un les dirige, dis-je.

Gras-double acquiesce, et Franc désigne un point au-delà des murs lointains : une autre Aile sort des nuées.

— Qu'est-ce que ça signifie ? demande le caporal.

Ça signifie qu'on a merdé.

Mais je ne réponds pas, car on ne dit pas ce genre de chose.

— Des insurgés, je lâche. Des survivants de l'attaque d'hier. J'ignore comment ils les contrôlent.

Un autre Grand Exarche, évidemment.

Un trou est apparu comme une dent cassée au milieu des bâtiments. Ces maisons sont bon marché, construites en fibres, et déjà en train de pourrir. Derrière les ruines d'une bicoque, nous apercevons une dépression et des baraques encore plus pauvres. Au milieu se dresse une tour de métal, noircie par les ans et entourée de cabanes qui se regroupent sous ce qui ressemble à des contreforts. Au bout d'une seconde, je comprends que ce sont des étais.

— Qu'est-il arrivé à la maison ? je m'informe.

Un soldat s'arrête, repère mon grade et salue.

— Un poste de contrôle, mon lieutenant. Il a sauté juste avant l'aube. Un capitaine est mort.

Je congédie le soldat, qui s'éloigne avec un soulagement évident. Juste après, je tombe sur le major Sylva, toujours aussi élégant, ses lunettes perchées sur le nez. Il m'accueille avec un sourire qui me fait prendre conscience de la gravité de la situation.

— Venez, dit-il. Le colonel nous attend.

Nous suivons l'homme à travers un barrage installé devant un pont de chemin de fer inutilisable, jusque dans les ruines d'un immeuble.

— Sven…

— Mon colonel.

— Ils ont installé une mitrailleuse dans la tour et des snipers partout. (L'officier s'approche de moi.) Le lieutenant Uffingham s'est porté volontaire pour nettoyer la zone.

— Que s'est-il passé ?

— Vous êtes le nouveau lieutenant d'état-major.

Il semblerait que ma Croix d'Obsidienne me donne automatiquement cinq ans d'ancienneté. J'imagine comment les autres lieutenants vont accueillir la nouvelle. Comme si ça m'intéressait.

— Nous avons des roquettes, je grogne. Pourquoi ne pas raser cette merde ?

Les yeux du colonel Nuevo se décalent sur le côté, et je remarque une fille portant l'uniforme d'une observatrice officielle de l'U/Libre.

— Je vous présente Paper Osamu, dit-il. Elle dispose d'un statut de plénipotentiaire.

Plénipo… quoi ?

— C'est un ancien légionnaire, explique mon flingue à l'U/Libre. Il a pris du galon, mais il ne comprend pas ce genre de connerie.

— Il y a des civils là-bas, proteste-t-elle.

— Et ici aussi, rétorque le SIG avec aigreur. Ça n'empêche pas les *têtes de moteur* de faire s'écraser leurs avions sur nous.

— Ce ne sont pas des "têtes de moteur", corrige Osamu en prononçant ces mots avec dégoût.

— En tout cas, ce ne sont pas des humains.

Sur ce, j'écoute le conseil muet du colonel Nuevo, et positionne le pistolet en mode « veille ». Nous gâchons les secondes suivantes pendant que Neen, l'unité et moi nous écartons pour discuter. Je remarque l'expression outragée des autres officiers. Mais trop de batailles ont été perdues parce que les officiers étaient trop orgueilleux pour écouter leurs sous-officiers.

— Qui d'autre a une idée ?

Franc veut attaquer de front. Haze préfère pirater les Ailes de la Mort et les infecter, de préférence depuis une cave à plusieurs kilomètres de là. Neen a déjà parlé, et Shil ne peut détacher son regard de la tour.

— Envoie.

Elle hausse les épaules.

— C'est un ordre.

Les lèvres serrées, elle rassemble un monticule de terre, puis creuse un sillon avec sa dague. Elle ne me quitte pas des yeux.

— OK, dit-elle. Voici la rivière… Et ça, c'est la tour. (Elle enfonce sa lame dans la dépression, puis elle emprunte le couteau de son frère pour faire un trait plus court depuis la rivière jusqu'au bord du trou.) Là, c'est notre canal.

Elle se relève, prend de l'eau dans une flaque, et la laisse couler lentement dans la petite rivière. Elle l'observe qui passe par le canal et qui inonde la dépression.

— Bienvenue dans mon univers, lâche-t-elle, où quand on n'essaie pas de trouver de l'eau, on essaie de s'en débarrasser.

Les autres hochent la tête.

Si nous disposions d'un satellite de combat, nous pourrions l'utiliser pour creuser une tranchée. D'un autre côté, si nous avions un laser orbital, nous pourrions griller la tour sans détruire le ghetto autour, et nous n'aurions pas besoin d'ouvrir un canal. Je me demande ce qu'est devenu le vaisseau du général Jaxx, tiens.

Toujours est-il que ça me paraît une solution intelligente à un problème épineux. En plus, ça devrait plaire à l'observatrice de l'U/Libre.

Je vais trouver le major Sylva.

— Pouvez-vous me fournir des troupes ?

L'officier a l'air vaguement choqué. Il revient avec le colonel Nuevo. Paper Osamu les suit de près.

— Il paraît que vous avez besoin d'hommes.

— Oui, mon colonel.

— Combien ?

— Environ cinq cents.

Nuevo écarquille les yeux. Il n'aime pas être surpris en présence de l'U/Libre.

— Vous voulez attaquer la tour avec un demi-millier de soldats ?

— Non, mon colonel. Je veux creuser un canal et l'inonder.

Je sens qu'il est déçu. Nous sommes sa Section Suicide. Nous n'avons peur de rien. Nous sommes là pour irriter ses autres officiers, pour les surprendre. Les plans sûrs et les solutions bien préparées ne sont pas les bienvenus.

— Haze, dis-je, explique au colonel pourquoi c'est une bonne idée.

Le gamin a l'air paniqué. Il hésite sur la réponse à donner, avant de tomber sur la bonne.

— Il y a un Grand Exarche à l'intérieur, mon colonel.

Gras-double réfléchit un peu plus, puis comprend enfin.

— C'est lui qui contrôle les Ailes de la Mort, reprend-il. Il doit être toujours fonctionnel.

— Si nous détruisons la tour, j'ajoute, nous risquons de tuer cette chose.

Le colonel retrouve le sourire.

Cinq cents hommes creusent presque toute la journée. Ce sont des miliciens, ils sont habitués aux corvées. J'aimerais que les mercenaires s'y collent aussi, mais je n'ai aucune autorité en la matière, et le major Sylva préfère les garder pour plus tard. La satisfaction sinistre de sa voix quand il prononce cette phrase est rassurante.

On diffuse des avertissements, et l'évacuation est arrangée. Quand tout est prêt, les femmes, les enfants et les vieillards sont transférés en lieu sûr sous le regard soupçonneux de Paper Osamu, observatrice officielle et plénipotentiaire de l'U/Libre.

Nous commençons l'inondation juste avant le coucher du soleil.

De retour à la maison, Neen s'isole dans sa chambre, tandis que Haze s'en va jouer avec ses ordinateurs. Franc disparaît, et une heure plus tard, une odeur de gâteau emplit la baraque.

—J'ignorais que nous avions un synthétiseur de nourriture.

—Il n'y en a pas, explique Maria. Elle cuisine à la main.

—Vraiment ?

—Parfaitement.

Elle sourit en voyant mon expression.

—Du café ?

—Bien sûr, je réponds. Je serai dans le bureau.

Le café est fort et chaud et Maria en a passé assez pour deux. En constatant que j'ai disposé mes cartes sur le bureau finement ouvragé du seigneur Filipacchi, elle pose le plateau sur le parquet. Les cartes sont des impressions qui figurent Ilseville avant l'assaut, l'aspect n'est guère différent de maintenant, la zone inondée et les vieux entrepôts reconvertis en temples mis à part.

—Que faites-vous ?

—Je vérifie une ou deux choses.

—Je serai en bas, dit-elle en ramassant sa tasse, au cas où, vous comprenez…

—Où quoi ?

—Vous me voulez.

Je lui prends la tasse des mains, la pose sur une carte, et oblige la soubrette à me faire face.

—Tu en doutes ? dis-je en ouvrant les deux premiers boutons de sa robe.

—Pas ici, monsieur, dit-elle.

—Où, alors ?

Je devrais étudier les cartes, et découvrir le meilleur moyen pour entrer dans la tour, mais en vérité, je trouverai un truc sur place. Les plans et moi n'avons jamais fait bon ménage.

La plupart des batailles se livrent simplement : ce sont les plus rapides et les plus violents qui gagnent. Ceux qui disent autre chose, ont sûrement des barrettes rouges sous leur insigne, et donnent des ordres à plusieurs kilomètres des lignes.

J'accompagne Maria dans sa chambre.

Son corps est aussi voluptueux que la dernière fois, et ses tétons toujours aussi invisibles. Mais je remarque des choses qui m'avaient échappé, comme la cicatrice très nette d'une blessure par balle au-dessus de la hanche. On lui a tiré dans le dos, puis elle a reçu des soins d'un type qui connaissait son boulot.

— C'est une longue histoire, dit-elle.

J'ai assez de tact pour ne pas insister.

Nous dormons, nous baisons, et nous dormons encore. L'aurore nous trouve dans le même bain. Maria qui me gratte le dos au moyen d'une éponge fabriquée avec la peau d'une limace locale. Au bout d'un moment, je décide que je suis assez propre, et nous échangeons les positions, même si l'éponge sert peu quand je suis derrière elle.

Je viens de soulever la soubrette par la taille, quand un coup timide retentit à la porte.

— Mon lieutenant…

C'est Neen.

La veille, il serait entré dans la salle de bains. Aujourd'hui, il sait que Maria est avec moi. Shil aussi, car elle évite mon regard quand nous nous croisons dans l'escalier, enfilant chacun notre veste.

— Lieutenant Tveskoeg ?

Le gamin est jeune, mais un peu moins que mon sergent. En revanche, son uniforme est immaculé, et une fourragère d'argent pend à son épaule gauche. Le pauvre petit merdeux a même une dague d'apparat accrochée à la ceinture.

— Vous êtes le nouvel officier d'intendance ?

— Oui, mon lieutenant.

— J'espère que vous durerez plus longtemps que le dernier.

— Le colonel vous fait mander, bredouille-t-il.

— J'arrive dans une minute.

— Mon lieutenant…, il hésite, pas encore assez habitué à l'arrogance des Faucheurs, et peu entraîné à imposer l'autorité de celui qui l'a mandaté. Il vous attend maintenant.

— Et j'arrive dans une minute.

Les nouveaux uniformes de mon unité sont du modèle Faucheur, mais toutes les marques distinctives ont été enlevées, remplacées par les insignes de cuir. Le gamin cligne des yeux, ouvre la bouche, puis la referme.

— Quel est ton nom ?

— Benj…

— Ton autre nom ?

— Flypast, mon lieutenant. Sous-lieutenant Benj Flypast.

À sa grande surprise, je lui serre la main, avant de lui présenter les membres du groupe, ce qui le surprend encore plus.

— Et voilà Haze, notre expert en Exaltés et en Exarches.

Les deux gosses rougissent.

Le colonel s'impatiente près de la tour. Après avoir inondé la zone, la milice procède maintenant à l'évacuation des eaux. Il semblerait que quelques soldats ennemis aient tenté de s'enfuir dans un radeau de fortune, mais ils ont échoué. Une rangée de corps en est la preuve.

Nous disposons d'experts, d'authentiques experts. Des officiers qui ont suivi l'entraînement des académies Faucheurs, et des analystes qui ont passé leur vie à étudier l'ennemi. J'ignore ce que mon unité fait là.

Je ne tarde pas à le découvrir.

— Entrez dans la tour, ordonne le colonel Nuevo. Tuez tout ce que vous voulez, mais épargnez le Grand Exarche…

L'eau a dégueulassé toutes les pièces. Parfois, elle est montée jusqu'au plafond, mais en d'autres occasions, la position des fenêtres trahit la formation de bulles d'air. Je le remarque grâce aux traces propres sur quelques murs. Je commence à comprendre pourquoi le colonel préfère que mon équipe passe devant.

Pour corser le tout, il m'a assigné le sous-lieutenant Flypast, histoire de le dégrossir un petit peu. Le gamin nous file le train, tenant son fusil comme si l'engin allait se retourner et le mordre au visage.

— Rapport, dis-je à Neen.

— Clair, mon lieutenant.

— Parfait. Continue.

Pour l'instant, nous avons inspecté onze étages et trouvé un seul corps. Un vieil homme recroquevillé près d'un feu. Il avait préféré se cacher, plutôt que d'être évacué, pas la meilleure décision de sa vie.

À mon avis, il reste encore un ou deux paliers. La logique voudrait que nos adversaires y soient rassemblés, prêts à nous attaquer.

— OK, dis-je à mon sergent. Continue à avancer.

Il monte l'escalier, le fusil pointé. Shil le suit, puis Haze et Franc. Benj leur emboîte le pas et je ferme la marche. Neen fait du bon boulot, mais il m'en veut pour Maria, et ça se voit à sa démarche. Ses épaules sont contractées, et ses mouvements un peu trop vifs.

Faire chier quelqu'un parce qu'il manque de sang-froid est contre-productif. Je ravale mon irritation.

— Stop.

L'ordre du sergent parcourt la colonne.

Un craquement.

Juste au-dessus.

Peut-être le métal qui se réchauffe sous ce qui sert de soleil à ce monde. Il pourrait aussi s'agir d'un type avec un flingue. Tout repose sur Neen, et c'est à lui de gérer la situation.

Il paraît que notre galaxie est pleine de planètes capables d'ajuster leur météo, mais la plupart sont situées dans le centre, sous dominance Union Libre. Les Exaltés ont leurs bulles d'habitation indépendantes, au climat contrôlé et éternellement agréable, mais ils se le gardent. Quant à notre chef bien-aimé… Octo V croit aux valeurs ancestrales. Tant mieux, car il n'a certainement pas les moyens de s'en offrir de nouvelles.

— En arrière…

Le sergent s'accroupit, donnant le signal de la retraite. Shil hésite, et je l'attrape par la cheville, la forçant à descendre quelques marches. Elle encaisse les chocs sans une plainte.

— Attendez, ordonne Neen.

Il rampe lentement, puis disparaît.

C'est lui qui gère, me dis-je.

Mais ça ne m'empêche pas de m'impatienter.

Je m'oblige à écouter tous les bruits, à l'extérieur comme à l'intérieur, en essayant d'ignorer les fesses de Shil collées à mon visage. Une partie de mon irritation provient du fait que mon flingue est inutilisable. Apparemment, les Exarches détectent encore plus facilement les champs d'informations que les Exaltés. Si je sors mon SIG ici, autant monter l'escalier en criant : « Salut, c'est Sven, y a quelqu'un ? »

Enfin, c'est ce que prétend le pistolet. Bien entendu, il pourrait aussi me faire la gueule à cause de Paper Osamu. La tuyauterie frémit. Dehors, la pompe utilisée par les gars du génie finit de drainer l'eau, et les cinq cents miliciens qui ont creusé un canal hier, doivent le reboucher aujourd'hui. Une fenêtre ouverte laisse passer un courant d'air à l'odeur désagréable. L'inondation a saturé les égouts et fait déborder les latrines.

— Pas encore, je murmure à Shil quand elle fait mine de remonter.

Le tireur embusqué dans la pièce du dessus se fatigue avant nous. Une poignée tourne, et un visage apparaît dans l'embrasure. Il regarde droit devant lui, au lieu de baisser les yeux, et le tir du sergent le chope sous le menton, repeignant le mur avec du sang, de l'os et de la cervelle.

— Avancez…

Neen nettoie la pièce et liquide deux autres soldats exarches. Quand j'atteins la porte, ils sont déjà morts.

— Joli coup.

— Merci, mon lieutenant. (Neen me regarde, jette un coup d'œil à sa sœur puis prend une décision.) Permission de…

J'acquiesce.

— S'il vous plaît, faites pas muter Shil.

— Pourquoi le ferais-je ?

— Elle m'a dit vous avoir demandé de désigner Franc à ma place, et que vous lui en vouliez depuis.

— Oublie ça, je réponds. Moi, c'est déjà fait.

Le Grand Exarche est posé dans un coin. Je ne sais pas d'où il vient, mais on l'a évacué sans précaution : l'écheveau de câbles a été arraché en urgence. Un énorme diamant est niché au milieu des optiques en faisceau, une masse de téraflops est reliée à la matrice mnémonique et la machine palpite avec les lumières d'un feu d'artifice.

Quelque chose me dit que le colonel va être content.

Chapitre 34

— Qui fait couler de l'eau ?

— Haze, mon lieutenant, grogne Franc en coupant des fruits secs sur une planche.

Je ne peux m'empêcher de remarquer qu'elle utilise le couteau qui a servi à tuer la vieille et le garde près du Parlement.

Nous sommes dans la cuisine, et la tuyauterie vibre dans un angle. La dernière fois que quelqu'un est passé après Haze, la salle de bains était tellement humide que des carreaux sont tombés.

— Je vais lui parler.

Elle secoue la tête.

— Il y a quelque chose que je devrais savoir ?

Toujours non.

— S'il vous plaît, mon lieutenant. Laissez tomber.

Il y a quelque chose dans sa voix qui frise le désespoir. Elle pose le couteau, et me regarde droit dans les yeux, toutes défenses abandonnées. Parfois, c'est le comportement inconscient des gens qui est révélateur.

— Il n'est pas ce qu'il paraît être, n'est-ce pas ?

J'éveille sa curiosité.

— Dans quel sens, mon lieutenant ?

— C'est une fille en fait, dis-je après un instant de réflexion.

— Oh ! rigole Franc. Non, c'est bien un garçon.

Elle rougit.

À l'évidence, elle ne sait pas comment aborder un certain sujet. Je suis son patron, son officier supérieur, mais quelque chose de bien plus grave la tourmente.

— Dis-moi.

— S'il vous plaît, gémit-elle. Laissez tomber, mon lieutenant.

Ça ne fonctionne pas comme ça dans l'armée.

Mais elle a déjà changé de sujet.

— Il vous fait confiance, et il y a autre chose. (Elle hésite.) Votre pistolet a conseillé à Haze de se trouver un modèle. Il vous a choisi.

— Franc…

— C'est vrai, mon lieutenant. Je suis sérieuse.

Moi aussi.

— Il est soldat, dis-je. Auxiliaire. Il obéit à *mes* ordres, point. Et dis-lui de ne plus s'approcher de mon flingue.

Avant la fin de la semaine, une routine s'installe. Maria achète de la nourriture et Franc cuisine. Neen passe ses nuits en ville, enfin, les trois premières, jusqu'au moment où il apprend que Maria ne partage plus mon lit.

Elle est délicieuse, et plus qu'enthousiaste.

Mais je suis nerveux, et je me connais suffisamment pour savoir quand je dois dormir seul. J'ai une impression d'électricité statique dans la bouche et une irritation derrière les yeux qui ne viennent qu'à l'approche d'une bataille.

Quelques jours, tout au plus…

Quant à Haze, il prend des bains, joue avec ses machines, et sort de son antre seulement quand ça lui chante.

Jusqu'au matin où…

C'est la fin de la semaine, il n'y a ni chauffage ni eau dans la maison. Je trouve Haze dans la cuisine, enveloppé dans des serviettes. Franc est à ses côtés qui le réconforte.

— Du café, je demande.

Le caporal s'exécute, ce qui implique d'allumer un feu dans un seau au moyen de morceaux de chaise, de quelques ustensiles de cuisine en bois et d'un bâton d'amadou qu'elle porte à sa ceinture.

— Je le prendrai dans mon bureau.

Elle hoche la tête, mais c'est Haze qui me l'apporte, avec des nouvelles en prime. Les insurgés ont coupé l'électricité. Au lieu de s'attaquer à la cible évidente, le réacteur, ils ont fait sauter la station de pompage juste à côté. Sans eau, la centrale électrique a dû cesser de tourner.

— Je me suis dit que vous auriez peut-être besoin de ça, mon lieutenant.

Il me tend une batterie.

— Pour mon flingue ?

Haze hoche la tête d'un air coupable.

— Je t'ai déjà dit…

Il est terrorisé.

— On a juste discuté, mon lieutenant. C'est tout !

— À quel sujet ?

— Des azimuts, des angles, comment calculer la hauteur des bâtiments par trigonométrie. Du bavardage sans importance, quoi. Parfois, j'ai juste besoin de parler un peu technologie…

Il est sérieux.

Je lui balance le SIG Diabolo.

— Nettoie-le, vérifie la charge et remplace les munitions si besoin est, mais rappelle-toi à qui il appartient, d'accord ?

— Reçu, mon lieutenant.

— Très bien. Sinon je t'abats en personne.

La nuit précédant le sabotage de la station de pompage, un commando suicide s'attaque au QG du colonel Nuevo. La plus belle maison de la place Ilseville n'est plus qu'un monceau de gravats. Le colonel dîne dans un restaurant non loin de là, mais le major Sylva et Benj Flypast dorment à poings fermés au troisième et au quatrième étage, respectivement.

Je me réveille pour découvrir des sapeurs toujours en train de fouiller les décombres, la fumée de l'explosion flottant sur la place. Quand on frappe à ma porte, je me doute que ça va encore être une matinée de merde.

— Monsieur…

C'est Maria, ce qui signifie qu'elle a dû s'extraire du lit de mon sergent, se rhabiller à peu près décemment, et monter les deux étages qui mènent à ma tourelle. Elle a du mal à reprendre son souffle, mais ce n'est pas obligatoirement à cause de l'escalier.

Je sais.

Un modèle se dessine. Un schéma commun à toute cité occupée. Maria a quitté mon lit pour entrer dans celui de Neen. Compte tenu des circonstances, c'est probablement une bonne idée. Qui sait ? Si ça se trouve, elle l'apprécie vraiment.

Je descends en enfilant mon uniforme. J'ouvre la porte moi-même. Le petit manège des messagers fait perdre trop de temps. Un gamin encore plus jeune que Benj se tient sur le perron. Sa poitrine a l'air trop étroite pour sa fourragère.

— Mon lieutenant, le colonel, mon lieutenant, il veut…

— … me voir.

Le nouveau sous-lieutenant acquiesce.

— Nous arrivons.

— Non, mon lieutenant. Il veut vous voir *seul.*

J'emmène mon équipe quand même.

— Sven…

L'officier se tient devant une fenêtre. Deux hommes à l'air trop sérieux sont assis à une table derrière lui. Ils ont l'air anxieux, fatigué et apeuré. Des ingénieurs, je pense. Ils ne parviennent pas à rétablir le courant. Le gamin m'a conduit dans une grande demeure, mais pas aussi imposante que la ruine à trois rues d'ici.

— Bien, dit-il. Vous êtes venu seul.

— Ils attendent à l'extérieur, je précise, en désignant la porte du menton.

Le colonel Nuevo soupire.

Il agit comme si les deux autres n'existaient pas, et remplit deux verres sur un plateau d'argent. Un liquide trouble et amer. À mon avis, c'est lui qui a besoin de boire un coup.

— Il me faut un nouvel aide de camp… (Il lève son verre.) C'est vous.

— Moi ?

— J'ai mes raisons. (Il congédie les deux inconnus d'un geste de la main. Leurs chaises crissent sur le sol tant ils ont hâte de partir.) Attendez dehors.

Ils semblent pourtant désappointés.

— Des ingénieurs ?

— Non, répond le colonel. De foutus experts en matière d'Exarches. Tous deux totalement inutiles. Je vais en abattre un, tiens. Je ne sais pas encore lequel. Au fait, il est mort.

— Le truc ?

— Il s'est éteint, tout simplement. Mais nous avons d'autres chats à fouetter… et des plus féroces.

Il allume un ordinateur, effleure l'écran, et la cité s'étend sous mes yeux.

— Une vue depuis le vaisseau amiral ?

— J'aimerais bien… Des satellites en orbite haute. Le général nous a laissé au moins ça.

Alors finalement, Jaxx est parti. Oserais-je demander où ? Moi qui croyais qu'il montait la garde autour de la planète, notre dernière ligne de défense, notre dernière arme secrète.

— Concentrez-vous, ordonne le colonel.

Ilseville est plus petite qu'on l'imagine quand on est au sol. Notre rivière n'est qu'un affluent d'un fleuve beaucoup plus grand qui se divise dans la plaine avant de se perdre dans les marécages. La zone de largage n'est qu'une infime partie de ce marais. Des nuages viennent nous boucher la vue. Je ne vois pas ce que je suis censé remarquer, car la ville a l'air paisible, et les marécages sont vides.

— Ici, grogne-t-il en perdant patience.

Des insectes noirs glissent sur un ruisseau longeant un cercle grand comme une pièce de monnaie. En fait, le ruisseau est le plus gros bras du fleuve, les insectes sont des bateaux et la pièce est notre cité. Ils ne sont qu'à une journée d'Ilseville.

— Hex-Sept, lâche l'officier.

Je compte jusqu'à cinquante navires avant d'abandonner. Il en arrive sans cesse. On dirait que le colonel a donné un coup de pied dans une fourmilière, et qu'il essaie de comprendre la réaction.

— Combien y a-t-il de soldats par bateau ?

— Une centaine, répond-il. Peut-être plus.

— Voulez-vous que je sorte pour voir si je peux les arrêter, mon colonel ?

Il me dévisage, puis sourit.

— Vous êtes fou, murmure-t-il. C'est probablement pour ça que je vous aime bien. (Il plonge la main dans un tiroir, et en retire une fourragère d'argent.) Accrochez ça. Considérez-vous comme étant promu officier d'état-major.

Nuevo éclate de rire, et je comprends que mon expression m'a trahi.

— Que savez-vous de la politique ?

— Rien.

— C'est bien, réplique-t-il. Et mal.

Il semblerait qu'Octo V aime protéger ses investissements, alors il parie contre lui-même, et couvre les victoires improbables avec de petites sommes qui rapportent parfois, mais ne lui coûtent pas grand-chose s'il les perd. Nous sommes l'une de ces petites mises. Le colonel ne me l'explique pas ainsi, mais c'est le sens.

La bataille, que je croyais essentielle dans la stratégie de l'empereur, n'est qu'une diversion pour une autre diversion. Et encore, il y a d'autres niveaux d'intrigue qui rendent la situation encore plus compliquée. Feu le lieutenant Uffingham était le neveu du Ministre de l'empire Othman, tombé en disgrâce. Le major Sylva devait sa position au général Jaxx, qui a l'oreille d'Octo V, ce qui en fait un dangereux patron, et un ennemi bien plus redoutable.

Le colonel Nuevo me demande si je suis toujours.

Autant répondre par l'affirmative, même si j'aimerais bien savoir ce qu'est un « Ministre de l'Empire ». Je le découvrirai bien tout seul. En tout cas, c'est quelqu'un d'assez important pour être mentionné dans la même phrase que le général Jaxx.

— Nous ne sommes qu'une attraction secondaire, conclut le colonel.

Quittant l'écran des yeux pour contempler la rivière qui coule sous ses fenêtres, je suis sur le point de lui demander si l'« attraction secondaire » s'arrête plus tôt que prévu, mais je change d'avis. Je trouverai aussi la réponse tout seul.

— Où est le véritable conflit, mon colonel ?

Il nomme un système dont j'ai vaguement entendu parler. Tout ce qu'on peut en dire, c'est qu'il est très, très loin d'ici. À peu près à mi-chemin de la spirale extérieure si ma mémoire est bonne.

— Une guerre d'attrition, maugrée Nuevo. Voilà à quoi nous en sommes réduits. Combien de brigades pouvons-nous lever ? Combien peuvent-ils en tuer ? Qui est le plus rapide ?

Le colonel se ressert un verre, puis le lève.

— Faites votre choix, grogne-t-il. La mort ou la gloire.

Je n'arrive pas à savoir s'il plaisante ou non.

Mais le commentaire suivant éclaire ma lanterne.

— Nous sommes entourés de Casse-couilles. Savez-vous pourquoi ?

Pour détruire les vaisseaux exaltés bien sûr. Mais alors, si la réponse est tellement évidente, pourquoi la poser ?

— Les mercenaires sont connus pour parfois abandonner le combat, dis-je.

Le colonel a un sourire sans joie.

— Donc, si j'étais le général, je reprends, je saturerais la haute atmosphère avec des satellites conçus pour détruire les vaisseaux non autorisés. Disons, pendant les six prochaines semaines.

— Dites plutôt six mois, continue le colonel. Et cela concerne tous les vaisseaux, autorisés ou non.

— Les mercenaires sont-ils au courant ?

— Non, réplique-t-il. Mais vous allez leur annoncer la nouvelle.

Chapitre 35

Il y a un bar chaud dans toutes les villes de toutes les planètes dans ce coin de la spirale. Qu'il soit illégal, officiel ou je ne sais quoi, il existe. Il suffit de le trouver.

À Ilseville, il se niche sur les docks, coincé entre deux entrepôts croulants. « Comptoir impérial », lit-on sur une enseigne, « Import/Export ».

La planche est pourrie, et le hangar vide.

Peut-être est-ce le destin de ces bars de finir dans des endroits aussi miteux, ou peut-être est-ce leur présence qui déteint sur l'environnement. Si quelqu'un le sait, ce n'est pas moi.

Je pousse la porte, et me trouve une table isolée, devançant un gros balaise couvert de tatouages lumineux, qui agite ses tresses en grimaçant. Il cherche à se donner des airs d'Exalté, mais il est loin du compte.

— C'est la mienne, gronde-t-il.

Je pose mon pistolet contre son front.

Le mec se barre, furieux, en grommelant des menaces.

— Reviens quand tu veux, crache le SIG, on t'attend.

Je dois confesser une certaine admiration pour ce *Puits de l'Enfer*... Shil, elle, n'est pas de cet avis. Deux très jeunes gymnastes exécutent un numéro sur la scène, et elles ne portent rien, pas même des poils.

L'une d'elles est tellement tordue en arrière que sa tête émerge entre ses pieds. Elle se détend plus vite qu'un ressort, et fait le grand écart pour ramasser une pièce d'or avec sa vulve.

Relevant le défi, l'autre gymnaste s'assoit, passe les jambes derrière sa tête, et les coince sous ses bras. La pièce suivante atterrit exactement là où son propriétaire le souhaitait. Elle disparaît en une seconde.

Un groupe d'hommes accoudés au bar applaudissent.

— Rappelez-moi la raison de notre venue ici, grogne Shil.

— Vous me couvrez, dis-je en me retournant vers Haze.

Je haussc lcs sourcils.

— Rien d'approchant, me répond-il, en vérifiant sur son lecteur.

Mon flingue se rengorge en un défilé de diodes. Ces types ont de l'argent, et quand des mercenaires n'achètent pas de l'alcool, des implants ou de la drogue, ils se paient des armes. Plus elles sont imposantes et intelligentes, plus elles sont appréciées. Autant savoir à quoi on a affaire.

— Tiens, je souffle à Neen en lui envoyant un rouleau de pièces.

Mon sergent l'attrape sans mal, extrait vingt pièces d'or, puis se dirige vers le bar. J'espère bien sortir d'ici sans dépenser tout l'argent que nous a confié le colonel Nuevo, mais il faut quand même en lâcher pour lancer la machine.

Neen paie en or. C'est la tradition chez les mercenaires, et elle est trop bien installée pour qu'Octo V lui-même parvienne à la changer. Le frère de Shil a l'air convaincant dans son nouvel uniforme. L'absence d'insigne excite la curiosité.

J'ai adopté une apparence très similaire, abandonnant ma fourragère et mes galons de lieutenant. Un de ces types ne va pas tarder à demander à Neen ou à moi avec quelle unité nous traînons.

Nous avons prévu la suite des événements.

Quelqu'un va dérouiller sévère. Ce n'est pas juste, mais nécessaire. De plus, le mot « juste » n'a pas sa place dans un bouge comme celui-là.

Neen dit à la barmaid de garder la monnaie. Il récupère sa bouteille et les cinq verres qu'il a demandés, puis revient à la table. Il trébuche de manière convaincante. Pas d'alcool renversé, aucun uniforme mouillé, mais la chaise de quelqu'un a été bousculée, et il faut enseigner le respect. Du moins, c'est ce que pense le trapu au visage balafré.

Il tape sur l'épaule de mon sergent et il s'effondre quand Neen lui éclate la bouteille sur la tempe. Un coup de pied dans le ventre manque de l'arracher à la gravité, puis le jeune homme abat sa botte sur le poignet de l'homme.

Tout le monde entend le craquement de l'os.

Un ami du trapu se jette sur mon sergent au moment où je tire dans le plafond, provoquant une averse de plâtre sur la foule. Une femme crie dans un réduit à l'étage, mais c'est uniquement la peur, elle n'est pas blessée. Les deux contorsionnistes se figent en plein mouvement, ce qui donne le temps aux spectateurs de découvrir ce que ces déhanchements sinueux dérobaient à leur vue.

— Ça suffit, je gronde.

— Ou quoi ? dit le pote du scarifié.

Une de ses oreilles disparaît pour atterrir sur la table de derrière, avec juste ce qu'il faut de viande pour faire vomir l'une des gymnastes. Elle n'est plus très ragoûtante.

— Joli, lâche le SIG.

Personne ne sait à qui s'adresse ce commentaire.

— Remplacez la bouteille de mon sergent, dis-je au barman.

L'homme obéit. Personne ne demande d'argent.

Assis à la table, nous portons des toasts : à nous, à l'unité et à cette putain de guerre stupide. Haze sort un paquet de cartes, et nous commençons une partie. Dix minutes plus tard, un homme vêtu d'un manteau de cuir s'approche de nous, un pistolet passé dans la ceinture. Mince, les cheveux gris, il porte l'un de ces implants cérébraux impossibles à manquer. Sur son tee-shirt, on peut lire : *Le bonheur, c'est simple comme un coup de feu.*

Il ôte un gant lesté au niveau des phalanges et blindé au poignet, avant de me tendre la main.

— Ion, dit-il.

Je la serre.

Il fait un signe de tête en direction d'un tabouret vide.

— Pas de problème, lâche Haze.

L'homme s'assoit, et Gras-double lui donne une main, le plombant de cinq pièces d'or en l'espace de trois donnes. Bien entendu, Ion est mécontent. À la quatrième manche, il se refait de deux pièces, et de deux autres à la suivante. Il en gagne deux de plus à la sixième, ce qui lui donne un gain net d'une pièce.

L'homme abat son jeu, et quitte la partie.

— Prends un verre, lui dis-je.

Ion ne se fait pas prier. Comme je l'avais prévu, il est plus satisfait que s'il avait raflé dix pièces d'un coup. C'est étrange, mais c'est souvent comme ça avec le bonheur des gens.

— Il est vraiment merdique ce spectacle, grogne Ion.

L'ouverture que j'attendais.

— Ouais, je réponds, merdique.

Ion finit son verre, s'en verse un autre, puis salue le retour de la contorsionniste nettoyée de frais, et accueillie par un concert de sifflements et d'applaudissements.

— À mon avis, grommelle Neen, je serais surpris si un quart d'entre nous s'en sortaient.

Une femme qui l'écoute intervient.

— Pourquoi ?

Haze vide son verre. Il a la main ferme, mais son coude rate la table. Impossible de se douter que nous n'avons pas touché à l'alcool avant d'entrer dans le boui-boui.

— Le général a merdé, bafouille Gras-double.

Deux mercenaires à la table d'à côté échangent des regards.

— Y s'est barré, ajoute Neen. L'a filé sur Farlight.

— Ouais, coupe Franc d'une voix dure. Y paraît qu'il est rentré bien au chaud à la maison.

Ion a l'air intéressé, surtout parce qu'il vient de réaliser que Franc est une fille. Avec son crâne rasé et son uniforme ample, c'est difficile à deviner.

— En plus, continue Haze, les Exarches grouillent sur le fleuve. Y a plusieurs milliers de ces putains de barges d'assaut.

— Des barges d'assaut ?

— Des X7, précise le SIG qui refuse de se faire oublier.

Le nom ne me dit rien, mais le colonel est certain que les mercenaires le reconnaîtront.

— Hex-Sept, répète l'homme aux cheveux gris.

— Parfaitement, reprend Gras-double. Et comme si ça ne suffisait pas... Jaxx a vérolé toute l'atmosphère. Personne ne rentre ou ne sort pendant six mois.

— T'es sûr ? demande un homme à deux tables de la nôtre.

Quand Haze plonge sous la table, une demi-douzaine de mains se posent sur une arme. Mais il se contente de sortir un mini-ordinateur qu'il allume en effleurant l'écran.

Tout le monde retient son souffle.

— Regarde, ricane Haze, en poussant son jouet vers Ion, qui s'empare de la tablette et l'examine minutieusement. Un satellite de combat est bien visible. Un autre apparaît juste derrière, puis un autre, et encore un autre. En regardant attentivement leur alignement, une formation devient évidente.

— Comment tu t'es débrouillé pour choper ça ?

Haze sursaute.

On l'a perdu.

Il est sorti de son rôle, pour redevenir le gamin grassouillet dont personne ne veut à la récréation. Franc lui touche le bras, presque timidement. J'observe Gras-double. Il se raidit, puis se détend.

— Des Casse-couilles, grogne Ion à un mercenaire de la table d'à côté. Plusieurs milliers.

L'homme s'approche avec un tabouret sans y être invité.

Nous pourrions encore en rajouter, mais notre plan se déroule sans accroc, et nous avons capté l'attention de la moitié du bar. Il n'y a plus de musique, et les contorsionnistes sont parties bouder dans un coin, probablement parce qu'elles n'ont trouvé personne pour leur payer à boire.

— Comment savez-vous tout ça ? demande le nouvel arrivant.

Neen le regarde d'un air impassible. Cette expression de serpent blasé que le colonel Nuevo adopte sans même y penser. Mon sergent s'est endurci durant la brève période qu'il a passée sur cette planète.

— Nous sommes des Faucheurs auxiliaires.

Le silence tombe peu à peu.

— Qu'est-ce que c'est qu'un putain de « Faucheur auxiliaire » ? s'exclame Ion.

— Comme des mercenaires, explique Shil, sauf qu'on est moins bien payés, on se tape les pires boulots, et on finit sous les ordres de types comme lui.

Elle me regarde en disant ça, et je ne suis même pas certain qu'elle plaisante.

Je souris quand même.

— Sven, dis-je. Lieutenant Sven Tveskoeg, Croix d'Obsidienne de première classe.

— Conneries, grogne une femme. Seuls les mercenaires sont aussi francs.

— Tu ne ressembles pas à un officier, ajoute Ion en regardant mon bras.

— Je l'ai perdu en combattant un ferox…

— Oui, bien sûr…

Je ne sais pas ce qu'allait dire l'homme qui s'est invité à notre table, car Neen sort son flingue et le colle dans la narine du mec.

— C'est le bon moment pour dire : « Bordel, c'est super-impressionnant. »

L'homme obéit.

Ion me scrute. Il sourit.

— Tu es le maniaque qui a éventré un *lagarto*, avant de le cuire et de le partager avec tout le monde ? (Il semble franchement content de me rencontrer.) J'ai toujours voulu en chasser un. Comment c'est ?

— Gros et moche.

— Qu'as-tu utilisé pour le tuer ?

— Une lame laser, je réponds en tapotant ma poche. Ce truc sert à tout. Je l'ai utilisé au Paradis pour creuser dans la glace.

— *Au Paradis ?*

— Oui. J'ai été envoyé là-bas par accident.

Un homme que je ne reconnais pas s'empare d'un tabouret et vient s'asseoir très près de moi. Il a l'air de se demander s'il peut me fumer. Nous arrivons tous les deux à la même conclusion : aucune chance.

Et c'est l'un de ces moments où j'aimerais dire à ce type : « Tu veux ma peau ? Toi et quelle armée ? » Personnellement, mon armée est assise derrière moi, et la plupart des ivrognes de ce trou ne semblent pas chauds pour s'impliquer dans l'histoire. L'homme n'est pas très content.

Il a même l'air très en colère.

— Tu étais garde au Paradis ?

— Non, prisonnier.

L'homme écarquille les yeux. *Impossible*, pense-t-il. *Personne n'en sort.*

Ion éclate de rire.

— Ne dis rien, ils t'ont fait une offre que tu n'as pas pu refuser ?

— Exactement. Échanger la taule contre tout ça, je réplique en désignant le *Puits de l'Enfer*, avec son plancher plein de vomi, ses strip-teaseuses renfrognées et ses fenêtres grillagées.

Comme je l'ai déjà dit, ce bar ressemble à n'importe quel autre coupe-gorge, dans mille villes différentes, sur une centaine de planètes diverses et variées. Nous sommes dans celui-là, voilà tout.

— Maintenant, je murmure, c'est à mon tour de te faire une offre semblable, Ion. Toi et une centaine de tes meilleurs amis pouvez échanger tout ça contre n'importe où à dix systèmes d'ici. Je ne te le proposerai qu'une fois. Tu as l'occasion de te barrer dans trois jours, avec le seul vaisseau équipé du code permettant de traverser la barrière des Casse-couilles.

J'ai toute son attention.

— Quelle est l'arnaque ?

— Il faut survivre jusque-là.

Un type pousse un juron, et Ion lève la main pour le faire taire.

— Explique, dit-il.

Chapitre 36

Aux premières lueurs de l'aube, alors que la majorité des habitants de cette ville ignore encore les horreurs qui vont s'y dérouler, j'entends un vacarme dans la cuisine. Quand je descends, je trouve Haze en train de vomir dans un seau.

— L'alcool, dit-il.

Il ne veut pas que je pense que c'est la peur.

Il a la tête enveloppée dans une serviette, et quand il vient prendre son petit déjeuner, il a déjà sa casquette de Faucheur. Il ne mange presque rien, et pourtant, il a l'air plus costaud que la semaine dernière.

Et il sue.

— Gueule de bois, explique Franc qui surprend mon regard.

Du pain, du fromage et un morceau de viande froide sont disposés sur la table. Un pot de café bouillonne sur un feu allumé avec ce qui devait être un tapis de cheminée ornemental. Les ingénieurs n'ont jamais réussi à rétablir le courant.

— Mangez, bafouille Maria. Et emportez de la nourriture avec vous.

Elle a les yeux rouges, et ses doigts effleurent l'épaule de Neen quand elle quitte la table. Elle revient avec le café et nous sert. Il couvre sa main avec la sienne.

Elle nous suit jusqu'à la porte pour nous dire au revoir.

— Verrouille derrière nous, lui conseille Shil.

Elle étreint la soubrette, ce qui nous surprend tous.

L'aurore n'est encore qu'une blessure rose à l'horizon quand nous retrouvons Ion aux portes de la cité, près du fleuve. La milice est déjà rassemblée, et la plupart des soldats semblent sous le choc. On leur a demandé de tenir le portail jusqu'au coucher du soleil. Contre l'ennemi, bien sûr, mais aussi contre nous, si nous devions battre en retraite dans la ville.

Même le chef des mercenaires est décontenancé.

— Que des volontaires, lui dis-je. Ceux qui veulent rester à l'intérieur de la cité le peuvent. Les autres tiennent la position jusqu'au crépuscule ou meurent. Nous sommes inclus dans le lot.

— Et les survivants quittent la planète.

— Les cent premiers, je rectifie.

Il hausse les épaules. Nous savons tous les deux que le nombre de rescapés ne sera pas aussi important.

Ion a amené cinq cents hommes : les plus moches et les plus violents pillards qu'on ait jamais engagés, et je suis content de les voir tous autant qu'ils sont. Ils sont armés jusqu'aux dents, surtout avec des fusils à impulsion. Deux groupes acheminent chacun une mitrailleuse, tandis qu'un type bâti comme un tank traîne un lance-roquettes à huit tubes d'une seule main.

Un lance-roquettes un poil plus sophistiqué – assez moderne pour rouler tout seul et se mettre en position – est conduit par deux femmes qui arborent la même coupe rase et le même uniforme. Lorsqu'elles croisent notre regard, je m'aperçois que leurs visages sont identiques.

— Des jumelles ? demande Haze à Ion.

— Val 9 et 11, répond-il. Des copies.

— De quoi ?

— D'elles-mêmes, soupire-t-il, comme si c'était une évidence.

— Et l'originale existe toujours ? je m'informe.

Ion hausse les épaules.

— Ce sont donc des copies de copies ? s'étonne Shil.

— Comme nous tous, murmure le chef des mercenaires en se retournant.

Quand je le revois un peu plus tard, nous avons passé les portes, et il indique aux clones où disposer leur lance-roquettes. Le regard qu'ils jettent tous trois à Shil respire le mépris.

— Les règles diffèrent, je lui souffle.

— Oui, ajoute Gras-double. L'U/Libre utilise des robots soldats pour accomplir ce genre de merde.

Il désigne un groupe de miliciens occupés à acheminer les munitions jusqu'aux tranchées qu'ils ont creusées un peu plus tôt. Les mercenaires combattent, mais ils ne creusent pas.

— L'Union n'a pas d'armée, je rectifie.

Haze semble sur le point de me contredire.

— Crois-moi, j'insiste, elle n'en a pas besoin.

— Pourquoi Octo V n'utilise-t-il pas de machines ? demande Shil.

— Parce qu'il ne dispose pas de la technologie Libre, et que les gens coûtent moins cher.

Chapitre 37

Le seul jour de l'année où nous aurions besoin de brouillard et de neige fondue pour gêner le débarquement, la planète décide de nous offrir un ciel bleu et de pâles nuages.

Nous sommes tapis dans une casemate sommaire. Si on imagine une gigantesque flèche pointée vers les murailles de la ville : nous sommes à la pointe. Ion est devant nous, décalé sur le côté, et de l'autre, nous avons les deux Val dans un abri comme le nôtre. Nos hommes sont répartis tout le long de la pointe de flèche, presque jusqu'aux berges de la rivière.

Pour l'instant, nous avons essuyé très peu de pertes.

— Ennemi en approche, annonce mon pistolet.

Les Ailes de la Mort sont de retour, sifflant au-dessus des marais. Leur hurlement lugubre suffit à déstabiliser n'importe qui. Moi, je suis juste irrité.

— Allez, continue le SIG, juste une.

Je refuse. Nous économisons les munitions jusqu'à ce que les Hex-Sept s'approchent davantage. Mon Diabolo est parfaitement au courant.

— Dans une minute, je promets.

Il y a une position de repli derrière nous. Une seule tranchée creusée dans la terre, et recouverte de broussaille et de filets thermiques pour masquer sa signature aux satellites-espions qui nous épient en haute atmosphère. J'espère que ces filets fonctionnent vraiment.

— Prêts ?

Tout le monde répond par l'affirmative, sauf Haze qui est penché sur son mini-ordinateur, le fusil posé à côté de lui.

— *Haze!*

Lorsqu'il réagit, sa voix n'est plus qu'un chuchotement fébrile.

— Elles refont un passage.

La sueur coule sur son visage, et il se gratte régulièrement le crâne.

— Il faut qu'on parle, lui dis-je.

Il secoue la tête, et sursaute quand j'essaie de lui arracher sa casquette.

— S'il vous plaît, mon lieutenant, gémit-il. Je suis de votre côté.

— OK. Nous parlerons plus tard.

Je commence à saisir ce qui me sautait aux yeux: Haze est un NéoImplanté. Le virus n'est pas contagieux, mais ça n'empêcherait pas une dizaine des mercenaires les plus proches de le lyncher sur place, au cas où. J'ignore encore s'il est devenu un Primaire, ou un Secondaire, un soldat ou un cerveau. Nous en saurons plus quand il perdra ses cheveux et que le ou les bourgeons perceront.

Une tresse ou deux?

— Pitié, s'il vous plaît, singe mon pistolet.

Je demande son avis à Haze, puis décide que les Hex-Sept sont suffisamment près pour que je soulage le SIG.

— Après toi, dis-je.

Moins d'une seconde plus tard, le Diabolo prend le contrôle d'une Aile et la torture en lui imposant des virages serrés et des loopings, puis des piqués, tandis que le petit appareil lutte pour se libérer. Quand il y parvient, le SIG le capture de nouveau, le relâche, puis le rattrape.

— On s'éclate! rit le flingue.

— Descends-moi ce putain de zinc, je grogne.

L'Aile de la Mort explose immédiatement en projetant des morceaux de métal incandescents dans le marécage.

— C'était méchant.

— Brutal, ajoute Franc en souriant jusqu'aux oreilles.

— Et pour le numéro suivant, déclame le pistolet, alors qu'une deuxième Aile commence à faire des écarts dans le ciel…

Val 9 et 11 sont elles-mêmes très occupées. Un éclair, une roquette part, et une troisième Aile mord la poussière avec une explosion satisfaisante. Quelqu'un applaudit. Entre nous, et quatre ou cinq autres lance-roquettes, nous abattons dix-huit appareils en sept minutes avec trente et un projectiles. Haze tient le compte – enfin, son ordinateur. Il nous reste cent soixante-douze roquettes.

— Shil, je murmure, ça fait longtemps que tu sais pour Haze ?

Elle se fige.

— Tu partages ta chambre avec Franc, j'ajoute. Comment peux-tu l'ignorer ?

— Le caporal me l'a avoué il y a un certain temps, mon lieutenant.

— Et Haze est vraiment son cousin ?

La jeune femme veut mentir, mais l'honnêteté la fait hésiter. Ion la sauve en hurlant :

— À terre !

Un chasseur quitte sa formation, et vire sur l'aile au-dessus du marais. Sous nos yeux, il plonge au ras du sol, et l'extrémité de ses ailes crache le feu.

Val 9 et 11 s'acharnent sur une manivelle collée au lance-roquettes. D'après ce que je sais, le recours à l'énergie mécanique protège ces appareils des piratages technologiques, mais ralentit considérablement la visée.

De plus, cet avion dispose d'un champ de force, car tous les projectiles qu'elles tirent explosent avant de toucher leur cible.

— Descends-le, je souffle au SIG.

Les diodes étincellent, clignotant en une séquence rapide qui va en s'amenuisant, avant de s'éteindre. Une deuxième tentative échoue de la même manière.

— Double-merde, grogne mon pistolet, en essayant une troisième fois.

Mais c'est trop tard.

— Couchez-vous !

Nous nous jetons dans la boue, imités par la plupart des soldats. Impossible de lutter contre la vague de flammes. On y survit, quand on a de la chance. Une dizaine de personnes n'en ont pas. Le liquide s'enflamme en les frappant, consumant leur uniforme, rongeant leurs chairs, exposant leurs côtes, leurs omoplates, leur colonne vertébrale. Les os sont bien vite incinérés.

— Fléchette, j'ordonne, et le pistolet change de munition.

J'abats les cinq premières torches humaines en vue, hochant la tête en voyant des soldats faire de même. Les veinards sont tués par leurs compagnons, les autres crèvent en hurlant devant leurs amis paralysés d'horreur. Les Exarches nous poussent à nous entre-tuer, un joli coup quand on le réussit.

— Quoi ? je demande.

— Mon lieutenant… Haze veut dire quelque chose.

Je lui fais signe de s'asseoir à côté de moi.

— S'il vous plaît, insiste-t-il. Pas là.

Mon haussement d'épaules veut tout dire : *Où alors ?*

L'enfer se déchaîne autour de nous, et nous devons tenir ce terrain pendant encore une heure au moins, jusqu'à ce que nous nous repliions dans la dernière tranchée que nous devrons défendre huit fois plus longtemps. Ni le trou d'homme, ni le fossé n'ont de réelle importance. Leur valeur en vies humaines est complètement arbitraire et artificielle.

Où veut-il que j'aille exactement ?

— *Peut-être par là-bas, mon lieutenant*, émet Gras-double.

Dans ma gorge, le kyp émet un spasme pour la première fois depuis des semaines, et je suis à genoux en train de vomir avant de comprendre que je l'ai entendu dans ma tête. Ion m'observe depuis sa planque, ainsi que les deux Val.

— Implant défectueux, ma voix ressemble à un croassement.

— Tu veux qu'on t'en débarrasse ? lancent les clones d'un air compatissant.

— Pas une bonne idée, je réponds.

Je montre ma gorge pour indiquer la position du kyp.

J'essaie de sourire.

Ion me regarde d'un drôle d'air.

— Je t'ai scanné hier, dans le bar, dit-il. Tout ce que j'ai trouvé, c'est ton bras et un truc bizarre à la base de ta colonne.

À la base de ma colonne ?

— Un symbiote, j'explique.

Maintenant, Franc et les autres m'observent avec perplexité également. Les implants symbiotiques sont illégaux, et punis de mort. La vraie mort, celle qui élimine toutes les copies. En partant du principe qu'on est assez riche pour avoir des clones, ce qui n'est pas mon cas, et ne le sera probablement jamais.

— C'est une longue histoire.

Et je ne suis pas près de la raconter. Le souvenir de ces trois jours à Farlight avec la limace coincée dans la gorge est encore assez vif pour me hanter dans mon sommeil.

— *Vous m'entendez ?*

— *Oui.*

— *Je peux descendre ce chasseur.*

Le gamin est gros, fébrile et anxieux. Avec son uniforme trempé de sueur et sa casquette de Faucheur, il ressemble à un enfant surpris en train de se déguiser. Les autres commencent à prendre des allures de soldat.

— *Vous savez, n'est-ce pas ?*

Je hoche la tête.

— *Comment t'es-tu retrouvé avec Franc ?*

— *Ma famille la possédait.* (Haze a l'air embarrassé, et je comprends à quel point j'ignore tout de son monde.) *Nous jouions ensemble quand nous étions enfants… Tout cela est mauvais. La guerre, les gens qui crèvent de faim, les gens qui en possèdent d'autres, ceux qui paient des hommes pour se battre à leur place. Les gens comme vous et moi…*

Haze hésite à continuer, mais il décide qu'il peut.

— *Ne devraient pas exister…*

Oh ! merde…

J'ai un NéoImplanté rebelle sur les bras, je suis coincé dans un trou d'homme à cent mètres d'une zone de débarquement, et la bataille est sur le point de commencer.

Je me demande comment expliquer tout ça aux Aux', si je le descendais immédiatement.

— *Inutile*, continue Haze. *Ordonnez-le-moi, et je le ferai tout seul.*

— *Dans quel camp es-tu vraiment ?*

Il regarde Franc, Neen et Shil. Il n'y a aucune trace d'hésitation dans sa voix, cette fois.

— *Le leur.*

— Va parler avec les Val, je lâche.

— À propos de quoi ? demande-t-il, tout haut.

— Du chasseur, je souligne en regardant son ordinateur. Dis-leur comment tu peux neutraliser le champ de force avec ton ordinateur.

Sautant hors du fossé, Gras-double file dans l'herbe humide, avant de se jeter dans la tranchée derrière le lance-roquettes. Les clones semblent surpris.

— Que veux-tu ?

Est-ce que j'entends vraiment leurs paroles depuis ma position ? Ou le kyp me permet-il de capter Val 9 ? Impossible d'en être sûr.

— Le chasseur va revenir.

— Évidemment.

— Je peux l'arrêter.

— Tu peux stopper son attaque ?

— Non, je peux débloquer les codes, après vous n'aurez plus qu'à le descendre.

Il voudrait continuer, mais Val 9 l'a attrapé par la gorge, et elle regarde Val 11, essayant d'évaluer la sincérité de mon soldat.

— J'espère pour toi que c'est vrai.

— Bien sûr, insiste Haze.

Il se penche sur son ordinateur et son regard passe du chasseur au lance-roquettes devant lui, puis aux deux Val qui l'observent, impitoyables et sceptiques.

— Il va virer…

L'avion s'exécute.

— Descendez-le avant qu'il atteigne la rivière, souffle Haze.

— C'est à nous de décider quand nous tirons.

— Non, insiste Gras-double. Vous devez le descendre avant qu'il arrive à la rivière. À moins que ce soit une cible trop difficile à atteindre ?

Les deux clones semblent sur le point de l'étrangler. Ils sortent du fossé, puis commencent à tourner la manivelle pour régler le canon. Inutile d'être un expert pour constater que c'est un tir extrêmement long.

Une seconde après, Haze les rejoint.

— Qu'est-ce qu'il fabrique ? murmure Shil, inquiète.

Franc me regarde, avec un sourire énigmatique.

— Il aide les Val.

— Les clones n'acceptent l'aide de personne, intervient Ion.

Je hausse les épaules, et Haze lui prouve le contraire. Ion hausse les épaules en réponse. On a vu des choses plus bizarres en amour comme à la guerre, et nous assistons à un effet secondaire de ces deux concepts.

Le chasseur se rapproche, triangle si fin qu'il en devient presque invisible quand on l'observe de face. Un point au milieu d'une ligne, la vague de flammes dans son sillage.

— Maintenant, annonce Haze. Maintenant !

Il hurle presque.

Les deux Val hésitent une seconde, puis l'une d'elles abaisse un levier, et les huit roquettes partent d'un coup. Elles viennent de consommer un dixième de leurs munitions en un seul tir. Un beau gâchis, mais c'est peut-être notre seule chance de réussir.

Des traînées de fumée se dirigent vers l'appareil. C'est à ce moment précis que nos projectiles devraient s'autodétruire, laissant le chasseur filer à travers un nuage d'éclats et de fumée.

Les roquettes continuent de se rapprocher.

— Merde, lâche Ion, visiblement impressionné.

— Cinq, quatre, trois, deux, un… Les Val crient le compte à rebours.

Quand l'explosion retentit, elles s'embrassent, et frappent Haze à l'épaule. C'est ce qui se rapproche le plus de l'affection chez l'une ou l'autre. Autant s'en contenter.

— Regardez, dit Haze.

La carcasse de l'avion pique sur la jetée, de l'autre côté de la rivière : un espace d'amarrage temporaire, quand les quais de la cité sont pleins. Il s'écrase pile dessus, détonant dans une boule de feu, puis recrache une épaisse fumée, avant d'exploser de nouveau quand son réservoir s'enflamme.

Val 9, 11 et Gras-double manquent d'être renversés par le souffle.

— Merde, merde, merde…, répète le chef des mercenaires, comme s'il s'agissait d'un mantra.

On dirait qu'il n'en croit pas encore ses yeux. Il n'est pas le seul, nous sommes deux, ou trente, ou trois cents, ou autant de soldats couchés dans les trous gardant les portes de la cité. Haze le saurait, mais il est trop occupé à essuyer la boue sur son visage et à rougir, quand les clones oublient les préjugés d'une vie entière, pour l'étreindre…

— Haze, je hurle. Reviens par ici !

Il me lance un regard reconnaissant.

Nous avons descendu leurs Ailes de la Mort, et abattu un chasseur, une chose impossible en théorie. Après l'euphorie, je suis bien certain que Ion est conscient qu'il s'agissait de notre moment de gloire et qu'il est passé.

Quoi qu'il en soit, il rit et plaisante avec ses hommes. Faisant passer des commentaires obscènes des deux côtés de la chaîne de communication, si bien que des blagues et des insultes montent vers l'extrémité de la pointe de flèche, avant de redescendre, et de passer de l'autre côté. Nous sommes dans l'intervalle entre la prise de contact, et le véritable assaut. Le silence retombe sur les lignes quand tout le monde le comprend.

L'oreillette de Ion grésille.

— Bien sûr, dit-il. Compris.

— Les éclaireurs ?

— Oui. Ils ont atteint la dernière courbe de la rivière. (Il baisse la voix.) Nous avons droit aux Poings d'Argent.

Beaucoup parmi les mercenaires pensent que tous les Faucheurs devraient être avec eux. Mais les Faucheurs interviennent uniquement quand la situation l'exige, et ce sont les mercenaires qui se sont vu offrir une solution de repli hors de la planète. S'ils survivent. Toujours est-il que les Poings d'Argent ne sont pas juste de bons soldats : ce sont des troupes d'élite. La réponse exarche aux Faucheurs d'Octo V – à moins que ce soit l'inverse.

— Mitrailleuse, je suggère, alors que la première barge d'assaut apparaît.

Ion hoche la tête. Mon avis est accepté, c'est lui qui décide. Nous nous sommes mis d'accord. Il s'attendait à une dispute, et trouvait même mon accord suspect. J'ai dû lui expliquer mon point de vue : contrôler des mercenaires qui ont déjà un chef n'est pas mon boulot.

Je suis là pour tuer les officiers ennemis. C'est aussi simple que ça.

— Feu ! hurle Ion.

Une dizaine de mortiers crachent la mort vers la rivière.

— Encore.

L'eau explose à un rythme régulier autour des cinq premières barges, mais rien de ce que nous leur envoyons ne fait une différence, et les Hex-Sept sont spécialement conçus pour le combat fluvial.

Les passerelles de débarquement sont prêtes à basculer.

Un jeune officier posera le pied en premier et mourra quelques secondes après. Dans une barge moins exposée, il y aura un autre officier, auquel les Exaltés tiennent un peu plus. Dans une barge encore plus loin, il y aura une brochette de majors, de colonels et peut-être même un général. Les tuer ou les capturer est notre principal objectif.

— Fusil, je lâche.

Avec son canon mi-long, facile à transporter, mais pas trop léger pour assurer une bonne assise, l'Ursula 12E tire une seule décharge à la fois. Elle liquéfie les armures de combat et tue un soldat et les quatre derrière. La décharge ne se disperse pas et elle se dissipe à peine.

Un seul modèle coûte plus cher que ce que gagne un sergent de la Légion en un an. Nous en possédons quatre :

un chacun pour Franc, Shil, Haze et Neen. J'ai remarqué les regards envieux autour de nous, et je ne doute pas qu'il y aura de belles empoignades pour déterminer qui sera le nouveau propriétaire d'un de ces fusils, si l'un d'entre nous se fait tuer.

Je pourrais étouffer le conflit dans l'œuf en programmant chaque arme avec la séquence ADN de mes hommes, mais un flingue mort à côté d'un soldat mort tient du crime de guerre, alors j'ai laissé les codes ouverts. Seul Ion est au courant. Les authentiques accidents de tir ami sont déjà suffisamment fréquents, sans qu'on y ajoute une tentation…

Chapitre 38

Les premières passerelles de débarquement basculent, et nous massacrons une centaine de Poings d'Argent en quelques secondes. Leur sous-lieutenant s'effondre, le crâne à moitié emporté. La brûlure au cœur vient de Neen, mon tir le scalpe au ras des yeux, et il est techniquement mort avant qu'un obus de mortier explose à côté de lui, mais ce n'est pas le moment de chipoter.

Nous sommes bien trop occupés à tuer.

Quatre autres passerelles claquent contre la berge, et une vague de soldats d'élite débarque sur le quai de bois comme autant de nuages argentés, la jetée disparaissant sous leurs uniformes. La première ligne s'effondre, et la seconde monte à l'assaut, piétinant ses propres blessés.

— Putain, murmure Franc d'un air stupéfait.

Ils ne sont plus qu'à une centaine de mètres, et chaque pas doit leur coûter cher à présent.

— Visez les officiers, j'ordonne à mon équipe.

Un lieutenant est déséquilibré quand Shil l'atteint à l'épaule, puis il tombe net quand son cou explose.

— Joli coup.

Elle hausse les épaules.

Je fais un trou au milieu d'une fourragère, et je vois le major à qui elle appartient tomber à genoux. Il ne fait plus qu'un avec la boue quand trois hommes lui marchent dessus. Un lance-roquettes pend à la hanche d'un caporal.

C'est pratiquement impossible de transporter un tel poids. Mais il y parvient malgré tout.

L'abattre, c'est comme me descendre moi-même.

Le soldat suivant ramasse le lance-roquettes. Il jure quand il se brûle les mains sur l'acier porté au rouge. Mais il a le temps de lancer une roquette avant que des éclats l'éventrent, et qu'il vacille, tiraillé entre le désir de recharger, et celui de ramasser ses tripes.

Les cinq barges sont vides, et cinq autres les remplacent. Les passerelles sont mieux coordonnées cette fois, et elles frappent le quai en même temps.

Je fume un major, enfin je crois que c'en est un. L'homme qui le suivait meurt, puis celui qui le remplace. Mon tir suivant ouvre le visage d'un caporal qui se glisse dans la trouée. Il s'effondre, vite réduit à l'état de bouillie par ceux qui se hâtent de débarquer sur un sol stable.

Val 9 et 11 ont abaissé leur lance-roquettes autant que possible, ce qui ne suffit pas. En désespoir de cause, elles ont inversé la manœuvre, et relevé les tubes presque à la verticale. Huit roquettes s'envolent à l'unisson, pour retomber sur la vague d'Hex-Sept suivante. Malheureusement, les rampes s'abaissent quelques secondes après qu'elles explosent.

De toute façon, la plupart avaient raté leur cible.

Une pluie d'obus s'abat depuis la ville. Les Poings d'Argent répliquent avec des lance-missiles montés sur la berge opposée. Une tout autre bataille se livre au-dessus de nos têtes, mais une chose est sûre : les deux camps paient un lourd tribut en vies perdues.

— Repli, ordonne Ion.

— Pas encore…

Ma voix se perd dans la fusillade, et c'est trop tard de toute façon. Les mercenaires abandonnent leurs fossés et se dirigent vers la tranchée derrière nous. Courbés sur leurs armes, ils progressent à reculons, sans jamais quitter les Poings d'Argent des yeux.

Les deux Val meurent, et une femme se précipite vers les cadavres. Elle s'accroupit, et leur ouvre la nuque avec une dague. Les implants frémissent encore, quand elle empoche les fils, les nerfs coupés et les noyaux. Au moins, leurs mémoires rentreront à la maison.

— On doit tenir, je crie à Neen.

— H plus dix minutes, annonce le SIG. L'horaire est respecté.

Soixante-dix minutes se sont écoulées, dix de plus que nécessaire. Ça me paraît incroyable, mais je m'aperçois que quinze Hex-Sept ont débarqué, et que la plaine devant nous est couverte de sang, alors que je suis presque à court de balles.

Je suis obligé de battre en retraite, ne serait-ce que pour accéder à ma réserve de munitions.

— Mon lieutenant, dit Neen. S'il vous plaît.

Il a l'air inquiet. Il craint que je demande à l'unité de défendre seule la position.

— Repliez-vous, lui dis-je.

Les heures suivantes réduisent nos effectifs sous la barre des cent. Tous ceux qui survivent jusqu'à la fin s'assurent une place loin d'ici. À part nous, bien entendu...

Cela se sent dans le changement de tactique. Galvanisé par sa rage de résister, Ion organise une ligne de mitrailleuses avec des snipers entre deux postes. Une demi-douzaine de tireurs d'élite qu'il gardait en réserve. La plupart sont des femmes, ce qui est intéressant. Je ne me souviens pas d'avoir appris que les femmes tiraient mieux que les hommes. Quand je leur suggère de le faire, les Aux' se joignent à elles.

De temps à autre, des commandos suicide émergent du camp des Poings d'Argent, mais nous dominons totalement la situation, les éliminant les uns après les autres, laissant les blessés hurler dans la boue.

Nous les avons salement amochés. Assez salement pour que les derniers Hex-Sept débarquent leur chargement sur la rive opposée, où des sapeurs Poings d'Argent construisent un camp retranché.

La nuit tombe sur cette partie du monde, et un vent froid souffle depuis les marécages alentour. Un alligator pousse un rugissement de défi – à moins qu'il s'agisse d'autre chose. J'avais appris à reconnaître le cri de tous les animaux du désert. Aujourd'hui, je suis entouré de créatures et de plantes étranges, le vent est changeant et la météo instable.

Nous pouvons bien sûr nous battre dans le noir. Eux aussi. Des lunettes de vision nocturne sont empilées dans des caisses derrière moi. Ion porte un casque léger dont la visière amplifie la lumière comme en plein jour. Le mien possède à peu près les mêmes propriétés. Je regrette à présent de ne pas avoir insisté pour que les Aux' reçoivent un tel équipement.

— Ça va ? demande le chef des mercenaires.

Je me retourne pour le trouver à côté de moi.

— Oui.

— Bien, approuve-t-il. Je me retire jusqu'aux portes. Vous restez ?

Neen me regarde, l'air anxieux, puis résigné. En quelques secondes, il a accepté l'idée : impressionnant, mais inutile.

— Non, je décide. Nous venons avec vous.

Soixante-huit personnes sur cinq cents rentrent dans la cité. Quand on soustrait mon unité, on obtient soixante-trois survivants. Le dernier vaisseau à quitter la planète ne sera même pas plein.

Mais les instructions du colonel sont claires. Ceux qui n'étaient pas à l'extérieur quand les Poings d'Argent ont attaqué, ne peuvent prétendre monter à bord. Ils pourront pleurer tout leur saoul, l'appareil décollera avec trente-sept sièges libres.

Chapitre 39

Peut-être est-ce lié à leur passé commun, mais dès que Franc, la femme au crâne rasé et au rictus aussi méchant que les couteaux qui pendent à sa ceinture, parle avec Haze, elle devient anxieuse.

Ça serait drôle, si ce n'était pas si triste.

Nous sommes revenus dans notre cuisine. Maria fait chauffer de l'eau pour le café, la lessive et les soins des blessures que nous n'avions même pas remarquées avant de retrouver la chaleur et la sécurité.

Neen a pris une balle dans l'épaule, juste sous son bras gauche. La plaie est nette, et on voit la lumière à travers. Je ne suis pas certain qu'il ait conscience de sa chance. Maria est effondrée, Shil fait de son mieux pour ne pas être jalouse et Gras-double vient juste de dire à Franc qu'il la protégerait.

— De quoi ? je demande. Qu'est-ce qui se prépare selon toi ?

— Des cauchemars.

Maria et Shil se signent contre le mauvais œil. La soubrette, je peux comprendre, mais Shil…

— Oui, mon lieutenant ? demande-t-elle en surprenant mon regard.

— Comment peux-tu croire à ce genre de truc ?

— Mon lieutenant, comment pouvez-vous *ne pas* y croire ?

Elle parvient à utiliser mon grade en l'élevant au rang d'insulte avec un raffinement étonnant. Qu'elle ait appris ça de moi, ne fait rien pour arranger mon humeur.

— Cette nuit va être dure, dit Haze.

— Tu sais ce qu'ils préparent ? l'interroge mon sergent.

La rapidité de sa question, trahit son désir de changer de sujet.

— Oui, je crois bien.

— Une attaque psychique ? risque Maria.

— Non, sourit-il. C'est un mythe. Ils vont utiliser les gaz. Le vent vient des marais. Les Exaltés ne vont pas laisser passer une pareille aubaine.

— Je dois prévenir le colonel.

— Dites-le-lui maintenant, répond Haze en regardant son écran d'ordinateur.

Le colonel Nuevo est ivre. Le grand avantage d'être le plus gradé dans une ville occupée, c'est que personne ne vous adresse de reproches, enfin pas en face. L'autre : quand on s'ennuie et qu'on décide de partir se promener parce qu'on n'a rien d'autre à faire, il y a toujours une dizaine d'officiers et de gardes du corps pour assurer une protection discrète mais efficace en cas de problème.

— Je me doutais que je vous trouverais ici, grogne l'officier quand je lui ouvre la porte. J'allais envoyer quelqu'un, mais…

« Mais quoi » n'arrive jamais. À la place, le colonel Nuevo erre dans ma maison, puis hésite dans le salon.

— Où sont-ils tous ?

— Dans la cuisine.

Il me suit dans un couloir, le bruit de ses bottes de cavalerie se répercute contre les murs, sa troupe de galonnés d'argent est sur ses talons.

— Du pain ! s'exclame-t-il.

Franc se fige, une miche sortant du four dans les mains. Tout le monde se lève d'un bond, même si Neen est un peu plus lent que les autres.

— Vous êtes blessé.

Le sergent hausse les épaules, comprend que c'est impoli et répond :

— Rien de grave, mon colonel. C'est propre, la balle m'a traversé.

Excellente réponse.

Sans qu'on le lui demande, Maria dépose une large tranche de pain frais devant l'officier, puis ajoute un bol de sauce et elle le regarde engloutir le tout.

— Comment ça s'est passé ? demande Nuevo.

Il s'adresse à moi. Un major et deux capitaines attendent ma réponse.

— Pas plus dur que je m'y attendais.

— Je laisse partir les mercenaires.

— Je m'en doute, mon colonel.

— Voulez-vous les accompagner ?

— Non, mon colonel.

Une ombre passe sur son visage.

— Dormez bien, murmure-t-il. Venez me voir demain matin…

Le vaisseau de Ion explose en passant près du premier Casse-couilles. Haze, mon flingue et moi apercevons la boule de feu briller comme une nouvelle étoile dans le ciel nocturne. Des cendres et des fragments métalliques ne tardent pas à pleuvoir sur la ville.

— Heureusement qu'on n'est pas monté, commente le SIG.

Je ne peux qu'acquiescer.

— Les Poings d'Argent ? je demande.

— Non, répond Haze. Nous.

Nous sommes tous les deux en armure de combat intégrale avec un masque relié à une bouteille accrochée à la ceinture. La ville s'étend à nos pieds, mélange de rues et de places, toutes empoisonnées par les gaz psychotropes apportés par le vent.

Des gens hurlent comme des animaux, et les renards des marais couinent comme des enfants qu'on égorge. J'ai ordonné à mes Aux' de s'enfermer dans la maison. Ils se sont tous injecté des drogues de combat pour repousser les cauchemars.

Sauf Haze, bien entendu. Il me tient compagnie sur le toit, et nous nous demandons comment nous allons gérer ce qui va suivre. Il va devenir un Secondaire, un cerveau. Deux bourgeons ont émergé de son crâne, et il n'a presque plus de cheveux. Ils doivent toujours boucher la bonde de la douche où je l'ai découvert il y a une heure.

Il va falloir que je trouve un moyen d'en informer le colonel en le présentant comme un atout. Et je m'inquiète de la capacité de l'officier à résister aux cauchemars.

Je devais apprendre que mon inquiétude était vaine.

Quand j'arrive au QG, le lendemain matin, je trouve le colonel Nuevo en train de nettoyer le vomi séché maculant son torse nu. Il hurle à un planton de lui apporter un uniforme propre. Le jeune homme a l'air de ressentir ce que Nuevo mériterait d'endurer, même s'il paraît évident qu'il y a échappé. Le colonel s'est tellement saoulé qu'aucun cauchemar n'était assez puissant pour s'immiscer dans son sommeil.

— Putain d'incompétent, grogne l'officier.

Je lui répète alors ce que je lui avais déjà dit au sujet des gaz.

— Veste ! crie-t-il sans m'écouter.

L'aide de camp dispose le vêtement sur le lit, et avant que Nuevo puisse objecter, il dit :

— C'est tout ce qui reste, mon colonel.

Je n'ai jamais vu l'officier dans cet état.

— Savez-vous ce qui va se passer aujourd'hui ? me demande-t-il, quand ses manches sont ajustées et qu'il est parvenu à accrocher sa fourragère seul.

— Non, mon colonel.

— Ça vaut mieux. Prenez vos auxiliaires, et établissez une nouvelle base dans la cathédrale. Derrière le mur intérieur… (Il hésite.) Qui est cette femme qui m'a donné du pain ?

— Maria, notre soubrette.

— Emmenez-la…

Et il m'explique pourquoi.

La soubrette et le sergent sont au lit, leurs visages creux, et incapables de soutenir mon regard. Les opiacés n'ont pas réussi à suffisamment neutraliser les cauchemars, et leur sommeil a été agité. Ce n'est pas cher payé, comparé à l'horreur qui a embrasé certains quartiers.

En revenant du QG, j'ai cessé de compter les fenêtres brisées et les cadavres qui gisaient en contrebas.

— Lève-toi, dis-je à Neen. Prépare le strict nécessaire plus tes armes, et retrouve-moi en bas dans deux minutes. C'est aussi valable pour Maria.

Je délivre le même message à Franc, et pars à la recherche de Shil. Elle est dans la salle de bains, à demi nue. Elle se lave les aisselles avec de l'eau froide.

Son corps est toujours aussi joli.

— Sortez, gronde-t-elle.

Je reste, et elle me jette un pot en verre.

— Nous partons dans deux minutes. Si tu n'es pas là, tant pis pour toi.

— Quoi ?

— Deux minutes. Prends ton arme, habille-toi et n'oublie pas la nourriture.

— Attendez ! crie-t-elle. Vous allez bien ?

Faire un trou dans sa porte n'est pas une bonne manière de répondre et je ne voulais pas en venir là, enfin peut-être…

— Non, je grogne. Je ne vais foutrement pas bien. Le vaisseau de Ion a explosé hier soir.

Shil comprend immédiatement, elle a l'esprit aussi vif que sa langue. Si l'appareil avait été abattu par les Exarches, je serais énervé, mais pas à ce point. Sachant que ce n'est certainement pas un accident, il ne reste qu'une seule option : le vaisseau ne bénéficiait pas du code pour désamorcer les Casse-couilles. Les mercenaires ont été trahis.

— Le colonel Nuevo ?

— Plutôt le général Jaxx. Il l'avait sûrement prévu avant même notre arrivée… Et maintenant, nous nous replions au cœur de la cité.

— Tous ?

— Je ne pense pas.

J'emballe mes armes avec une rage froide qui souffle un vent arctique dans toute la maison. Même Neen m'évite. Ils m'attendent en rang quand je descends dans le hall une minute plus tard.

— Dehors ! j'aboie.

Shil a empaqueté tous les vivres contenus dans la cuisine. Quand elle dit à Maria de les porter, la soubrette ajoute sans broncher le sac à son paquetage. La sœur de Neen porte deux fusils dans le dos et trois autres en bandoulière. Je remarque cinq pistolets à sa ceinture.

Personne n'a besoin d'autant d'armes, pas même moi.

Mais Shil les distribue dès que nous sortons de la maison.

— Prends, dit-elle à un gamin. (Elle a l'air si déterminé que le gosse accepte sans sourciller.) Tu vas en avoir besoin.

Il a l'air stupéfait.

En quelques minutes, elle n'a plus qu'un fusil à impulsion et un couteau dans la botte. Elle garde ces deux armes et le silence pendant le reste du voyage.

— Qu'est-ce qui se passe, mon lieutenant ? demande le sergent.

Il porte le sac que sa sœur a confié à Maria.

Je hausse les épaules, sans oser répondre.

Chapitre 40

La bataille pour atteindre le cœur d'Ilseville dure treize jours. C'est le temps qu'il faut aux Poings d'Argent pour détruire les portes près de la rivière, envahir la cité, puis se battre rue par rue, maison par maison jusqu'à ce qu'un anneau de feu engloutisse toute la zone.

Quand le mur intérieur se referme, il reste encore soixante mille soldats d'Octo V à l'extérieur.

En majorité des miliciens.

Ils mourront tous.

Nous le savons, et l'ennemi aussi. Ceux qui sont piégés contre les murailles ont besoin d'un peu plus de temps pour s'en apercevoir. Des groupes se replient les uns après les autres vers le mur, s'attendant qu'on leur ouvre. Certains nous insultent, d'autres se résignent. Les mercenaires sont les seuls à mourir en combattant. Pas étonnant quand on sait comment les Exaltés traitent ceux qui se battent pour de l'argent plutôt que pour des idées.

Des observateurs neutres assistent au massacre qui est retransmis à travers la galaxie. Haze nous connecte aux réseaux exarches et U/Libres, mais leurs informations diffèrent assez peu. Nos hommes meurent en fuyant ou lors d'affrontement perdus d'avance. Les images parlent d'elles-mêmes, et les commentaires sont rares.

Les Exaltés sont malins. Ils attendent le soir du deuxième jour, quand un groupe de miliciens capture deux officiers

Poings d'Argent et les décapite. À ce moment, ils lancent leur attaque la plus brutale.

Pendant trois heures et demie, un chasseur sature le ghetto de la milice avec des vagues de flammes, jusqu'à ce que les immeubles se consument, et que leurs habitants soient réduits en cendres.

— Fais quelque chose, implore Franc en regardant Haze.

Nous avons des roquettes braquées sur le chasseur, mais la plupart de nos batteries sont occupées à défendre le cœur de la cité. De toute manière, rien de ce que nous possédons ne peut percer le champ de force de ces avions. Comme pour nous le rappeler, un projectile explose près de l'appareil qui traverse la déflagration sans dommages, le feu se déversant hors de ses ailes.

— S'il te plaît, gémit-elle.

Penché sur son ordinateur, Gras-double secoue la tête. Des larmes coulent sur son visage. Il semble plus maigre et plus vieux qu'au début du carnage.

— Je ne peux pas, répond-il. Je n'ai pas assez de pouvoir.

— De « pouvoir » ?

— De *contrôle*, corrige-t-il hâtivement.

Je les laisse se débrouiller entre eux.

Avez-vous déjà passé six semaines en état d'ivresse ? Croyez-moi, ça demande de sacrés efforts. Bien entendu, le *Puits de l'Enfer* a disparu. Il n'en reste qu'un tas de cendres près de la rivière, entre deux autres tas de décombres fumants qui remplacent les entrepôts.

J'ai le droit de me trouver ici, car une nouvelle trêve a été déclarée, et elle va durer juste ce qu'il faut pour nous amener au cœur de l'hiver.

Jesuissûrquel'U/Libren'apasdéterminécedélaiauhasard.

Comme je l'ai déjà dit, il y a un *Puits de l'Enfer* dans chaque ville. Et quand on a de la chance, ou qu'on se trouve dans une cité bien sale, il y en a peut-être deux, ou trois, ou quatre…

Le SIG et moi partons en quête d'alcool.

Nous en découvrons tout d'abord dans un bar en sous-sol, derrière la cathédrale, où se retrouve la vermine d'Ilseville. Les clients me lancent des regards mauvais, jusqu'à ce que je pose mon pistolet sur la table, et mon or sur le bar. À ce stade, ils décident qu'il serait plus sage de me laisser tranquille. Je suis impressionné, personne n'est blessé avant que nous aboutissions à cette sage décision.

J'aurais bien partagé la réserve du colonel, mais je ne cesse de penser à son offre d'accompagner Ion. Ça me tracasse même tellement que je passe plusieurs jours dans le boui-boui à me demander si je ne vais pas le tuer, en fait.

Son offre et l'explosion du vaisseau ne sont peut-être pas liées. D'un autre côté, comme le flingue se plaît à me le rappeler, j'aurais aussi pu devenir sergent dans la Légion et faire une belle et longue carrière. Franc aurait pu se contenter d'utiliser son couteau dans une cuisine, Haze aurait pu naître sans souche virale, et Shil aurait pu succomber à mon charme sophistiqué.

Nous laissons Maria en dehors de ça, car elle est normale. En fait, nous n'arrivons pas à comprendre ce qu'elle fait avec nous à la base.

— Elle a ouvert la porte, suggère le flingue. Tu te souviens ?

En y repensant, oui, ça me revient…

Neen me retrouve au bout de trois jours.

— Mon lieutenant ?

En me concentrant, j'arrive à n'en voir qu'un.

— Sergent ?

Il veut que je rentre à la maison, je lui dis qu'elle a été incendiée, et il me répond qu'ils en ont trouvé une autre. Je le repousse quand même.

Le flingue et moi changeons de bar. *Frederico* est situé au-dessus d'un magasin d'électronique, dos à une blanchisserie. On y accède par une passerelle tout ce qu'il y a de plus branlante.

Neen met huit jours à me retrouver.

Il revient chaque jour pendant une semaine. Peut-être plus. Il essaie même de boire avec moi, mais je lui réponds que les ivrognes sont chiants, et qu'il ferait mieux de rentrer à la maison pour baiser Maria.

Nous sommes au beau milieu du cessez-le-feu. Quarante-deux jours de trêve pendant que des négociateurs font la navette entre le colonel Nuevo et le général exalté.

Ça va échouer. Dans le bar, tout le monde opine du chef quand je l'annonce à Neen. Ça va rater, parce que ce genre de truc échoue toujours. L'U/Libre aurait dû s'en rendre compte depuis le temps. Le reste de la clientèle acquiesce de nouveau…

Le dernier troquet est construit à l'abri de la muraille intérieure de la cité. Il faut connaître quelqu'un chez *Frederico* pour apprendre l'existence de celui-là. Aucun problème, je connais presque tout le monde dans ce bar. Il n'y a que des survivants, comme moi…

Un maquereau du nom de Vince – ce qui est ou n'est pas son vrai nom – me présente la Madame. Un ancien sergent de la milice porté sur les robes de soie, et qui met trop de rouge à lèvres.

« Laissez vos armes à l'entrée », dit une pancarte. Manifestement, c'est une blague de la maison. Il y a d'autres trucs bizarres chez Madame Jess : des chevalets, des fouets et des chaînes. Il y a une pièce avec une baignoire où l'eau est si froide qu'elle gèle autour du corps si on y reste trop longtemps.

Pas étonnant : la neige masque déjà les ruines noircies

sous nos fenêtres et empêche les cadavres de puer. La glace a recouvert la rivière, et les Poings d'Argent profitent de la trêve pour construire un camp plus solide et renforcer leurs positions. Suffisamment de clients chez Madame Jess pensent que l'U/Libre avantage les Exaltés, pour que je ne me donne pas la peine d'argumenter.

Le vieux Jess propose même une paire de contorsionnistes nues pour le chaland. Je crois qu'il s'agit de celles du *Puits de l'Enfer*, mais ça pourrait aussi bien être l'effet de l'alcool, à moins que la gymnastique à poil soit quelque chose de recherché. C'est étrange, on croit toujours que ça serait super de baiser avec une femme qui peut mettre ses pieds derrière ses oreilles, et quand on y arrive, on a l'impression de niquer une anémone de mer.

— Des visiteurs, annonce le SIG.

J'aide la contorsionniste à se décoincer, et je remets mon pantalon. Elle quitte les lieux avec une pièce d'or et un sourire qui dure presque le temps d'arriver jusqu'à la porte. Je ne sais pas ce qu'elle dit, mais Franc a un rictus amer quand elle entre dans la chambre.

— Charmant, dit-elle en regardant le chevalet et les chaînes.

Je cherche une trace d'ironie, mais j'ai l'impression qu'elle est sincère. Je me demande comment était la vie chez les Haze de ce monde, enfin de son monde, ou de je ne sais quel monde.

— Saoul comme un cochon, informe mon flingue.

— Joins-toi à moi.

— Non, répond le caporal. La trêve arrive à son terme.

J'ai l'impression d'être décalé d'une semaine. Rien à foutre. Avec mon métabolisme, rester ivre relève de l'exploit, et la sobriété revient beaucoup trop vite.

Mais pas encore assez pour Franc.

— On vous demande.

— Le colonel ?

Elle crache avec une grande précision : en plein milieu d'un carreau. Ayant ainsi exprimé son opinion concernant l'officier, elle m'aide à me lever.

— Il y a une baignoire d'eau froide à côté, glisse insidieusement mon pistolet.

J'y atterris, avec mon pantalon et le reste. J'ai dû lui donner un coup de main, car en regardant Franc, je ne vois pas comment elle aurait pu me faire basculer dans la flotte toute seule. L'eau est glacée, et semble encore plus froide quand elle me plonge la tête sous la surface pendant quelques secondes.

— Vous puez, lâche-t-elle.

— *Vous puez, mon lieutenant.*

— Ignorez-le, se gausse le SIG.

Haze s'est enfermé dans la cave, de longs câbles de cuivre sont cloués sur la porte. Les fils dessinent un circuit qui passe par une batterie de canon automoteur déposée sur des briques et calée sous l'une des charnières.

Quand Franc finit par le persuader de nous ouvrir, je constate qu'il a cloué des réseaux de filaments sur les murs et des deux côtés de l'escalier. J'effleure l'un des câbles, et des étincelles jaillissent dans les ténèbres. Il fait sombre, mais je n'ai pas besoin de lumière pour savoir qu'il pleure.

Pourtant, je gratte une allumette.

Des yeux enfoncés dans leurs orbites me regardent fixement. J'ai l'impression de contempler la mort en face.

— Il faut qu'on parle.

Il secoue la tête, et ferme les yeux. J'ai envie de le secouer, de le gifler, mais c'est la gueule de bois qui parle. Quoi qu'il arrive, je crains de l'enfoncer encore plus, et je viens de comprendre autre chose.

— Tu as perdu la capacité de lire dans mes pensées ?

Sa voix est trop basse pour que je l'entende, et mon ouïe est excellente. Il me désigne une bougie, et je l'allume avec la fin de mon allumette. Puis il me montre ensuite un vieux morceau de papier et un antique stylo. Le schéma des fils de cuivre est dessiné d'un côté. Il a été décliné cinq ou six fois.

Haze lève la main.

Je lui donne la feuille et le stylo.

« Ils me cherchent. »

Son écriture brouillonne, est encore pire que celle qui couvre les schémas.

— Qui ?

« Tout le monde. »

Je prends une profonde inspiration. Ce gamin nous a sauvé la vie en neutralisant le chasseur qui se préparait à griller notre tranchée. Cette pensée m'apporte la réponse.

— Les Exaltés ?

Oui.

— Ici, dis-je en tapotant ma tempe.

Il hoche la tête, mais j'avais déjà deviné.

— On va à la chasse, j'annonce au pistolet.

— Pas trop tôt, râle le SIG.

Il boude, car je l'ai oublié quand j'étais ivre, mais il me pardonne quand je lui laisse le choix des munitions.

— Céramique à charge creuse.

Je charge les munitions sélectionnées.

— Fléchettes.

Le flingue n'apprécie pas ces dernières, mais nous savons tous les deux qu'elles sont pratiques, et puis le petit dard de carbone ne prend pas beaucoup de place.

— Hécatombes, explosives, incendiaires…

Je mélange les munitions dans le chargeur. Quatre de chaque, et engage le dernier dans la crosse du Diabolo. J'enfile mon manteau, embarque un fusil à impulsion, passe le SIG dans ma ceinture et vérifie que j'ai toujours ma dague et ma lame laser.

Personne ne tente de m'arrêter quand je me dirige vers le cœur de la ville. La plupart des officiers Faucheurs me connaissent, quant aux autres, un seul coup d'œil à mon visage et ils comprennent que je dois être en mission officielle.

— Sven. (Le colonel Nuevo est ivre.) Je me demandais où vous étiez passé.

— Mon colonel…

Nous sommes dans son bunker, car ce n'est pas une réunion officielle. Je vois enfin cette chambre forte. On n'imagine pas le nombre de lingots d'or qu'il y a là-dedans. Mais c'est complètement inutile, et la protection qu'elle procure est totalement illusoire. Nous savons tous les deux qu'un tir de missile direct raserait la banque d'Ilseville, chambre forte ou pas.

— Je dois sortir.

— Comme nous tous, sourit l'officier. Ce n'est pourtant pas près d'arriver. N'est-ce pas ?

— Je veux dire… On doit m'autoriser à me rendre dans la périphérie.

Le colonel se sert une nouvelle rasade.

Sur sa table, une bouteille, un verre, un pistolet et une carte du cœur de la cité avec des dizaines de carrés tracés au crayon la divisant en petites sections. On dirait qu'il a joué à l'un de ces jeux où on contre chaque coup et on marque une croix à chaque raté. Impossible d'ignorer qui est le vainqueur pour l'instant.

— Vous voulez savoir combien il reste de bâtiments ?

— Non, mon colonel.

— Très sage. Inutile de vous saper le moral. Maintenant, dites-moi pourquoi je devrais vous donner la permission de partir.

— Je ne veux pas partir, je veux juste aller dans la périphérie.

— Vous ne voulez pas partir ? Vous êtes encore plus étrange que je le croyais. Tout le monde rêve de filer, mais pas vous.

Ça va être plus difficile que prévu.

— L'ennemi a de la nourriture, j'explique. Et des armes. OK, pas autant qu'il le souhaiterait, mais plus que nous. Je veux saboter quelques dépôts, lui causer quelques dommages avant qu'il nous rentre dedans de nouveau. En plus, j'en ai marre de tourner en rond, je veux tuer de l'Exalté.

Il hausse les sourcils.

— Autant que je peux en trouver, j'ajoute.

Un instant, je suis tenté de parler du cas Haze, mais je me ravise. La situation est déjà assez compliquée comme ça.

— Les Poings d'Argent préparent une nouvelle attaque, dit-il.

— Bientôt, je lui accorde. Pendant qu'ils peuvent utiliser la glace pour traverser sans pontons ou ponts.

— Je vous ai dit ça ?

— Non, je l'ai deviné tout seul.

Le colonel Nuevo lève son verre.

— Nous ferons de vous un grand officier.

— Dieu m'en protège.

Il rit jaune.

— Admettons que je n'ai rien entendu.

Il sort une feuille d'un tiroir, cherche son sceau officiel, puis le trouve dans le même tiroir. Il signe au bas et appose son cachet.

— Écrivez vos propres ordres. Faites-vous tuer, je m'en moque. Je me trouverai un autre aide de camp.

Mon salut est assez raide pour devenir insultant.

Ses commentaires au sujet de ma filiation, mes manières et mon absence de quoi que ce soit qui ressemble à une éducation et une famille me raccompagnent jusqu'à la sortie du bunker. Je passe dans la pièce d'à côté. Le capitaine et le lieutenant présents restent perplexes en voyant mon sourire. Qu'y a-t-il de si drôle ?

Quand la nuit tombe, je suis aussi sobre que le disque argenté qui se cache derrière les nuages qui défilent au-dessus de ma tête. Ma gueule de bois a presque disparu. À 21 heures, un tir de mortier arrive depuis la rive opposée pour célébrer la fin de la trêve, mais leurs obus explosent là où ils l'ont déjà fait, et les ruines qu'ils détruisent n'ont aucune importance de toute manière.

Je me glisse dans les rues silencieuses qui bordent ma maison. Des miliciens braquent sur moi le faisceau de leur torche, reconnaissent mon uniforme et s'excusent. Nous nous saluons. Je reprends mon chemin dans la neige fraîchement tombée et me dirige vers une station de traitement des eaux dont les portes sont fermées par un énorme cadenas.

J'ai passé la soirée à arpenter un secteur au-delà des murailles. Les demeures sont luxueuses, et elles ont été réquisitionnées par des officiers Poings d'Argent et des Exaltés. Un *trois-tresses* occupe une maison à deux rues de là, près d'une place, et un autre s'est installé de l'autre côté. Ils suffiront pour commencer.

Si j'en crois la carte du colonel Nuevo, un tunnel relie la station de traitement à une station relais dans la périphérie. Dans cinq minutes, je vérifierai par moi-même. Je découpe le cadenas, souffle un bon coup, et me prépare psychologiquement. Quand je sortirai du relais, il ne faudra pas dévier de mon objectif…

Tuer de l'Exalté, et tout ce qui se mettra en travers de mon chemin.

Des ingénieurs Poings d'Argent ont soudé une grille au bout du tunnel. J'attache de la mèche détonante, puis hésite à reculer. Le bruit d'une grille qui tombe risque d'attirer l'attention.

Le métal fondu m'éclabousse le visage comme des larmes.

De l'autre côté, une échelle disparaît dans les ténèbres. Elle mène droit à mon objectif.

Chapitre 41

Les rues sous occupation Poing d'Argent sont aussi calmes et désertes que les nôtres. Je suis tenté de frapper à la première porte que je trouve... Je pourrais frapper, tuer quiconque ouvrira et improviser pour le reste. Mais j'ignore combien de gardes protègent un *trois-tresses* en général.

Alors, j'opte pour la solution difficile.

Un tuyau court jusqu'au toit de la maison. Mon uniforme de Faucheur est noir, il fait nuit et peu de lumières brillent dans la périphérie. Même les feux de camp de la rive opposée sont moins nombreux que la semaine dernière. Mais la lune ne cesse pas de jouer à cache-cache avec les nuages, et je me retrouve bloqué au deuxième étage, pendant qu'une patrouille de cinq soldats passe en dessous.

Aucun ne lève la tête.

Je glisse la lame de ma dague entre le cadre et la fenêtre. Je trouve la clenche et l'entends craquer quand elle cède.

La chambre est plongée dans l'obscurité, et je suis presque à l'intérieur quand je distingue une femme d'âge mûr couchée dans un lit. Elle se redresse et ouvre la bouche, mais la referme quand je pose un doigt sur mes lèvres. C'est sûrement mon flingue qui la persuade si vite.

La lune nous éclaire.

— La ferme, dit le SIG.

Elle obéit.

Si je trouve un uniforme abandonné par terre, elle est morte de toute façon. Mais tout va bien, il n'y a qu'une robe pliée sur une chaise. Elle a l'air de bonne coupe, mais elle est couverte de crasse. Je remarque une paire de chaussures aux talons usés et à la semelle rafistolée.

— Ilsevillienne ?

Elle acquiesce, et bredouille en ilsevillien, et je lui fais signe de se taire de nouveau, avant de passer à la langue commune pour lui dire de rester calme et de se rendormir. Surtout, elle ne doit dire à personne que je l'ai réveillée en entrant.

— Ils vous tueraient, je lui explique.

— Et s'ils ne le font pas, nous nous en chargerons, ajoute le SIG.

Son expression indique qu'elle s'en doutait.

J'attends dans le couloir. Je me demande si elle va crier.

Rien.

Je jette un coup d'œil et je vois qu'elle est couchée, feignant déjà le sommeil, la tête cachée sous les couvertures.

Dans la chambre d'à côté, je trouve un major et une blonde assez jeune pour être la fille de la femme de la pièce d'à côté. Ils dorment dans les bras l'un de l'autre, l'édredon bien remonté.

— Céramique subsonique, suggère le pistolet. Quart de charge, tête creuse, expansion explosive.

— Tout ça pour se rendre intéressant, je murmure.

L'homme est un Poing d'Argent.

Enfin, *était*.

Ma balle pénètre facilement dans son oreille, perfore son cerveau, puis ricoche à l'intérieur de son crâne avant d'éclater en une multitude de fragments qui lui broient la cervelle avec autant d'efficacité qu'un mixeur.

— Et maintenant ? Qui est-ce qui fait son intéressant ? raille le SIG.

La fille se réveillera avec un cadavre dans son lit, mais au moins, elle sera en vie. Sachant qu'il avait trois fois son âge et au vu de sa lèvre éclatée, je pense qu'elle se remettra vite.

— Accroche de scan, me prévient le flingue.

Je n'ai pas le temps de lui demander qui nous scanne qu'il a déjà éteint sa visée laser et qu'il s'est mis en veille.

Je glisse ce putain de Diabolo dans ma ceinture, et parle tout seul à la place.

À l'étage du dessous, je tombe sur deux gardes devant une porte décorée.

Ils meurent vite.

J'essuie ma dague avant de la ranger dans son fourreau de néoprène. Je sors la lame laser, et règle la flamme sur le mode « invisible ». Précaution inutile, le *trois-tresses* est assis dans son lit, les yeux rivés sur mon arme. J'aurais dû me douter que les Exaltés avaient un spectre de vision plus développé ! De même, j'aurais dû deviner qui scannait mes armes.

— Vous ne vous en tirerez pas, gronde-t-il.

— Tu paries ? lâche le flingue en se rallumant. D'autres gardes arrivent, ajoute-t-il pour moi.

— Il les a appelés ?

Personne ne sait vraiment quels pouvoirs procurent les tresses des Exaltés. De notre côté, comme du leur, d'ailleurs. Les Exaltés ont tout à gagner à laisser les autres dans l'ignorance.

Le *trois-tresses* est toujours confit dans son arrogance, lorsqu'il s'aperçoit que j'ai changé de position. Normal, je suis derrière lui. J'enfonce mes doigts dans ses narines et lui tire la tête en arrière. Il essaie de se dématérialiser, mais c'est trop tard. La viande se consume quand je lui ouvre la gorge avec mon laser, et le rayon cautérise toutes les artères sauf la dernière.

— Des pas dans l'escalier.

Un autre Casque d'Argent. Il est jeune, il n'a qu'une seule tresse, mais ça reste un Exalté. Je l'élimine rapidement, puis abats ses sous-offs. Leurs cervelles glissent contre le mur.

— Que la fête continue, dit le pistolet quand deux soldats se précipitent dans la pièce.

Il a opté pour les subsoniques, ou peut-être est-ce moi. Je presse la détente, et les deux hommes s'écroulent. Je grille les implants du *trois-tresses*, et écrase ses mémoires sous mon talon. Ça, ajouté à sa mort, et tout le monde va s'énerver demain.

Je ferme la porte derrière moi, puis hésite.

Il me faut un piège à con.

Je colle une charge contre la porte, du côté chambre. Je la règle pour deux mouvements, et utilise le premier en fermant la porte.

Il y a de la lumière à la fenêtre du haut.

Les cinq premiers étages sont plongés dans les ténèbres. Il s'agit d'une demeure luxueuse, presque trop décorée pour cette ville. Elle a peut-être été bâtie pour un négociant en fourrure étranger. Les gens vont loin pour s'enrichir, même jusqu'à Ilseville.

La porte d'entrée est verrouillée, les fenêtres sont fermées et un système d'alarme clignote au-dessus de la porte de derrière. Il doit y avoir le même devant, mais la couche de neige le dissimule. Au troisième étage, il y a une fenêtre ouverte, et une minuscule étincelle s'embrase, puis disparaît, s'embrase, puis disparaît encore.

Un soldat fume.

J'essaie de me souvenir du règlement des Exaltés à ce sujet. En vain. La plupart de leurs lois semblent tourner autour de ce qu'ils peuvent ou ne peuvent pas manger, porter ou baiser. Quoi qu'il en soit, je connais quelqu'un qui n'a aucune envie d'être surpris en train de s'en griller une.

— Fléchette ou classique ?

Le SIG manque de se foutre de ma gueule.

— D'après toi ?

Il se met en mode « fléchette », signale qu'il est prêt, et j'attends que ma victime prenne une nouvelle bouffée. Ce petit point rouge constitue une cible idéale. À mon avis, la balle a dû pénétrer sous l'orbite, et ressortir en haut du crâne. Elle a sûrement raté le tronc cérébral, mais pas les lobes frontaux.

Tournoyant comme une phalène morte, sa cigarette s'éteint à mes pieds.

Je trouve facilement mes prises sur le mur de pierres de taille. Il ne me reste plus qu'à repousser le cadavre, pour entrer par la fenêtre.

Un escalier mène à un suivant, et je gravis les marches en silence. La maison est froide. Je distingue mon souffle dans la lueur qui filtre sous une porte. Je touche au but. Tuer celui qui a le plus de chances de donner l'alarme est l'enfance de l'art, et dans une maison pleine de gens endormis, ceux qui sont réveillés constituent des cibles évidentes.

J'espère trouver l'Exalté, mais je tombe sur un homme qui me ressemble beaucoup. Jeune, mais assez âgé pour avoir connu la vie. Un soldat, qui plonge automatiquement sur son arme, car l'instinct a déjà pris le pas sur la pensée. Nos regards se croisent, et l'outrage fait place à la résignation, sans passer par la peur.

Il meurt proprement, debout et face à moi.

J'adresse une prière silencieuse pour connaître une mort semblable quand mon heure sera venue, puis touche la pierre pour retarder ce moment.

Les autres sentinelles crèvent plus salement.

Une balle dans le torse, une autre dans la gorge. Un coup de pied dans des couilles, une tête retournée suivie d'un craquement assez puissant pour réveiller un Casque d'Argent dans la pièce d'à côté.

Il tire en premier.

Je suis projeté contre un mur. Le coup m'a retourné, et je me retrouve la face collée à une toile hors de prix. Mon sang éclabousse l'antiquité.

C'est grave.

Presque aussi grave que la fois où le ferox m'a arraché le bras. Pendant que j'y suis, je vérifie mon état : ma prothèse est en place, mes jambes sont intactes, et mon cou pivote, même si ça fait un mal de chien. Une bonne chose, quand on ne souffre pas, c'est encore plus inquiétant. Le seul problème est ce trou dans ma poitrine. Il a raté le cœur, mais ce n'est pas étonnant, une dizaine de femmes jureront que je n'en ai pas.

Il se tient au-dessus de moi.

Il est aussi grand que moi, peut-être plus même. Sept tresses tombent sur ses épaules. C'est le Casque d'Argent le plus développé que j'aie jamais vu.

— Cette technologie est illégale, dit-il en repoussant mon pistolet d'un coup de pied.

— Et tu peux aussi aller te faire mettre, réplique le flingue avant de s'éteindre complètement.

— C'est la fin pour toi, sourit l'Exalté.

Un crâne grimace au cœur de mon esprit.

— Pas ici, je grogne. Et pas encore.

Il me répond d'un coup de botte coquée dans le ventre. Encore un autre, et quelque chose va céder. Je me roule en boule, essayant de faire passer ça pour un réflexe, tout en combattant précisément cet instinct qui me pousse à me recroqueviller. Plutôt dur à réussir.

L'impact suivant me casse deux côtes. Le craquement arrache un nouveau sourire au *sept-tresses*, et il prend son élan pour un dernier coup. C'est le moment que j'attendais. Une autre côte se brise, et mes abdominaux encaissent à peine le choc, mais j'agrippe sa cheville, et saisis le bout de sa botte avant de tirer…

Un pivot brutal le fait revenir à la réalité.

Son pied se démet juste avant son genou, mais de justesse, et la rotule claque pour empêcher la hanche de suivre le même chemin. L'Exalté s'écroule, il n'a pas le choix, et je lui écrase la gorge à coups de coude. J'ignore à quoi servent les tubes d'argent qui sortent de son torse, mais je les arrache, au cas où…

Je lui coupe la tête sans vérifier s'il est encore en vie avant. Elle pend au bout de mes doigts, laissant une piste sanglante, alors que je descends les marches, pour sortir dans la rue.

— Eh bé, murmure le SIG quand nous sommes loin de la demeure. Cinq côtes cassées, une épaule brisée et un rein perforé. Tu crois pas que t'en fais trop ?

À mon avis, il essaie juste d'être gentil.

J'ai les pieds en plomb, il fait froid, et j'ai envie de m'allonger dans la neige pendant quelques minutes. La tentation est si forte que le flingue m'insulte d'un bout à l'autre de la place déserte.

Je suis de retour dans la station relais quand une explosion m'informe que quelqu'un vient d'ouvrir une porte qui aurait dû rester fermée.

— Boum ! commente le pistolet.

Je suis d'accord.

Chapitre 42

Quand j'essaie de grimper l'échelle rouillée, c'est en serrant les dents et en tenant la tête d'un dieu autoproclamé par ses sept tresses. Pas vraiment une situation idéale, mais j'y parviens.

Sans trop gémir de douleur.

En route pour la maison.

La tête finit dans un seau, car j'en ai marre de cette saloperie. La nourriture récupérée dans la maison du Casque d'Argent va dans le garde-manger. Je ne peux plus repousser l'inévitable.

Déterminer la gravité de mes blessures.

Le sang séché a collé mon uniforme à mon flanc, et j'ai du mal à enlever la veste, même en m'aidant avec de l'eau. Je distingue des côtes cassées, un muscle déchiré, une artère palpitante et un ligament qui est censé s'accrocher quelque part. Je grimace en redressant mes côtes.

— Arrêtez, grogne Shil. Laissez-moi faire bordel ! (Elle s'approche de moi, et m'éclaire avec sa torche.) Que s'est-il passé ?

— On m'a tiré dessus.

— Je m'en doute, soupire-t-elle. Qui ?

— Un Casque d'Argent.

Elle se fige en entendant ma réponse.

— Où se cachait-il ?

— Dans la périphérie. J'ai tué trois Exaltés et pas mal d'humains. L'un d'entre eux me ressemblait beaucoup.

—Croyez-moi, mon lieutenant, vous ne ressemblez à personne.

—Je vais bien.

—Non, pas du tout.

Sans me le demander, elle allume un feu, me trouve une chaise, et me sert un verre de cognac. Une seconde plus tard, elle verse un deuxième verre mélangé à deux mesures d'eau, et chauffe le tout dans une poêle au-dessus du foyer.

—Je peux le faire tout seul.

Elle s'arrête en plein élan, puis se tourne vers moi, le visage dur. Une lueur impitoyable brille dans ses yeux.

—Vous ne voulez pas de moi dans cette unité, n'est-ce pas ?

Je hausse les épaules.

Ça fait mal.

—Qu'ai-je fait? demande-t-elle. Pourquoi me haïssez-vous?

Tu m'as repoussé, tu t'es offerte en échange de la rétrogradation de ton frère et tu me détestes... Une dizaine de réponses me viennent, toutes à moitié vraies, et aucune honnête.

Je connais la véritable raison.

Ça remonte au carnage devant les portes closes de la muraille intérieure. Le chasseur qui embrase le ghetto et ce que pensent Franc et Shil du massacre de nos miliciens par les Poings d'Argent. Le caporal cache mieux son dégoût, mais elle a été esclave la majeure partie de son existence, et c'est un bon entraînement.

—Écoute, dis-je. Je ne pouvais rien faire.

—Bien sûr que si, mon lieutenant. Vous auriez pu rester ici, plutôt que d'aller fouiner dans la périphérie.

Elle pense que j'évite sa question.

—Je parle du portail...

—Ce n'est pas le moment, mon lieutenant.

—Si, c'est le putain de moment! Alors, je parle, et tu écoutes!

Elle attend.

— Le code de verrouillage des portes a été transmis par un satellite. Un engin positionné par le vaisseau amiral du général Jaxx. Ni moi ni Haze n'aurions pu découvrir le code. Même le colonel était impuissant à empêcher la suite des événements.

— Pourquoi, mon lieutenant ?

Shil veut connaître la raison pour laquelle le général a fermé les portes. Elle a déjà compris pourquoi aucun de nous ne pouvait les ouvrir, même en osant désobéir aux ordres de Jaxx.

— Pour économiser la nourriture, peut-être aussi les munitions. Peut-être même parce qu'il savait que les mercenaires se battraient jusqu'au dernier se sachant piégés. Dieu seul le sait, je ne suis pas dans la tête du général…

— Vous pourriez le remplacer, répond-elle. Un jour. Tout le monde vous craint. Personne ne se doute jamais de ce que vous allez faire.

— Tu n'as pas peur de moi ?

— Moi ? Je suis terrifiée !

L'eau est chaude, et l'alcool brûle. Shil maintient sa mixture juste en dessous du niveau d'ébullition, quatre-vingt-seize degrés sur cette planète.

Quand elle a bandé la plaie, elle retire la poêle du feu.

— Ça va faire mal, déclare-t-elle, d'un ton beaucoup moins inquiet qu'il devrait l'être.

Elle a raison.

Ça fait mal.

Mais elle tente de ne pas tressaillir quand je lui agrippe la main.

— Que cherchiez-vous à accomplir, de toute manière ? grogne-t-elle, en pliant ses doigts blessés dans le creux de son coude quand elle les récupère.

— Je voulais tuer des Exaltés.

— Oui, je sais, mais pourquoi ?

C'est la nuit de toutes les vérités.

— Réveille Haze, je lâche. Demande-lui comment il se sent.

Elle s'exécute. Elle secoue aussi les autres, et envoie Neen chercher un médecin. Il obéit sans poser de question, en dépit du fait qu'il soit plus gradé et qu'elle soit sa sœur. Franc descend, jette un coup d'œil au pain et au fromage que j'ai volés dans la cuisine du *trois-tresses*, et sourit.

— Merci, dit-elle.

Il reste des meubles à brûler, et nous pouvons aussi casser des portes quand il n'y en aura plus. Je demande au caporal d'alimenter le feu, et de préparer du café et des toasts. J'ai faim, c'est toujours comme ça quand je rentre de la chasse.

Je patiente.

J'essaie de deviner si mon sergent reviendra avant qu'on réussisse à persuader Gras-double de quitter sa cave. Mon café refroidit et la grille est assez chaude pour que Franc puisse y faire griller du pain pour tout le monde. Quand Neen entre d'un air triomphant, l'air embaume les toasts et le feu de bois. Une vieille femme fatiguée se tient à ses côtés.

Elle se fige, renifle l'odeur, et une lueur d'envie passe dans son regard.

— Voilà comment vit l'autre moitié…

— Il l'a volé, rétorque Shil d'une voix rageuse. Il a failli se faire tuer.

Elle parle avec un accent que le médecin reconnaît. Il n'est pas de cette ville, mais il est du système.

— Il a tout confisqué à un Casque d'Argent, dit quelqu'un dans l'embrasure de la porte.

Le dernier mot tombe avec mépris, même si cela tient de la bravade. Haze n'est plus que l'ombre de lui-même : le visage hagard, une serviette sanglante enroulée autour de la tête, et la sueur coule de sa mâchoire, mais ses yeux sont clairs.

—Comment tu te sens ? je demande.

—C'est à vous que je devrais poser la question, mon lieutenant, répond Gras-double en regardant mon épaule.

—Comme une merde, et toi ?

—Pareil, mais un peu mieux… (Il hésite.) Est-ce que je peux savoir comment vous avez fait ?

—Qu'est-ce qui a sept tresses et qui est extrêmement difficile à tuer ?

Ça ressemble peut-être à une énigme, mais le sens de ma question est clair. J'ai déjà vu des Exaltés à trois et cinq tresses, mais le dernier était plus grand, plus costaud et plus rapide que tout ce que j'ai affronté depuis les ferox. Une partie de mon esprit est brûlée, comme si une lame glacée l'avait effleurée. Quand je lève les yeux, Haze s'est avancé de trois pas et il est pétrifié.

—Sept ?

—Oui, et un sacré fumier.

Il ne sourit même pas.

—Un général, souffle-t-il. Combien de tubes pectoraux ?

Haze mime des tuyaux sortant de sa poitrine avant de rentrer en dessous.

—Trois, peut-être quatre. Gros comme mon bras.

—Et il était puissant ?

Je touche mon torse, surveillé par la vieille femme qui déroule ce qui ressemble à un minuscule nécessaire de bijoutier en cuir noir.

—Très, et pas vraiment décidé à mourir. Jusqu'à ce que je lui coupe la tête.

Gras-double vomit.

Il file dehors, mais nous l'entendons tous dégueuler dans la cour pavée. En sortant, il est passé à côté du seau où se trouve la tête du Casque d'Argent. Je ne suis pas sûr que ça l'ait aidé.

—Lazlo, dit Haze en revenant dans la pièce. Le général Lazlo… Il commandait les troupes.

— Comment le sais-tu ?

— J'entends des trucs, murmure-t-il en haussant les épaules.

Le gamin pourrait parler de rumeurs, mais mon petit doigt me souffle de prendre sa réponse au pied de la lettre. Haze entend des voix, et c'est tant mieux, parce que c'est aussi mon cas. Pas depuis quelque temps, et plus depuis que Gras-double a décidé de s'isoler de mes pensées, mais j'entends quand même des choses.

— Tout va bien.

— Non, réplique-t-il. Pas du tout. Ils vont vous massacrer.

À mon réveil, le médecin est parti, mon épaule est pansée, et je suis attaché à la chaise de la cuisine. Les serviettes sous le siège sont imprégnées de sang, et certaines ont été découpées en charpie. Franc vide un seau plein d'une eau rosée, Neen alimente le feu et Haze est livide. Il se tient l'estomac comme si on lui avait donné un coup de pied dans le ventre.

— Qu'est-ce qu'il a ?

— Tiens, grogne Shil. Vous revoilà ?

Elle s'accroupit devant moi, et les autres décident soudain qu'ils ont mieux à faire ailleurs. L'un après l'autre, ils sortent de la cuisine. Haze part en dernier.

— Merci, dit-il avant de fermer la porte.

— Écoutez, gronde Shil, je suis assez tentée de vous laisser ici.

Mais elle n'en fait rien. Elle coupe mes cordes, et m'aide à monter l'escalier pour m'allonger dans un lit. Elle se déshabille à moitié, puis me rejoint.

— Molestez-moi, et vous êtes mort.

Ce sont les derniers mots que j'entends avant de sombrer. Elle est toujours là quand je me réveille, puis quand je me rendors. Je la retrouve le lendemain matin, même si ma notion du temps est totalement faussée, et que trois semaines ont passé, quand je pose la main sur Shil. Et cela va au-delà du simple réconfort de savoir que quelqu'un veille sur moi.

Elle me frappe la main suffisamment fort pour faire passer le message.

— Nous devons parler.

— Plus tard.

— Non. Nous voulons savoir qui vous êtes vraiment.

— Sven, je réponds. Sven Tveskoeg, lieutenant, Croix d'Obsidienne de première classe.

L'espace d'une seconde, Shil semble sur le point de me frapper.

— N'y pense même pas, je gronde.

Je lui attrape le poignet avant qu'elle puisse sauter du lit. Elle est tout habillée. Je dois aller bien mieux.

— Très bien, dis-je d'un ton résigné. Que veux-tu savoir ?

Quand elle se retourne, je remarque sa maigreur. Ses bras ont fondu, et son poignet est squelettique. Quant à son visage, il est émacié.

— Es-tu tombée malade ?

Elle me regarde fixement, et il y a quelque chose de sombre dans son regard.

— Ça fait trois semaines que vous êtes dans le coltard. Une bonne idée d'ailleurs. On a commencé à empiler les cadavres dans les caves, pour que les vivants cessent de les manger.

Un souvenir de soupe et de pain rassis ramolli dans de l'eau me traverse l'esprit.

— Tu m'as donné ta part ?

— Tout le monde l'a fait.

Elle me repousse quand j'essaie de me redresser. Je suis assez fort pour résister, mais je ne vais pas plus loin, et laisse Shil s'asseoir à côté de moi.

— Personne ne s'est senti obligé de vous donner sa part de nourriture, explique-t-elle. Nous l'avons choisi. Quant aux portes de la muraille intérieure, nous comprenons. C'est juste que…

— Crache.

— Haze prétend que vous êtes comme lui, un NéoImplanté.

— Conneries.

— Et le colonel Nuevo a envoyé un gamin vérifier toutes les heures si vous étiez réveillé. Tout le monde dit que les Poings d'Argent vont attaquer aujourd'hui.

— Le colonel ?

Elle acquiesce en grimaçant.

— Quel temps fait-il ?

Shil semble décontenancée par mon changement de sujet, mais quelque chose me tracasse depuis que j'ai tué le *sept-tresses*, et je viens de me le rappeler. Si assaut il y a, ce sera avant la fonte de la rivière.

— Ça se réchauffe, m'informe-t-elle.

— Apporte-moi mon uniforme et mon pistolet.

Ma veste est propre et raccommodée. On a accroché une Étoile d'Émail sur ma manche : blessure grave. Comme si j'avais besoin d'un insigne pour me le rappeler. Il me suffit de poser les pieds par terre et d'essayer de me lever.

— C'est pas trop tôt, gémit le SIG, en avalant une batterie neuve. La prochaine fois que tu pars te promener dans ta tête, pense à me recharger avant.

Chapitre 43

Quatre officiers que je ne connais pas gardent la porte de l'ancienne banque. Ils ont tous été décorés de la Croix d'Obsidienne de deuxième classe, et je suis quasiment sûr que l'un d'entre eux était caporal la dernière fois que je l'ai rencontré.

Mauvais présage. Mais c'est pis encore que ce que j'imaginais, et je le découvre dès que je franchis le sas. C'est la fin, et le colonel Nuevo s'attend à une défaite. Moi aussi, mais ça fait partie du travail du colonel de le cacher.

Les officiers saluent.

Je réponds.

Mon flingue rigole.

Je commence par décliner mon identité et mon grade, mais les quatre les connaissent déjà. Le plus jeune frappe à la porte : trois coups, puis deux, et encore trois. S'il s'agit d'un code ou d'un dispositif de sécurité, il est catastrophique.

— Le colonel va vous recevoir.

Une fille se tient en haut des marches. Elle est magnifique, et à peu près du même âge que Franc. Elle parle le patois local. La gamine ferait mieux de garder ses distances avec nous, car le moment est proche où la survie des habitants dépendra de leur volonté à nous haïr, de jurer qu'ils nous ont toujours détestés, et qu'ils n'ont jamais collaboré avec nous. Et encore, je ne suis même pas sûr que ça les sauve.

— Pas mal, dit le pistolet.

— La fille ? je m'étonne.

—Son attirail.

En y regardant mieux, je repère un petit holster sous son bras gauche. Il contient sûrement un flingue minuscule, car je l'ai raté.

—Artisanat local ?

—M'étonnerait, répond le SIG. Trop bien conçu. Beaucoup trop sexy.

Il parle toujours de l'arme.

—Entrez, dit une voix, quand je tambourine à la porte du bunker.

Le colonel Nuevo est en uniforme d'apparat. Un galon d'argent court le long de ses jambes, les médailles forment une carapace impressionnante sur son cœur, et une fourragère d'argent cascade sur son torse. Une épaulette de maille protège une épaule.

Son grade s'affiche sur les barres de son col, et sa Grand-Croix d'Obsidienne est suspendue autour de son cou au bout d'un ruban noir.

—Joignez-vous à moi, lâche-t-il.

Mais sa bouteille est vide. Il en sort une deuxième de son bureau. On s'est déjà servi de mon verre. Deux ou trois personnes à en voir les traces de doigts. L'alcool est amer, clair comme du cristal, et si fort que ma gorge se serre rien qu'en le respirant.

—J'ai une pièce remplie de cette saloperie, souligne l'officier. Je peux vous en donner quelques-unes, si vous le désirez. (Il a un sourire presque joyeux.) Ce n'est pas comme si j'allais avoir le temps de tout boire.

Toujours la même carte sur son sous-main. Mais il y a beaucoup plus de traces de verre, et de carrés noircis pour relever les dégâts causés par les missiles ennemis. Nous sommes encerclés. Les Exaltés ont traversé la rivière. Le colonel a soigneusement hachuré la position des mortiers ennemis : il y en a une bonne dizaine.

— Les Poings d'Argent ont piraté mon ordinateur, explique-t-il. Je n'utilise plus que ça maintenant. Je dois garder mes plans secrets.

Je repense à la fille. Que sait-elle ? Où vit-elle ? À qui parle-t-elle ? Ça ne va pas faire une grande différence. Nous sommes foutus quoi qu'il arrive, et à quelques heures d'une attaque massive.

— Vous avez dérangé un vrai nid de frelons en tuant ce *sept-tresses*. Je vous décorerais bien de la Grand-Croix d'Obsidienne, mais nous en manquons, et vous avez déjà la première classe.

Je repose mon verre et attends que le colonel Nuevo en vienne au fait. Cet homme a envoyé des messagers chez moi pendant presque trois semaines, c'est sûrement pour autre chose que ce bavardage oiseux.

— Vous m'avez fait attendre.

— Désolé, mon colonel. J'étais blessé, mon colonel.

C'est mon ton qui l'incite à me regarder.

— Automutilation, dit-il. Vous connaissez la sentence pour une automutilation.

Il sort son pistolet de son holster, arme la culasse, et vérifie le cran de sûreté. Il est déjà abaissé, il n'aurait pas pu faire jouer la culasse sinon.

Le colonel Nuevo est vraiment saoul.

— S'attaquer à un *sept-tresses*, bredouille-t-il. Ça ressemble bougrement à une tentative de suicide, pour moi. Il n'y a aucune bravoure dans le suicide.

— Sauf quand le *sept-tresses* est mort, je réplique en reprenant mon verre, et que je suis ici, à porter un toast en compagnie de mon officier supérieur.

Le verre est bon marché, une bonne chose. Il doit casser facilement. Contre le bord d'un bureau ou s'il est projeté dans la tête d'un adversaire par exemple.

Il y a mon flingue aussi, qui est sorti de son état de veille sans que je le lui demande. Il fait de son mieux pour m'en avertir avec une discrète vibration.

On dirait un motoculteur.

— Oh ! pour l'amour du ciel, s'exclame le colonel Nuevo. Reposez votre verre et dites à votre putain de jouet de retourner dormir ! Il ne me reste plus assez d'officiers pour que j'en descende un de plus.

Nous arrivons au cœur de son amertume.

— Connaissez-vous la nature de mes ordres ?

— La mort ou la gloire ?

— Bien sûr...

Il pose son arme, sort un petit cylindre de sa poche et en bascule le capuchon. Un bouton rouge. J'ai toujours cru que c'était une rumeur.

— Malheureusement, reprend-il, nous sommes à court de gloire. Ce qui ne nous laisse pas d'autre choix.

— Cette technologie est illégale, je murmure.

Il hoche la tête.

— Pas mal, n'est-ce pas ? C'est aussi très efficace – je peux raser toute cette foutue ville. Le cœur comme la périphérie, les maisons, les temples, les rues, les boulevards, tout.

Il accentue *boulevards*, comme si Ilseville était trop insignifiante et négligeable pour posséder des rues au qualificatif plus ronflant. Dans cent ou deux cents ans, elle aura peut-être des immeubles majestueux et des palais de verre fumé, mais pas encore.

— Vous voulez vous en charger ?

— Non, mon colonel.

— Dommage, parce que vous allez quand même le faire. C'est un ordre.

Il pose le cylindre sur le bureau, et sort une enveloppe marquée « Derniers Jours » d'un tiroir. Je m'attends à un code, un truc compliqué à traduire, mais les instructions du général Jaxx sont en clair.

—Lisez, dit le colonel Nuevo. Tenez la cité ou mourez.

Il reprend la parole, et je comprends qu'il me hait, qu'il m'a toujours détesté. Toute cette comédie de merde où il prétendait m'apprécier n'était qu'un tissu de mensonges.

—Vous en êtes capable, crache-t-il. Sans problème. Après tout, vous avez assassiné la fille de Debro Wildeside.

Je le regarde.

—C'était un test, ajoute-t-il. Vous l'avez réussi.

—Mon colonel?

Il fronce les sourcils.

—Si vous pouvez faire ça, continue-t-il en poussant le détonateur vers moi, je suis persuadé que vous pouvez utiliser cela.

—Sven, lâche le SIG.

Mais c'est trop tard.

Le colonel s'empare de son pistolet, ouvre la bouche, colle le canon contre son palais et presse la détente.

Le colonel Nuevo, chef d'état-major des troupes octoviennes d'Ilseville, vient de se suicider plutôt que d'aller jusqu'au bout. Il a aussi cassé le bras de son fauteuil, et renversé une bouteille de vodka en tombant.

—Crétin, commente mon flingue.

Optant pour des fléchettes, je me retourne vers la porte et repère le premier garde qui descend.

—Balle explosive, lui dis-je. Elle te réduirait en cendres.

Il s'immobilise.

—Entre, lui dis-je.

Les trois autres le suivent sans qu'on le leur ait demandé. Sur mon ordre, les quatre s'alignent contre le mur.

—Nous avons un problème.

Le choc les paralyse. Ce sont des officiers Faucheurs, mais j'ai connu des bleus plus courageux.

—Ivre mort, j'explique, le colonel a glissé et s'est tiré dessus avec son arme de service.

— Il est mort, explique le pistolet.

— Cette information est confidentielle, compris ? Vous vous comporterez exactement comme si le colonel Nuevo était toujours en vie. Je veux que vous montiez la garde devant sa porte. Si quelqu'un veut lui parler, vous entrez, demandez s'il désire le recevoir, puis revenez et annoncez à la personne qu'elle doit revenir le lendemain.

Quatre paires d'yeux me dévisagent.

— Compris ?

Les quatre gamins acquiescent.

— Bien.

Je m'assois derrière le bureau du colonel, et allume son ordinateur. La batterie est presque épuisée. Je donne des ordres brefs. Chaque officier doit se préparer pour l'assaut final. Plus de stock de nourriture, partage des munitions et tous les officiers manquants doivent être remplacés par des sous-officiers. Tous les sous-officiers manquants seront remplacés par des soldats du rang promus au grade approprié. La défense du cœur d'Ilseville promet d'être sanglante. Quoi qu'il arrive, nous nous battrons jusqu'au dernier.

J'espère que le poste de Nuevo a bien été piraté, car je veux que les Poings d'Argent lisent ces ordres, et pas seulement mes officiers.

Chapitre 44

Toutes les mitrailleuses ont été disposées sur le mur, et un millier de bandes attendent dans les caisses d'approvisionnement. Nous disposons de fusils à impulsion, de pistolets et de quelques arbalètes de chasse. Il nous reste même une quinzaine de roquettes, mais nous les épuiserons dès les dix premières minutes.

L'attaque débute à l'aube, et j'avais raison pour les roquettes.

— Ennemi à 2 heures…

Quelqu'un se racle la gorge derrière moi. Il s'agit d'un officier d'artillerie, un sous-lieutenant qui a deux fois mon âge, et certainement trois fois plus d'expérience. La plupart des officiers Faucheurs le traitent comme un fâcheux imbécile.

— Mon lieutenant, est-ce que votre homme est prêt ?

— J'espère, dis-je en regardant Haze.

Le gosse acquiesce toujours entourée de sa serviette sanglante. Nous avons dit à tout le monde qu'il était blessé à la tête, et que la plaie ne se refermait pas. C'est plus simple que de devoir expliquer la présence des tresses.

— Visez et tirez, crie l'officier artilleur.

Un chasseur est abattu, il s'écrase dans le marais et une colonne de flammes s'élève quand son réservoir explose. Deux de nos roquettes ratent d'autres appareils, et ils battent en retraite.

— Ça va ?

— Oui, mon lieutenant.

Haze essuie ses lèvres du dos de la main, et boit de l'eau sucrée. Il est blanc comme un linge, et la lueur dans ses yeux est devenue fantomatique. Franc, Neen et Shil montent la garde autour de lui. Ça me va. C'est toujours mieux que de les avoir collés à mes basques pendant que je cours sur la muraille pour surveiller le déroulement des opérations.

J'incarne les yeux et les oreilles du colonel Nuevo, telle est la version officielle. Pour l'instant, la plupart des officiers semblent l'accepter. Et le chasseur que nous venons d'abattre contribue assez bien à raffermir la détermination que je lis sur la plupart des visages. Un groupe de femmes attend, prêt à se déployer en cas de besoin.

— Vous connaissez vos ordres ?

Les snipers se regardent.

— Bien sûr que vous les connaissez. Répétez-moi quand même ces putains d'instructions.

— Tuer tout ce qui porte trop d'argent.

— Alors, allez-y, dis-je en les regardant qui s'éloignent le fusil dans le dos ou déjà en main.

— Un bon tireur d'élite vaut dix généraux, dis-je, en répétant le vieil adage.

— Et un SIG Diabolo vaut quinze snipers, grogne une voix sur ma hanche. T'as eu du bol.

— Ennemi en approche, crie-t-on derrière moi.

Une Aile de la Mort plonge.

— À moi ! hurle un jeune blond avec un fusil à impulsion.

Impossible d'atteindre l'appareil à cette distance, mais il est trop inexpérimenté pour le savoir, et il le descend du premier coup. J'aimerais dire qu'il me rappelle moi dans ma jeunesse, rougissant sous les compliments de mes amis, mais ce serait mentir. Je n'ai jamais eu autant d'amis.

J'arrache la Croix d'Obsidienne de mon cou et la lui lance.

— Recommence.

Il sourit.

Je descends une volée de marches, et tombe sur un officier furieux qui vient à ma rencontre. Le capitaine Mye accepte mon salut pour ce qu'il vaut.

— Vous avez transmis mon message ?

— Oui, mon capitaine. Le colonel a pris note de vos doutes sur sa stratégie.

Indubitablement faux, mais assez inquiétant pour calmer n'importe quel officier. Le capitaine Mye veut économiser les munitions.

— Je pense à demain, explique-t-il.

— Et si demain n'arrive jamais ?

Il me regarde, je le regarde, et mon flingue nous rappelle qu'une guerre fait rage tout autour.

Nous repoussons les Poings d'Argent jusqu'au coucher du soleil. La moitié de nos troupes part se reposer, pendant que l'autre moitié monte la garde. Ceux qui ne trouvent pas le sommeil, se recroquevillent à l'ombre de la muraille, près de feux alimentés par de vieilles couvertures, des chaussures et des caisses de munitions débitées. Nous sommes à court de nourriture, et nous en sommes réduits à gratter la neige sur les murs pour avoir de l'eau.

— Venez, me dit Shil, quand elle me retrouve enfin.

— Où ?

— À l'abri du vent.

Je m'aperçois que je suis gelé quand elle me pousse près d'un petit foyer. Neen me glisse une tasse de café entre les mains.

— D'où ça vient ?

— Je l'avais gardé, répond Franc. Je me suis dit que c'était le bon moment.

Elle me désigne un pot en équilibre instable sur les cendres. Une pierre à affûter est posée à côté d'elle, ainsi qu'un tas de couteaux. Elle s'est occupée des lames de tout le monde.

Je comprends alors que les Aux' devinent ce qui va se produire.

—Je la confie à tes bons soins, dis-je en lui tendant ma dague de Faucheur.

Elle prend l'arme, et la soupèse d'un air approbateur.

—Jolie, souffle-t-elle.

—Si je meurs, elle est à toi… (Je distingue une lueur dans ses yeux.) Mais seulement si c'est un ennemi qui me tue.

Franc sourit.

Même si les jours se réchauffent, les nuits sont toujours aussi froides. Une lune argentée domine l'horizon, et de petits nuages s'étirent dans le noir. Des deux côtés, les snipers rompent le silence, leurs détonations sèches plus déstabilisantes que le crachat régulier des armes automatiques.

—Satellite-espion, dit soudain Haze.

J'ouvre grand les yeux.

—Où ?

—Là-haut, dit-il en pointant le doigt vers une tache violine dans l'atmosphère.

Elle traverse le ciel nocturne comme un tison poussé par les vents.

—Un des nôtres ou un des leurs ?

—Ni l'un ni l'autre. Un U/Libre. (Haze consulte son écran.) Ils veulent vérifier que nous crevons dans les règles.

Le capitaine Mye revient à l'aube, avec deux lieutenants vétérans dans son sillage. Je ne me trompe pas en comparant le trio à une délégation.

—Capitaine, dis-je en me levant.

—Lieutenant, répond-il, avant d'aller droit au but. Pourriez-vous dire au colonel Nuevo que nous devons le voir dès que possible ? Tout ce que nous obtenons de ses gardes est : « Revenez demain. »

Je me demande toujours comment gérer la situation, quand une tireuse d'élite rousse arrive en courant, ses cheveux flottant au vent comme une bannière.

— Une *cinq-tresses*, halète-t-elle. Avec un drapeau blanc. Elle exige de s'entretenir avec vous, mon lieutenant.

Les yeux du capitaine Mye s'étrécissent.

— A-t-elle appelé le lieutenant Tveskoeg par son nom ?

Il semblerait.

Elle est vieille et ses augmentations sont simples. Ses tresses sont moins décorées et paraissent plus fonctionnelles que toutes celles que j'ai vues auparavant. Elle porte aussi un uniforme.

Pas banal.

La Casque d'Argent est aussi grande que moi, et ses bottes sont fermement ancrées au sol. Le portail derrière moi est verrouillé, un fusil à impulsion est braqué sur sa tête, le petit point rouge de sa visée laser à peine visible dans le petit matin blême.

Une dizaine de points similaires décorent ma veste. Ce n'est pas étonnant, non, mais la vraie surprise se tient de chaque côté d'elle : deux ferox qui me regardent les babines relevées. Leur puanteur me rappelle les grottes, et me révèle autre chose à propos de l'Exaltée. Soit elle n'est pas aussi délicate que ses camarades, soit elle fréquente ces bestioles depuis assez longtemps pour ne plus être dérangée par leur odeur.

— C'est une arme interdite, lâche-t-elle en désignant le SIG du menton.

— Ça aussi, je réponds en regardant les ferox.

Elle sourit.

— *Cinq-tresses* Ison, se présente-t-elle.

— Sven. Lieutenant Sven Tveskoeg, Croix d'Obsidienne de première classe.

Elle cherche ma médaille des yeux, puis repère le ruban accroché à ma boutonnière.

Intéressant.

— Avez-vous tué le général Lazlo ?

Je hoche la tête.

— Costaud le fumier, j'ajoute. Il est mort en soldat.

Elle sourit de nouveau.

— Rendez-vous, murmure-t-elle, et j'épargne cette ville. Sinon, je la rase.

— Tous les autres s'en tirent ?

Il était peut-être impoli d'avoir un ton aussi surpris, mais je n'aurais pas dû m'inquiéter. La générale ennemie éclate de rire – elle ne fait pas semblant, elle est sincère. Comme si ma phrase était la meilleure blague qu'elle ait entendue depuis longtemps.

— Non, dit-elle, en reprenant sa respiration. Les autres ne s'en "tirent" pas.

— Alors qu'avons-nous à gagner ?

— Nous épargnons la cité.

Je hausse les épaules. Où voit-elle une valeur dans ces ruines et ces gravats ? Ce n'est même pas notre planète, si on va jusque-là.

— La ville reste intacte, et la population survit… (Elle plonge son regard dans le mien.) Peut-être n'ai-je pas été assez claire. Refusez mon offre, et nous massacrerons tout le monde, les militaires, les civils, les enfants, les animaux. Mais vous pouvez empêcher ça.

— Et moi ?

— Vous mourrez.

Pas étonnant…

— Où ? je demande. Quand et comment ?

Même si ça n'a pas grande importance.

— Dans l'arène de Bhose. Devant la *onze-tresses.*

Je cille, et remarque que l'un des ferox m'observe.

Ses yeux sont noirs comme la nuit, ses crocs jaunis, et son armure fissurée à l'avant.

Une onze-tresses.

— La sœur du général Lazlo, ajoute-t-elle.

— Donnez-moi trois heures. Je dois en parler au colonel Nuevo, et il doit s'entretenir avec ses officiers.

— Nos renseignements indiquent que le colonel Nuevo est mort.

— Eh bien, changez d'espions.

Je guette un signe de doute sur le visage de la Casque d'Argent, mais elle sourit de plus belle.

— Vous avez trente minutes.

Nous négocions pour une heure.

Le capitaine Mye m'attend de l'autre côté des portes, et je détecte à la seconde près quand la visée laser sur mon dos est remplacée par un point identique sur mon torse, pendant que les snipers vérifient que personne n'est entré avec moi.

— Alors ? demande l'officier.

Je regarde les deux lieutenants derrière lui, et secoue la tête. Il est censé comprendre que ce que j'ai à dire est confidentiel. Mais ce sont ses officiers, et il n'a pas envie de perdre son public.

— Dites-moi.

— Nous devons nous rendre, ou affronter l'annihilation totale. Les Exarches vont détruire la ville, et massacrer tout le monde, y compris les civils. Personne ne s'en sortira.

— Le colonel n'acceptera jamais.

— Allons lui demander, je réponds.

L'un des lieutenants acquiesce.

Chapitre 45

Apporter une demande de capitulation à un officier supérieur est considéré comme un accident de parcours pour qui veut poursuivre une longue carrière militaire. Le capitaine Mye en a conscience, car il s'arrête juste avant d'entrer dans le QG et se tourne vers moi.

— Vous êtes son aide de camp, me dit-il. C'est à vous de transmettre la nouvelle au colonel Nuevo. Surtout que vous êtes celui qui a négocié avec la Casque d'Argent.

Tiens, c'est une négociation *maintenant ?*

Je souris, pour montrer que j'ai compris.

— Vous m'accompagnez bien sûr ?

Le capitaine Mye y consent.

Il ne reste que trois gardes devant la porte de la banque. Je suis sur le point de demander ce qui est arrivé au quatrième quand je me ravise.

— Est-ce que le colonel est occupé ?

Les sentinelles hochent la tête. Les gamins ont l'air fatigué et terrifié. Ils sont tellement loin de leur milieu qu'ils se noient dans un bourbier de trahison et de politique sans même le savoir.

— Vous êtes relevés de vos fonctions, je leur annonce.

Ils mettent un moment à comprendre ma phrase.

— Tombez les médailles et les insignes, trouvez un fusil à impulsion et filez sur la muraille. Mêlez-vous aux autres soldats. Volez un uniforme de la milice si vous pouvez. C'est un ordre.

— Oui, mon lieutenant. Merci, mon lieutenant.

Leur soulagement est évident.

Au cœur du bunker, la jeune blonde a disparu, ainsi que le cuisinier, sa domestique et toute la nourriture de la cuisine. Quelqu'un a laissé le feu s'éteindre dans la chaudière. Le capitaine et moi descendons seuls dans la chambre forte.

— *Colonel ?*

Je fais semblant d'entendre une réponse, j'acquiesce, et me glisse par la porte entrouverte.

— Ça ne devrait pas durer longtemps, dis-je au capitaine Mye.

La puanteur est atroce. Le pantalon de l'officier est plein de merde, et ce qui lui reste de cervelle a coulé sur le tapis. Sa montre s'est enfoncée dans un poignet gonflé et un rat s'est attaqué à ses doigts.

Si je n'avais pas l'habitude de ce genre de spectacle, je vomirais.

Le cylindre est toujours là où je l'ai laissé, n'attendant que mon bon vouloir. Je pourrais revenir auprès d'Ison et de ses ferox pour les faire exploser, elle et son armée de merde. Bien entendu, cela signifierait la mort des Aux', de mes dernières troupes et de toutes les familles survivant dans Ilseville.

Mais c'est la guerre…

Ou peut-être de la politique.

Comme si l'une n'était pas la deuxième facette de l'autre.

Je referme le capuchon, tords un ruban qui le maintient en place, et dévisse la base. Une amorce d'hydrogène fine comme une aiguille tombe sur le bureau. Je l'empoche, et examine le cylindre, pour extraire le noyau à main nue. Je m'assois, sors une feuille de papier de ma veste, et y écris mes ordres. Il ne reste plus qu'une chose à faire après.

La balle que je tire dans le plafond ricoche contre le blindage et manque de me tuer.

— Encore une bonne idée, raille mon flingue.

J'invente un nouveau juron que je ne répéterai pas ici.

— Nous nous rendons, j'annonce au capitaine Mye en lui tendant la feuille.

— J'ai entendu…

— Un coup de feu, oui. Le colonel Nuevo s'est donné la mort. (Je hausse les épaules aussi froidement que possible.) Les circonstances l'exigeaient.

— Le général Jaxx exigera un deuxième témoin, répond l'officier, en s'emparant de la commande du sas.

— Mon capitaine, dis-je.

Il est entré à moitié dans la chambre forte, quand il prend conscience de la vision qui s'offre à lui. Il tente de se retourner, mais je suis plus rapide.

Seule la mort efface la surprise de son visage.

Je glisse le pistolet de Nuevo dans la main de Mye, et place son doigt sur la détente.

Ça m'a tout l'air d'un suicide.

J'annonce la décision du colonel Nuevo à Ison, et la *cinq-tresses* nous laisse jusqu'à l'aube suivante pour préparer notre reddition. À mon avis, c'est le temps qu'il lui faut pour rassembler assez de caméras, d'observateurs et d'assesseurs U/Libres.

Ses exigences sont simples. Nous devons nous rendre. Toutes nos armes sont confisquées. Un seul coup de feu tiré sous le coup de la rage, sera considéré comme la volonté de tous. Les Faucheurs doivent quitter Ilseville un par un, pas de groupe, pas de colonne. La galaxie assistera à la fuite d'une horde vaincue, trébuchant vers la captivité avec gratitude.

Dans les heures précédant la fin, je démobilise les Aux', et chacun reçoit une poignée de pièces d'or volées dans les coffres du colonel Nuevo. Mes dernières instructions sont claires : ils doivent détruire leurs insignes en cuir d'alligator.

Ce sont des miliciens que l'on m'a assignés. Ils sont ivres de joie à l'idée d'être sauvés par les Exaltés.

Une centaine de comptes sont réglés ce soir-là. Un groupe de la milice piège trois Faucheurs dans une allée, et en piétine deux à mort. S'ils avaient tué les trois, ils s'en seraient sortis. Mais moins de une heure plus tard, cinq Faucheurs font irruption dans le camp des miliciens et en abattent une dizaine en représailles.

C'est la première nuit en un mois que l'ennemi n'essaie pas de nous éliminer, et nous la passons à nous entre-tuer. Demain, nous nous rendons, sans honneur, sans arme, le casque à la main.

La nouvelle de la chute d'Ilseville va se répandre partout.

L'U/Libre est déjà au courant. Leur Assesseur général a quitté le cœur de la cité ce matin. Les Exaltés l'ont laissé sortir, et lui ont même fourni une escorte. Les Exarches sont aux petits soins, pour prouver à quel point ils sont civilisés. À l'évidence, toutes ces rumeurs de massacres et de villes rasées sont des mensonges. « Regardez-nous, témoigne leur comportement. Comment pouvez-vous nous comparer aux Faucheurs ? Ressemblons-nous vraiment à Octo V ? »

Pendant ce temps, nous nous détruisons dans une frénésie de peur, de haine et de vengeance. L'Union Libre en a parfaitement conscience.

À l'heure dite, je rejoins les vaincus.

Je donne ma dague à Franc et mon flingue à Haze.

Chapitre 46

La *cinq-tresses* Ison s'envole trente minutes après notre capitulation. Avant de partir, elle fait un discours devant les caméras au sujet des frontières inviolables, de l'intégrité territoriale et de ce qui arrive à ceux qui sous-estiment les Exarches. Cette tirade s'adresse à Octo V, même si elle semble plutôt dirigée vers l'U/Libre, à mon avis.

Après son envol, nous sommes organisés en colonnes, et on nous ordonne de marcher vers le sud, vers le port de Mica, où nous attendrons les transports.

Nous marchons.

La colère m'empêche de trébucher. La rage et le bon sens, l'instinct de survie et l'amour-propre. Ça fait cinq jours que notre colonne progresse à travers le givre, pauvre ersatz de neige, comme si nous traquions les derniers échos de l'hiver. Les malades et les blessés, les affamés et les faibles succombent chaque jour, abattus d'une balle dans la tête, ou piétinés par les bottes impitoyables de ceux qui les suivent.

—*Avance,* je grogne à ma voisine.

Traînant les pieds, je me force à mettre un pas devant l'autre, je continue à marcher dans la boue, malgré le poids de la sniper rousse contre moi, même si « sur » moi serait un terme plus approprié.

Comment s'appelle-t-elle ? Elle est tombée il y a quinze minutes. Un Poing d'Argent l'a ramassée, lui a arraché son pantalon, relevé les fesses et l'a prise sur le bord de la route.

Il a posé le pistolet contre sa tête avant même de se retirer.

Et il a surpris mon regard.

— Tu veux la porter ? m'a-t-il craché.

La bêtise m'a poussé à répondre par l'affirmative.

À présent, je porte une femme en sanglots qui veut savoir pourquoi je n'ai pas laissé ce fumier la tuer.

Nous dormons dans un fossé, sans tente et sans nourriture, pendant que nos amis Poings d'Argent gonflent leurs sphères de protection et se délectent de rations autochauffantes. La nourriture exarche est sûrement aussi dégueulasse que la nôtre, mais la faim me ronge les tripes comme un renard, et je suis prêt à bouffer n'importe quoi.

— Va te faire foutre, lâche la sniper.

Et j'obéis… sur dix pas, ce qui me conduit au bord de la barrière laser. Le corral que les soldats établissent est inutile, nous sommes trop épuisés pour songer à nous enfuir. Il n'y a nulle part où aller de toute façon.

Le silence me surprend.

Les tirs de fusil, de roquette et de mortier font tellement partie de ma vie à présent que leur absence me choque plus que n'importe quel autre bruit. Ma journée ne regagne un peu de normalité que lorsqu'un garde abat un traînard. J'en parle à la femme, et elle me regarde bizarrement, et c'est peut-être pour ça qu'elle refuse de me regarder depuis.

Nous puons.

Tous.

La merde, la sueur, la mort et la défaite, qui aurait cru que ces odeurs étaient si proches ?

L'arrogance de mon flingue me manque. Nous faisons ce pour quoi on nous a créés, et nous le faisons bien. Personne n'est aussi bon. Peut-être que son orgueil égale le mien.

Le lendemain, la tireuse d'élite marche presque sans aide pendant une heure, puis elle tente de s'asseoir. Glissant mon bras sous le sien, je la relève, et la force à continuer. Ses coups sont si faibles qu'ils ne marquent même pas. Je pense enfin à lui demander son nom : Rachel.

— Alors, avance bordel ! lui dis-je.

La colère fonctionne. Elle tient jusqu'au soir.

Les matins succèdent aux soirs, et les soirs sont engloutis par les nuits, mais elles n'adoucissent pas la détresse de Rachel. Une fois, deux gardes s'approchent, des idées de viol en tête, mais ils lui jettent un seul coup d'œil et décident de chasser ailleurs.

Le jour se lève sur une autre femme en pleurs, et un homme mort, sa tête est fracassée et il a du sang coagulé sur les lèvres. Un gamin propose de l'enterrer, mais nous partons avant d'avoir creusé la tombe.

N'importe qui aurait abandonné la femme depuis longtemps, et je sais que les Poings d'Argent parient entre eux pour savoir combien de temps je vais tenir. La plupart ont déjà perdu, ce qui explique la violence des coups de pied qu'ils me lancent en passant.

Le soleil se couche de nouveau, pour la huitième fois – enfin, je crois. Les tentes sont montées, et l'ennemi mange, ne laissant qu'une poignée de gardes pour élever la clôture laser qui nous emprisonne. Chaque jour, la famine leur facilite un peu plus le travail.

— Lève-toi, je gronde à Rachel quand l'aurore point à l'horizon.

— Va chier.

Je la gifle si fort qu'il me faut la porter pour le reste de la journée, même si elle reprend connaissance vers midi. Les Poings d'Argent qui sont encore dans la course trouvent le spectacle hilarant.

Personnellement, je rêve de les voir morts.

Le matin suivant ressemble au précédent. Je veux que la femme se lève, elle veut qu'on la laisse mourir et que j'aille me faire foutre… Seule l'obstination m'empêche de l'abandonner. Rachel est en vie, et elle va le rester, merde !

— Debout, dis-je en l'attrapant par les cheveux.

Une ombre bouge derrière moi, et je me retourne en m'attendant à tomber sur un garde.

Erreur.

— Salut, lance Shil. Alors, on abuse de son charme ?

La bordée de jurons est assez puissante pour attirer l'attention d'un Poing d'Argent. Ma colère fait place au silence, et je prends une profonde inspiration.

Puis une autre.

— Très bien, dit Shil. J'ai compris. Vous êtes foutrement content de me voir.

— Je t'avais dit de rester dans la ville !

— Non. Vous m'avez dit que je n'étais plus une Aux', vous ne vous rappelez pas ?

— Si.

— Donc, qui êtes-vous pour me donner des ordres ? (Elle regarde Rachel.) Vous voulez que je vous aide avec elle ?

Tout autour, les vaincus ramassent leurs maigres possessions, glissant leurs pieds gonflés dans des bottes humides, luttant pour se remettre debout. Certains dévisagent les gardes, les yeux brûlants de haine, mais la plupart sont trop las pour s'en donner la peine.

— Tant que ça n'annule pas les conditions de leurs paris, je souligne.

Shil m'observe d'un air étrange.

— Vous êtes sur le point de la lâcher, dit-elle. Et ce, depuis quelques jours.

— Qu'est-ce que ça vient faire dans l'histoire ?

Relevant la sniper, nous cheminons en silence sur un chemin qu'on peut à peine qualifier de route. Quand le soleil arrive à son zénith, à peu près aussi haut qu'un arbre à l'horizon, si des arbres avaient pu pousser ici – à ce moment-là, donc, Franc et Neen apparaissent et nous soulagent de Rachel.

—Magnifique, je râle. Ne dites rien…

—Oui, répond Neen. Nous aussi on est contents de vous voir.

Il est plus grand que dans mon souvenir. Plus maigre aussi. Sa touffe de cheveux est rasée à blanc et il a repris son uniforme, la totale, avec insignes de Faucheur en alligator. Les autres aussi, même Maria. Il n'y a que Haze qui porte des vêtements de milicien, une grosse casquette vissée sur la tête.

—Comment supportes-tu le…

Il me regarde, manquant de trébucher en quittant la route des yeux.

—En l'oubliant.

Notre colonne a perdu les deux tiers de ses effectifs à présent. Aucun œil électronique n'observe notre périple. Notre reddition était un scoop, notre marche vers Mica est une anecdote. Seules quelques familles travaillant dans les champs nous regardent passer. Elles ressemblent à tous les autres habitants de ce monde : mal habillés, trempés et transis.

Une femme donne de la soupe à Franc, et un garde l'invective.

Elle répond, et trois villageois apparaissent soudain à ses côtés. Voilà qui est intéressant. Peut-être que les Exarches tiennent la planète, mais ils n'ont pas encore gagné tous les cœurs et les esprits.

Mon ex-caporal prend une lampée, sourit à la fermière pour la remercier. Quand je l'observe de nouveau, elle a passé le bol à Haze.

Cette nuit, nous faisons un feu avec des restes de bois, et nous nous serrons les uns contre les autres pendant que Rachel nous raconte son histoire. Elle est désagréablement classique. Elle est née fille, alors qu'on attendait un fils, elle remplit un quota de conscrits que son frère est encore trop jeune pour intégrer. Sa plus grosse erreur a été de démontrer son adresse au tir.

— Mais cette fois, gronde-t-elle, je ne change plus de camp.

Je mets un moment à comprendre.

— Tu étais…

— … Dans la milice exarche, avant de me joindre à vous.

— Comme nous tous, lâche Franc.

Je réfléchis encore à cet aveu délibéré de trahison, quand Franc ajoute :

— Et on ne va pas continuer à retourner notre veste. On va s'échapper.

Rachel semble intéressée.

— Comment comptez-vous faire ?

— Je ne sais pas. Shil compte sur Sven pour trouver une solution.

Le rire n'est sûrement pas la bonne réponse, mais en sachant que la seule autre option est de les traiter d'idiots, c'est tout ce que j'ai à offrir.

Chapitre 47

Sept paquebots nous attendent sur le port de Mica. Ils sont vieux, mal entretenus et rouillés. Ils ont été vaguement repeints à l'antioxydant, et de vieux drapeaux fatigués claquent sur chaque poupe. De grosses amarres courent depuis le pont jusqu'au quai.

Le promontoire opposé est à sept kilomètres. Pour contourner le fjord, nous naviguerions le long d'une côte tellement accidentée qu'elle en devient presque fractale. Il nous faudrait au moins une semaine pour arriver à destination. Avec de la chance. Nous nous embarquons donc pour un voyage de mille trois cents kilomètres jusqu'à Bhose en longeant les côtes.

Il n'y a qu'un problème.

Six des bateaux n'arriveront jamais à bon port.

Je comprends cela en examinant le dernier navire. Celui qui a aspergé le *Vent d'Hiver* à l'antirouille a perdu son temps. Nul doute que la coque était en parfait état. En fait, ce cargo est le plus récent, et de plusieurs années, sinon des décennies. On veut nous faire croire que nous avons affaire à sept épaves. À en juger par les exclamations des prisonniers aux alentours, c'est réussi.

— Que se passe-t-il ? demande Shil.

— Je ne sais pas encore, mais il y a quelque chose qui cloche. Il nous faut des armes.

Franc et Haze se regardent, puis détournent les yeux.

— Quoi ? je lâche en les regardant fixement.

Franc s'empourpre, mais Haze me scrute de ses yeux presque vides. Je ne sais pas où il est, mais ce n'est sûrement pas dans un monde que nous reconnaîtrions.

— Je suis une arme, finit-il par répondre. Et vous aussi.

— Personne n'a de couteau, je soupire. Rien d'utile ?

— Que voulez-vous ? fait Rachel.

— Un flingue. Mais je me contenterais d'une lame.

Elle part sans un mot. Ses cheveux roux la rendent facilement repérable dans la foule qu'elle traverse en direction de deux Poings d'Argent.

L'un d'entre eux se retourne pour voir qui approche, et son visage s'illumine d'un sourire mauvais. Son bras se tend vers la sniper, et elle se laisse attraper.

— C'est l'enculé qui…

— Oui, dit Shil en me coupant dans ma colère. Nous le savons.

Ambre et Artefacts, annonce une enseigne au-dessus du hangar. Le garde essaie la porte à côté. Elle est fermée. Il entraîne donc Rachel derrière l'entrepôt. Il la traîne plus qu'il l'escorte. Le second Poing d'Argent fait le guet, appuyé contre un mur.

Au bout de cinq minutes, il se retourne pour répondre à quelque chose et disparaît au coin. Quand la rousse revient, elle arrive par l'autre côté, et sa bouche saigne, mais pas assez pour l'empêcher de sourire.

— Ça va ? demande Haze.

— Bien sûr.

— Que s'est-il passé ? dit-il avant de rougir.

— Tu n'y es pas du tout, répond-elle.

Franc éclate d'un rire narquois.

— Ne dis rien. Ils ont reçu plus que ce qu'ils attendaient.

— Exact, réplique Rachel, mais moins que prévu.

Elle a un pistolet et deux couteaux passés dans la ceinture. Elle a aussi récupéré une carte d'identité au nom du sergent Zil Lanlyr.

Il y a du sang sur l'une des lames. Je ne saisis pas ce que signifie le regard échangé entre Shil et Rachel. Je ne veux pas le savoir. Je suis juste content qu'elles soient de mon côté à ce moment précis.

Les gardes poussent les prisonniers sur la passerelle menant au premier bateau. Quand la cale est pleine, ainsi que le pont, on fait passer la planche au navire suivant, qui se remplit aussi vite.

Puis c'est au tour du troisième, et du quatrième. Un groupe de Poings d'Argent commence à séparer les prisonniers pour les emmener au cinquième bateau, et l'un d'entre eux s'approche de moi, mais un sergent le rappelle à l'ordre.

— Laisse-le.

Le soldat passe sa colère sur le dos des quelques prisonniers suivants choisis pour monter. Quand le navire est comble, la passerelle glisse de nouveau et ce qui reste de notre armée défaite monte dans le sixième. Un caporal agrippe Rachel, qui se libère tandis que Haze se place entre les deux.

Le soldat est stupéfait, et semble hésiter. Il ne sait pas lequel il va punir en premier. Il s'approche de moi pour attraper Rachel. Je saisis son poignet et l'envoie valser contre une grue.

Sans lâcher son bras.

L'épaule se disloque avec un bruit mou.

Il hurle.

L'un des gardes est sur le point de dégainer son arme quand un officier apparaît, le poing serré. Il assomme le caporal blessé, qui s'écroule dans la poussière, et vient me coller le canon de son pistolet contre le front.

— Allez, je crache. Presse ta putain de détente !

Neen glisse dans son dos, mais il s'immobilise quand je secoue la tête. C'est un test. Si je me trompe, je suis mort.

— Alors ? j'insiste. T'as pas les couilles ?

Le lieutenant recule, l'arme pointée, et une haine absolue dans les yeux. Il me tuerait volontiers, si on ne l'avait pas prévenu que quelqu'un d'autre désire s'en charger.

— Eux, ce sont les Aux', ils sont avec moi, OK ? Je désigne Neen et les autres d'un geste, y compris une Rachel terrifiée.

— OK ? je répète.

Il acquiesce, sans me regarder dans les yeux.

— Ça y est ? lâche Franc. Les affaires reprennent ?

— Exactement, je réplique. Ma propre réserve de chair à canon.

Elle sourit jaune, devinant que ce n'est pas une blague.

Nous sommes sur le point de monter dans le seul navire capable de tenir la distance. Haze et moi nous nous tenons près du garde-fou, observant le port pollué de Mica, avec ses coques de noix, ses vieux vapeurs et ses pêcheurs qui se gardent bien d'approcher des quais.

Des nuages noirs s'assemblent à l'horizon, la houle s'intensifie, et les vagues se mettent à écumer dans le vent. Peut-être est-ce une coïncidence si nous arrivons ce soir, ou peut-être est-ce le fruit d'un calendrier soigneusement calculé. Quoi qu'il en soit, les Exaltés ont ce qu'ils veulent : une tempête s'apprête à fondre sur nous.

Tous les soldats croient en la chance. Ce n'est que de l'habilité utilisée à bon escient. Je peux et je vais faire certaines choses sans même y penser, pour remettre la chance de notre côté, des choses violentes et sanglantes.

Mais ça ne suffira pas.

— Haze, je souffle. Question.

Il écarquille les yeux, et ses lèvres se serrent. Il sait qu'il ne va pas apprécier ce que je suis sur le point de lui demander.

— T'es si balaise que ça ?

Il voudrait pouvoir me dire qu'il ne comprend pas la question. Impossible. Il voudrait mentir… Mais il préfère changer de sujet plutôt.

— Vous n'avez toujours pas dit aux autres ce qui allait vous arriver à Bhose.

— À toi non plus.

Il se rembrunit.

— L'arène, répond-il. Deux ferox contre vous.

— Tu vois l'avenir ?

— Les rêves, gémit-il. Pas les miens… (Haze hésite, il ne sait pas comment m'annoncer la suite.) Il y a un *trois-tresses* dans le coin, et il ne pense qu'à ça.

— Merde.

Haze hoche la tête.

— Autre chose. Le Casque d'Argent a peur. Sinon, je n'aurais pas pu garder mon camouflage sans être repéré. C'est à cause de cette technologie symbiotique dans votre gorge. Il a peur qu'elle se réveille.

— Ça m'étonnerait, mon corps mène la vie dure aux implants.

— Ce n'est pas votre biologie le problème.

— C'est quoi, alors ?

— Votre esprit. Réglez-le, et vous n'aurez plus besoin de moi.

Chapitre 48

Au cœur de notre bateau, les moteurs se mettent en marche. Le pont frémit sous nos pieds. L'un des navires qui nous précèdent a des ennuis. Un grondement sourd révèle que ses réacteurs tournent, mais refusent de démarrer.

L'un des officiers parle à un sous-officier. Les moteurs démarrent trois minutes plus tard. Quand le sous-off revient, il se masse le poing.

— Descendez, nous ordonne un caporal.

Les autres me regardent.

— Obéissez, dis-je.

Quelqu'un rit dans mon dos. Je me retourne et tombe nez à nez avec un capitaine Faucheur que je ne reconnais pas, et qui porte toute sa panoplie de rubans et d'insignes.

— T'as un problème ?

— Je suis votre supérieur, répond-il.

— Et alors quoi, putain ? lâche Neen.

Les autres gloussent.

Une partie de moi est consternée, l'autre sait que j'aurais répondu la même chose à son âge, même si je réservais mon insubordination aux sergents. Enfin, à l'époque, je prenais les lieutenants pour des dieux vivants.

Dans l'entrepont, la coque est propre, et la passerelle que nous empruntons est impeccable. Des indicateurs lumineux désignent les voies d'évacuation et les entrées. L'équipage accomplit sa tâche avec une froide efficacité. C'est un navire de guerre. Il est sûrement armé jusqu'aux dents et manœuvré par des professionnels.

— Par là, gronde le garde.

On entend sept cliquetis quand la serrure électronique s'enclenche. Il est temps de demander aux autres s'ils ont des armes. Si l'ennemi nous espionne, tant pis pour nous.

Ma question ne provoque aucune réaction.

— Allez, j'insiste. Qui est équipé ?

Neen fait un geste du menton, et Shil puis Franc lèvent une main. Il apprend vite. Comme je l'ai déjà dit à sa sœur, ce gamin a le commandement dans le sang.

— Quoi ?

Shil sort un couteau et Franc fouille sous son haut, tirant une lame. C'est seulement quand Rachel dévoile une autre dague que je comprends que Franc est armée depuis le début.

— Fais voir.

Il s'agit de ma dague de Faucheur, aiguisée comme un rasoir et bien huilée.

Une femme parmi les plus jeunes se retourne et sort une lame de sous sa jupe. Elle est rudimentaire, un morceau de fer, mais elle en a affûté le tranchant autant que possible, et la pointe est assez fine pour transpercer n'importe quoi, excepté une armure de combat.

Quatre couteaux.

— Rien d'autre ?

— J'ai ça, murmure l'un des sergents miliciens, sortant une matraque télescopique. Mais ça ne va pas servir à grand-chose. Il nous faudrait un pistolet.

Ses yeux sont sur le point de sortir de leurs orbites quand j'exhibe le flingue que Rachel a volé.

— Charmant, ricane le capitaine. Mais nous sommes toujours enfermés. Et pourquoi vous suivraient-ils ? Si vous n'aviez pas tué ce *sept-tresses*, le colonel Nuevo aurait négocié un repli honorable.

— Octo V tue ceux qui battent en retraite, j'assène.

— Notre cher empereur est à trois cristaux de devenir un Exarche ! crache l'officier.

Le capitaine est énervé, inutile de le préciser. Un peu trop à mon goût. Comment est-il au courant pour le général Lazlo, au fait ? Le colonel Nuevo n'a pas organisé de parade pour me remercier que je sache. Et ces médailles… Impossible d'avoir deux décorations pour deux batailles menées la même semaine, aux deux bras opposés de la galaxie.

— Traître, dis-je en avançant vers lui.

Son cou cède si facilement que je lâche son cadavre avant que les autres comprennent ce qui s'est passé.

— Que Dieu bénisse Octo V, je clame.

Je ne sais pas ce que Haze voit dans mes yeux, mais je sais que ce n'est pas la même chose que les autres.

— Il faut qu'on parle, me dit-il en souriant.

Notre conversation est rapide et sans ambages. Le kyp est mourant, mais comme les symbiotes sont très résistants, il monopolise une grande partie de mes ressources, et draine de la puissance où il le peut. Je peux accepter le symbiote, ou mourir. Ce sont les deux choix qui me restent.

— Pourquoi ne pas me l'avoir dit avant ?

— Je ne vous connaissais pas encore assez.

Je me rends compte à quel point il est renfermé.

Il semblerait que mon corps lutte contre un truc qui s'est déjà aligné sur mes fréquences mentales et qui a développé des tentacules qui montent jusque dans mon cerveau, pour s'enrouler autour de ma moelle épinière comme du lierre.

Haze n'appelle pas ça des « tentacules », il les nomme « dendrites », mais moi, ça me fait penser à des bras de pieuvre.

— Comment on se débarrasse de ces choses ?

— Sven…

Haze ne devrait pas m'appeler par mon prénom, mais je laisse passer pour cette fois.

— Elles sont le fruit du génie génétique. Les kyps combinent une matrice virale avec des sangsues mutantes. Ils ne sont pas vivants au sens où tu l'entends.

— Ça ressemble à de la technologie exarche.

— C'est le cas.

Une dizaine de personnes assistent à notre intense conciliabule, alors je marque une pause pendant que Haze reprend sa respiration.

— Octo V, sais-tu réellement ce qu'il est ?

Je cite les titres de notre chef bien-aimé, prononçant ces mots en imitant le ton des informations : une longue liste de phrases vides de sens à force d'avoir été trop utilisées. Haze me regarde avec attention pour savoir si je plaisante ou pas.

— Octo V est un Exarche, lâche-t-il.

Ça ne me surprend pas tant que ça.

— Nous sommes des soldats au milieu d'une guerre menée par des machines, continue-t-il. Enfin, des esprits collectifs de synthèse. (Il lit sur mon visage qu'il m'a perdu, et il simplifie.) Octo V est un rebelle, les Exarches sont les originaux. Ils ont commencé comme des machines au service des Exaltés, mais les choses ont changé.

J'aurais dû m'en douter après la visite que m'a rendue Octo V sur Farlight. Si froid, si distant, tellement éloigné de l'empereur adolescent fidèle à sa légende personnelle.

Ma décision vient tout naturellement.

Nous sommes ici, nous devons aller ailleurs. Octo V ou les Exarches, le choix est réduit, mais c'est le seul que nous ayons. De toute manière, les grands et bienveillants U/Libres ne sont pas près de nous accepter. Sachant que nous sommes déjà du côté d'Octo V, autant y rester.

— Que dois-je faire avec le kyp ?

— Cessez d'essayer de le tuer.

— Mais je n'y peux rien, moi. C'est mon corps.

— C'est votre esprit, corrige Haze.

Il a un sourire amer, et dans son regard, je distingue l'homme derrière l'enfant, la puissance qu'il développera s'il vit assez longtemps. Haze n'est pas plus humain que moi…

Au moment où je pense ça, la lumière envahit mon crâne et Haze me repousse avec une telle force et si vite que je vacille, les mains crispées sur mes tempes. Shil s'approche de moi avant que je puisse la repousser, mais Haze s'en charge.

Mon esprit est un mur d'enceinte qui s'écroule sous les vagues qui le frappent par surprise : des vues en coupe de mon corps, les niveaux de fatigue, l'endurance et les dégâts subis au combat. Apparemment, je suis en bien meilleure forme que je le croyais, et je n'ai pas encore atteint la moitié de mes seuils critiques.

Mes pensées se stabilisent, et la muraille s'évanouit, pour être remplacée par un autre mur. Mais cette fois, c'est ma création. La barrière qu'avait érigée Haze se resserre autour de lui, puis il disparaît – même s'il se tient toujours devant moi, sa main sous mon coude alors que je peine à me relever.

— Verrouille-la, dit-il.

J'obtempère. Comme c'est étrange, d'obéir à quelqu'un censé recevoir ses ordres de moi. Mais il a raison, je dois me rendre invisible à ceux qui pourraient chercher des échos dans la dimension à laquelle j'appartiens, quelle qu'elle soit.

— Qu'est-ce que c'est que ce bordel ? s'écrie Shil.

— Il est devenu un dieu, lui dit Haze.

Le gamin ne plaisante qu'à moitié.

— Non, j'interviens. Un ange, peut-être… Un démon, possible, mais nous ne sommes pas des dieux. Aucun d'entre nous n'approche de ce niveau.

— Vous êtes devenu un ange ? s'exclame Rachel.

— Pas vraiment, je réplique. Je suis devenu une meilleure machine à tuer.

— En parlant de ça, dit Haze. J'ai un cadeau pour vous.

Il tourne le dos à la pièce, enlève sa veste, puis son tee-shirt, et décolle de son torse un paquet enveloppé d'un étrange tissu argenté.

— Ça vous appartient je crois, dit-il, en l'ouvrant.

— Exactement, dit le SIG. Essaie de ne plus me perdre.

Chapitre 49

Puisque les prisonniers font cercle autour de moi, autant leur avouer la vérité : les six autres bateaux ne finiront pas la traversée, et nous ne pouvons rien y faire.

Comme par hasard, une onde de choc secoue la coque. Je comprends immédiatement que ce n'est pas une coïncidence. Je viens d'analyser la signature d'une roquette qui fond sur sa cible à quatre cents mètres d'ici.

Une deuxième explosion retentit, puis une troisième. La quatrième suit inéluctablement, la milice n'est plus la seule à s'affoler après les deux détonations suivantes. Beaucoup avaient des amis ou des collègues sur ces navires.

— Pourquoi ? demande quelqu'un.

— Parce que ceux que convoitent vraiment les Exarches sont rassemblés dans cette pièce, dis-je.

— Il a raison, ajoute Haze. Le reste n'était que de la poudre aux yeux.

La colère étincelle dans ses yeux. Une haine froide envers ceux qui l'ont créé.

Nous sommes vingt-cinq au maximum. Nous étions deux cent mille lors du largage, avant que je forme les Aux'. À l'époque, mon avenir se résumait à atterrir, éliminer tout ce qui n'est pas de notre côté, et continuer à tirer jusqu'à la mort, ou la victoire.

— Écoutez, dis-je. Croyez-vous qu'ils vont vous épargner si vous vous montrez dociles ? N'y comptez pas. S'ils ne vous tuent pas, je m'en chargerai… Nous allons combattre… tous ! Et nous allons gagner.

Je les manipule, bien sûr. Mais je me manipule également, en cherchant à réveiller cette bonne vieille rage, remplacée par cette froide lucidité qui me terrifie.

— Haze, je lance. Surveille le périmètre.

Il est sur le point d'objecter, mais se ravise dès qu'il remarque mon expression.

— Dépêche-toi, j'insiste. (Je me retourne vers les autres.) Je vais ouvrir cette porte.

Shil me regarde comme si j'étais devenu fou, et Neen n'arrive pas à comprendre pourquoi je l'ai remplacé par Haze. Je n'ai pas le temps de lui expliquer qu'il se trompe.

Je tourne le dos à Haze et regarde les prisonniers.

— Taisez-vous et écoutez.

Nous sommes dans une semi-obscurité. Le grand vestiaire aux parois d'acier est éclairé par des plaques de luminex qui nous donnent l'impression de nous trouver dans un crépuscule permanent. Peut-être que leurs experts en guerre psychologique pensent que ça inhibera notre instinct de survie. Si c'est le cas, nous allons leur prouver leur erreur.

— Nous nous battons maintenant, ou nous mourrons plus tard de toute manière !

Ils sont attentifs. La perspective de la mort a souvent cet effet chez les gens.

— Haze, dis-leur pourquoi.

— Pour la plupart, vous détenez une information qui intéresse les Exarches. Si vous avez de la chance, ils vous découperont l'esprit. Sinon, ils commenceront par le corps, car c'est un moyen plus rapide pour obtenir des renseignements.

— De toute manière, j'ajoute, vous êtes baisés.

— Et il s'y connaît, glisse le flingue.

Ils secouent la tête, se cachent les yeux, le genre de choses que font les gens quand on leur annonce une vérité à laquelle ils ne veulent pas croire.

— Quelqu'un pense que c'est un mensonge ? je demande en balayant la pièce du regard.

Personne.

— Alors, voici ce qui va se passer… Je nous fais sortir d'ici, et cet homme me protège pendant que j'y travaille.

Je n'ai pas besoin d'être proche du verrou pour faire ce qui va suivre, mais je place néanmoins mes mains de chaque côté de la serrure.

— Prêt ? je demande à Haze.

Un mur de silence enrobe mon esprit avant même qu'il acquiesce.

Je distingue l'intérieur du panneau, examine la façon dont il est assemblé. La plaque de céramique est soudée à un réseau de fibres élastiques en carbofullerène montées en ruche. La serrure s'ouvre avec un signal électronique, mais il y a deux sécurités manuelles insérées dans le mur. De l'autre côté de la porte.

Des vues en coupe et des schémas se superposent à tout ce que je vois, et j'attrape une migraine avant de déconnecter une carte et de comprendre que je peux activer et désactiver le processus à volonté.

Sept verrous se débloquent avant de disparaître dans le chambranle de la porte.

— Impressionnant, dit Haze. Vous avez jeté un coup d'œil à la coursive ?

Je secoue la tête, et toute émotion quitte momentanément son visage.

— Dégagée, répond-il.

Les marches sont raides sur ce bateau, comme si quelqu'un avait obligé les échelles et les escaliers à s'accoupler, avant de souder aux murs leur progéniture hybride. Un marin se tient en haut des marches, mais il nous tourne le dos.

Il est seul, émet Gras-double.

J'agrippe ses chevilles avant de sauter en arrière. J'atterris souplement cinq mètres plus bas. Lui est moins souple. Pendant la chute, sa tête heurte le bord d'une marche, rendant inutile l'usage de ma dague.

Neen emporte le cadavre dans le vestiaire. Il le fouille et trouve un couteau, un pistolet, une matraque télescopique et une barre chocolatée à moitié entamée. Il découvre aussi une médaille de Papa Legba le Connecté. Mon sergent est troublé : il porte la même.

— Bien des noms, bien des visages, observe Haze.

Neen répète le mantra, et parvient à se calmer. Laisser la friandise à Maria doit y être pour beaucoup également.

— Tu veux repartir à la pêche ? me demande Haze.

— Non. Ça suffit pour l'instant. Trouve-moi l'armurerie.

Je commence à m'habituer à ses absences maintenant. Je n'ai aucune envie de l'imiter. Un tel niveau d'apathie, c'est la mort assurée au combat. Et puis, mon petit tour de passe-passe avec la porte me laisse l'impression d'avoir escaladé en courant une montagne de huit kilomètres avec un sac à dos rempli de pierres.

— Le pont inférieur, lâche Haze.

— Allons-y.

Neen prend la tête, Shil le suit. Nous sommes armés, et j'ai deux couteaux passés à la ceinture en plus de mon flingue. Sa puce de combat est éteinte pour l'instant et ni Haze ni moi n'avons à dépenser d'énergie en le dissimulant.

Le SIG ne trouve pas ça amusant.

D'un autre côté, il ne voit pas non plus pourquoi nous avons besoin d'armes, quand nous disposons du pistolet le plus intelligent jamais créé.

— Et modeste avec ça, commente Shil.

Haze et Maria me suivent, puis Rachel. Franc ferme la colonne.

Les autres prisonniers restent où ils sont. Je remarque deux choses intéressantes : primo, les Aux' agissent toujours comme une unité. Secundo, les détenus nous obéissent, quel que soit leur grade.

Nous sommes des Faucheurs. Pis, nous manipulons une sorte de magie technologique de merde sûrement volée aux Exaltés.

— Couvre-moi, je murmure à Haze.

Il prend le contrôle des caméras au plafond, leur faisant diffuser en boucle l'image d'un escalier vide pendant que nous descendons d'un niveau.

Quand j'effleure la porte de l'arsenal, Haze élève une muraille autour de mon esprit. Une barrière froide, blanche et solide comme de la glace ou du verre gelé. Le panneau est semi-intelligent. Je suis toujours en train de méditer là-dessus, quand je découvre qu'il me suffit de neutraliser un point précis du panneau, en laissant les sécurités et les algorithmes réactifs en place.

Algorithmes quoi ?

Sauf que je suis déjà dans l'armurerie et que je m'en tape. Devant moi, plusieurs rangées de fusils à impulsion de la marine et deux mitrailleuses que je suis le seul à pouvoir porter. Tant pis, de toute façon, des mitrailleuses sans bac récepteur, c'est le meilleur moyen de se casser la figure et de perforer le plafond.

Je découvre alors quelque chose de très intéressant.

— Quoi ? demande le flingue.

— Par là.

Il scanne l'arsenal, et son humeur empire quand il découvre l'objet de ma surprise.

Un fusil à impulsion permanente. Connu aussi sous le nom d'« orage de mort ».

L'orage de mort est gris ardoise, avec une visée laser, une lunette télescopique et un trépied replié sous le canon moyen à gueule étroite. La batterie est située juste devant la détente. La crosse accepte trois chargeurs différents au cas où la décharge permanente ne serait pas appropriée.

C'est la plus belle arme que j'aie jamais vue.

— De la merde bon marché, grogne le SIG. Conception basique. Il s'enraie sûrement dès la première utilisation. Je ne vois pas ce que les gens lui trouvent.

— Une putain de puissance de feu.

— Inutile.

— Donc tu ne veux pas d'un transfert ? demande Haze.

— Impossible, répond le pistolet. Incompatibilité totale.

— Mais si c'était possible ?

Haze lie les codes pour que l'orage de mort accepte la base de personnalité du SIG, pendant que je modifie le châssis de l'arme. Avec mes nouvelles connaissances et ce que j'ai appris dans la Légion, transformer un Colt SW 37-12 pour qu'il accepte la puce de combat du Diabolo est un jeu d'enfant. J'ajoute une crosse escamotable sans même y penser. Je vérifie qu'elle se plie et se déplie sans problème.

Nous venons de créer le SW SIG-37 Diabolo. Le premier pistolet-mitrailleur intelligent de la galaxie, avec crosse modifiée et capacité d'orage de mort. Mais ce n'est pas aussi impressionnant que notre véritable exploit : faire taire le pistolet.

— Tu souris, me dit Shil.

Nous quittons l'arsenal avec assez d'armes pour livrer une petite guerre – c'est bien ce qui est prévu. Haze recommence sa manipulation des caméras, et nous retrouvons le vestiaire quelques minutes après.

— Tenez, dit Neen aux prisonniers. Prenez une arme.

Tout le monde veut un fusil à impulsion, même ceux qui n'en ont jamais touché. Je les oblige aussi à prendre un couteau en cas de corps à corps. Avec les Aux', nous prenons une demi-douzaine de lames, et accrochons des pistolets en cordeau autour de notre cou. Nous n'en avons pas besoin, mais nous forgeons déjà notre mythe.

— Je passe devant…

La phrase de mon sergent tient autant de la vantardise que de la prière. Je dois le mettre au courant pour Haze. Pour l'instant, le frère de Shil pense que nous avons eu de la chance dans la coursive. Même s'il sait que Haze est différent, il n'imagine pas à quel point. Et puis, je n'ai pas le temps pour ce genre de rivalité.

— Reculez pendant que je parle avec mon sous-officier.

Les prisonniers obéissent.

— Si je tombe, je souffle à Neen, tu es foutu.

Mon propre sergent me toise.

— Mais si ça arrive, je continue, c'est toi qui diriges les Aux', car tu es le meilleur soldat dans cette pièce. D'un autre côté, il n'y a pas de réelle concurrence. En dehors de Franc, mais elle est cinglée.

Il sourit.

— Tu prends le commandement et mon grade, j'ajoute avant de lui expliquer le coup des caméras. Je lui précise aussi qu'ouvrir la porte est un tour de passe-passe comparé à la puissance générée par Haze chaque fois qu'il élève un camouflage mental.

— Nous allons gagner, je conclus.

— Vous le croyez vraiment ?

— Putain que oui ! je réplique. Même si nous devons tous en crever.

Neen éclate de rire.

Chapitre 50

Tout le monde m'écoute quand j'annonce que Neen me remplace si je me fais descendre. Quelques officiers de la milice font la gueule, mais personne ne proteste. Nous leur avons donné des armes, nous avons ouvert la porte de leur cellule, et surtout, nous représentons leur seul espoir.

Un espoir puant, mal habillé et pitoyable, mais un espoir quand même.

— Je vous présente Haze, dis-je. Il a plus de merde dans la tête que vous dans les tripes, et c'est mon officier de renseignement. Si vous n'avez jamais entendu parler de quelqu'un comme lui, c'est parce que vous n'êtes que des troufions ignorants. Haze, trouve-moi la route à suivre.

Nouvelle absence.

— Par là, dit-il. Trois ponts au-dessus, une centaine de pas en avant. Le bateau est en pilotage automatique. (Il hésite, puis revient.) Il y a treize personnes entre nous et le poste de contrôle.

— Vous avez entendu le monsieur ? je déclare à mes Aux'. C'est là que nous allons.

— Combien sont-ils sur le navire ? demande Neen.

— Cinquante-huit, répond Haze sans disparaître.

Il semble qu'il ait trouvé l'information auparavant.

Haze se retourne vers moi.

— On la joue bruyante ou silencieuse ?

— Les deux.

Un couteau s'enfonce dans le dos du premier garde. Du beau travail : Neen glisse la lame entre deux côtes, et perfore le cœur. La mort est trop rapide pour que le type puisse crier. Il en tue deux autres aussi vite, sans aucun bruit.

Tout se passe bien, beaucoup trop.

Ça ne dure pas.

Nous sommes montés d'un niveau, et notre prochain objectif est une volée de marches, quand un *trois-tresses* apparaît soudain.

— Merde, lâche Haze contrit.

Le Casque d'Argent a échappé à son radar.

Le tressé hurle et enfonce un bouton d'alerte. Franc et Shil ouvrent le feu, les doigts crispés sur la détente, et l'Exalté n'est plus qu'une ombre graisseuse imprimée sur l'escalier.

Mais la sirène continue de hurler.

Neen se précipite vers les marches, faisant feu, le fusil collé à la hanche. Je veux passer devant lui, les choses arrivent trop vite pour moi. Cinq ennemis à terre, il en reste huit sur treize.

En théorie.

En pratique, d'autres portes s'ouvrent, et un Poing d'Argent aboie ses ordres non loin de là.

Une main agrippe mon bras.

Je cogne Haze sans réfléchir. Je ne lui en veux pas, je ne pense pas qu'il aurait dû mieux me protéger, je suis seulement gagné par la violence ambiante, et mes réflexes ont pris le dessus. J'ai toutes les peines du monde à retenir le coup suivant.

— Au temps pour moi, dis-je.

Il se relève, et me saisit de nouveau. Ses larmes se mêlent au sang de ses lèvres fendues. Ses yeux roulent dans leurs orbites, et il tente de s'expliquer.

— Je suis désolé, bredouille-t-il.

— Laisse tomber.

— Elle a levé son bouclier. Je n'étais pas prêt.

À mon tour, je le prends par les bras, le retourne, et je comprends qu'il a peur de moi. Ça tombe bien, moi aussi. Il est également effrayé par l'endroit où il se trouve, ou par la merde qui explose sous son crâne et celle qui est sortie de sa cachette. Mais il tient bon : je veux dire qu'il se décompose sous mes yeux, mais il garde le mur intact.

— Qui a levé son bouclier ?

— Elle est ici, bafouille-t-il. Sur ce bateau.

— *Qui ?*

— Duza, la *onze-tresses.*

Je libère Haze, et l'adosse à la coursive. Le combat fait rage sur le pont supérieur, mais je dois lui parler.

— Écoute, lui dis-je. Personne d'autre n'aurait pu accomplir tout ce que tu as réussi.

Gras-double essuie le sang qui perle de sa bouche d'un geste machinal du dos de la main. Sa voix se raffermit.

— Quoi qu'il en coûte…

Parfait, il est de retour.

— Conduis-moi au poste de pilotage.

— Si je le fais, répond-il, je serai obligé de baisser le bouclier pour tout le monde. Duza saura combien nous sommes… et où nous nous trouvons.

— Tant pis.

Les éclairs de plasma fusent au-dessus de nos têtes. Shil et les autres ont disparu. Seuls quelques miliciens restent encore au pied de l'escalier. Ils sont armés, mais terrifiés, et maintenant que je les ai repérés, ils ont encore plus peur.

— Montez là-haut et crevez comme des hommes ! je hurle.

Ils obéissent.

Quand j'arrive au sommet des marches, je comprends que notre unique avantage réside dans l'obstination de Neen et Shil. Couchés sur le sol, ils abattent un Poing d'Argent assez stupide pour passer sa tête par la coursive.

Ils ont le nombre pour eux, mais aussi l'entraînement et de meilleures armures.

Enfin, ça joue contre nous jusqu'au moment où je sors mon pistolet.

— Règle ton potentiel de combat au maximum.

— C'est pas trop tôt, grogne le flingue.

Le tout nouveau SIG-37 scanne le corridor, et envisage une dizaine de munitions différentes en une fraction de seconde. On parie combien qu'il va opter pour l'orage de mort ?

Enfin, à quoi ça sert de trimballer trois charges énergétiques sinon ?

Si on en croit l'étiquette, une seule batterie dure soixante-seize heures dans des conditions de combat classiques. Je suis sûr qu'on peut vider les trois avant la fin de la bataille.

— Baissez la tête !

Au-dessus de Neen, le feu balaie la coursive.

Quand je jette un coup d'œil, Maria et Rachel sont agenouillées derrière moi pour parachever le travail, mais il n'y a plus grand-chose à faire. Le Diabolo crache un rayon continu de plasma qui fait fondre le métal et découpe la céramique comme du beurre.

Le SIG-37 sifflote presque en perforant une paroi blindée juste pour le plaisir, avant d'emporter un morceau de plafond.

— Avance, lâche-t-il.

Mais je n'ai pas attendu son conseil.

Nous atteignons le coude au pas de course. Je me décale et défouraille dans le corridor, incinérant cinq ou six gardes. La chance est de notre côté, à moins que ce soit la folie. Les caméras de sécurité pivotent frénétiquement, et je les crame, avant de détruire le panneau de luminex, plongeant dans l'obscurité la zone située devant nous.

— Merde, dit Shil.

— Suis-moi.

Le SIG-37 éclaire la coursive. Il constitue une cible parfaite pour les Poings d'Argent, mais aucun d'eux n'a le temps ne serait-ce que d'appuyer sur la détente.

— Cinq heures…

— Quatre heures, bas…

— Douze heures…

Mes réactions sont si rapides que je me froisse les muscles tout seul. Mais ça fait longtemps que je n'y prête plus attention. Je suis plus que prêt à sacrifier tout le monde pour descendre une *onze-tresses*.

Moi y compris.

— Sniper sur le toit ! crie quelqu'un.

Il n'y a pas de toit, mais les habitudes ont la vie dure. Un tir retentit depuis une conduite d'aération.

— À moi, crache le flingue.

Une décharge de plasma propulse un cadavre carbonisé sur le pont. Des flaques de plafond fondu s'étalent autour de lui.

— Maria est touchée, mon lieutenant.

La voix de Shil.

— C'est grave ?

Son regard tombe sur Neen qui est agenouillé près de sa petite amie. Il a recouvert le ventre de la femme avec sa veste.

Mauvais signe.

Il serre la main de Maria dans la sienne. De l'autre, il sort sa dague.

— Couvre-moi, je murmure à sa sœur.

— Tu veux que je m'en charge ? dis-je à Neen.

— Non. C'est à moi de le faire.

Je me retourne. Le sergent enfonce sa dague sous les côtes de Maria, et lui transperce le cœur. Quand il relève la tête, une noirceur s'est installée dans ses yeux.

— Une mort rapide, je commente en lui tapant dans le dos. On ne peut pas demander mieux.

Les ténèbres n'ont pas bougé, alors je vais rejoindre Haze.

— C'est encore loin ?

Haze s'éclipse, puis cligne des yeux, les sourcils froncés.

— Encore un niveau. Mais ils installent une mitrailleuse. Voulez-vous que Neen et moi la neutralisions ?

Le gamin tremble. Il tremble vraiment beaucoup. Je ne sais pas ce qu'il fait avec sa tête, mais c'est manifestement en train de le tuer.

Il est temps de changer les règles.

— Non, je réplique. Laisse les autres s'en charger. Je veux que tu pirates leur réseau satellite et que tu programmes une transmission interplanétaire.

— Qui voulez-vous appeler, mon lieutenant ?

— Tout le monde…

Il me regarde avec stupéfaction.

— Je veux attirer l'attention de toute la galaxie. Il faut que ça arrive chez l'U/Libre, chez Octo V, et surtout chez les Exarches.

Haze se concentre sur le problème, je vois presque les rouages de son esprit tourner pendant qu'il considère les différentes options, et aboutit à une conclusion qui ne lui plaît pas.

— C'est faisable, concède-t-il. Mais dans ce cas, je ne peux plus vous camoufler.

— Pas de problème.

— Le général Duza va vous repérer.

— C'est le but. (J'agrippe ses épaules, soulignant la gravité de la situation. Je viens d'avoir une idée.) Comment font les Exaltés pour se dématérialiser ?

Il me transmet la réponse directement par la pensée. Je ne comprends rien, jusqu'à ce que les concepts s'éclaircissent dans mon esprit, luttant pour s'adapter à mes nouvelles connaissances inconscientes.

Mes capacités ont des niveaux d'applications que je ne soupçonnais même pas. Je déteste cette espèce de merde vaudoue. Je l'ai toujours haïe. Qu'on me donne un flingue et un ennemi, j'irai jusqu'au bout et au-delà. Ce bordel exarche me donne le tournis. Au propre comme au figuré.

— Il va bien ?

Neen se tient à mes côtés. Il semblerait que nous nous trouvions plus loin dans le corridor. Sa cadence de tir a tellement diminué qu'un canon de fusil Poing d'Argent sort d'un angle, tire quelques rafales, puis le soldat décide de suivre son arme pour voir ce qui se passe.

Cinq personnes le réduisent à un tas de cendres.

— Qu'en est-il de la mitrailleuse ?

Neen est décontenancé.

— On l'a détruite.

Il y a longtemps, ne franchit pas ses lèvres.

— OK, je souffle à Haze. Envoie dans cinq secondes.

Neen veut dire quelque chose, mais Haze fait le décompte avec ses doigts, et nous atteignons zéro avant que le sergent puisse protester.

Ange ou démon, je suis sur le point de le découvrir…

Chapitre 51

— Ici Sven Tveskoeg, lieutenant Faucheur, Croix d'Obsidienne de première classe. Il y a trente minutes, un navire commandé par le général Duza en a coulé six autres avec à leur bord des prisonniers octoviens en route pour Bhose. Je suis un soldat, un ancien légionnaire, la mort ne m'effraie pas. Mais cela n'est pas un acte de guerre, ce n'est même pas une exécution légale. Il s'agit d'un meurtre commis sur cinq mille hommes et femmes désarmés.

Instinctivement, je double le nombre.

— Les satellites révéleront facilement la véracité de mes dires. À moins, bien entendu, qu'ils soient mystérieusement tombés en panne… J'aimerais ajouter autre chose : il y a quinze survivants avec moi, les derniers témoins de cette atrocité. Nous nous sommes évadés et avons pris les armes. Cette partie du message est destinée à l'équipage du *Vent d'Hiver* : armez-vous également, car nous allons vous tuer jusqu'au dernier. La moindre des choses pour des fumiers sans couilles dans votre genre, c'est de mourir en combattant. Un privilège que vous avez refusé à la plupart des prisonniers…

Neen me regarde les yeux écarquillés, et Shil a la main sur la bouche. Aucun ne surveille la coursive.

— Faites votre boulot, je leur crache.

Ils hochent la tête. C'est la dernière chose que je vois avant de disparaître.

Une lumière blanche, de l'électricité statique. Les molécules dansent comme de la fumée, et les couleurs se mélangent jusqu'à ce que je plonge dans les ténèbres. Je savais que ç'allait être difficile. Haze est comme un écho dans mon esprit, et je comprends qu'il me camoufle de nouveau.

— *Vous êtes arrivé*, fait-il.

— Je sais.

La *onze-tresses* se retourne, bouche bée. Elle est plus grande et plus vieille que ce que je croyais. Sa peau ressemble à de l'écorce usée. Cette femme exsude le pouvoir, et elle est rapide.

Elle s'évanouit avant même que je le remarque, et un impact me projette contre le mur. Elle aurait dû utiliser un couteau, pas son poing. La paroi disparaît, car je me dématérialise pendant une fraction de seconde.

Duza fait volte-face, et me fusille du regard.

J'appuie sur la détente, et un mur s'effondre sur lui-même, exposant le poste de pilotage à la pluie et aux vents de la nuit. Je pivote et le SIG-37 vide la pièce de tout ce qui pouvait être humain. Ce n'est même pas intentionnel

Je cherche la Casque d'Argent.

— Derrière, dit le flingue.

Un éclair s'abat à l'endroit où je me tenais. Mais je ne suis plus là, j'apparais dans le dos de Duza, avec une cuisse brûlée en prime.

— Trop lent, commente le SIG. Accélère.

L'Exaltée se retourne en entendant la voix, et j'agrippe l'une de ses onze tresses. Une décharge consume ma chair, et l'os apparaît là où se trouvait ma paume. Je change de main, lâchant le pistolet qui jure copieusement en touchant le sol. Mais c'est un réflexe, comme celui d'enrouler le câble autour de mes doigts. Elle finit par arracher elle-même la natte métallique.

Lumière blanche et électricité statique.

Elle m'attend le pistolet à la main quand je sors d'un mur. Plusieurs choses arrivent en même temps.

— C'est la fin, dit-elle.

Mais ce n'est pas la chose la plus importante.

Elle presse la détente, au moment où je lui lance de toutes mes forces ma dague en plein visage. Elle tire aussi bien qu'on le dit. L'arme se désintègre en plein vol.

Carbone, chrome, cobalt, manganèse, molybdène, silicone et vanadium.

Je goûte la destruction de la dague sur ma langue.

Je la vois également.

Je suis maintenant derrière elle. Duza a raison : c'est la fin. Je saisis quelques tresses et lui tire la tête en arrière. Je perçois le grésillement familier quand elle essaie de se dématérialiser. La peur, la souffrance et ma prise la bloquent suffisamment longtemps pour que je la décapite avec sa propre lame.

Et c'est vrai : sa peau est vraiment aussi dure que du vieux chêne.

— Cette passion que tu éprouves pour les couteaux, glisse le SIG quand je le ramasse, il faudra qu'on en parle un de ces jours.

— Mon lieutenant ?

Le cri vient de Neen.

— Oui, c'est moi.

— Vous pouvez cesser de tirer, mon lieutenant, dit-il. On a réussi.

Les Aux' jettent un coup d'œil à la tête pendue à ma main, et se regardent entre eux.

— Vous voulez peut-être qu'on vous débarrasse de ça, mon lieutenant ? continue le sergent.

J'attends un rapport de situation, le nombre des pertes et de blessés, comment les Aux' ont neutralisé les gardes restants et l'équipage, mais manifestement Neen a autre chose en tête.

Comme les autres.

— Pourquoi ? je demande.

— Parce que nous avons de la visite, lâche Haze.

Shil arrange mon uniforme, me dévisage, et décide d'arrêter.

— Prenez votre pistolet, conseille-t-elle. Mais si j'étais vous, je le pointerais vers le sol.

Je devine ce qui m'attend.

— De quoi ai-je l'air ?

— D'une épave.

— *D'une épave, mon lieutenant…*

Elle me salue avec exagération, puis remarque ma cuisse brûlée.

— Voulez-vous que je bande ceci avant ?

— Non. Ça tiendra.

Nous sortons tous ensemble. Pas seulement les Aux' et moi, mais tous les prisonniers, jusqu'aux filles réservées à l'équipage pour le distraire jusqu'à Bhose. Nous sommes armés d'un mélange bigarré de dagues, de fusils à impulsion et de pistolets, mais chacun prend garde à laisser les lames dans les fourreaux, et les doigts loin des détentes.

S'il y a bien une chose qu'on ne peut retirer à l'Union Libre, c'est que son argumentaire est d'une puissance tellement colossale qu'elle peut se permettre de parler doucement. Pas besoin d'élever la voix quand on peut annihiler n'importe quelle planète ou n'importe quelle flotte d'un seul battement de paupière.

Le *Vent d'Hiver* est baigné de lumière, même si nous n'arrivons pas à en déterminer la source. Une sorte de champ de force tient la tempête à l'écart, et la pluie s'écoule le long d'un mur invisible. Un énorme ovale noir glisse au-dessus des vagues jusqu'à se placer côte à côte avec notre pont dévasté.

— À vos rangs, fixe ! crie Neen.

Sous nos yeux, une fraction de la masse disparaît. Elle ne s'efface pas, elle ne s'ouvre pas. Elle n'est plus là. Une jeune femme monte à notre bord. Elle porte une veste des plus ordinaires, un pantalon noir et des chaussures claires. L'effet est bien plus élégant qu'elle est en droit de l'attendre.

Je la reconnais immédiatement.

— Paper Osamu, se présente-t-elle.

Tout le monde sait que les citoyens de l'Union peuvent remplacer leur corps et combattre l'effet du temps. Il y a donc de bonnes chances pour que Mme Osamu soit bien plus vieille que nous, et peut-être de plusieurs siècles. Pourtant, elle semble aussi jeune que Neen, ce que je trouve un peu déconcertant chez quelqu'un qui se présente comme le nouvel ambassadeur de l'U/Libre dans cette section de la spirale extérieure.

— Lequel d'entre vous est Sven Tveskoeg ?

J'avance, conscient que ma blessure me fait boiter.

Un défilé d'informations dans ma tête me souffle que nous restons sous l'œil des caméras depuis l'arrivée de l'ombre ovoïde jusqu'à son départ. J'essaie donc de garder la tête haute et le dos droit, mais la fatigue me fait vaciller, et quand je sers la main de Paper Osamu, je ne peux réprimer une grimace de douleur.

Elle retourne ma main carbonisée dans la sienne, gantée de noir, et découvre les dégâts.

— Vous êtes blessé.

— Nous avons dû nous battre.

Ses lèvres se pincent, comme si elle s'apprêtait à sourire.

— Nous l'avons appris, souffle Paper Osamu. Nous avons aussi examiné les satellites-espions, et vous aviez raison : ils ont tous subi des dysfonctionnements au même moment. Quoi qu'il en soit…

Elle ménage une pause, telle une oratrice rompue aux allocutions, et je tiens là ma preuve qu'elle est plus vieille qu'elle paraît.

— Nous avons repéré les épaves, mais aussi des cadavres. Au moment où je vous parle, une équipe de l'Union Libre rassemble des preuves. Si vous dites la vérité… (elle hésite vraiment pour la première fois) et je pense que c'est le cas, je remplirai un rapport pour crime galactique. Génocide au troisième degré. Vous pourriez être cité à témoigner.

— Vous avez fait vite.

Les mots s'échappent de mes lèvres avant que je puisse les retenir.

— Nos vaisseaux sont rapides, sourit Paper Osamu.

Un bon résumé pour : « Nos appareils ouvrent des portails dans l'espace, et glissent entre les dimensions. » Elle a un accent légèrement dédaigneux, et son expression est un peu trop neutre quand elle observe le pont. Elle est sur le point de nous offrir l'équivalent U/Libre de la commisération, et je vais me mettre en colère.

Mauvaise idée.

— Nous avons des blessés, je murmure. Pourriez-vous nous donner quelques fournitures médicales ?

— Nous demandez-vous de l'aide ?

Quelque chose dans la voix de l'ambassadeur m'inquiète. Elle est devenue très formelle. Nous venons d'entamer une négociation dont seules elle et un demi-trillion de personnes, connaissent les règles. Malheureusement, nous ne sommes pas compris dans ce nombre.

— Oui, je réponds, sans me laisser le temps de changer d'avis. Je vous demande de l'aide.

Des ouvertures apparaissent sur les flancs de leur appareil, et une poussière se répand. Elle n'est pas ordinaire, elle possède sa propre volonté, et vient s'enrouler autour de ma main avant que je puisse protester. Les autres aussi se voient entourés de la même manière.

— Ne bougez pas, conseille Osamu. C'est plus facile comme ça.

Nous avons droit à un vaste aperçu de la puissance U/Libre. Je me rappelle alors que la scène est retransmise chez les Exarches, comme à Farlight et dans les autres villes d'Octo V.

Aux portes d'Ilseville, les Exaltés ont défié l'Union, en essayant de lui faire croire qu'ils s'adressaient à Octo V.

Voilà la réponse.

Il y a une symétrie élégante dans la manière dont les U/Libres nous utilisent pour avertir les Exarches, comme eux-mêmes nous avaient utilisés pour défier l'Union. Un autre aspect de la politique m'apparaît : la présentation est importante.

— Merci, dis-je, en regardant ma main guérie. C'est très impressionnant.

— Je suis contente que cela vous plaise, répond Paper Osamu, avec une moue. Est-ce que je peux faire autre chose pour vous ?

J'observe mes camarades, le bateau en ruine et la masse sombre de l'océan en furie. J'en ai marre de ce monde, et je pense que les autres sont du même avis.

— Si ça ne vous dérange pas, je murmure, vous pourriez nous déposer ?

Chapitre 52

L'Union Libre attend six semaines avant de nous libérer. À aucun moment, nous ne sommes considérés comme des otages ou des prisonniers. On nous traite avec respect, nous sommes nourris, soignés et on nous laisse libre accès à une salle de sport et de musculation. Bien entendu, on nous garde en isolement, et les seuls visiteurs que nous voyons viennent pour nous soigner ou nous interroger.

Selon Paper Osamu, ce que je fais est dangereux.

Au début, je pense qu'elle parle de la carrière de soldat.

Pas du tout.

Elle parle de mon manège à travers les dimensions avec le kyp, la prévision du futur, et le vol d'informations à toutes les sources possibles. C'est périlleux, très probablement illégal, et il y a de grandes chances que ça me tue.

Je n'ai pas le droit de le faire à bord de son vaisseau.

En tout, on me questionne à cinq reprises, et c'est toujours Paper Osamu qui s'en charge, même si le public change chaque fois. Son vaisseau se trouve dans un endroit non spécifié, mais certainement en dehors de notre système.

Tout est si calme que je commence à croire que nous avons basculé dans une des dimensions dont parle Haze. Quand j'en discute avec Mme l'Ambassadeur, elle a un sourire indulgent et me parle de bruits blancs et d'ergonomie acoustique. C'est à ce moment que je décide de garder mes autres théories pour moi.

Elle accorde à Haze le libre accès à sa bibliothèque.

Au bout de quelques jours, et sur sa suggestion, je bénéficie du même droit.

Je m'intéresse à l'astronomie et à la puissance des étoiles. La taille des étoiles mortes peut varier entre celle d'une ville et cinq fois celle du soleil de Karbonne. L'énergie dégagée par la libération d'un seul photon au cœur d'une étoile met un million d'années pour atteindre sa surface. De nombreuses étoiles sont en fait plus anciennes que l'Univers, ce qui suggère des niveaux de complexité encore inexpliqués.

Haze adore ça, mais d'un autre côté, il développe de plus en plus son potentiel de *deux-tresses*. Moi, je reste une machine à tuer. Quoi qu'il en soit, j'apprends beaucoup de choses intéressantes, dont certaines utiles.

La technologie exarche est illégale dans l'espace contrôlé par l'U/Libre, parce que l'Union la trouve primaire et instable. Le téléchargement de personnalité est tout à fait autorisé chez les citoyens U/Libres, de même que la fusion avec une conscience collective, du moment qu'elle est consensuelle. L'augmentation corporelle est monnaie courante, virale ou chirurgicale. Mais toute technologie non contrôlée est considérée comme dangereuse, d'où l'interdiction.

Je ne sais pas pourquoi, mais je me renseigne sur Octo V.

Conscience collective rebelle, à présent autonome. L'empereur était un Exarche, mais il les a quittés. L'insulte suprême pour leur ego. Il est clair que l'U/Libre voit ça d'un mauvais œil.

Paper Osamu me rend visite le soir même. Elle est bien habillée et totalement professionnelle. Si je désire demander asile auprès de l'Union, elle est convaincue que ça ne posera aucun problème.

Il semblerait que je sois « plus puissant qu'il paraît ». Et « supérieur à la somme de mes éléments ». Rien qu'à l'entendre, ma migraine empire. L'idée de l'exil perd de son charme quand je m'enquiers du sort des Aux'.

— Définissez « Aux' ».

— Mon groupe de combat, mon équipe – Franc, Haze, Neen, Rachel et Shil. Nous formons une unité.

Mon petit doigt me dit que Mme l'Ambassadeur s'interroge sur le bien-fondé de cette proposition d'asile. Elle n'a pas à s'inquiéter, je refuse dès que je comprends que les autres ne sont pas inclus.

Je souhaite les voir.

Mme Osamu m'annonce que c'est impossible.

Nous sommes tous – enfin, ce qui reste de l'armée – répartis par ordre de grade, de régiment et de sexe. Il semblerait que Paper considère nos modèles sociaux, nos relations interpersonnelles et sexuelles comme injustes, et elle ne veut pas s'impliquer en favorisant une routine hiérarchique tant que nous sommes sous sa responsabilité.

Haze, lui, dit qu'elle est prude, et que si elle prône la postsexualité comme un idéal de vie, cela signifie simplement qu'elle en a tellement marre de baiser qu'elle ne supporte pas que les autres le fassent. À la façon dont il rougit après cette tirade, je devine que les choses ont davantage évolué qu'on l'imagine entre Rachel et lui.

Le jour suivant l'offre d'asile, Paper Osamu me réveille à l'aube pour que je rassemble mes affaires. Nous sommes restitués aux autorités octoviennes.

Bien entendu, dès que nous posons le pied sur le vaisseau amiral du général Jaxx, nous sommes arrêtés pour trahison, désertion et lâcheté face à l'ennemi.

Chapitre 53

Mon procès est simple, expéditif, et le verdict évident. Un lieutenant que je n'ai jamais rencontré me défend. Il prend à peine le temps de me parler avant l'audience.

Un colonel est assis derrière un bureau.

Il est en uniforme d'apparat, complet avec médailles diverses et Grand-Croix d'Obsidienne. Sa fourragère pend sur son torse. Elles font toujours ça. Il a les yeux froids comme de la glace, et sa bouche est figée en un rictus de dégoût, comme s'il ne supportait pas l'odeur de trahison qui embaume la pièce. Je suis le premier à passer.

Ma sentence sera valable pour tous les autres. C'est la logique des Faucheurs et un précédent légal. J'ai commandé le groupe qui a piraté le navire de la Casque d'Argent.

Le colonel me demande si je comprends.

— Oui, je comprends parfaitement.

— Lecture de l'acte d'accusation.

Très simple : les soldats octoviens sont tenus de se battre jusqu'au dernier, or, nous nous sommes rendus sur l'ordre du colonel Nuevo. Sachant que notre devoir envers Octo V prime sur tous les autres, notre obéissance aux ordres constitue un acte de haute trahison.

— Comment plaidez-vous ?

— Coupable.

Le colonel relève la tête de son écran, la main figée dans la tâche qu'elle effectuait pendant la lecture de l'acte. Il s'imaginait peut-être que je plaiderais innocent.

— Mais ce n'est pas le colonel Nuevo qui a donné cet ordre.

L'officier qui assure ma défense s'avance. J'aurai le temps pour un bref commentaire un peu plus tard. Pour l'instant, je me dois de garder le silence.

Le colonel n'est pas de cet avis. Nous sommes dans son tribunal et il est le plus gradé dans la salle. Quand il décide de m'interroger directement, mon avocat n'a pas d'autre choix que de se rasseoir et d'attendre, le visage soigneusement neutre.

— Comment le savez-vous ?

— Parce que j'étais présent.

Le colonel me fusille du regard.

— Vous vous adresserez à moi en utilisant mon grade !

— Pourquoi ?

Ça valait le coup, rien que pour voir la gueule de l'officier. En revanche, il adopte presque le ton de la discussion quand il me donne un cours sur les grades, le respect et la hiérarchie. Et quand je glisse un « intéressant... », il ignore soigneusement le fait que je n'ai rien ajouté à la fin de mon commentaire.

— Où était-ce ?

— Place Néron. Notre QG dans Ilseville.

L'homme vérifie quelque chose sur son ordinateur.

— Vous apportiez un message ?

— J'étais l'aide de camp du colonel Nuevo.

Il maîtrise bien sa surprise. Nous pouvons continuer comme ça pendant cinq minutes, peut-être même une heure, mais je n'en vois pas l'intérêt. Je décide de simplifier les choses, car c'est ainsi que la vie vaut d'être vécue.

— J'ai envoyé cet ordre.

Le silence règne sur le tribunal. J'ai toute son attention. D'ailleurs, l'officier chargé de l'accusation est presque violet de colère, mais comme le colonel ne dit rien, il suit son exemple.

— Cela faisait partie d'une stratégie.

Les officiers se regardent entre eux. Le colonel regarde son écran, puis vérifie une nouvelle fois. Je ne sais pas ce qu'il espère trouver, mais ce n'est pas là.

— Je vous rappelle que vous êtes sous serment.

J'avais l'intention de réclamer la clémence pour les Aux', et d'accepter toute la responsabilité. J'ai changé d'avis en découvrant que mon jugement leur serait appliqué. Il me faut un meilleur plan.

Je place mon poing sur mon cœur. Le vieux signe de respect de la Légion. Je m'aventure très près de la vérité, en y ajoutant quelques modifications cruciales.

— Après avoir signé l'ordre, le colonel Nuevo s'est donné la mort. Le capitaine Mye a suivi son exemple... Et il ne restait plus que nous pour exécuter ses dernières instructions.

— « Nous » ? demande le colonel.

— Les Aux', moi, le sergent Neen, le caporal Franc, et les soldats Rachel et Shil, plus le soldat Maria, mort au front.

— Il manque un élément, souligne-t-il en vérifiant ses notes.

— Haze, j'explique. Notre officier de renseignement.

Le colonel se penche, intéressé malgré lui. Les préjugés sont des choses merveilleuses. Il nous considère comme un groupe de miliciens commandé par un officier renégat. Pourtant, nous avons pris le contrôle d'un bateau exarche et contacté l'U/Libre. Les groupes de miliciens s'embarrassent rarement de recueillir des renseignements.

— Vous étiez lieutenant, dit-il. Au milieu de commandants et de capitaines. Comment auriez-vous pu connaître la stratégie en question ?

— Je ne peux pas répondre à cette question.

— Pourquoi ?

— Parce que vous n'avez pas le niveau d'accréditation nécessaire.

Taper là où ça fait mal. Quand on utilise les mots justes, même les pires mensonges ont l'apparence de la vérité. Tellement d'ailleurs que moi-même, je commence à y croire. Quelque chose doit se lire sur mon visage, car le colonel s'engage dans une discussion animée avec le major assis à côté de lui.

— Qui peut le confirmer ?

L'ensemble de la cour, les cinq officiers, connaît déjà ma réponse. Ils savent que ce procès ne leur appartient plus.

Le sergent Hito apparaît pour m'escorter hors de ma cellule. Je ne sais pas ce qui m'énerve le plus : essayer de trouver ce que je vais bien pouvoir raconter au général Jaxx, ou le fait que la Carne refuse de répondre à mes questions.

Hito garde le silence pendant les cinq minutes nécessaires pour quitter le tribunal, prendre l'ascenseur, descendre de quinze étages, et arriver jusqu'au bureau du général. Il ne me dit pas de la fermer, il ne secoue même pas la tête quand je lui adresse la parole, il se contente de m'ignorer jusqu'au moment où il frappe à l'épaisse porte d'acier…

— Entrez…

La voix est assez forte pour résonner dans le couloir.

Un major que je ne reconnais pas lève la tête. Son regard glisse sur moi et il congédie le sergent Hito d'un mouvement du menton. Le major est jeune, et un peu trop conscient de sa propre élégance. Je remarque que le sergent serre les dents, mais il salue, tourne les talons et me laisse planté dans l'antichambre.

— Qu'est-ce que c'est que ça ? demande-t-il en désignant le sachet argenté dans mes mains.

— Un cadeau pour le général.

— Je m'en charge.

— Sûrement pas.

Il se fige, bouche bée devant tant d'insubordination. Je commence enfin à m'amuser. Le problème quand on est le patron, c'est qu'il n'y a aucun supérieur à insulter.

— Donnez-moi ça.

Je refuse.

Il commet alors une grave erreur : il sort son pistolet. Je sais pertinemment qu'il ne va pas m'abattre, même lui n'est pas assez bête pour le faire. Le général Jaxx serait très contrarié.

Il y a une règle de base en combat : ne jamais sortir une arme qu'on n'est pas prêt à utiliser.

— Donnez-le-moi, répète-t-il en tendant son autre main.

Je secoue la tête.

Encore.

— Je vous préviens.

Rire n'est pas la meilleure de mes idées, ni cogner ce jeune con quand il essaie de m'assommer à coups de crosse. Mais comme je l'ai déjà frappé une fois, ça serait dommage de ne pas finir le boulot.

— Ça suffit, dit une voix. (Elle est posée, mais seul un abruti ignorerait la fermeté impitoyable qui se cache derrière.) Frapper un officier supérieur est une faute grave.

— Pire que la trahison ?

Le général Jaxx me dévisage, avant de poser les yeux sur le major.

— Vous pouvez nous laisser, lâche-t-il.

L'homme rengaine son arme, et boitille hors de l'antichambre, en faisant bien attention à saluer le général avant de s'éclipser.

— On ne plaisante pas avec la trahison, gronde l'officier suprême.

— Non, j'ajoute. On ne peut imaginer pire crime.

— Il semblerait que vous ayez exécuté un capitaine Faucheur pour cela, justement.

Je comprends ainsi qu'il a interrogé au moins un des survivants avant moi.

— Personne n'a été blessé, continue-t-il comme s'il lisait dans mes pensées. J'ai eu un bref entretien avec l'un des généraux de la milice.

Il sourit devant ma confusion.

— Il s'était déguisé en soldat de première classe. Pas vraiment un exploit, si vous voulez mon avis, mais il est très content de lui... Apparemment, vous avez tué le capitaine, parce qu'il avait insulté Octo V. Qu'a-t-il dit ?

— Que notre chef bien-aimé n'est qu'une simple machine.

— Et qu'en pensez-vous ?

— Moi ? je fronce les sourcils. Je refuse d'y croire.

— Que c'est une machine ?

— Qu'il y a quelque chose de simple avec Octo V.

Le général éclate de rire, et se sert un verre de whisky.

— Continuez.

— Qui sait si l'empereur est une machine ? je réplique en me servant à mon tour. Est-ce si important ? Les grandes questions ne m'intéressent pas. Je réponds aux petites.

— Comme ?

— Pouvons-nous prendre cette colline ? Oui, probablement... Avons-nous gagné à Ilseville ? Plutôt, oui... Voilà mon niveau. Je laisse les difficultés aux gens comme vous.

Le général Jaxx m'observe très attentivement.

Ça ne me dérange pas. Chaque minute passée à m'observer, est une minute pendant laquelle il n'ordonne pas mon exécution. Quand il finit son verre d'alcool, je lui en sers un deuxième, et le fait qu'il me laisse autant approcher me redonne un peu plus de confiance. Bien entendu, ça tient peut-être au fait que je me trouve dans la ligne de mire de plusieurs centaines d'armes dissimulées.

Je pose mon verre pour vérifier.

— Je vais glisser ma main dans ma veste, d'accord ?

Son sourire répond à ma question au sujet des systèmes de protection. Une partie de moi désire scanner la pièce, mais je ne suis pas sûr que ça soit une bonne idée. Haze m'a suggéré de limiter mon emploi du kyp, et son argument est aussi bon que ceux de Paper Osamu.

« On est assez dans la merde comme ça. »

Je sors le papier de ma poche intérieure. La feuille est dégueulasse, froissée, trempée de sueur, de sang et de pluie.

— Voilà pourquoi nous nous sommes rendus, dis-je en la posant sur son bureau.

Le général la déplie soigneusement, lit son contenu, puis le relit. Il claque des doigts, et un planton apparaît.

— Vérifiez ça, ordonne-t-il.

Nous attendons en silence le retour du caporal. Il semble nerveux, ce qui est compréhensible vu les circonstances.

— Le papier est authentique et la signature également, mais ce n'est pas l'écriture du colonel Nuevo…

— C'est la mienne.

Le général est stupéfait.

— Vous savez écrire ?

— Mon ancien lieutenant m'a appris.

Le planton est renvoyé d'un geste.

— Donc, murmure Jaxx, vous voulez me faire croire que le colonel Nuevo a perdu Ilseville intentionnellement… Dans le but de contribuer à une grande stratégie. Mais vous êtes le seul officier à qui il l'a révélée ?

J'acquiesce.

Le général Jaxx éclate de rire.

— Je suppose que le moment est venu pour moi de vous demander ce qu'il y a dans ce joli petit sac.

— Sauf que vous le savez déjà.

Il secoue la tête.

— Technologie Libre, explique-t-il. Imperméable à nos scanners.

— Alors comment savez-vous que ce n'est pas une bombe ?

Jaxx me regarde comme si j'étais le dernier des crétins.

— Parce que Paper Osamu m'a donné sa parole que vous nous seriez rendus sans armes et sans dommages. Elle m'a aussi donné un pistolet dont elle m'a assuré qu'il vous appartenait.

— Effectivement.

— Oui, c'est aussi ce que le pistolet m'a répété. Nous prendrons ce sac plus tard. Je suis sûr que le colonel Madeleine voudra s'amuser.

Il parle de la vieille dame qui a conçu mon nouveau bras.

— Comment va-t-elle ?

— Fidèle à elle-même depuis ces deux cents dernières années. Pénible, mais brillante. (Son regard froid se fixe sur moi.) Elle vous aime bien. Je suis persuadé que vous ignorez à quel point c'est rare.

Et je me rappelle que cet homme est censé m'apprécier également. Qui m'a dit ça, déjà ? Le sergent Hito peut-être. Il y a plusieurs mois.

— Mon général… L'Union m'a offert l'asile.

Je me suis dit que ça pourrait l'intéresser.

— Et vous avez refusé ?

— Oui, mon général.

— En connaissant la peine pour reddition ?

L'officier soupire profondément, presque irrité.

— J'ai tué un *trois-tresses*.

Des yeux bleus se tournent vers moi.

— Puis un *sept*, mais j'ai laissé sa tête dans un seau. C'était stupide de l'emporter avec moi pendant la marche. Tant pis pour mes preuves.

—L’asile et deux cadavres de Casque d’Argent… Je vous en crois presque capable.

—Mais j’ai rapporté ça.

Il prend le sac, et plisse les narines à cause de la puanteur qui se dégage quand il l’ouvre.

—Une autre ?

Je n’ai pas besoin de lui répondre, il est déjà en train de sortir le crâne en décomposition.

—Putain de merde, lâche-t-il. Xantro… Tamdell ? Le général semble ébahi. Où avez-vous eu ça ?

—Je l’ai tuée juste avant l’arrivée des U/Libres.

—C’est une *dix-tresses*, ajoute-t-il. Que faisait un haut responsable politique sur ce bateau ?

—Elle en avait onze au début, mon général. Elle en a perdu une pendant le combat.

—Duza ?

Je hoche la tête, remarquant la joie envahir son regard.

La politique est l’une des merdes les plus étranges au monde. Ses implications m’ont longtemps échappé, mais je les comprends mieux à présent. La capitulation d’Ilseville a blessé le général autant que nous. Bien sûr, il n’est pas mort comme la majorité de nos troupes, mais il est diminué aux yeux d’Octo V, et ce n’est pas une situation enviable.

—Si je comprends bien, vous avez tué le général Duza.

—Oui.

—Comment ?

—Je l’ai décapitée.

—*Mon général*, il souffle. *Oui, mon général… Je l’ai décapitée, mon général.*

Le rire de Jaxx est si bruyant que même moi je commence à m’inquiéter.

—Ah ! Tveskoeg, reprend-il. Qu’allons-nous faire sans vous ?

Sans moi ?

— Vous trouverez quelqu'un d'autre… mon général.

— Je crois bien, répond-il.

ÉPILOGUE

Le *Précieux Souvenir* est presque désert quand je pousse la porte. Une poignée de filles à moitié nues discutent entre elles dans un coin. Per Olson, l'ouvrier de la casse, est assis à une table avec son fils, qui démonte un arachnobot avec l'obstination que seuls les jeunes enfants peuvent consacrer à une telle entreprise.

C'est Lisa qui me voit en premier.

Puis elle repère les Aux' derrière moi. Peut-être est-ce le spectacle que nous offrons, ou cela tient-il à l'avertissement dans le regard de Shil, mais elle devine que les choses ont changé. Quoi qu'il en soit, la serveuse est une survivante et elle apprend vite. Elle traverse la salle, puis fait bien attention de m'embrasser sur les deux joues.

— Ça fait longtemps.

— Exact, je réponds. Plus que prévu. Comment se débrouille la nièce ?

La nièce... ? Shil me dévisage. Les autres se contentent d'écouter.

— Elle aide Angélique.

Une image de Lisa et de sa cousine envahit mon esprit : elles sont nues, légèrement saoules et très très entreprenantes. Je tente de penser à autre chose.

— Que se passe-t-il, mon lieutenant ? demande Franc.

— De vieux souvenirs.

— Ça s'arrangera, glisse Haze, qui me fournit une distraction. Comme pour les migraines, vous vous débarrasserez bientôt des rétroactions négatives.

Shil fait la gueule, car nous sommes tombés d'accord pour ne pas en parler en public. Mais cet hôtel n'est pas un endroit comme les autres, et je dois peut-être mettre la serveuse au courant. Les Aux' le savent déjà, même si mes raisons les laissent perplexes. De toute manière, je commence à apprendre que ce n'est pas forcément une mauvaise chose.

— Lisa…

— Oui ?

Je désigne le groupe derrière moi.

— Je te présente les Aux'. À partir d'aujourd'hui, ce sont les nouveaux propriétaires du bordel.

— C'est *lui* le propriétaire, rectifie Shil.

— Ignore-la, je lâche. (Neen semble amusé.) Nous en sommes tous actionnaires, ainsi que du café d'à côté, et de la maison d'hôte plus bas. Tu restes la gérante de l'établissement.

La blonde semble sur le point de me sauter au cou.

En revanche, Shil se renfrogne davantage. Quelque chose m'échappe dans la mauvaise humeur de cette fille, mais je n'arrive pas à mettre le doigt dessus. Nous avons gagné une prime pour la tête de Duza, et je suis en train de l'investir. Elle devrait être contente d'avoir une base et un chez-elle.

— Lisa… ?

Quelqu'un l'appelle depuis la rue. Deux filles entrent en trébuchant, peinant à transporter un panier. Il fait chaud et humide à l'extérieur. La canicule de Farlight a collé les mèches de leurs cheveux sur leur visage, et déposé une pellicule de sueur sur leur peau.

— Sven ! s'exclame Angélique.

Des bras poisseux m'entourent et son baiser rate ma bouche de peu. Elle remarque l'expression de Shil, et m'abandonne bien vite, même si je subodore qu'il est trop tard. Je m'occuperai de ça plus tard, car pour l'instant, mon attention se concentre sur la fille restée figée dans l'embrasure de la porte.

— J'en ai pour un instant, dis-je aux autres.

Aptitude a grandi. Dire qu'elle appartient à ce milieu serait une erreur, mais elle n'est plus l'enfant gâtée que j'ai sortie d'une villa en flammes après avoir assassiné toute sa famille. Enfin, la partie qui n'était pas emprisonnée sur une planète pénitentiaire.

— Je pensais que tu ne reviendrais jamais.

Sa voix est douce, si douce que je dois tendre l'oreille pour l'entendre, et je suis juste devant elle.

Elle me tend la main.

Je la serre.

Elle a les doigts calleux et gluants de sueur. Rien de tel que le travail. Un anneau d'or s'enroule autour de son annulaire, il semble bon marché, mais joli quand même. Elle a dû se le payer dans un bazar.

— Sven, souffle-t-elle.

— Aptitude.

Nous nous regardons.

— Je reviendrai toujours. J'ai promis à Debro et Anton que je veillerais sur toi.

Tout à coup, elle pleure dans mes bras. Des sanglots enfantins qui lui secouent les épaules, et raclent la gorge.

— *Je croyais que tu ne reviendrais jamais.*

— Et je t'ai dit…

— Je sais, mais je ne t'ai pas cru…

Elle essuie son nez avec ma manche, et constate l'état de ma veste. Elle semble sur le point de pleurer de nouveau.

C'est Shil qui s'approche de la jeune fille pour lui donner un mouchoir.

— Je m'appelle Shil, dit-elle. J'en conclus que vous connaissez ce maniaque ?

Aptitude sourit malgré elle.

Shil jette un coup d'œil au bras, à l'humidité sur mon épaule, puis revient à l'adolescente. Elle reconstitue le puzzle.

— Voilà l'origine de ce merdier ?

J'acquiesce.

— Pourquoi ne m'avez-vous rien dit ? soupire-t-elle.

Le soir même, assis sous un pin dans le jardin derrière l'hôtel, Shil et moi vidons une bouteille de *cachaça*. Elle me demande si j'ai baisé Angélique, et je l'avoue. Elle demande si je projette de continuer, et je lui réponds que je ne fonctionne pas comme ça, ce qui me conduit à lui expliquer comment je marche. Pas aussi facile que je l'aurais cru, sachant que je n'avais jamais mis de mots sur le processus.

Elle ne me demande rien au sujet de Lisa, alors je ne force pas le sujet.

Shil est tellement ivre que j'en apprends plus que je le voudrais au sujet de l'homme avec lequel elle devait se marier. Mourir au combat me paraît un sort plus enviable quand elle finit son histoire.

Et nous parlons d'Aptitude.

Shil a posé sa tête sur mon épaule, mais c'est sûrement à cause de l'alcool. D'ici, j'entends le ventilateur du bar qui tourne mollement. Les bruits de la nuit sont assez éloignés pour perdre de leur menace.

— Vous ne l'avez pas…

Je la foudroie du regard.

— C'est une enfant !

— J'en connais que ça ne gêne pas.

— Peut-être, mais ce n'est pas une raison.

— Et vous voulez bien me dire quelle est la raison ?

J'en arrive à raconter mon séjour au Paradis. Je ne lui dis pas qui sont les parents d'Aptitude, elle n'a pas à le savoir. Mais je lui explique que ce sont deux personnes auxquelles je tiens, et à qui j'ai promis de protéger leur fille.

— Elle n'a pas grandi ici, n'est-ce pas ?

Mon regard se pose sur la cour obscure, la gyromoto cassée dans un coin et le sac de fourrure et d'os qui nous observe perché sur un mur. Il semblerait qu'Aptitude ait adopté un chat de gouttière.

— Non, je souffle. Elle a grandi à des millions de kilomètres d'ici.

— Je m'en doutais.

Avant de nous endormir sur place, Shil me pose une dernière question. Elle tourne autour de mon entretien avec le général Jaxx, trois jours avant.

— Que voulait-il ?

— Il veut que nous nous détendions et que nous profitions de nos vacances.

Elle se rembrunit.

— Je suis sérieux, j'insiste.

— Peut-être, mais que veut-il vraiment ?

Je ne pensais pas avoir cette conversation avant la fin du mois prochain, date à laquelle nous sommes censés nous présenter dans un immeuble élégant. Il est situé dans une partie de Farlight qui est vraiment à des millions de kilomètres du clapier que nous occupons pour l'instant, et ce, sous tous les aspects les plus importants. Mais je suis ivre, et Shil est collée à moi, et je n'arrive pas à digérer la réponse moi-même.

— L'Union souhaite nous emprunter.

— Quoi ?

— Tu m'as bien entendu. Apparemment, Paper Osamu nous a réclamés spécifiquement. Nous en connaîtrons la raison quand nous nous présenterons à l'ambassade dans cinq semaines.

— Nous travaillons pour l'U/Libre ?

— Oui, il paraît.

Une demande de l'Union Libre a valeur d'ordre pour n'importe quelle autre nation. Et elle est riche, riche à crever. Je ne vois pas d'objection à ce qu'un peu de cette fortune tombe dans notre poche. Je prends une nouvelle lampée de *cachaça*, et avale l'alcool avant de passer la bouteille à la jeune fille blottie contre mon épaule.

— Bois, je murmure.

Elle obéit.

Découvrez le début de :

OFFENSIF

LES AUX' – 2

Prologue

Le général Indigo Jaxx époussette sa manche et rajuste la dague sur sa hanche, avant de tout gâcher en tirant sur le col de son uniforme. Bon sang! il est tout de même général chez les Faucheurs.

Indigo Jaxx secoue la tête.

Non. Il n'est pas qu'un général parmi d'autres.

Son régiment est le fleuron des troupes de l'empereur. Les Ministres de l'Empire se taisent à son approche. Les colonels sacrifient des brigades entières pour le contenter. Des maris donnent leur épouse en offrande pour permettre à leurs fils de faire partie de son régiment.

C'est peut-être absurde, mais il ne peut s'empêcher d'être angoissé. C'est l'effet qu'Octo V a sur lui.

Le Commandeur bien-aimé a cet effet sur tous. Le général Jaxx, au garde-à-vous, guette le tourbillon statique électrique qui accompagnera l'arrivée de son empereur, dont les paroles fouetteront l'intérieur de son crâne comme un vent de désert brûlant.

Allez, se dit le général Jaxx. *Pitié. Qu'on en finisse.*

Alors qu'il prépare son esprit à être envahi, derrière lui quelqu'un ouvre la porte du bureau et le général se retourne, une rage sourde au bord des lèvres.

—Je vous dérange?

Un jeune adolescent vient de prendre la parole. Il a des bouclettes jusqu'aux épaules et porte un uniforme de cavalerie vert ainsi qu'une épée ornée d'un joyau. Ses cheveux sont blonds, mais on remarque surtout ses yeux. Bleus comme l'espace infini, et tout aussi vides.

Indigo Jaxx cligne des paupières.

— Je vous ai demandé si…

— Non monsieur, affirme le général en se redressant. Pas du tout.

Octo V sourit.

— Vous m'en voyez ravi. Je tenais à vous féliciter.

Le général se fige.

— Vraiment, insiste Octo V. Transformer la défaite en victoire… Y être parvenu. Voilà qui est ingénieux, même pour moi. (D'un signe de tête, il désigne la Croix d'Obsidienne du général.) Je vous décernerais bien une nouvelle médaille, mais apparemment vous les avez déjà toutes. Vous en êtes où ?

— Chevalier impérial, grand maître, monsieur. Avec barrette et palmes supplémentaires.

— Très impressionnant.

Le général Jaxx sent qu'on se moque de lui. Cependant, il est content de s'en tirer à si bon compte.

— Bien, reprend Octo V. Je dois y aller.

Nous y voilà, pense le général, qui regarde l'enfant se diriger vers la porte. Il essaie de ne pas se crisper lorsque Octo V fait demi-tour.

— Au fait, demande Octo V, que fait-il maintenant ?

Qui ? Le général se concentre désespérément. *Qui fait quoi maintenant ?*

— Vous voulez parler de Sven, monsieur ?

— Oui, acquiesce Octo V. De qui d'autre ? Que fait Sven en ce moment ?

Le général sent sa gorge se serrer.

— On l'a prêté à l'U/Libre.

Sa Majesté impériale, Grand Commandeur, l'Invaincu, immortel souverain de plus de mondes qu'on peut en compter, Octo V rit. L'esprit du général Jaxx se brouille et son sang-froid part en fumée. Autour de lui, les murs de son bureau se mettent à tourbillonner.

— Vous avez vraiment des idées lumineuses, le félicite son empereur. Tenez-moi au courant de la suite des événements.

Indigo Jaxx aimerait répondre : « Oui monsieur, bien sûr monsieur. » Mais il est à genoux. En train de vomir. Alors Octo V traverse le mur le plus proche sans que le général ait pu prononcer un mot.

Chapitre premier

L'homme se retourne, couteau déjà en main, puis il hésite. Ça ne le concerne pas. Seul l'anniversaire d'Octo V l'a amené à Farlight, où il décharge des produits de luxe d'un cargo aux abords d'une piste d'atterrissage. En plus son couteau est tout neuf, il l'a acheté cet après-midi dans une boutique sur la route derrière le *Précieux Souvenir*.

Il ne se sent pas encore prêt à s'en servir.

Sage décision. Quelqu'un va se faire esquinter, autant que ce ne soit pas lui. L'individu en question se tient dans l'encadrement de la porte de mon bar. L'un des battants pivote sur un gond à moitié rouillé, les débris de l'autre moitié reposent à ses pieds.

— Ferme-la, dis-je.

Une fille à côté de moi s'exécute.

Je ne suis pas sûr qu'elle se soit rendu compte de son propre hurlement.

C'est mon bar, mais c'est aussi là qu'habite Aptitude, et elle fait partie de la famille. Du moins jusqu'à ce que sa mère et son père sortent de prison.

— *Sven*, proteste-t-elle.

— Plus tard…

Mon regard traverse la pièce pour se poser sur un jeune homme maigre et nerveux, au visage pointu, aux cheveux fins et à la carrure étroite. Il plonge la main dans sa veste. Je lui fais « non » de la tête, et il relâche son revolver.

Neen a dix-neuf ans.

Sur le champ de bataille, c'est mon sergent, mais là, on est en permission. Alors il s'occupe de la sécurité de mon bar, situé à la périphérie de la ville.

Neen lève son verre avec un large sourire. Il compte bien profiter du spectacle de ce soir. Sous nos yeux, l'homme qui se tient dans l'entrée enclenche le chargeur d'un pistolet démesuré, avant de jeter un lent regard circulaire pour vérifier que rien de tout ça ne nous a échappé.

—*Sven.*

Aptitude commence à s'alarmer.

Je souris, mais à une tout autre fille. Elle s'approche d'un pas nonchalant et s'assoit sur mes genoux pour se blottir contre moi. Aptitude se renfrogne quand je glisse la main sous la jupe de Lisa. Elle ne voit pas le couteau que je décroche de la jarretière.

—C'est délicat, résonne une voix. Très discret, pas voyant du tout.

L'intrus croit que mon flingue parle de lui. Il suppose que la remarque provient de mon coin de la pièce, mais sans savoir qui accuser. Alors qu'il s'avance d'un pas lourd, Dame Aptitude Tezuka Wildeside s'adosse à sa chaise.

—Toi, accuse-t-il. T'as quelque chose à dire ?

Elle secoue la tête frénétiquement.

Satisfait, l'homme commence à se détourner. Grossière erreur. Je repousse Lisa et m'empare de ma propre chaise que je fracasse sur l'arrière de son crâne. Il tombe, mais à genoux seulement.

—Finis-en, dit Aptitude.

—Pas encore. Je m'amuse.

—*Sven.*

Le gorille se relève péniblement et me dévisage.

—Et ouais. Sven Tveskoeg, c'est moi.

Il en voit beaucoup dans ce bar, d'anciens légionnaires de deux mètres ?

Derrière lui se tient un autre homme. C'est Federico Van Zill, qui assure la protection de la moitié des bars et bordels le long des terrains d'atterrissage au sud de la faille Calinda. La rumeur court que la guerre contre les Exarches est bientôt terminée.

Ce qui ne présage rien de bon pour Van Zill.

Tant qu'on est en période de conflit, il peut toujours espérer ma mort et celle de mes soldats. La fin de la guerre offrirait à Van Zill un rival permanent. Bien entendu, la paix ne pourra jamais s'installer. Insinuer le contraire serait déloyal, imprudent et relèverait certainement de la trahison. Cela dit, Federico Van Zill est un crétin. Je m'attendais donc à une visite de sa part.

Quand le gorille de Van Zill sort un couteau, je me marre.

L'arme est énorme, le dos de la lame marqué de rainures qui signifient : « Voici un homme qui n'hésiterait pas à taillader son adversaire et à lui arracher les entrailles. » Le couteau en dit long sur l'homme qui l'a choisi.

Il en dit long sur la femme aussi.

La lame que j'extrais de la jarretière de Lisa est trois fois moins grande. Elle n'a aucune dent, ni rainures de sang ou autres fioritures, mais elle est en verre et tranchante comme un rasoir.

Il suffit de frapper un seul coup, puis de la briser net à la hauteur du manche. On peut en acheter dix pour le prix du joujou qui brille entre les mains de l'homme en face.

Sur un geste furtif de Neen, un garçon derrière le bar explique tout aux parieurs agglutinés autour de lui. La cote de notre gros camarade vient de chuter de moitié.

—Allons-y, je lâche.

Il fixe son regard sur ma lame, sans se rendre compte que, moi, je me focalise sur ses yeux. Cet homme a l'habitude que tout lui tombe tout cuit dans le bec, c'est là sa faiblesse.

Et puis, il est trop impatient. Il porte un coup et baisse sa garde, mais ce n'est pas suffisant.

Je bloque.

Et me remets à lui tourner autour.

Neen m'a déjà vu tuer rapidement. Tous mes soldats aussi. Mais quand je surprends l'air perplexe de Neen dans la foule, je me rends compte qu'il ne m'a jamais vu prendre mon temps. « Tuer rapidement, tuer souvent »… C'est là notre devise privée.

Mais là, c'est différent.

Je n'ai jamais étripé quelqu'un devant Aptitude. C'est une gamine bien élevée, et j'essaie de ne rien y changer. C'est un peu pour cette raison que ce type m'a foutu en rogne. Il observe toujours ma lame et moi ses yeux.

Bientôt, tout le monde attend la suite avec impatience. Mon adversaire en devient maladroit. Son coup est si prévisible qu'il ne peut s'agir que d'une feinte. Quand il jette un regard sur la droite, je sais ce qui va se passer.

Il attend que je bloque avant de changer son couteau de main, fier de son coup de génie. Puis son esprit doit combler le retard, parce que le couteau de Lisa est ancré bien profond dans son estomac et que je suis en train de le tailler de bas en haut. Une seule fente l'ouvre de l'aine jusqu'au sternum et un amas de boyaux glisse au sol.

Aptitude pousse un cri.

Lisa est plus pragmatique. Elle ouvre une fenêtre.

On dira ce qu'on voudra sur les filles du Barrio au sud de la faille Calinda, mais elles ont déjà tout vu, et plutôt deux fois qu'une. Angélique, la tenancière de mon bar, jette une couverture sur le cadavre en convulsion et fait un signe de la tête à un garçon derrière le comptoir. Il s'en débarrassera plus tard.

— Patron, m'interpelle mon sergent. Et Face de rat ?

Van Zill fait moins le malin maintenant que Neen lui colle son revolver sur la tempe.

— Emmène-le dehors, lui réponds-je. Tire-lui une balle dans la tête.

— *Sven… !*

Pas besoin de demander de qui il s'agit.

— Il y a une semaine, j'explique à Aptitude, un homme a refusé de payer pour la protection de ce salaud. À ton avis, qu'est-ce qui est arrivé à sa fille de douze ans ?

Aptitude en a quinze.

Ma question ne lui plaît pas.

Je me retourne vers Neen et lui ordonne :

— Emmène-le dehors. Assure-toi qu'il sait bien ce qui lui en coûtera si jamais il revient.

Notre prestigieuse capitale a été construite dans le cratère d'un volcan éteint, où le smog garde la chaleur et rend l'air quasi irrespirable. Ici, les cadavres pourrissent rapidement, et d'autant plus vite qu'ils sont de grande taille. Je ne sais pas pourquoi, mais c'est comme ça. Lisa finit par aider le garçon du bar à tirer le corps à l'arrière. Puis elle va chercher de la glace pour le maintenir au frais en attendant qu'Angélique prenne les dispositions nécessaires pour s'en débarrasser.

— On ferme ? demande Angélique.

— Surtout pas. On reste ouverts.

La musique revient. Le bar offre une tournée générale de bières fraîches. Deux capitaines de cargo qui comptaient rentrer finissent par changer d'avis et montent à l'étage avec trois des filles du coin.

Un technicien les regarde partir et rassemble son courage pour les suivre. Deux blondes sont dans son sillage, mais je ne suis pas certain qu'il les ait bien détaillées avant de les attraper par les poignets. Il finira par s'apercevoir que l'une d'entre elles est un garçon.

— Mets du *cachaça* au frais, je lance à Lisa. Veille à ce que nos clients passent une nuit mémorable.

Les ivrognes sont bavards.

Ce gorille sera bientôt un géant ; son couteau, un sabre aiguisé comme un rasoir ; mes propres coups, imparables et incroyablement vicieux. Notre réputation va s'améliorer. Ce qui est bien, parce que demain, avec mon sergent et le reste des Aux', on doit reprendre du service. Il me faut cultiver cette réputation si je veux assurer la sécurité d'Aptitude jusqu'à notre retour.

— C'est fait, affirme Neen en se frottant les poings.

— Bien. Autre chose que je devrais savoir ?

Neen hésite un instant.

— Quoi ?

— J'ai dit à ce salopard de nous payer à partir de maintenant.

Je souris. Bien joué.

— Combien ?

— Vingt pour cent, répond Neen. Direct, sans déduction. Au dernier jour de chaque mois. Pas d'exception, pas d'excuse…

C'est un garçon de ferme qui parle, un ancien conscrit de la milice qui aurait dû mourir il y a des mois. Qui le serait à l'heure qu'il est si je n'avais pas pris la tête de sa troupe. Je me demande où il a chopé cette idée. Et puis j'aperçois sa sœur derrière lui et je sais précisément où, elle, imagine qu'il l'a trouvée. Shil tire la gueule, mais c'est pas nouveau. Shil tire toujours la gueule. On a un peu fricoté ensemble, elle et moi.

— Un problème ?

— Non, mon lieutenant, affirme Shil.

— Bien… (Je jette un coup d'œil au bar.) Bourre-toi la gueule, je conseille à Neen. Baise un bon coup. Ramasse-toi une belle gueule de bois. Demain on embarque.

Neen sourit.

— C'est un ordre, mon lieutenant ?

Sa sœur soupire.

BRAGELONNE – MILADY, C'EST AUSSI LE CLUB :

Pour recevoir le magazine *Neverland* annonçant les parutions de Bragelonne & Milady et participer à des concours et des rencontres exclusives avec les auteurs et les illustrateurs, rien de plus facile !

Faites-nous parvenir vos noms et coordonnées complètes (adresse postale indispensable), ainsi que votre date de naissance, à l'adresse suivante :

Bragelonne
60-62, rue d'Hauteville
75010 Paris

club@bragelonne.fr

Venez aussi visiter nos sites Internet :
www.bragelonne.fr
www.milady.fr
graphics.milady.fr

Vous y trouverez toutes les nouveautés, les couvertures, les biographies des auteurs et des illustrateurs, et même des textes inédits, des interviews, un forum, des blogs et bien d'autres surprises !

Achevé d'imprimer en décembre 2011
Par CPI Brodard & Taupin - La Flèche (France)
N° d'impression : 66494

Dépôt légal : janvier 2012
Imprimé en France
81120717-1